ULTIMATE
JOURNEY

究竟之旅

RICHARD BERNSTEIN

[美] 理查德·伯恩斯坦——著

李耘——译

新星出版社　NEW STAR PRESS

青马（天津）文化有限公司
出　品

献给忠梅

没有任何船能将你带离你自己。

No ship will ever take you away from yourself.

——希腊诗人　卡瓦菲斯（C. P. Cavafy）

玄奘法師像

悠之南行　五十三　德子影西征　百三六國

千里跬步　僧祇哆栗但有至心胡唐胡衛

弘始前驟開曆後翼等梵文丈斯軋斯軋

目录

前言

佛曰：吾法念无念念，行无行行，言无言言，修无修修。

——《佛说四十二章经》

开始想要逃离庸常生活的时候，我想我应该学着自己亲手做一件夏克尔家具。我在纽约上州拥有一个小农场，那里看上去可以让我达成这个目标。于是我开始在五金店里寻找锯子、凿子，翻看 DIY 手册。我想象自己在工坊里耐心地打磨着榫孔和榫舌，格伦·古尔德演奏的巴赫无伴奏古钢琴曲萦绕在耳畔。

然而，就在建造这间梦幻木作工坊前，我居然开始研究地图，考虑一次旅行，这种事我以前就做过。那可不是一般的旅行，不是什么为时两周的意大利之旅，也不是更长、更深入的类似于吴哥窟探险或婆罗浮屠之旅的旅行。我考虑的是一次特别的旅行，已经思考良久，但由于各种各样的原因（很快就会揭晓）而未能成行。从某种程度来说，那是一次从中国到印度而后再返回中国的朝圣之旅，沿着一位中国佛教徒 7 世纪时为寻求真理前往"西天取经"的路线。

那位僧人的名字叫作玄奘，我认为他是历史上最伟大的旅行家。

虽然西方人对他不太了解，但他的名字在东方却是家喻户晓；在中国和印度，他的故事世代流传。我很早就听说过他的名字，具体时间记不清楚了，不过一定是在我被称为"汉学家"的那个时候。在哈佛读研究生期间我开始研究中国，当时我在著名学者费正清的指导下学习中文和中国历史。后来我发现我并不适合做学术，于是开始为《时代》杂志工作，我被派往香港，那是当时大部分美国人能接触到的最靠近中国内地的地方。1979 年中美恢复外交关系，1980 年我被派到北京组建《时代》杂志驻北京办公室。那是自 1949 年共产党建立政权之后，首家抵达北京的西方杂志。

那些年在中国的生活十分刺激。中国不是一个普通的国家，它在方方面面都非比寻常，从残垣断壁到其正登上国际政治舞台，特别是经过几十年的闭关锁国，作为一个能自给自足的小世界，中国有待被重新发现。可以这样说，对那个时代的大部分西方记者来说——去之前他们都在学校学习过中文——去中国工作更像是度假，而不是为开启新闻事业的新篇章。我们总是在谈论中国，中国的现在和中国的过去、中国的大理石拱桥以及天坛这样的古老建筑。

毛泽东时代过去了，中国正处在邓小平的领导之下，致力于经济改革，打造世界奇迹，人们迅速意识到古老的中国正在消失，这在当时北京的外国人小圈子中再次激起异乎寻常的对于中国传统文化的兴趣。我们在老北京胡同里的古玩店进进出出，欣赏早起出门遛鸟的长髯飘飘的老者，还有穿黑衣、裹小脚的老太太。我们看过一些书，它们描写的是我们抵达之前的古老中国，那让我们崇拜有加，我们非常羡慕那些比自己了解更多中国古老文明的人。

其中一本是乔治·凯兹的《丰腴年华》，描写了石碑、城门、城墙、庙宇、拜月亭、流动小贩，他们的吆喝、街头京剧表演以及皮影戏，它们大部分都将消失殆尽。另一本书没有那么广为人知，但对我们几个来说再熟悉不过了，那是一部 16 世纪的小说，也就是吴承恩所著的《西游记》。这本书描写的是一位佛教徒在一个五百岁的能力超凡的猴子的陪伴下所做的奇幻之旅。我们中的一些人知道这位历史人物玄奘，他在 629 年到 645 年抵达他所谓的"西方"，玄奘本人所写的《大唐西域记》，19 世纪由英国传教士、学者塞缪尔·比尔翻译成英文，它被认为是一部中国文学经典。在印度，玄奘的记录成为大家了解中世纪印度历史的重要来源。玄奘取经的经历被改编成数百部故事、小说、戏剧、戏曲作品。因此，几乎所有受过教育的中国人，以及绝大部分受过教育的印度人，都知道他的故事。

从中国古都长安（现在的西安）出发，玄奘骑着马匹、骆驼和大象，有时也步行，到达了大约 5000 英里（1 英里 ≈1.61 公里）之外的印度南部，然后沿着和去时不完全相同的路线回到长安，途经世界上条件最严酷的沙漠、最高耸的山脉。他此行的目的是求取佛教原典，中国佛教经典译自与中文迥然不同的梵语，他希望为其找到真实可靠的原典。另一方面，玄奘也希望粉碎现实世界的一切幻相，深入钻石般坚硬的真相中心地带。他写道，皇帝希望他在回国的时候，能够搜集到他途经的各个国家的信息，以备制定军事和外交政策之用。但是玄奘在执行这项任务时感到困扰，他认为印度对他来说是无上智慧的源泉。他去往那里的目的是为获得超凡的理解，他称之为"胜义谛"（终极真理），唯此才能让众生领悟佛教的真谛，让我们从无可遁逃的苦难中解脱出来。

　　那并不是我的目标，或者说不是我认为自己所要达到的目标。我也希望能摆脱苦难，而且我也接受，至少从理论上接受，佛教认为的对世俗幸福的追求会给人们带来无休无止的争斗、折磨和失望。但是"胜义谛"对于我这种非佛教徒的怀疑主义者来说，太过抽象。对这位僧人的朝圣之旅，我所感兴趣的只是他的追寻过程和他所取得成就的美妙壮阔。与另一位广为人知的大旅行家，六百年之后出现的马可·波罗相比，玄奘的丰功伟绩对我来说更为震撼。那位伟大的意大利人在旅行中毫发无损，但是玄奘的旅途则漫长而艰险；马可·波罗旅行的目的是为获得财富和名誉，而玄奘则是为了智慧，为了一切人类的福祉。

　　多年以后，我研究生时代的同屋好友约翰·惠勒，现在是纽约日本协会副主席，他谈起亚洲重要的佛教古迹时说，一端是日本奈良的法隆寺，另一端是约8000英里之外位于印度西部的埃洛拉石窟和阿旃陀古镇，二者中间则有最近才向外国游客开放的敦煌莫高窟。"敦煌在时间和空间上都在西边的埃洛拉石窟和东边的法隆寺之间。"他说。

　　这种说法在我的脑海中挥之不去，从印度西部延伸到日本，这条无比漫长的如佛珠般串联的路途在我心中熠熠生辉。这是人类伟大的成就，是数千年来成千上万佛教徒投入的努力。佛教由印度北部平原一位鲜为人知的王子创立，之后被商人和僧侣们传播到数千英里外最为戒备森严的地方，催生出世界上一系列最令人瞩目的历史古迹。佛从"四圣谛"中看到人类对快乐和财富的追求会不可避免地带来苦难，而消除苦难的解药则是了解我们所体验到的自我不过是一场幻相。世俗的快乐，比方说性爱、财富或权力并不能让我们摆脱苦难，我们需要培养内心的安宁。而这位僧人玄奘，踏遍他生活的年代里所能及的地理上和精神上的全部征程（法隆寺是在那大约一百年之后修建的），详尽记录下自己的所见所闻。我把玄奘的旅程看作一次终极之旅，他途经冰封的山脉、灼热的沙漠，而这条路作为贸易、征战和思想传播的通衢大道已长达千年之久。我也把这条路看成伟大事件的发生之地，虽然那些传播佛教革命性教义的伟大事件已在印度消亡，但它抵达中国，在那里开枝散叶，改变了亿万人的精神生活。我想要去同样的地方朝圣，站在他站过的地方，眺望沙漠，倾听他在时间长廊中回响的足音。这太浪漫，我知道，也许还有点儿幼稚，在这个人人愤世嫉俗的世界里显得矫揉造作。但只要谈到精神世界的历史，我就是一个浪漫主义者。我坚信我们应该向历史上伟大的思想家致敬，而玄奘就是其中之一。重走他的旅程将是终身难遇的体验。

如上所述，我并不期望寻求终极真理。旅行类书籍开头常用的写作手法对我也不适用，我没有经历过什么精神上或爱情方面的重大危机，没有经历过婚姻解体、失去工作、亲人去世、需要解开某个生活中的谜题等问题。真的，我的生活并没有分崩离析，也没有什么戏剧性的突发状况。我对逃离现有生活的迫切需求，源于我的年龄。年过五十，我向自己保证一定要去做想做的事，如果不赶快去做，也许就永远做不成了。除此以外还有一个可怕的想法，那就是我的生活就这样了，直到生命尽头，未来生活比我在五十岁以前少了很多可能性。这些年来，我向自己保证要去做的事情包括：通读普鲁斯特、航行到塔希提岛、写一部历史小说、用犹如沉思冥想般的一年来学习制作夏克尔家具——还有沿着充满传奇色彩的中国—印度"伟大事件之路"走个来回。英国作家彼得·弗莱明是中国—印度之路的先行者，他于1936年出版的名作《鞑靼通讯》对自己的旅行计划有个简单至极的解释。他写道："我们之所以旅行，是因为我们想要旅行——因为我们相信，在前人光辉的指引下，我们会喜爱旅行。"那或多或少也是我的情况，不同的是弗莱明开始上路时才二十七岁，而我的年龄差不多是他的两倍，所以我的情况有所不同。我之所以旅行，是因为我想要旅行，而且觉得自己可能会喜爱旅行，在旅途结束以后也一定会继续喜爱旅行。很多跟我年龄相当的男人都会感同身受，我们对布尔乔亚式的生活有所不满，但依旧沉浸在它带来的舒适愉悦之中，同时意识到这种生活的渺小、庸常和乏味。大部分我这个年龄的男人都墨守成规、十足理性，是马克斯·韦伯所说的"没有灵魂的专家和没有心肝的享乐者"。我们从理想主义出发，结束的时候却成为习惯的动物，关心的是草坪状况如何，而不是灵魂。是的，我们告诉自己，暂时逃离是可以的，但谁来帮我们遛狗呢？

　　作为《纽约时报》的图书评论员，我感觉自己就像粘在椅子上一样，而且并没有去阅读普鲁斯特。我喜爱自己的工作，对它的感情超出了仅仅把它看作一份工作，我觉得那是一种荣耀。而且，我的生活经历不允许自己把荣耀看得理所当然。我的父母在康涅狄格州东哈德姆的一个养鸡场养大了我和姐姐，这样的童年挺不错的。但我可以确信，如果我那东欧移民的父母有我所拥有的机会，他们

6

也会选择从事文学批评，而不是成天捡蛋、喂鸡、铲鸡粪。我现在的生活既有政治上的自由又有物质上的丰富，这非常难得，而且坐在家里靠评论别人的作品挣的钱真的可以让你付得起房租。我虽然有自己的抱怨，包括伏案工作的久坐少动，但我的生活真的还不错，我知道。

所以，不要指望在本书中看到什么个人危机或者痛彻心扉的赎罪故事。你们会看到的是一个男人当前面临的最大问题，那是一种想要继续前行的无力感。的确如此，我的生活一路下滑到退休年龄前迫在眉睫的阶段，而我不能再做任何有体力要求或富有冒险精神的事。我喜欢做一个图书评论家，但也怀念走出家门探索世界的生活，在我年轻的时候，那是我想象自己行至暮年之前一直会做的事。

还有爱情，在这件事上我总是不积极，怡然自得。在我开始萌生逃离念头的几年前，为了给《纽约时报》写文章，我参加了在纽约举行的一场电影放映会。在那个熙熙攘攘的大厅，穿过人群，我看到一位符合我浪漫想象的亚洲女性。她穿着丝质长裙和黑色针织上衣，长发绾在脑后，一直垂到腰际。她的名字叫李忠梅，是一名古典舞蹈演员，几年前从北京来到纽约。我们开始见面，当我开始考虑是做夏克尔家具还是走中国—印度之路时，我们还在见面，不过我的方式还是可悲地沿袭着以往的习惯——我一点儿都不果断。我想要更进一步，但又迟疑不前，跟以前处理爱情关系（或者更直接地说，婚姻）时遇到的情况一模一样。最后我仍旧是犹太经典《塔木德》中所说的"半个人"，一个没有妻子或没有孩子的男人。

在美国的城市中，有那么多《塔木德》里所定义的"半个人"，这是个普遍性问题，好像已经不值一提。但我想要在这本书中写写自己，解释一下在我已度过的三分之二生命中难以言说的问题，我的类似危机的次危机，还有精神上不尽人意的状态。这里不会有刮胡子时碰到致命事故这样的故事，当我漫步在曼哈顿孤岛，也不会像赫尔曼·梅尔维尔笔下的以实玛利那样让人们摘下帽子。我的灵魂并非像在凄风苦雨的十一月，但我的确处于一种难以名状的情绪之中，无法自洽。我对《纽约时报》的编辑出言不逊，而他可能是世界上最好的编辑。早上醒来后，我越来越不想开始阅读。我无法摆脱像我这样的前驻外记者都会有的普遍情绪，我们在欧洲、亚洲、非洲的二十多个国家从事过新闻工作，所以一旦改行成为图书评论员，难免会感觉失落。

当然了，是要维持生计的话，指望日常生活是一场永远进行中的狂想曲，那是不合常理的。但我还是想要偶尔有一两次狂想，某种温和的、短暂的宏伟蓝图在诱惑着我。而且，虽然忠梅对我来说是生命中一种令人愉快的存在，但我还是没有让关系更进一步，用故作高深的心理学术语来说，就是"承诺困难症"。我想按照惯例来处理不愉快的感觉，躺在精神分析专家的沙发上，放空大脑。但是当精神分析对我不起作用时，就仅成为一种昂贵的嗜好。买个台锯、钻床和几本木工书，也许是更便宜更有效的解决办法，又或者是买一张去西安的飞机票。我知道如果自己不尽快从中选择一个，就太晚了。但问题是：该选哪一个？

我对夏克尔家具的兴趣可不能低估。也不应该认为我就是突然被旅行这件事弄得心痒难耐。在我二十七岁的时候，跟彼得·弗莱明一样，我也想做点别的事情。那时我想的是另一段长途旅行，不过我已经受够了对旅行充满浪漫色彩的想象和现实旅途中的孤独艰苦之间的落差。一次旅行，尤其是去到一个你谁都不认识的地方，不可避免需要面对的是疲惫、高低不平的床垫、骗人的小贩、在大家欢聚一堂结伴用餐的餐厅里独自吃饭。中国有句老话：鸡犬之声相闻，民至老死不相往来。也许这种想法跟布莱士·帕斯卡的名言是一致的，他说：人类的所有罪恶都来自不能安安静静地待在屋里。

制作夏克尔家具就是安安静静待在屋里，沿着7世纪一个中国僧人走过的路穿越中亚就是招惹邻村的鸡犬。但是，还有一位罗伯特·路易斯·史蒂文森说："走出去是最了不起的事。"旅行是艰苦的，尤其是像史蒂文森那样，旅行意味着对你所属之地的永远放弃。但是如果不需要那样的放弃，即使有上述种种现实情况，旅行还是我所知晓的逃离庸常、逃离按部就班的无意识状态最好的办法。

我逃离过一次——准确地说，是在二十九年前。1970年，我还是个学生，从巴黎出发去印度，沿途经过土耳其、伊朗、阿富汗和巴基斯坦。那是我刚刚步入成年人世界后一次了不起的旅行，但也遭遇了许多问题，包括想家、痢疾、像老鼠一样大的蟑螂、硬邦邦的木椅子、时不时担心钱不够用，还有一个人长途旅行的孤单。但是那次旅行让我成为一个见过世面的男人，也确立了我未来的方向，就是那次旅行的经历让我写出了平生第一篇得以发表的文章，从那开始，在延宕多时、走过弯路、浪费了不少时间之后，我向着记者和作家之路前进。

现在看起来，玄奘之路比夏克尔家具更合时宜。做家具吸引我的是可以从中获得宁静，把精力集中在具体的物体上——跟我久坐不动的脑力工作大不相同。但我知道自己真正想要的是另一种体验，是异国的山脉和遥远的海岸，这也许是我最后一次可以这么做。为了重现玄奘的旅程，也为了把他的旅程写成我自己亲历的版本，这给了我一个机会，让我能够重新拨回生命的时钟，回到我野心勃勃而渴望成功的年轻时代，找到一些新鲜的感觉。这里有一些怀旧的成分，但也是一种测试，关于我能否实现对自己的承诺：当我变老，安顿下来，能否再次开启一场不寻常的冒险。我不相信转世之说，我相信此生是我唯一一次在这个星球上的存在，我想要出发。

但是在很长一段时间内，我并没有出发。原因非常简单，从中国向西穿山越岭的道路多年来都是封闭的。那条道路曾为商人、传教士、朝圣者、政治家和军队服务了上千年，但在当今中国的头几十年被关上了。中国北部和哈萨克斯坦之间的通道伊犁河谷就是如此；南部经过西藏到拉达克的通道也是如此，这里现在是印控克什米尔地区的一部分；还有经过瓦罕走廊的乌浒水通道（马可·波罗走的应该就是这条路）、历史古城喀什北边的吐尔尕特口岸、中国和巴基斯坦之间的红其拉甫口岸，以及通往吉尔吉斯斯坦的别迭里山口，这也许是玄奘向西行进的路线。

1982年，中国和巴基斯坦开放了红其拉甫口岸用于通商，四年之后游客和其他旅行者也被允许经由此口岸来往于两国之间。我意识到几十年过去，终于有机会像彼得·弗莱明那样经由中国到达印度。不过对我来说，红其拉甫口岸这条路不对。这条路在玄奘回国所走的瓦罕古道的南边不远，但离别迭里山口太远了，那才是他去往西方最有可能经过的地方。

然后到了 20 世纪 90 年代中期，中国和吉尔吉斯斯坦开放了另一条连接东西的历史通道，吐尔尕特口岸，对我来说，情况又发生了变化。吐尔尕特口岸在别迭里山口的东边，虽然不是玄奘所走的路，但覆盖了他行经的几乎完全相同的区域。从地理上来说，两者已经足够接近了。而红其拉甫山口又是玄奘回国的真实路径，自此我就可以忠实地还原他的旅程了。在这两条通道上，地理环境和异域风貌都跟玄奘体验过的基本一致。

但我还是没有去，我不能去。我有工作，要离开相当长的时间去进行这样一段旅程很难。

进入中国有两个办法。一是到领事馆申请签证，你需要填表，提供详细的个人信息，包括你的职业、出生地、对中国的历史访问记录，等等。你也可以到香港找家旅行社，交相对较高的费用，就可以得到签证，没人问你问题，不用填表。问题是香港办的签证没有北京公安部门的许可，所以入关的时候你的名字很有可能会被电脑标记红色，然后你会被遣返回国。况且，为了实现计划，我需要两次进入中国，一次是从中国往西行，一次是从巴基斯坦沿喀喇昆仑公路回到中国。

还有一个问题：去新疆维吾尔自治区不太方便，新疆幅员辽阔，包括塔克拉玛干沙漠边缘的绿洲城镇，玄奘在旅程中曾经路过。

但是从某种程度上说，就像某运动鞋品牌的广告语所说，Just do it。二十九年前当我第一次背上背包出国旅行，可没有这么多可犹豫的。那时我不会事先考虑可能遇到的危险，或者试图在出发前找到所有问题的答案。回望从前，我为自己的勇敢惊奇不已，我想知道：对所有情况都确定无疑后才愿意踏出家门，这是否是年龄见长的特点？生活的重压总是在累积，就好像你每年增加的体重。也许，我想，要重走我心向往的朝圣之路，我需要让自己轻装前行，至少在一段时间内。我要问问自己最重要的问题，当我走到生命的尽头，会为什么感到后悔：没有冒险陷入困境，还是没有尝试沿着 7 世纪佛教僧人追求真理的路径，在中国—印度的"伟大事件之路"上走个来回？

于是，我把护照寄给了常用的香港旅行社，得到了中国签证。《纽约时报》给我的假期刚刚够完成这次旅行。我购买了不能退改签的廉价往返机票去香港。我在香港停留了六个小时，买了一张飞到西安的中国西北航空公司机票，那正是玄奘出发的地方。出发前的最后一刻，忠梅决定跟我一起进行在中国的第一段旅程，这让我欣喜若狂。她打算跟我一起到西安，如果我在当地有麻烦，她可以帮忙。她会先飞到中国，然后在机场入关的地方等我。她对我的帮助非常慷慨，令人惊喜，这也是爱的表现。

比起以前我以记者身份住在北京的时候所搭乘过的飞机，香港到西安的航班条件要好得多，飞机很新，也更接近国际标准。不过还是有一些问题——空乘人员态度生硬，还有我旁边坐着一位看上去一本正经的官员——这些都让我真切感觉到进入了一个不同的世界。对我来说，进入中国永远意味着进入一个不同的世界。飞机起飞了，我看到下面的珠江像一条闪亮的缎带，黄昏中的广东是一片葱郁的绿色。从我第一次踏足中国开始，二十七年已经过去了，以前我需要通过内地和香港之间的罗湖桥，检查护照的地方有点儿像村舍，耳边还能听到公社猪圈里传来的声音。在无数的变化中，最明显的是中国对外部世界的开放。而中国是否会对我开放，几个小时以后就能见分晓。

1 人生看得几清明？
HOW MANY SPRING DO WE SEE?

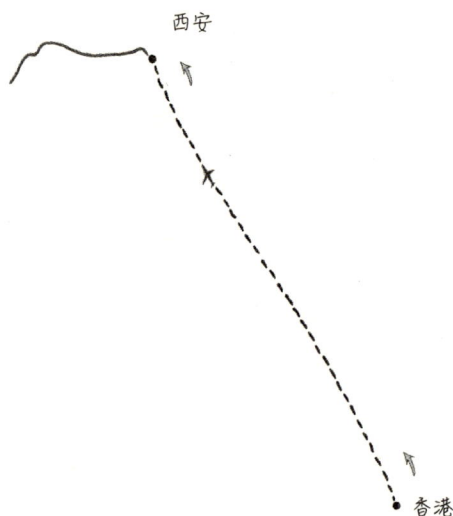

图注 理查德·伯恩斯坦重走玄奘路线路示意图，文中下同。

机场发出微微的橙色光芒，夜晚的空气中飘浮着浓重的煤烟味道。航站楼的霓虹灯牌标示"西安"二字，意思是"西部的平安"，它们看起来好像悬浮在烟雾之中。经常到中国旅游的人常感叹，每次到访这个国家都变得让人认不出来，的确如此。但是这种湿冷的气息，来自无数炉子里燃烧的劣质烟煤的气味，并没有消失。在夜

14

晚的西安，中国的味道一如既往。

穿过停机坪，我走向入境边检处，努力装出一副镇定的样子。

一位穿着蓝色制服、戴着红色条纹领结的出入境年轻女警对着我的材料看了很久，翻来覆去地看我的签证，好像第一次看到的样子。然后把我的护照递给一个穿着同样制服的年轻男人，他在电脑上查了一下。

查过后年轻男人把护照递给了年轻女人，她在上面盖了个章，然后指了指入口。几个月来的紧张全部消失殆尽，不过当我在传送带边等行李的时候，还是担心他们从亭子间冲出来，他们的红色条纹领结在一片昏暗中晃动。

忠梅在海关大楼外拥挤的人群中等我，是雾霭中一点儿热情的光芒，我向她走去，能感觉到她看到我后的如释重负。不过，机场团聚，尤其是在一个陌生的国家，并不像电影里那么充满戏剧性。在中国，人们不会互相拥抱，凝视对方的眼睛，虽然我很想这样做。你只能奋力挤出人群，终于和迎接你的人站在栏杆的同一侧，闲扯着行李和城市交通这类话题。很幸运，忠梅已经找好了车，那是一辆大众桑塔纳，还有一位司机，我们的车行驶在机场到西安市中心之间黑暗的乡间公路上。

"天啊，见到你真好。"我说，一面看着窗外，确认自己真的已经到了中国。

"真高兴你搞定了，"忠梅笑着说，"如果还要去救你，那可太累了。"

"你应该还有机会救我，旅途长着呢。"

"看我的，"她说，"你到了我的国家。"

司机圆脸红润，穿着浅灰色的拉链夹克，性格非常活泼，对当地情况了如指掌。我们在后座上偷偷拉着手，忠梅告诉我机场到西安有 50 公里，而且这条路的尽头是延安，毛泽东干革命时的栖身地之一。我装出兴趣盎然的样子，车子穿过西安城郊，向着香格里拉金花饭店驶去，我们谈到去不同地方的距离，还有中国公路交通的进步。饭店的外墙是难看的黄铜色和灰色的玻璃，里面的服务设施却是国际标准级别的。我舒舒服服地睡了十个小时。

早晨焕然一新。阳光灿烂，空气中煤烟的味道也消失了。西安是一座非常繁忙的城市。城市干道上矗立着崭新的大楼，商场前有用洋葱形热气球拉起的彩色条幅。我们穿过酒店门口的大街，走到后面背街的小巷去，早餐在红华巷吃了顿砂锅，面条、鹌鹑蛋、青菜、金针菇，还有别的不认识的美味食材，在陶罐里用高汤煮成一锅。路边是灰扑扑的砖房，房子前通常杂乱无章，铁皮屋顶高低不平，石头炉灶里燃烧的煤块闪着火光。美容店有点儿太多了，好几家都叫"灰姑娘"。一个男人抽着烟从公共厕所里出来，边走边拉着裤链。砂锅店的服务员问我是不是阿拉伯人。

"差不多，"我用虽然生疏但还能被听得懂的普通话说，"不过不是。"

"那你是干什么的？"

"我是僧人。"我说。

她笑起来。她长着一张亚洲人的扁平脸，双颊是红扑扑的砖色。中国总是让人想起红砖。我想起头一天晚上有辆拖拉机运来一车砖，驾驶它的男人穿着蓝色衣服，呼吸着拖拉机喷出的黑烟。

"你穿得不像和尚，"女服务员说，"你的黄色袈裟呢？"

"我是现代僧人。"

"不可能。"

"开个玩笑，"我说，"我是个美国人，但是我对一个僧人很感兴趣，玄奘，你听说过吗？"

"唐三藏！"服务员惊呼起来，她说的是文学作品里的名字，大部分中国人知道的都是这个名字。

"你应该走走丝绸之路，"服务员说，"我还没去过呢。"

"好主意，"我说，"我可能会去。"

下午我们去了城南的老城区。那是一个大的露天市场，摆满了玉石手链、石雕乌龟、寺庙碑林拓片，其中有两幅很有名，记录的是朝圣途中的玄奘。其中一幅上，他微笑着，但背上沉重的大包压得他微微弓着腰，看起来有点儿像个环游世界的现代背包客。另一幅里他也在微笑，不过骑在一头毛驴上。我把两幅都买了，第一次把西安和我要重走其行程的这个人联系起来。忠梅在看扇子和孔雀羽毛，这些物件在舞蹈中都用得着。这时一个年约六十的男人从街道一头走过来。他戴着帆布帽，绿背心外套着一件皱巴巴的灰色运动衣，戴着镀钢假牙。他说自己是兰州美术馆的馆长（兰州是我们的下一站）。对于地位这样高的人来说，他的穿着显得太破旧，牙齿也坏得厉害，身体还有点儿轻微老年痴呆引起的颤抖。但我确信他是一位饱学之士，一位老派绅士。他看到我买的玄奘拓片，跟我攀谈起来。

"为了中国，他去过印度和很多别的国家，非常有名。"他说。

这位学者给玄奘的旅程加上了一层爱国主义的光芒，他是为中国而西行。

他抓着我的胳膊，忠梅给我俩拍了一张照片，然后他在街边坐下，翻着黑色塑料挎包，拿出一支笔和一张薄薄的信纸，我看到纸上有兰州美术馆的抬头。

"'文革'过去了，但很多人还是不太正常。"忠梅小声对我说。

我看着他在薄纸上写下一首诗，字体瘦而斜，就像他这个人，我想。他用一支塑料圆珠笔，给购买小玩意的游客默写唐诗，大部分游客都读不懂诗歌（忠梅除外，我只能读得懂一部分）。他把诗递给我，像典型的孤独的人那样挽留着我们，但我们只想礼貌地离开。

"你一定得参观这里的博物馆，你来了西安，就得看博物馆。这家博物馆太重要了。还有你得去兴教寺，那是唐三藏埋骨的地方。"

我们走了。我不想过多讨论玄奘。

后来我们读了他写下的诗：

> 梨花淡白柳深青，
> 柳絮飞时花满城。
> 惆怅东栏一株雪，
> 人生看得几清明。[1]

---

[1] 出自北宋苏轼《东栏梨花》。——译者注

忠梅以前是中国著名的舞蹈演员，有一些中国人所说的所谓关系。这些在北京建立起来的"关系"使得我们在西安有了一辆带司机的车，那是一辆新款的奥迪，我们乘车前往各个旅游景点。那天下午我们经过一条新修的高速公路去参观兵马俑，车速令人心惊胆战。那里埋葬着中国第一位皇帝的数千尊陶俑士兵和马匹，始皇帝死于公元前 3 世纪。这让我们想到在玄奘出发之际，长安已经是一座有着辉煌历史的古老城市。

我们参观了这支地下军队，文物局的工作人员将它们一点一点地拼凑复原，在这个巨大的伞状长方形屋顶下，见证了始皇帝让人叹为观止的魄力，也确立了他在中国十足重要的地位。我凝视着一排排陶俑士兵，相信现代中国也从中学到了什么，尤其是想到毛泽东。

我们坐车回到西安，行驶时速超过 160 公里。这种速度有点儿奇怪，因为我们是从一个有两千三百年历史的考古发现地去往一座有一千四百年历史的佛教古塔（我们的下一站是大雁塔，是玄奘在皇家资助下修建的）。我们在杂乱无章的中国西北高原上奔驰，炉渣砖砌起的墙、简陋的棚屋、小砖窑、波纹铁皮屋顶、尘土飞扬的建筑工地，都从车边飞逝而过，司机在超车时狂按喇叭。我在后座想系上安全带，但是没有。司机座位上有安全带，但是他不系。在中国很多人不系安全带，前两天在从香港到西安的飞机上，我在一份英文《中国日报》上读到，1998 年中国有八万六千人死于意外交通事故——这发生在一个大部分人没坐过汽车的国家。

下高速公路之后是普通公路，路上满是灰尘，缺乏规划，路边是一排商店，门敞开着，里面黑洞洞的。一个穿着绿色针织上衣的男人正用力给三轮车打气，另外一个肥胖男人，是中国人里少见的，他坐在一家食品店的门口看店。这条路上挤满了卡车和蓝白相间的公共汽车。我们的车避开一辆三轮车，然后加塞抢道挤进洪流般的行车道，自行车和行人也在抢着过街。这些急躁举动让我想起世界上有两种国家：一种是汽车停下来为行人让路的，一种是行人停下来为汽车让路的。

这种区别是哲学意义上的，也是道德意义上的。第一种国家，主要是西方发达国家，拥有可能造成伤害的工具——汽车——的人有责任确保自己手中的绝对权力不会伤害别人。第二种国家，是除了西方发达国家以外的地方，拥有绝对权力的人认为其他人理所当然应该为自己让路——即便没有这种权力的人也认同这种想法。在中国，汽车在路上总是拥有更大的权利，因为它们体形更大。如果一个女人带着孩子过马路，一辆出租车开过来，对她摁喇叭，她会拉着孩子退回去。她不但不会生气恼怒，也许还会感激司机的提醒。

要与玄奘建立联系，大雁塔是个好地方。652年，玄奘修建此塔用来收藏从印度带回的经书，现在在高塔上仍然有用以保存经书的小房间。游客大部分都是中国人，他们爬上古老的石头台阶，挤在铜制佛像面前。我看到一个强壮的年轻人穿着滑雪爱好者的 T 恤衫，上面写着"Alpine Series"，他正在拍照。院子里有不少僧人——剃着光头，穿着灰色长袍和布鞋，长裤扎进绑腿中——正忙来忙去。其中一个大概身高一米二，脸颊光滑，剃着光头，正拿着水壶在大殿前的台阶上洒水。我问他——要看出他的性别有点儿难——有没有谁能跟我谈谈玄奘，介绍一下寺庙的历史。"没有。"那个僧人用严厉短促的男中音回答我。"没有"很容易说得严厉，尤其是想公事公办地把人打发走，比方说：宾馆里有热水吗？没有。后来我们在一个小摊上买香，问了卖香的女人同样的问题，是否有人能讲解一下寺庙的历史。

"没有。"她说，然后接着看她的报纸。

寺庙入口处有一群人戴着黄色帽子，帽子上写着"济源旅行社"。

"济源在哪儿？"我问，我总是想跟人说话。

"山东。"一个人回答。我注意到他防风外衣里面穿的背心上有公安局的标志。他是一个来参观佛塔的山东警察。

"你信佛吗？"我问。

"信，"他说，"你呢？"

"呃……不。"我回答。

我们点燃香，举着香对着佛像上上下下晃了几次，我注意到一个僧人在看着我。我知道自己的举动很明显是第一次参加这种宗教仪式。我们往功德箱里放了一点儿钱，正要往功德簿上签字的时候，那个僧人阻止了我们，这也许是他看我的原因。

"你已经捐钱了。"他说。

"对，我们捐了，所以想在这儿签个名。"忠梅告诉他。

"不用，"僧人说，"你们已经捐过了，就不用签字了。"

我们没再争辩，让这个问题过去了。

"你知道高僧玄奘吗？"我问他。

"知道。"

"有没有人可以给我们讲讲他，讲讲这座寺庙？"

"没有。"

我们爬到佛塔顶端，看着西安城和城市周围的郊区，它们都笼罩在工业粉尘和北方蒙古气旋带来的沙尘之中。一边是建筑工地——六座看似寺庙的建筑正在修建中。我不知道是佛教正在兴起，还是说只是为了发展旅游。我们在一座寺庙的配楼找到一间小书店，问在那里卖书的小和尚有没有慧立写的玄奘传记的英译本。我在纽约找过这本书，但只找到了19世纪塞缪尔·比尔的译本（书中玄奘的名字被写作"Huien Tsiang"），那本书的书页已经发黄易碎。恐怕我是纽约公立图书馆最后一个读到玄奘传记的人了。小和尚知道这本书，但是书店里没有英译本。不过我找到了玄奘自己写的《大唐西域记》的中文版本，一套四册，放在一个书匣中。每一册都有靛蓝的封面，印刷精美，用的是传统字体——而不是简体字。在玄奘藏经的地方拿着这套书，我感到脖子后面的汗毛竖了起来，这也许就是他写作这本书的地方。

"你读得懂？"僧人问我。他的态度稍微好转了一点儿，不像开始时那么严肃。

"其实读不懂，我能看报纸，但是看不了文学作品。"

他点点头，好像在说：我也有这个问题。

玄奘的名字在英文中有各种译法：Hsuan Tsang、Xuan Zang、Hiuen Tsiang、Hiouen Thsang、Huan Chwang，甚至还有 Yuan Chwang（要看你用的是哪一套拼音系统）。603年，他出生于华北地区的河南，

22

他的名字用现代普通话发音是"xuan zang"[1]。他来自官宦之家，自小接受良好的教育，祖父是北京国子监[2]的博士，食邑周南，家境优渥。朝廷多次邀请玄奘的父亲出仕，但他看到隋王朝的腐败和衰落，拒绝了这些邀请。隋朝是唐之前一个短暂的朝代，玄奘的少年时代生活于隋末的动荡之中。其后，他的父亲隐居乡间，托病不出，也许是因为感谢食邑周南带来的财富——在慧立的记叙中，此举受到同侪的赞赏。

在慧立笔下，玄奘的一生有点儿像基督教的圣人。他出生的时候"霞轩月举"，童年之时则"兰薰桂馥"[3]。他不跟其他幼童玩耍，选择潜心读书。"虽钟鼓嘈杂于通衢，百戏叫歌于闾巷，士女如萃，亦未尝出也。"慧立写道。

成年之后，他长成为一位高大、英俊、有魅力的男子。在大师圆寂五十年之后，宰相张说为《大唐西域记》作序写道："含和降德。"可见他的志向迥乎常人，世所罕见。他学问精深，原本可以走上仕途，效力于唐太宗，像他的祖父那样成为一位儒家忠臣的典范。但这并非他选择的道路。他"顾生涯而永息"，张说写道。他的理想不是成为一个有权力的男人，而是要"摈落尘滓，言归闲旷"。

现在，一千四百年过去了，只要是上过小学的中国人都知道玄奘

---

[1] 原文用其他拼音系统标注。——译者注

[2] 原文有误，应该是北齐国子寺，北京国子监始建于元成宗大德十年。——译者注

[3] 出自张说为《大唐西域记》所作序言，并非慧立所写。——译者注

是谁，也知道他做过什么。他是一个世人皆知的典范，却又十分复杂，不易理解。他非常勇敢，决心独自开启一段需要很长时间才能完成的旅程。当时他的一个崇拜者形容他姿态庄严，有着水中升起的莲花般的从容与光辉。有一次，当他行进在炎热的印度，在阿拉哈巴德南部的恒河流域，他和同伴遭遇了强盗，强盗们打算把他献祭给神。玄奘要求给他一点儿时间来准备死亡。他渐渐入定，这时大风骤起，水涛汹涌，强盗们大为惊恐。他们叫醒玄奘，祈求他的原谅。玄奘平静地问道："时至否？"凶残的强盗们因此受到感召，请求成为他的徒弟。

比起吴承恩所写的五百岁的猴子陪同玄奘到西天取经的故事，我觉得这个故事更加真实。不过吴承恩创作的关于玄奘的文学传奇让他的超凡勇气深入人心。他有一种气场。他的师父认为自己力有不逮，选择他来弘扬佛法。他就是数个世纪后马克斯·韦伯所说的那种"魅力非凡"之人，太宗皇帝在自己晚年的时候，也要向他请求传递智慧和力量。我不知道那些强盗是不是真的想要成为他的徒弟，不过在他的旅途中，不止一个皇帝邀请他中止旅程，在当地留下来传播智慧。中国最重要的哲学儒家思想有序地控制着外部世界，而玄奘则是内在心灵修养的大师。在中国三千年的历史中，佛教是唯一赢得信众的外来教义。从这个意义上说，玄奘在两方面都是精神上的革命家。他通过修身养性来寻求智慧，而追寻的方式是走向远方，在他的祖国，这两种途径都不是获得名誉与财富的寻常之路。

对于那些仔细看完比尔译本的读者来说，玄奘在某些方面会让人感觉有点儿书呆子气，《大唐西域记》里面满是大量现在看来无用的信息，比方说在现今巴基斯坦地区的某个寺庙里有多少僧侣，他们信仰的是大乘佛教还是小乘佛教。他非常迷信，这对一个思索哲学问题的思想家来说尤其如此，他记叙了大量有关佛和菩萨显现超级神力的故事。虽然如此，他所留下的大部分记载还是相当精准，后来的探险家，比方说无所畏惧、勇往直前的匈牙利－英国籍犹太考古学家和寺庙劫掠者奥莱尔·斯坦因，仍然可以使用他的记载来确定中亚丝绸之路上古代遗迹的位置。玄奘拥有无穷的好奇心。到达印度之后，他把一切都记录下来：印度各种不同的名字、计量单位（包括分无可分的最小单位）、时间单位、季节划分、城镇街道的情况、服装的特点、当地习俗和语言。他对所见兵器、各个国家宫廷阴谋、统治者的治国之道、老百姓的生活状况都做出自己的评价，包括他觉得他们是高雅还是粗俗、是诚实还是狡诈。

幼年时，思想严肃的玄奘就开始接触佛教，领他入门的是他三个哥哥中的一个，他是一名高僧。他俩都住在隋朝的东都洛阳。隋炀帝下诏在洛阳招考，计划由国库拨款剃度十四名僧人。玄奘因年龄太小不能入选，他在招考门外盘桓数日。负责度僧的官员对他印象深刻，要求将他列入剃度之选，他说："若度此子，必为释门伟器，但恐果与诸公不见其翔翥云霄、洒演甘露耳！""甘露"喻指佛的智慧。据说但凡一本书他只要读上两遍，就能过目不忘。玄奘开始宣讲佛经，很快就以对佛教经典的诠释和洞见闻名于世。"美问芳声从兹发矣。"慧立写道。那个时候他才十三岁。

隋朝末年社会动荡，玄奘和兄长被迫离开洛阳，慧立说此地已经成为"豺狼之穴"，"夜冠殄丧法众销亡。白骨交衢烟火断绝"。玄奘与兄长无以为生，躲避到相对平静的西南部地区，他们最后到达的城市比尔译作"新都"，应该是成都（现在四川省的省会），这里聚集了大量流亡的僧人和学者，玄奘与其兄长的声望在此地进一步得到提升。

不过即使如此，他在正式讲经说法之前，仍在苦苦思索一些佛经的真正含义。他没有具体说是哪些文字，不过这不难想象，中国各学派对一些佛教概念众说纷纭，佛教术语本身已经足够高深，通过不同渠道译成中文之后就更加难以理解，比如说"空""真如""缘起"等等，所有这些概念都需要他到印度以后详加钻研。但在那个时候，玄奘只想去往长安——唐王朝已经建立，社会秩序正在恢复——向下一位大师学习。他无视兄长的禁令，乔装成商人乘船经三峡离开了成都（这是第一次，但并非唯一一次他藏起自己的僧衣）。他在杭州[1] 停留了一段时间，吸引了大批信众前来听讲，最后来到长安。

玄奘的聪慧让他再次声名鹊起。即使是慧立的记载有所夸大，玄奘应该还是成为了思想界的明星，他宣扬脱离苦海和摆脱无知，尤其是在当时，难以言说的生活艰辛和社会混乱还在人们心中记忆犹新。当时长安最著名的高僧是法常和僧辩，来向他们请教的僧人和百姓"从之若云"。玄奘不断向他们求教，"至于钩深致远，开微发伏，众所不至"。 经过连年战乱和社会动荡，佛教高僧面对的是一个宗教复兴的阶段，玄奘正是重现往日荣光的最佳人选。慧立引用法常和僧辩的话说："再慧明日，当在尔躬。"

---

[1] 玄奘没到过杭州，此处可能是"荆州"。慧立云："发题之日，王率群僚及道俗，一艺之士咸集荣观。"——译者注

但还是有一些问题一直困惑着玄奘。与中国数个世纪以来政治上的无序状况相对应，不同佛教流派之间也众说纷纭。或者，就像张说所说："部执交驰，趋末忘本，摭华捐实。"玄奘了然于心"良用恧然"。毫无疑问，虽然此时玄奘刚过二十岁，但他已然献身佛门，把自己视为佛教的拯救者、本国最伟大的宗教权威，受到召唤而要建立更高层面的真理。他用诗情画意的比喻来讲述佛教的智慧——"甘露""金镜""香宫""薰风"——其主要目的是为让众生净化心灵，从生与死的束缚中解脱出来。与此同时，玄奘身上也有非常现实的一面，为了找到让人们摆脱欲望、得到真理，他求法的欲望也到了疯狂的境地。在旅程初期，到达玉门关西部绿洲中的高昌国，他跟国王有过很长的交谈，其中一次交谈中，他令人信服地证明了自己的信仰，也为自己的宏伟志向发出宣言。玄奘一开始以第三人称表述自己的观点，然后转为第一人称：

　　奘闻江海遐深，济之者必凭舟楫；群生滞惑，导之者寔假圣言。是以如来运一子之大悲，生兹秽土，镜三明之慧日，朗此幽昏。慈云荫有顶之天，法雨润三千之界。利安已讫，舍应归真，遗教东流，六百余祀。

　　腾会振辉于吴洛，谶什钟美于秦凉。不坠玄风，咸匡胜业。但远人来译，音训不同。去圣时遥，义类差舛。遂使双林一味之旨，分成当现二常；大乘不二之宗，析为南北两道。纷纭诤论，凡数百年。率土怀疑，莫有匠决。

　　玄奘宿因有庆，早预缁门，负笈从师，年将二纪……未尝不执卷踟蹰，捧经伫倚。望给园而翘足，想鹫岭而载怀。愿一拜临，启申宿惑。……天梯道树之乡，瞻礼非晚。……然后展谒众师，禀承正法，归还翻译，广布未闻，剪诸见之稠林，绝异端之穿凿，补像化之遗阙，定玄门之指南。

玄奘的疑虑和困惑到底是什么？他对真理的追寻在那烂陀寺到达顶峰，在那里他求法于传奇的戒贤法师。即使在他开始穿越沙漠的时候，心中所抱的问题也不止一个，都与 7 世纪中国佛教界存在的争议和分裂有关。问题之一源于中国佛教徒很少有人通晓佛典原文，因此很多高度抽象的梵文概念，被解释为极其通俗的中文，而这种通俗语言并不适合抽象表达。比方梵语中表示圆满的"般若"，成为中文的"圆"。[1] 玄奘苦于重要的概念被误译，他在《大唐西域记》中提到："通译音讹方言语谬，音讹则义失，语谬则理乖。"他是为数不多学过梵文和巴利文的中国僧人，这两种印度语言是佛教经典的书写用语，玄奘认为自己应该在那烂陀学习佛典的本义，为中国佛教重建提供更为可靠的基础。

7 世纪时佛教在中国势力强大，对不同的人来说，佛教有着不同的意义，现在全世界范围内的佛教信仰也是如此。对于诗人和学者，

---

[1] 书中玄奘佛教材料来自芮沃寿（Arthur Wright）《中国历史中的佛教》（*Buddhism in Chinese History*），加利福尼亚州帕罗奥图市：斯坦福大学出版社，1959 年；肯尼斯·陈（Kenneth Chen）：《中国佛教：历史的考察》（*Buddhism in China : A Historical Survey*），新泽西州普林斯顿：普林斯顿大学出版社，1964 年。——作者注

那是一种富有诗意，在一定程度上是一种逃避主义的自然崇拜，是面对俗世纷争时的一种退避保护，与道教的作用相近。道教徒在微醺中和月光下书写诗篇，修炼吐纳以期长生不老。佛教徒则向各路神仙祈祷，只不过他们的目的并非超越生死获得涅槃，而是希望留在人间启蒙世人。一般的佛教徒会去寺庙拜佛，现在仍然如此。他们点燃香烛，跪在某尊佛像之前——也许是掌管未来的弥勒佛，他召唤信众去往西天，等待一个更美好的转世；也许是阿弥陀佛，他掌管着西天极乐世界，那里也被称为净土。玄奘最爱的是观音菩萨，佛教中慈悲和智慧的象征，人们会在遭遇不幸时向其寻求帮助。

作为一种道德哲学，佛教比较消极，但对于中国这样一个国家：墨守成规，历史浸透着鲜血，敌人或来自内部或来自外部，朝代更迭、战争、暴行带来一场场杀戮，佛教未尝不是一件好事。隋唐两代，佛教高僧纷纷建立自己的学派。其中最重要的是芮沃寿所说的"专心致志于个人启蒙"，也就是"禅"，现在更多为全世界知晓的是由此发展出来的日本禅宗。其中心思想是一切事物内部均有佛性，通过冥想和内省即可获得。另外广为流传、影响甚广的一派是6世纪创立于中国东部天台山的天台宗。天台宗希望汲取佛教不同流派的精华，汇成一部经典，作为觉悟的唯一途径，而能让人们度离苦海最好的工具就是《妙法莲华经》，这部极为玄妙的典籍，列举了真理的三层含义，各不相同，却又完全相同。

"会三归一"是一种智力游戏，也是一种高超技巧，这是很多佛教理论的一大特征，因为佛教常常要人们同时接受两种相互矛盾的观点。比方说大乘佛教就有一般真理和绝对真理之说，一方面认为自身和世界都存在，另一方面又认为自身和世界都不存在。我认为，玄奘终究是一个中国人，在一个非常世俗的现实社会中接受教育，上述二律背反给他带来极大困扰。作为一个严肃的佛教徒，玄奘毫无疑问相信两个基本理论：其一，他的行为是为了找到脱离苦难的途径；其二，苦难源自对万物本质缺乏了解。但是万物的本质是难以确定的。高度哲学化的佛教是世界上最不像宗教的宗教，它不依靠某个神秘的、不可知的、无所不能的神来使人们忽视生命最大的秘密——我们从何而来？我们为何存在？我们死后将会如何？罪恶为何存在？为何需要向善？佛教的存在主义要求我们确定自己的价值，而不是依靠神——就算菩萨有相当强大的力量，比如玄奘信奉的观音菩萨。在去往印度的途中，玄奘希望朝圣之旅可以找到小小的真理——针对一些具体的问题，比如"空"和"圆"的正确含义。当然他也希望找到唯一的真理，可以彻底解决有关现实一切问题的本质的终极真理。

因此，玄奘顺应了他所处时代的潮流。佛教理论经过 1 世纪到 7 世纪的发展，印度和中亚地区的一些佛教哲学家已经提出几种玄妙的思想，关于现实世界的本质，以及人类大脑认识现实世界的心理学理论。早期佛教徒满足于理解佛的教义，那就是我们以为永恒的东西其实是暂时的，我们所感知的世界并不是真实的世界，我们的误解正是造成自身苦难的原因。但几百年过去了，几位受到玄奘尊崇的印度高僧，开始在现实这个概念上得到新的领悟，他们从每一个角度去思考和验证，彻彻底底，完完全全。在这场大检查中得到极大发展的学派是瑜伽行派——"瑜伽"倡导人们全神贯注进行高度的精神修炼。早在到达印度之前，玄奘看起来就已经是一个坚定的瑜伽行派了，那意味着从本质上他属于一个最为神秘艰深、晦涩的哲学性思想流派。瑜伽行派一般被叫作"唯识宗"，是大乘佛教的一个分支，其主要准则是普世度化（与之相对的是小乘佛教，注重个人的救赎）。它所讨论的问题，一千年之后欧洲人才开始思考，那时勒内·笛卡尔和英国经验主义哲学家走上了舞台。跟其他佛教学派的信众一样，瑜伽行派的信徒也会问：我们所感知的是真实的世界，抑或只是幻相？既然我们所感知的所有一切都来自五种感觉，那怎么知道我们的理解是否可靠？笛卡尔当然认定我们身外世界的存在，我们也能对身外世界有真正的了解；但瑜伽行派却不接受这样的二元论。他们的第一准则就是否认自身和世界分离的任何想法。对于瑜伽行派的信徒来说，世界是一种迷惑人心的存在，所有能被感知和不能被感知的生命现象，都不过是如梦幻泡影般的意识的反映，是思想的产物，是梦中之梦。[1] 认识到你所感知的只是幻相，只有通过深入研究和长期冥想，才能了解真正的现实，这将使你得到精神上的解脱，你的认识将会超越时间和空间的界限。

作为一名坚定的瑜伽行派，玄奘自然需要去印度寻求答案。那烂陀寺是佛教学府，也是世界瑜伽行派的中心，其神学世系可以追溯到学派的创始人。瑜伽行派信众都面临着神奇的悖论，致力于悖

---

[1] 此处引自法国中亚学者勒内·格鲁塞关于玄奘的著作《循着佛陀的足迹》(*In the Footsteps of the Buddha*)，纽约：格罗斯曼出版社，1971 年。那是我写作此书的主要资料来源。——作者注

论的解决，这占据了他们思维的核心。瑜伽行派相信一切都是思想，既有思想本身，也有我们从思想之外感知到的现象——外部世界。不过，如果所有均是思想，那思想这个概念是否也包含其中？或者换个说法，如果一切都是幻相、幻灭、梦中之梦，是否一切都是幻相、幻灭、梦中之梦这个真理也是一种幻相？当我思考这个悖论的时候，脑子里常常冒出一个相当现代的比喻。在披头士的《黄色潜水艇》这部电影中，有一台真空吸尘器，会吸走所有东西，世界上的一切东西。这可以对应万物皆空都是幻相这个想法。然后，吸尘器转向自己，将自己也吸了进去。意思就是一切均是幻相这个真理本身也是幻相，这是一种双重虚空，万物皆空，万物皆空这个理念也是空。

　　不太容易，对吧？在旅途中，我读佛教哲学书籍，翻译佛经（佛的教诲）和论典（对佛经的阐释），希望对玄奘所说的"开悟"有一定的认识。最终佛教对我来说，更像是一种哲学，而不是宗教，是一种解惑的工具，而不是信仰。谈及精神领域，我是个犹太人，不是佛教徒，"精神"这个词，有误导他人的嫌疑。对所有的宗教而言，我是个怀疑论者，本质上是个没有信仰的人，但是，就像我过世的父亲一样，我是个奇怪的无信仰者、虔诚的无神论者，我喜欢宗教的仪式、音乐、庄严性、圣言的语调，而并非宗教的文本内容。我的父亲 1911 年出生在俄罗斯的一个犹太小镇，接受过严格的犹太教《托拉》和《塔木德》经教育，分别用希伯来语和意第绪语写作，有点儿像玄奘研习过的《涅槃经》和《摄大乘论》，分别用古老的梵文和巴利文写作。但我的父亲，对严格教育自己的身为东正教教徒的父亲产生叛逆情绪，尤其是在他十三岁来到美国以后。他父亲的宗教信仰遵守一系列严格的禁忌。我的父亲非常理性，他不太容易受到古老教条的影响。他更想成为一名作家或者一位物理学家，他的心智禀赋也足够，但其身处的时代环境并不允许。二战中，他为美国打了几年仗，最终在康涅狄格州东哈德姆经营一个养鸡场，小时候我在那儿上学，从一年级到十二年级都在同一栋楼里。

在阅读意第绪语犹太经典的同时，父亲也了解马克思、葛兰西、陀思妥耶夫斯基和肖洛姆·阿莱赫姆。他完全不信上帝，也不相信神的恩典，但他每周五晚上都去教堂，在犹太赎罪日禁食，在每年的逾越节晚宴上妙语连珠，总是哼着在俄罗斯学会的意第绪歌曲。他的全部生活散发着一种旧世界的气息，1991年父亲去世以后，为家人和朋友主持逾越节晚宴成为我的任务，父亲的犹太正统和我的浅薄业余有着明显的差异。

但我还是继续主持着每年的逾越节晚宴，在其他方面，我也继承了父亲对神的某种既疏远又亲密的关系。跟他一样，我不相信有某种至高无上的神存在，但又对希伯来祷文非常熟悉，那让我深深感动。从审美情趣上，从尊重自我牺牲，从历史感上，我与犹太教义密切相关。对我来说，犹太人是受难者，但犹太教义是良知的哲学，在历史上敏锐的思想家以及《米示拿》和《塔木德》的编撰者们的努力下得到高度发展。犹太教也是关于永生的宗教，是现存最古老的宗教，比佛教早五百年。我并不相信永生，前面说过，我也不相信转世，这个概念对佛教来说简直具有一种讽刺的意味，因为佛教认为人世本不值得期待，而应该逃离。但是在古老的犹太教义中，在犹太人的良知中，我能感觉到与自己息息相关的长久联系，可以追溯到有史之初。对我来说，宗教的意义就在于此。我是父亲的儿子，我们都不能对自己的古老身份和被屠杀的先辈随意处之。在经历了那么多被鲜血浸润的岁月之后，我不想让这传统终止于此，终止于我。

那么，对我来说佛教是什么？为什么我要追寻一个中国僧人而不是犹太教的先知？在我刚上大学要去亚洲旅行的时候，佛教和佛教寺庙只是一道吸引人的风景。我一点儿都不相信对着一尊盘腿坐在莲花上的铜像挥动手里的香烛能解决任何问题。但那叮当作响的铃铛、平静的感觉，以及佛像传递出的泰然自若总是吸引着我。你越是将佛教看成一种思想体系、一种对万事万物存在的追寻、一种徒劳人世纷争中的另辟蹊径，就越会发现佛教的深奥和丰富——佛教也因而更加接近犹太教义，至少在某个重要的方面。犹太教和佛教都是高度智识化的宗教，它们所要求的虔诚并不很多，更多的是对最艰深的现世问题的钻研。《塔木德》犹太教义可能是历史上存在最久的对善行的检验；而对于人类本性的致命缺点，佛教是最早的、可能也是最有深入思考的，佛教的第一教义大体就是说，真理会使你自由。二者都牵涉到古老历史和良知。在我追寻玄奘足迹的过程中，佛教对我而言始终不是一种宗教。我并不完全相信的宗教是犹太教。我怀疑亚伯拉罕、以撒和雅各这些神的存在。但我对佛教的尊敬与日俱增，那是清除物质异色光芒的方法，是战胜自身浅薄获得心灵平静的途径。在我阅读玄奘生平的时候，我发现自己对他笔下的神迹魔法越来越失去耐心，而越来越为他的理论思想所吸引。我确信他去往印度，是要解决《黄色潜水艇》中吸尘器的悖论，双重虚空的问题。他相信对这个悖论的深刻理解，能够更多帮助他理解终极真实与绝对真理。

玄奘的旅程始于 629 年，那时他二十六岁，已经学过所往之地国家的语言。他的第一位同伴是一名来自甘肃的僧人，还做他的向导。玄奘的第一个目的地是甘肃兰州。

当他迈出西行的第一步时，一定紧张又兴奋，我也是，我们的情况有一种怪异的相似。在玄奘出发去印度前，朝廷禁止中国普通百姓去到玉门关以西的地方。唐太宗刚刚登基，正专注于巩固自己的权力，不希望自己的臣民走出帝国的疆域，尤其是西部，那里曾经是中国的一部分，彼时则在非汉人的部落首领的统治之下，包括突厥、蒙古和匈奴。对我来说，在西安惹上麻烦的可能性不大，这里是著名的旅游城市，对外国游客没有那么戒备。但在甘肃和新疆，我就会显得非常可疑，那些地方游客不多。我希望自己是一个隐姓埋名的游客，不要被特别注意。但同时我也很高兴，在对这趟旅程期盼多年而因种种原因未能成行之后，我终于上路了。现在，跟玄奘一样，我也有一个本地人做向导。我并不孤独，这在很大程度上帮我摆脱了焦虑。

在西安的第二天晚上，我们去火车站买去兰州的车票。那里有着奇幻的景象。火车站就在古城墙的外面，是一栋巨大、庄严而又斑驳的建筑。西安仍有一些唐代遗迹，比方大雁塔，而在与暮色融合的微弱车站灯光之外，那高大的雉堞，却是明代城墙，那是玄奘时代七百年之后修建的。它高高耸立，直入云霄，向着几个方向伸展出去，营造出一种神秘而宏大的气氛。

火车站里，一个穿着绿色警服的男人坐在金属折叠桌前，一面敷衍地回答着游客的问题，一面与身边坐着的戴肩章穿蓝色制服的人讲着笑话。15 号售票窗口的牌子上写着"党员先进模范"。忠梅给我解释牌子的含义：那个窗口的售票员是党员，为其他售票员树立榜样。但那天晚上，那个窗口并没有人。

进站口的高墙上挂着一块大牌子，显示第二天列车的班次：677 次，西安到兰州；367 次，西安到库尔勒（我们要坐的火车）；829 次，西安到乌鲁木齐，始发站是遥远的广州。对面高高挂着一块极长的牌子，上面写着"购票须知"。上有十二条规则，不过我们没时间去看。再外有一排小吃摊，亮闪闪的金属炉灶上煮着热腾腾的面条。一个穿着沉闷棕色毛衣、表情沉郁的女人坐在柏油马路上卖着搪瓷盆里的五香茶叶蛋。车站空地的挡板上写着："古城是我家，清洁靠大家。"旁边一些第二天即将出发的旅客露天席地而卧，在这里过夜。还有一些人坐着，抽着烟或看着报纸。空地上有两个人挤在一起睡觉。

我意识到是什么使得夜晚的中国城市如此与众不同。是声音，一种压抑的嗡嗡声，不是机器、车辆或空调的轰鸣，而是数量众多的人声，无数人的脚步踩在柏油路面上的声音，轻声细气的台湾音乐，偶尔还有收音机的声音回荡在空中。这里的声音比我在其他城市听到的更轻柔，是一场由人声和皮鞋所发出声响的合奏，在夜色的衬托下，黄色路灯在烟尘中发出微弱的光。

2 背玄灞而延望

LEAVING THE BA RIVER BEHIND

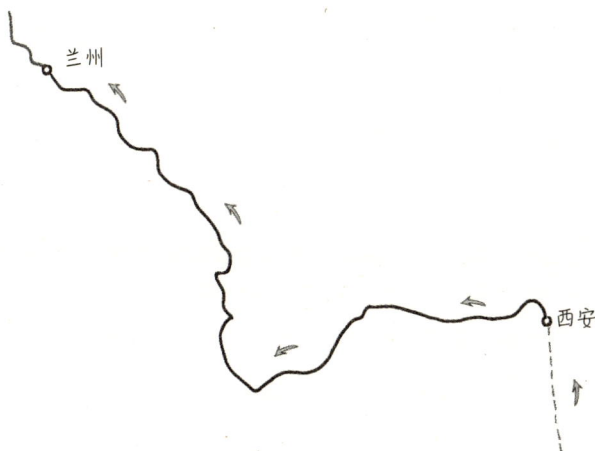

我们买了两张软卧票，车厢内布局是欧式风格的，每个隔间都配有四张床。一般来说，一列火车只有一节软卧车厢，就在餐车旁边。还有几节硬卧车厢，床铺有三层，设施非常简陋。然后是硬座车厢，座椅靠背是方形的，一点儿也不符合人体工程力学，大多数中国人会选择这种座位，要是他们从广州到乌鲁木齐坐上五天，往往会坐得腰酸背痛。三种车厢都配备相同的厕所，阴冷、湿乎乎的。旅程开始时我问自己，如果7世纪的中国就有火车，玄奘会选择哪一种车厢，我觉得他一定会选择软卧。他虽是一个历尽艰辛的行路者，但若有舒适的条件，他也会接受，因为他始终认为自己是属于"上流社会"的。这种解释给人以安慰，因为我也很想选择软卧。

火车驶出西安站，我想起中国有句老话：千里之行始于足下。玄奘的旅程的的确确始于足下，或许他是骑在马上，从西安城某个地方出发，去往传说中的西方——那可能是中国以西的任何地方——一百年中，没有一个中国僧人，甚至没有一个中国人曾经涉足那里。我的旅程始于铁轨之上，对于这条玄奘之后就没有人完全相同走过的路线，我感到满意，我将是重走玄奘之路的第一人。

火车隆隆，慢慢地穿过西安郊区，经过红砖厂房和停着货车，堆着炉渣砖、钢筋和卷筒电缆的院子。行程的头几个小时，车窗外是平坦的北方高原，随着火车驶入渭河河谷，两边变成突起的山丘、梯田和穿凿过岩石山体的隧道。忠梅和我坐在窗边，我们中间是塑料台面的小桌子，每一个软卧车厢都有。桌子下面有个大大的红色暖水瓶，乘务员往里面灌满了热水，这也是中国不变的特色之一。忠梅在看《傲慢与偏见》，我时而看着窗外飞逝的风景，时而读着塞缪尔·比尔翻译的《大唐西域记》，在书中，他表现出一种勉为其难的崇拜，混合着某种屈尊俯就的种族主义观点。比尔的主要兴趣在印度和印度佛教的历史，相关资料主要保存在数百年来中国僧侣去往印度的朝圣记录中。因此比尔翻译了所有佛教探险者留下的记载，包括玄奘几个世纪前完成的两部著作。

"没有人像这些单纯而又热切的佛教僧人那样，历经沙漠、高山和海洋的折磨，"比尔写道，"他们的勇气、虔诚、付出和忍耐力，体现在这些我们一般认为充满惰性的中国人身上，出人意料，值得深思。"

这些早期的朝圣者中最有名的是法显和尚（比尔译为"Fa-hian"），他在 399 年离开长安，十四年之后才归来。然后是宋云，来自中国西部的敦煌，敦煌有中国最伟大的石窟，宋云是由北魏太后派遣去往印度搜集佛经的僧人。宋云之后大约一百年，是玄奘。他仔细研读了前人的记录，并据此改进自己的计划。他去的地方更多，研习的时间更长，留下的记录也更全面。玄奘表现得像一个超人，藐视死亡，不达目的决不罢休。由于朝廷颁有不得去往玉门关外的禁令，玄奘离开西安时不仅知道前途漫长艰险，也知道自己的行动是不合法的，被抓到就会被遣返并受到惩罚。但这个男人连死亡都无所畏惧，比尔认为这个耐力超强的人头脑"简单"，他当然错了，不过他惊叹于一个出身高贵、成就卓著的人竟然能忍受离家万里的艰苦旅程，在这一点上他并没有错。

一个简单的事实是，除了这些僧人，中国人在 19 世纪晚期以前从来没有到过别的国家寻求智慧。偶尔有追求财富的商人、执行政令的使节和军事远征的士兵。还有一个个悲伤的故事讲述着少女被迫离家远嫁，满足野蛮部落首领的淫欲。和亲之后，首领就会带着族人充满感激地回到中国天子的怀抱，中国公主是天朝上国最让人垂涎的恩赐。穿越玉门关的男男女女没有人想要到帝国疆土之外寻找"内在"价值，在他们看来，中国就是中央帝国，是文明世界的代名词，没有什么必要到其他地区去寻求智慧和美丽。中国人似乎缺乏人类学的精神，他们不会认为详实、客观地研究他人可以更好地了解自己。他们没有为了探索而探索的精神。

但最常被提及的一个例外，是14世纪晚期著名的郑和七下西洋的故事，身为宦官的海军将领郑和率船队到达距亚洲海域最遥远的沿海国家。郑和出生于中亚的一个穆斯林家庭，在那之前两百年，他的家族已从布哈拉[1]移民到中国。郑和发展了中国的航海实力——制造出可分离的船体、防水的船舱壁、机械转向装置、440英尺长的九桅巨船，一路经过印度航行到非洲，相形之下西班牙无敌舰队只能算是小巧。不过若按照牟复礼在他关于帝制中国的历史巨著中所言，这次航行的目的是新皇帝明成祖渴望让世界知道他对中国的控制。[2] 其后并没有什么后续行动，他们也不想搜集航海信息，或者拓展中国的海上势力范围。

一百年之后，葡萄牙航海家亨利王子率领船队沿着非洲海岸线进行了系统的考察，寻找新的经由印度到达中国的贸易路线，虽然他的航海技术远不及郑和。这是西方对中国的探索，自给自足、自我满足、缺乏好奇心的中国并未对西方做出此般探索。如果历史朝着相反的方向发展，那我们现在可能都在讲中文。

就这样，数十亿生活在"天朝上国"的中国人中，只有法显、

---

[1] 乌兹别克斯坦西部城市。——译者注

[2] 牟复礼（Frederick Mote）：《帝制中国》（*Imperial China*），剑桥：哈佛大学出版社，1999年，第613页。——作者注

宋云、玄奘及其他几十个史料语焉不详的人，进行过为了追求智慧、知识和启蒙精神的海外远行。在过去几个世纪中，玄奘的《大唐西域记》几乎是唯一重要的对异域有系统研究的作品。只要有教义问题亟需解决，即便对终极真理的追求充满险阻，玄奘都会主动把责任扛在肩上。从某个角度说，他是自身所处时代的产物，那个时代一切都待价而沽，政治和宗教领域均是如此。当一个国家刚从连绵四个世纪的内战中恢复过来，重建政治和宗教秩序就十分必要了。政治秩序的重建是由唐太宗李世民完成的，而玄奘则着手于重建宗教秩序。

玄奘幼年时，隋朝结束了四百年的分裂和战争，统一了中国。历史学家众说纷纭的是，像隋这样统一了中国的朝代总是很短命，不过它们为取代自己的"长寿"朝代铺平了道路。那隋朝的统治就是一场结合了集权主义的谋杀。隋文帝多疑而残暴，他统治下的帝国常年处于战乱状态，他还热衷于实施廷杖，在殿堂上用竹杖将触怒君颜的大臣打至灵魂出窍，足以轮回转世。他要求大臣百家争鸣，但当大臣所说忤逆到他，他又会拿起自己的惩罚之杖。他不受爱戴，即使是在自己的儿子们当中，最终他的一个儿子杀死了他，以继承他的妃子和皇位。

611 年，玄奘八岁时，中国遭遇了一场大洪水——按照中国人的宇宙观，这意味着皇帝失去了上天的支持。第二年，隋朝军队在与高句丽的战争中落败，接下来是旱灾和蝗灾。历史记载当时强者落草为寇，弱者鬻身为奴。法国历史学家勒内·格鲁塞记得的几句诗歌，描写了那个时候的场景：

牙璋辞凤阙，铁骑绕龙城。

雪暗凋旗画，风多杂鼓声。[1]

在这一片混乱和灾难围困之中，一个大人物诞生了，在玄奘开启印度之旅时，他已经皇权在握，这就是中国历史上的巨人——李世民，他就像古罗马的朱利乌斯·恺撒或者俄国的恐怖沙皇伊凡。据说李世民有外族血统，是汉人和北部某个"野蛮民族"的混血儿。他是唐国公李渊的次子，李渊是一个懒散的好色之徒，带领朝廷军队为隋朝扑灭了农民起义，并在前线抗击突厥人的进攻。李世民十五岁起就开始随军打仗，最后，当隋朝国运衰退、摇摇欲坠时，他通过一系列谋略兵变夺取了政权。他设局安排色欲熏心的父亲夺取隋炀帝后宫中的两名妃子，这样大逆不道的行为需要李渊付出生命的代价。李渊不得不起兵谋反，并获得成功。隋炀帝兵败逃往南方，并于618年被杀，同年李渊改国号为唐，成为唐朝的开国皇帝。玄奘那时十五岁，正跟随兄长居住在成都。

唐王朝建立后，李世民先是作为父亲的代理人掌握大权，但这只是一出血淋淋的宫廷大戏的开端，贯穿唐王朝建立后的最初几年。后来，他先与两个兄弟以及父亲新立的皇后为敌，最后，在"玄武门之变"这场惨烈的夺嫡之争中，杀死了两个兄弟，那两个兄弟也

---

[1] 出自唐代诗人杨炯《从军行》。作者原文引自格鲁塞（Grousset）所著《循着佛陀的足迹》（*In the Footsteps of the Buddha*），第 3 页。——编者注

曾多次试图暗杀他。事后，为了防止未来可能出现帝位的觊觎者，他杀死了兄弟们所有的男性后代。他甚至说服父亲退位禅让，从而登上皇帝宝座，后被尊为唐太宗，他也许是中国历史上最伟大的皇帝——一个延续了三百年的王朝真正意义上的创立者，并创造了当时世界上最辉煌、最先进的帝国。

　　玄奘和太宗之间只有半代人的差距，我总是把他俩看作人性两极的代表，即使他们都出身上层贵族，拥有相似的优势和机遇。但他们一位是思想上的英雄，一位是权力上的英雄；一位致力于逃离纷争，寻求内心的平静；一位热衷于挑起战争，流血牺牲。最终，当玄奘结束旅程回到中国，他还是与皇帝走到了一起。玄奘成为统治者的精神导师，太宗希望在自己暮年之时有玄奘陪伴左右，以回报自己为建造寺庙提供的资金支持，以及为玄奘翻译从印度搜集来的佛经所提供的资助。从这件事中我们可以得出的一个结论是，玄奘并非完全不谙世事，他对现实问题仍然有所关注，在关系到自己事业的情况下也会为自己打算。

　　虽说僧人和皇帝在兜了一个大圈子后走到了一起，但朝廷关于不得走出玉门关的禁令仍然在一开始将两人变成了对立的双方。我们知道，玄奘的旅程是违反唐朝禁令的，他去往印度是秘密的、违法的，并多次受到朝廷执法者的尾随追捕。

　　这使得玄奘在终于能离开西安西行时充满兴奋之情，他在中国西北的高原上一路西行，那里干旱的农田，也许跟现在并无二致。他的第一站是兰州，当时是中国的边界、中亚的开端。在那之外就是玉门关，戍边将士的营房驻扎在沙漠之中，被一片无边无际的沙地和戈壁环绕，正如诗歌中所写：边月随弓影，胡霜拂剑花。 玉门关外是沙漠绿洲中的王国，其中大部分都在突厥人的统治之下，他们很多都是佛教徒，因此给予高僧玄奘以热情尊贵的接待。紧挨着玉门关的西域诸地包括哈密、吐鲁番、库车和阿克苏，但玄奘称它们为伊吾、高昌、龟兹和跋禄迦。穿过天山，西行大约 1200 英里，是朝廷禁令未曾到达的地方。但玄奘的前方仍有各种艰难险阻，包括兴都库什山脉、克什米尔高原、赤地千里的旁遮普平原、亚穆纳河和恒河，还有印度德干高原湿热的气候。在旅途中，他将经历绝食抗议、身陷盗穴，以及来自印度教僧人的致命威胁；他将与突厥大汗一起用餐，在北印度的戒日王面前与印度教僧人辩论；他将向全世界最伟大的高僧学习，著文驳倒宗教上的对手。但那都是后来的事。他的第一项任务非常危险，那就是避开朝廷官吏，违背不得继续向西的禁令，这项任务在他的旅程之初就有可能要了他的命。

"我能看看你在读什么吗？"一位旅客用英文问我。他是软卧间唯一的陌生人，但即便车厢中人满为患，我也会注意到他。在中国人中，他算相当高的，身高超过 6 英尺，他很瘦，眼睛睁不开的样子，戴着黑框眼镜，那种风格一度被我们称为"摩登派"。他背着一个扁平旅行箱那么大的背包挤进软卧间，穿着徒步靴，黑色尼龙裤，还有一件深棕色的香蕉共和国牌的狩猎背心，上面都是口袋。他指着比尔的译本，冲我微笑着。

书的封面是橙色的，上面是那幅有名的玄奘西天取经的画。几年前，我在巴基斯坦白沙瓦的赛义德书店买到了 Munshiram

Manoharlal[1] 出版社重印的比尔 1884 年译本，当时我正在那里为《纽约时报》进行采访。那时我还不懂，没有问他们是否有慧立写的玄奘传记，后来我在纽约公共图书馆找到已经快散架的一本。我追寻玄奘足迹的旅程将会让我重回白沙瓦，我会再到赛义德书店试试。如果他们没有（他们的确没有），那我可以联系新德里的这家 Munshiram Manoharlal 出版社，希望他们会有（他们真的有）。

"这是玄奘的《大唐西域记》，"我回答，"你知道吗？"

"哦，知道！"他说。他看起来大概三十岁左右，也许更大一点儿。他说的是教科书式的英语，不过够用了。我们交谈的时候，他说着没有时态的英文——因为中文没有时态，要根据上下文判断时间——而且很多时候他都会省略"to go"这个动词的各种形态。他从包里拿出一本自己的书。是一本中文版的玄奘传记，配有他穿越甘肃和新疆的旅行路线。

"自从我开始这条路，"这是他第一次跳过"go"，"我看这本书。"

这个令人惊讶的巧合一开始让我感到担心。到目前为止，我在中国一切还算顺利。但在从西安始发的同一列火车的同一个软卧间的两个人都带着同一本书，这实在让人难以置信，况且这本书所描写的并非什么时髦人物。我很好奇这个看起来像 L. L. Bean[2] 产品目录上的人到底是什么人，是否会是一个想要知道我是谁、我在做什

---

[1]Munshiram Manoharlal，印度知名出版社，创立于 1952 年，主要出版人文历史类书籍，现位于新德里。——编者注

[2]L.L.Bean，美国户外用品品牌。——译者注

么的警察？我看了看忠梅，她并没有表现出什么担心，我立刻意识到如果警察想要抓我，完全没必要派一个人打入我的软卧车厢，用一种没人注意的方式试探我的身份和目的。

"你是不是要走玄奘之路？"我问。

那个人回答说他是北京某个旅行社的，要去新疆西部边陲城市喀什接一些从巴基斯坦经红其拉甫口岸来中国旅行的游客。他会陪同他们穿过塔克拉玛干沙漠北边的绿洲回到西安。他说自己的名字叫王勇，意思是"勇敢的王"。

"你一定很了解这些地方。"忠梅说。

"对，很了解。"王勇说，几年前他曾陪同一些土耳其客人从西安旅行到喀什，他们全程都骑在骆驼上。"一出新疆，"他说，"他们就骑着骆驼经过吐尔尕特口岸进入吉尔吉斯斯坦，然后一路回到土耳其。"

这太神奇了。在火车上偶遇的这个人，去过我也要去的吐尔尕特口岸，而且他也在看玄奘的传记！

"听起来很不容易。"我说。

"我们花了六个月才到喀什，"王勇说，"骆驼每天只能走三四十公里，这六个月里，我们每天晚上都睡在戈壁滩上。"

"听起来是挺难的。"忠梅说。

"这些土耳其人太厉害了，"王勇说，"他们到处跟人打架，他们就会这个，打架打架打架。我们一开始骑的是蒙古骆驼，但蒙古骆驼没有新疆骆驼那么强壮，死了两头。我们得买新的新疆骆驼，但土耳其人没有那么多钱，他们也不想花钱。他们不会说中文，也不会说英文，只会打架。他们在饭馆里打架，在市场上打架，跟卖骆驼的人打架，无论在什么地方都要打架。"

"但是不得不说，"王勇接着说，"他们很坚毅，而且非常能吃苦，中国人喜欢说'吃苦'，他们真的吃了很多苦。"

"吃苦"在中国是一种美德，让人自豪。

王勇继续说："不过土耳其人还是没有中国人能吃苦，你知道为什么吗？我告诉你，因为土耳其人会抗争，而中国人只是去忍受。"

我们陷入了沉默，望着窗外。列车还在沿着渭河前进，那条河非常窄，两道浅浅的河水在泥岸两侧流淌着。我们经过一些布满烟尘的隧道，还有一个夹在铁道和河流之间的村子。那个村子相当大，一排一排整齐的灰泥房屋，有着漂亮的灰瓦屋顶。在河谷宽阔的地方，是大片的田地，种的也许是麦子、小米或高粱，果树、葡萄架和菜地星罗棋布。

我正欣赏着田园风光的时候，外面过道里传来孩子的吵闹声。在上铺打盹的忠梅想看看发生了什么。我们看到一个穿蓝色开裆裤的男孩，陪伴他的女人穿着有点儿脏的黄色毛衣。当忠梅探出头去看小男孩时，她的头发披散下来，像一片乌黑的影子、一匹黑色的丝绸，散发出洗发水的香味。"真可爱。"她说，然后继续回去小睡，带走了那片香气。

* * *

我恍惚觉得，和忠梅在纽约相识的几年前，我就曾经在中国见过她。这其实没那么重要，也无从证实，但我喜欢这个想法，因为那说明我们注定会相遇，虽然过程不可思议。早年当我作为记者在北京工作的时候，曾去北京舞蹈学院做过正式访问，那学校当时正面向全国招生，它培养的学生都肩负着国家交付的演出任务。当时向导曾带我们走进一间通风良好的排练室，里面有一群十四五岁的女孩，穿着紧身衣，像草叶一样苗条。其中一个正在默默流泪，眼泪不停地从脸颊淌下来，但她还是一丝不苟地保持着舞姿，无声地抽泣着。我记得自己当时在想，这种情况在西方国家有多罕见，一个情绪如此激动的年仅十几岁的女孩，还能这么严格地遵守纪律，即便这是在有外国代表团参观的情况下。差不多十五年之后，我在纽约与长大后的忠梅相遇，我告诉她我曾参观过北京舞蹈学院，还有记忆中那个哭泣的女孩。她觉得自己很有可能就是那个女孩，因为当时她大概十四岁，正在北京舞蹈学院学习。她告诉我，她也常常哭。

忠梅来自中国东北，从她老家的小村子望去，可以看到黑龙江对面当时的苏联，黑龙江就像是中国的北达科他州 [1]。她的父亲是一名共产党员，参加过长征，后来被派到黑龙江参加农垦和城市建设工作。我在忠梅身上看到的坚毅品质更多来自她的母亲，她的母亲来自黑龙江以南1000英里之外的山东。忠梅父亲到达黑龙江后，她只是被简单告知自己的丈夫在做什么，具体在哪个地方，以及她可以过去跟他团聚。但她没有钱，当时也没有公共交通，于是她一路讨饭走到黑龙江，肩上挑着当时已经出生的两个孩子（忠梅是在那

---

[1] 北达科他州，地处美国与加拿大交界处。——译者注

之后才出生的）。

忠梅十一岁的时候，她的姐姐看到《人民日报》上的新闻，说舞蹈学院要在北京选拔学生。忠梅喜欢跳舞，但没有受过正式训练，她很想去。可父母没有同意，从黑龙江把孩子送到北京学习意味着一大笔钱。忠梅开始绝食，直到父母屈服。最后她来到北京，住在父亲的一个战友家里。在那年参加选拔的大约两万名学生中，她是十二个被录取的女孩之一。

此后，她在舞蹈学院度过了六年并不快乐的时光。别的女孩都来自城市，比她世故，也比她富裕得多。比如星期天的例行活动是一起去天安门广场，大家轮流买冰棍请客，但忠梅从来没有去过，因为她没钱请客。忠梅说那时她从来不笑，独自承受着周围人对乡下姑娘的严重歧视。她跟这个精英气质的学院格格不入，感到十分绝望，一个老师甚至不让她上课，让她坐在地上看别的女孩跳舞。于是，忠梅跟看门人谈好，每天早上四点（两个小时以后才是大家的起床时间）看门人拉动一条从二楼女生宿舍窗口垂下的绳子，绳子的另一头正系在忠梅的手腕上。那六年中，每天早上，在别的女孩睡觉的时候，她都会先练习两个小时。她完完全全继承了妈妈身上的品质。毕业的时候，她是班上公认的最优秀的学生，事实也是如此。在中国，不管什么项目都有全国性的比赛——音乐、杂技、跳水，舞蹈也不例外。没有谁能多次获得一等奖，但忠梅连续得了四次。

从北京舞蹈学院毕业后，她于 1991 年来到美国，她拿到了奖学金，这使她得以在达拉斯浸会大学攻读舞蹈教育学硕士学位。在达拉斯待了三个月以后，她觉得那里不适合自己，虽然一句英文都不会说，她还是想办法来到了纽约，进入玛莎·葛兰姆学校学习现代舞，其后进入阿尔文·艾利舞蹈团。忠梅在中国时是一个明星，常常出现在电视上，收入超过大学教授，而在纽约，她有三年时间都住在一间用人房中，通过照顾老人，做一些比较轻的家务活换取食宿。

所以，当我在那个命中注定的观影礼上问她做什么的时候，她很自然地告诉我自己是个舞蹈家。记得当时我想：不错，舞蹈家。当一个服务员声称自己是个演员时我也有同样感觉。但那无关紧要。我知道自己还想见到她，不管她是个舞蹈家还是个会计。然后她邀请我去看她排练，当时她所在的舞蹈团正准备到外地演出。于是，在苏豪区一间肮脏的房间里，我坐在一把不太牢固的木头凳子上，看着她在我面前舞蹈，手提录音机里放着音乐。她光芒四射，像一位女神。不久后她将成立自己的舞蹈团，为美国观众表演中国传统舞蹈，也即将在曼哈顿的乔伊斯剧院跟她以前在北京舞蹈学院的同学一起演出。因此，虽然我不知道她是否是多年前我看到的那个哭泣的中国女孩，但她就是那种在逆境中坚持向前的女孩。她纤细的身躯中蕴含着钢铁般的意志。虽然我知道她的成长经历，但一个来自黑龙江国营农场的女孩跟一个来自康涅狄格州养鸡场的犹太男孩，最终结伴坐在西行的列车上，沿着古代僧人的路线前行，还是让我惊叹不已。

那天黄昏，火车还未驶出渭河河谷，还在穿过弥漫着煤烟味儿的隧道。我们经过了一个又一个车站，每一个车站都是同样破旧简陋的水泥站台，一些背着塑料行李包的乘客挤上硬座车厢。火车驶入天水站。旁边停着的一列绿皮火车车身上写着"广州—乌鲁木齐"，这不禁让我想起中国的幅员辽阔，潮湿的亚热带城市广州和干旱的乌鲁木齐相距 2000 英里。沿途每一个小镇的景象都不难想象：拥挤的人群，有的骑自行车，有的坐驴车，有的骑三轮车和摩托车，大部分人没有车步行，他们望着火车车窗，试图捕捉到我的样子，就像我想要看清楚他们那样。

过了天水之后，灰色天空下丘陵逐渐平坦，慢慢变成绿色的农田，墓碑星星点点散落其间。忠梅和我去了餐车，王勇自告奋勇要求留下看包。现在，我已经接受他只是一个普通游客的身份，他对玄奘的兴趣不过是一种让人惊喜的巧合，并不是公安部门的安排。

我们点了宫保鸡丁（将鸡肉、花生、蔬菜及红椒一起爆炒），还有炒菠菜和米饭。在车厢前部，一个女服务员正在斥责一个男人试图给她五十元假钞。情况愈演愈烈，更糟糕的是，当男人要求退钱时，女服务员拒绝了，她要叫警察来，一个穿着蓝色制服的粗壮男人很快就出现了。警察没收了假钞，并要检查那个男人的车票。那个男人看起来很穷，穿着松垮的灰色长裤和磨旧的蓝色上衣。他拒绝出示车票，警察一拳打在他的脸上，男人一个趔趄。最后，男人让步了，掏出车票。警察命令他留在餐车里，他刚好选择坐在我们对面，脸上苦闷的表情让我无心吃晚饭。

"他想把钱要回来，"忠梅说，"但那是假钞，服务员不给他。"

"五十块对他来说不少呢，"我说，"大概一个星期的工资。"

"有人给了他那张假钞，现在他坚持这个说法。"忠梅说。

"他们会把他怎么样？"

"我想，等到下个车站，他们会把他送到公安局，他的车票可能也是假的。"

"我们也许该给他五十块。"我说。我心想玄奘遇到这种情况就会这样做，行善积德，慈悲之心。就像那位王子化身为鱼，供饥饿的农夫为食，其后多次轮回，就成了佛陀。"别这样，如果你给了他，警察会盘问你的。"忠梅说。

我们很快吃完饭回到软卧间。外面天已经黑了。王勇给我们讲了个笑话：一只母螃蟹想要嫁给一只会直着走的公螃蟹。有一天她看到这样一只螃蟹，就嫁给了他。但是第二天，发现他在横着走。

"我嫁给你是因为你会直着走。"母螃蟹说。

"但我不能天天都喝得那么醉啊。"她的丈夫回答。

我们都笑了，然后准备去睡觉。睡前我接着读比尔翻译的张说[1]为《大唐西域记》写的序言，他描写了玄奘旅途早期经过的与我们所见相同的深黄色丘陵，也许还有相同的深黄色河流：

杖锡拂衣。第如遄境。于是背玄灞而延望。指葱山而矫迹。

葱岭，仍在我们前方，不过灞河（我想就是今天的渭河[2]）已经被我们抛在身后了。火车的轰鸣声使我不能入睡。列车常常停下，

---

[1] 此处所引序言应为于志宁所作，于、张均曾被封为燕国公，故有误传。——编者注

[2] 灞河是渭河的支流。——译者注

而每次停车，中国乡间的寂静都会涌入我的耳朵，一种巨大的空洞感突然降临，就像佛教中所讲的"空"，地球上黑暗的虚空。我一边感受，一边想象着村庄、田野，一位僧人沿着蜿蜒的河水走向远处的群山。然后，火车又复活般辗动，吱吱嘎嘎、轰轰隆隆地向前奔驰。

　　早上醒来的时候，窗外已是一种半乡间的景象，城郊黄褐色的村落、简陋的房子，烟囱耸立在地平线上。我们照常去了餐车，吃了冷掉的煎蛋和温热的米粥。回到软卧间，我们问王勇有什么计划。他说会在兰州待一晚上，然后继续坐火车。我们问他忙不忙。他说不忙，如果我们愿意，他很高兴跟我们一起活动。我们很乐意有他做伴。列车进站缓缓驶入月台，此时西行之路已有三人同行了。

3 逃亡的僧人
THE FUGITIVE MONK

兰州是以西安为起点的丝绸之路上的第一座大城市，位于西安
西北大约 300 英里的地方。兰州在黄河边，黄河这个名字是对泥褐
色河水诗意而理想化的描述。这是一道有棕色泥浆颜色的裂缝，并
不好看。兰州跟西安差不多，不过更原始，许多设施尚处于建设之中。
十七年前我来过这里，在我记忆中，相比西安，兰州是一个更小的城市，也更像中亚的城市，有巨大的穆斯林市场，里面有许多摆着切开的羊肉的肉摊，以及一麻袋一麻袋的干果和调料。现在的兰州更大、更嘈杂，中国特色更浓。主要街道上，高层建筑一栋接着一栋，玻璃立面的大楼拔地而起，外表线条流畅，是一种包豪斯风格。忠梅去拜访当地的舞蹈团，王勇则跟我去市场吃午饭。我们像伊斯兰帕夏[1]一样支使小吃摊老板，让他们从不同的摊位上把食物送到我们桌上。小吃摊有非常美味的清蒸鸡、辣味烤羊肉串，还有加了芥菜的汤面，芥菜被称为"中国西兰花"，但比西兰花好吃多了。

"你吃过羊头吗？"王勇问。

"羊头？你是说羊的头？"

"对。"

"嗯，我在法国吃过小牛头，挺恶心的，真的。"

"我们到哈密以后可以吃羊头。"王勇说。

王勇成了我的导游。

离开小吃摊后，我们看到一群戴着小白帽、穿着长袍的男人，决定跟随他们。他们显然是穆斯林，正要去做祷告，而我们也想知道哪儿有清真寺。他们走进一条笔直狭窄的小路，入口处挂着"文明示范街"的横幅。这条路的一边是一排用高墙围着的房子，另一边是铁路，偶尔有货运列车经过，发出震耳欲聋的声音。我们还路过王彦邦医生的"国际著名针灸诊所"，招牌是在一层楼高的柱子上撑

---

[1] 伊斯兰国家的高级官员。——译者注

着的水泥砖瓦砌的方形盒子。我们能听到前方传来"真主伟大"的祷告声，诊所外面，一个十三四岁的男孩子被一个推三轮车的男人骂哭了，好像是那个男孩骑着自行车撞到了三轮车。

那些身着长袍的男人转过弯消失了，我们快走几步想要赶上他们。转过街角，映入眼帘的是一座中国式的清真寺宣礼塔，塔顶上是新月和星星，有着一种文化上的混合。我们跟随那群男人进入清真寺的院子，他们先到旁边的屋子斋沐，然后开始祈祷。外面，一个破衣烂衫的小个子男人正盯着我们看，痴痴地笑着。其他大部分人都只是瞟我们一眼，没有任何表示，既没有敌意也看不出友好，他们已经习惯了偶尔出现的带着相机的游客。

离开清真寺，我们打了辆车去往兰州最重要的佛教寺庙五泉山。出租车背后贴着的宣传标语倡导每个人都做"文明天使"。我们乘坐的出租车是一辆夏利，一种车型很小的模仿菲亚特而制造的中国汽车，前后座位之间有安全网隔开。司机是一个女人，戴着光滑的黑色锻面手套，穿着紫色套头衫，袖子上装饰着黑色的大扣子，还有弹力裤，齐肩长发染成浅棕色。她拉上我们，在一条中央有隔离带的路上走错了方向，我很高兴打到这辆车，也很高兴看到她在中国的街道上开车，所向披靡。

我告诉她这是我第一次在中国碰到女出租车司机。"女司机很多，"她说，"我们从工厂下岗，反正也挣不着钱，就开出租。"

寺庙入口处有个牌子，写着"从今天开始，从自己做起，从小事做起——不说脏话，不随地吐痰，不乱扔垃圾，不破坏公共财产……"《兰州晚报》头版有一篇报道标题是"甘肃二百城镇文明宣传战开端良好"。报道说:"昨天,省委宣传部召开特别会议,宣布我省建设精神文明的宣传战正式拉开序幕。"这项活动"在精神文明委员会和省委宣传部的领导下,将会展开文明竞赛,精神文明的模范单位和个人将受到嘉奖,获奖名单将刊登在报纸杂志中"。

这场关于文明的竞赛很有意思。我以前住在中国的时候,最常见的标语是"争取更大的胜利"。从那以后,政府从充满革命激情的组织变成一个要求人民讲文明、讲卫生、不随地吐痰的机构(这只是我从坊间日常中得出的结论,并非基于普遍的观察)。现在还有精神文明宣传办,以及可敬的官员。

那天是"五一",国家法定假日,而五泉山又位于城市商业区的一座小山上,因此被挤得水泄不通,上山去寺庙的路和下山回城里的路都是如此。在大殿里,一个僧人站在巨大的佛像前,时不时敲一下大铁钵,让游客快点儿离开放着铁钵的供桌。我给这位僧人取了个名字——"愁眉苦脸佛"。在寺庙办公室前坐着一群老人,其中一个鼻子上坑坑洼洼,穿着蓝色哔叽西装,蓝衬衣敞着领口,露出里面的蓝色针织背心。

"我要重走玄奘去印度的路。"我跟这个老人说。

"是吗?"蓝衣老人回答。

"你了解玄奘吗?"

"了解。"

"他来过这个庙吗?"

这个人肯定地说没来过,因为玄奘没来过兰州。到达兰州必须渡过黄河,而在那个时候是不可能的。我对他的解释表示怀疑。

"那时没有桥。"他坚持说，他周围的人也表示同意。

"有船。"我说。

"不，也没有船，"他说，"玄奘从陕西出发，去了天水、陇西、临洮和永靖。"

稍后，我看了地图，发现那条路线玄奘可以在兰州西边大约 50 英里的地方渡黄河。这条路线是有可能的，但即便这样也需要过黄河。慧立还提到玄奘到兰州停留了一个晚上，所以我也在这儿停留一个晚上。我问那个穿蓝衣服的人是怎么知道玄奘的路线的。

"书里看的。"他回答。

"哪本书？"我问。

"不记得了。"他说。

离开寺庙的时候，我看到一位老僧人。在我看来，他眼睛周围的皱纹代表了智慧。

"你知道高僧玄奘吗？"

"不知道。"僧人急急忙忙往前走着回答。

我不知道这位是"无知佛"呢，还是"不想找麻烦佛"。

晚上八点半，我们坐上了去往嘉峪关的火车，火车终点在兰州西北 400 英里以外。

经过又一个无法安睡的夜晚，早上我们已经在塔克拉玛干沙漠之上。这是一片灰白天空下广袤的戈壁平原。窗外的输电线和祁连山脉通向南方，北部的黑山山脉有更多电线杆，不过那些山脉都只是薄雾笼罩的地平线上模糊不清的影子。列车驶出嘉峪关二十分钟以后，地表变成一种砾石颜色的细沙。南面低低的丘陵看起来像是一些曾经宏伟的景观被侵蚀后留下的残迹。我们的北边，远处地平线上耸立着工厂的烟囱里时不时喷出灰色的浓烟。旅游手册上说嘉峪关所在的地方是一个重工业城市，而在历史上，这里是通往西域的门户，现在这里生产水泥。这时一阵凉气涌入软卧间，在我们准备下车的时候，外面下雨了，小小的雨滴打在地面干燥的尘土上。

王勇在嘉峪关有个朋友，那个朋友有车，在车站接我们。我们问他有没有什么好的面馆可以吃午饭。

"我还真知道一个地方。"他说，我们飞速驶离沙石路，往城里开去。

我们吃了有牛肉和红油辣子的汤面，那家小饭馆条件一般，老板却是一个过度热情、热衷于为世界上热爱和平的人民互相了解彼此贡献出自己力量的典型。

忠梅问他有没有餐巾纸。

"Yes!"他用英语回答，以表现自己对这种语言的掌握。

"哦，你说英文！"我讨好地说。

"几年前我看到两个美国人在街上找东西，他们说邮局什么的，"他开始用中文跟我们讲起来，"但是我的英文太差了，不懂'邮局'是什么意思，结果我把他们带到了政府，而不是邮局。那个时候我才明白'邮局'是什么意思，但太晚了。他们已经生气了。后来我给他们指了邮局的方向，但他们不相信，不愿意去。我感觉很不好，于是决定把英语学好，然后我就学了。"

"嗯，那是美国人不对，"我继续恭维他，"他们应该学中文。"

"我想请你们尝些有中国特色的菜。"老板说。他坐在椅子上，旁边有个小个子姑娘穿着满是污渍的灰色衣服。店里墙上挂着大大的图片，其中一幅是西式早餐——大杯的橙汁，盘子里是培根和鸡蛋，另一幅是画着水果、奶酪和红酒的静物画。我们接受了他的邀请，约好七点半再回来。这时那个男人注意到我随身带着的小笔记本放在桌上，打开着，就在面碗的旁边。

"你是个间谍还是什么？"他问，盯着我，气氛有点儿变化。饭馆老板脸色黝黑，穿着紫色夹克，抽一种很粗的中国雪茄。他目光平平地看过来，充满敌意。

"如果你觉得我是个间谍，"我说，"什么秘密都别跟我说。"

"好吧，如果你是间谍，我就是警察。"他说。他靠在墙上，往天花板吐了口烟："不过你来嘉峪关到底要干什么？"

"他对中国历史特别感兴趣。"忠梅说，而我则在默默地为自己用中文乱说话和拿出那个可疑的小本子而自责。

"那好，如果是对中国历史有兴趣，怎么都行，但如果是那种想要给中国找麻烦的美国人，我们可有办法对付他。"

"没人想找麻烦。"王勇说，努力想要缓和气氛。

"美国佬就是在找麻烦。"饭馆老板大声说，那个穿着脏衣服的小姑娘吓了一跳。我继续吃着面条，想要赶快吃完离开。"他们觉得能控制我们，告诉我们该做什么，威胁我们。美国佬不想让中国变强。不过他们办不到，你知道为什么吗？因为美国就是纸老虎。"他笑起来，非常疯狂。他还在看我，而我还在吃面，辣得鼻涕都流出来了，额头和腋窝里都是汗。

中国有个说法叫"爱国分子"，显然我们就面对着这样一个人，理智上我知道他没有任何力量制造麻烦，但还是忍不住想象一系列可怕的后果。

　　我不觉得自己真的有被捕的可能，但这个之前还是朋友的饭馆老板，去公安局报告有可疑的、会讲中文的外国人在嘉峪关转来转去，还在小本子上记着什么，这种可能性不是没有。警察听到他的报告，也许会怀疑故事的真实性，但谁知道呢。

　　离开饭馆后，我们去参观明长城遗址。它的起点在嘉峪关几英里之外，耸立在黑山上几百米的地方。花两美元就可以爬上去。我非常享受那儿的风景，西边和南边是沙漠，绵延不绝，穿插着几道起伏的山脉，那些山脉一路延伸，最终与喜马拉雅山脉相连。

　　伊丽莎白·韦兰·巴伯在《乌鲁木齐的木乃伊》中认为，从新疆东部发现的木乃伊来看，那里的居住者是白种人。他们讲的是现在已经消失的吐火罗语，他们的纺织品跟遥远西方的凯尔特人有相似的地方。[1] 巴伯得出了一个有意思的结论，那就是凯尔特人，主要是爱尔兰人和苏格兰人，以及这些新疆的居民（你在乌鲁木齐博物馆可以见到他们的木乃伊）属于同一个部族，也许都来自北部里海的某个地方。在某个时期，他们分裂成两支，一支去了爱尔兰和苏格兰，

---

[1] 出自伊丽莎白·韦兰·巴伯（Elizabeth Wayland Barber）:《乌鲁木齐的木乃伊》(*The Mummies of Urumchi*)，纽约:诺顿出版社，1999 年，第 131-145 页。——作者注

另一支开启了这条"大事之路"（The Road of Great Events）：他们慢慢向中亚大草原进发，越过高山来到塔里木盆地，在绿洲之上建立起自己的文明。这些幽灵般露齿而笑的尸体在沙漠中被风干，从新疆西南部的和田到最东边，沿途的考古发现中都找到过干尸。

就像我说过的那样，我欣赏眼前的风景。但同时我也告诉自己，对先前在饭馆里的遭遇大惊小怪是多么可笑。的确可笑，但紧接着我就看到三个穿制服的警察在长城上向我们走来，他们肯定是冲着我来的。他们穿着带有红色领章的草绿色制服，慢慢地走着。我站在城墙的最高处，看着他们费力地向前走，在陡峭的地方俯着身子。他们跟着我们一路到了最高处，当我们下去的时候，他们也跟着下来。他们笑着给彼此拍照片，背景是一片空旷的深色沙漠，仅此而已。

"嘉峪关"的意思是"通往嘉峪的关隘"，是我们停留的小城的名字，也是附近古代边防堡垒的名字，还是连接中国和西域诸国的出入口。慧立没有提到嘉峪关，他提到了玉门关，在嘉峪关西南 100 英里以外，现在的安西县附近。事实上，数百年间，这个关口的实际位置变了好几次。不同的朝代有不同的地方作为边界，并以不同名字命名，名字相同的关口有好几处。如果在别的地方修起了新的关口，老的就留在那里变成废墟。现在的玉门关在敦煌的西南，而玄奘时代的玉门关则已经埋在人工湖泊之下。但是，不管在哪儿，它们都保留着类似的基本建筑样式，起着同样的作用。它们矗立在山脉之间的沙漠平原上。军队驻扎于关口和附近的烽火台上，看守着这个地区，以保证没有商队和其他旅行者越过边界。

关于这些关口，有着大量诗歌和传说，记载着它们作为中国内地和外部野蛮地区疆界的故事。诗歌中描写了被流放者的悲伤，因为关口之外就是敌国所在，失败的将军、遭贬黜的大臣被流放至此，也许是几年，也许是一生。当然，还有传说中的美人坐在轿子里被送到这里和亲，好让这里的沙漠暴君不要侵犯中国的领土。我们在嘉峪关那天，一辆自行车——颇有超现实主义的风味——停在关口，它的后面是绵延无尽的紫色、棕色相间的沙漠，那些将军、被流放的人、公主们看到的是否也是这样的景象：无穷无尽的沙砾与流亡。

历史学家欧文·拉铁摩尔在他的巨著《中国的亚洲内陆边疆》一书中，介绍了中国和关外各地的关系。[1] 在帝国衰弱的时候，突厥、蒙古、匈奴这些马背上的民族就会占领关外。而中国强大以后，会把入侵者赶走，强大的中国军队把敌人一路追赶到大夏和费尔干纳波斯帝国。中国历史上早期的英雄，其实是作为外交使节的将士，他们到达塔里木盆地的一些地区，跟一些部落结成联盟，以对抗另一些部落。

大量这样的历史记载使得中国人把匈奴视作敌人。法国伟大的中亚历史学家勒内·格鲁塞说，那些游牧的突厥－蒙古人，从东西伯利亚发展出好几个部落。他们骑马带箭，穿着长裤和靴子，而不像习惯久坐的汉人那样身着长袍。为了迎战匈奴，中国将在内战中使用的沉重战车换成灵活机动的骑兵。也正是由于这来自突厥－蒙古部落中最强大的匈奴的威胁，才迫使中国第一个皇帝，残暴的秦始

---

[1] 出自欧文·拉铁摩尔（Owen Lattimore）：《中国的亚洲内陆边疆》(*Inner Asian Frontiers of China*)，纽约：牛津大学出版社，1989年。——作者注

皇修建了长城。

即便如此，匈奴还是进犯到长城以内。公元前 2 世纪，匈奴侵犯中国都城太原[1]，汉高祖通过和亲政策拯救了自己和国土。他把一位汉族少女——诗歌中称她为"可怜的鹝鸪"[2]——送给了在诗歌中被称作"蒙古夜鹰"的匈奴统治者[3]。公元前 138 年，汉武帝派了一名叫张骞的外交使节越过帕米尔山脉，到达现今乌兹别克斯坦所属领地，想要跟那儿的斯基泰人结成联盟（斯基泰人在被匈奴打败之后定居于此）。但途中张骞被匈奴抓捕，羁留了十几年，当他最后见到斯基泰人的时候，他们拒绝了他连横结盟以与匈奴较量的建议。他们对现状很满意，也不想再跟匈奴打仗了。张骞最后回到中国，跟他一起出发的上百名随从只剩下一人。张骞向皇帝报告了西域富裕文明的国家——费尔干纳、撒马尔罕、布哈拉，以及印度。这是中国人第一次知道那一带包围着自己的野蛮部落中，存在着伟大的文明世界。于是，中国决定打通穿越塔里木盆地的道路，让商业和政治活动得以实施。大概一百年之后，一个名叫马埃斯·提提安努斯的马其顿商人派人穿过沙漠和高山，勘查通往中国的道路。希腊地理学家托勒密用他收集的信息，为现在位于叙利亚的安提阿和中国之

---

[1] 刘邦以颍川封韩王信,后命其迁至太原以北地区,建都晋阳（今太原）。——编者注

[2] 刘邦脱白登之围后,家人子名为长公主,使刘敬遣之与冒顿单于结和亲之约。——编者注

[3] 即冒顿单于。——编者注

间的地区命名。西方由此发现了中国，希腊人称为赛里斯（Seres），是以商旅带来的中国制造的美妙产品命名的。丝绸之路由此展现在世人面前。

与提提安努斯差不多同一时代的汉朝晚期（公元第1、第2世纪），又一位伟大的皇帝掌握了政权，他派将军班超到塔里木盆地，彻底打败了匈奴，班超成为中国历史上最伟大的军事领袖之一。他从西部的和阗、喀什和莎车，到靠近中国一边的龟兹、吐鲁番和哈密，发动了一系列残酷的战争。"不入虎穴焉得虎子"，他认为必须要以战争消弭战争，这是伟大君主应该完成的大业。为了保护丝绸之路的安全，班超砍下数千人的头颅。中国正史中记载称赞班超"定远慷慨，专功西遐"。"这些国家无一例外献上土地出产的财富，或者献上本国重要人物做人质。他们摘下帽子，匍匐膝行，（这些人质）转向东方，向着天子顶礼膜拜。"[1]

丝绸之路从西安延伸至嘉峪关，然后在敦煌分成两支。一支经由位于塔里木盆地北部边缘的绿洲，一支沿着南边绿洲而行。西行的路要么越过天山进入现在的吉尔吉斯斯坦，要么经过帕米尔高原的几个山口后到达现在的阿富汗或巴基斯坦。玄奘选择从北线进入印度，南线是他回国的路。他证明了数以万计中国士兵开拓、守卫的路线，并非只为贸易、外交和军事之用。这条路也用于为中国带

---

[1] 出自勒内·格鲁塞（René Grousset）：《草原帝国》（*The Empire of the Steppes: A History of Central Asia*），新泽西州新伯朗士威：罗格斯大学出版社，1970年，第42-46页。——作者注

来精神上的变革，带来佛教的慰藉和哲学思想。

＊　＊　＊

嘉峪关在戈壁深处约10英里的地方，也就是现在工业城的西边。嘉峪关由高高的城墙、烽火台和厚重的城门组成，两个城门一个在东一个在西。现在这里是丝绸之路上的一个旅游景点，进入需要买门票，你会看到牌子上写着"禁止摄像"，穿过几个防御工事和纪念品商店，还有一块牌子上写着保护环境之类的标语。你所看到的已经不是唐朝时的关口，而是一千年之后明朝重建的，最近也做过大规模的修复。西边的城门外是一片壮观的沙漠，多付一点儿钱（大约五十美分）就可以穿过城门。你可以得到毛笔书写的通关文书，上面盖着仿制唐朝将军的官印，这样你就可以前往西域了。城门外，一个男人穿着破旧的古代服装和裂口的盔甲，骑在一头很老的白色毛驴上摆着姿势，高举着一把剑。

"玄奘没来过这儿。"他骑在温驯的坐骑上向我们宣布，他说的没错。毕竟僧人是为了取得佛教真经而逃离中国的，是个非法出境者。"他从那边走的，"骑驴的人指着北边起伏的群山（当地人称之为黑山），"那边很难走，很危险，不过他只能走那儿。"

"问问他那要花多长时间。"我跟忠梅说。自从在面馆被认为是间谍之后，我不敢再冒险说中文了。

"两年。"那个人说。

他说的不对。玄奘没有说他花了多长时间绕开嘉峪关，但他到达印度一共只花了一年，在黑山花的时间一定比两年短得多。但是，看着西边的沙漠，我还是觉得，虽然这是个靠与游客拍照挣钱的假边关士兵，但他对于那位一千四百年前没有经过这里的谦卑僧人的认识，还是很可靠。

第二天下午早些时候，我们又上了火车。祁连山脉在南边闪着微光，令人敬畏，它们从干枯的草地和戈壁滩上拔地而起，延伸到1600英尺的空中。烽火台遗址、残破的用泥和稻草筑成的塔柱，向西延展出去。沙漠的颜色从赭色到铁锈红色都有。沙漠中有溪谷、沟壑，还有干涸的河床，时不时也会出现绿洲、泥砖盖的房子和几棵树。我们经过玉门火车站时，我注意到几幅广告，倡导十二亿中国人民讲文明、懂礼貌，广告上写着："不能只有内在变，内在外在都要变。"

我们到达今天的目的地柳园。

"柳园没有柳树。"我说，看着四周灰乎乎的荒地。

"那是一种理想，"忠梅说，"有的时候你取的名字是你没有的东西。"

我们住在辉铜旅馆，有独立的卫生间，晚上九点到十一点供应热水。这个城市没有什么特色，一条平淡无奇的大街，两旁是面馆和几座大一点儿的建筑，楼外墙贴着白瓷砖。我们在一家新疆饭馆吃了一份非常可口的羊肉，喝了一瓶西凉啤酒。饭后去旅馆附近散步，我们走进一条小路，发现那儿立着一块大牌子，上面写着"安西县旅游景点"，地图上一条弯弯的蓝线是玄奘在此地经过的路线。

玄奘在兰州待了一晚上，碰到几个骑马的人，他们答应带他到凉州，这是玄奘途中所遇的第二个大城市。凉州现在名叫武威，没有什么特色——除了近年来发现了有名的马踏飞燕，还有7世纪修建的纪念鸠摩罗什的佛塔。那是一位中亚高僧，在4世纪晚期将大乘佛教经典从梵文翻译为中文。到了7世纪，凉州成为帝国西北要冲，也许是最后一个这样的交通要冲。来自遥远的西藏和其他西部地区的旅行者在此相遇，偶尔也有朝圣者去往敦煌的寺庙，但去往印度的朝圣者更为罕见。

已经声名远播的玄奘到达这里，僧人和一般信众迫切希望从他那里了解《涅槃经》和其他佛教的奥秘，他则展示了自己的智慧明达。慧立说那些听到他讲学的人，"有盛其人，皆施珍宝，稽颡赞叹"，他们还给他"金钱、银钱、口马无数"，然后他们回到自己的国家，说起法师将要西行去到婆罗门国——印度追寻真理。

玄奘的才智让他备受赞美，但这差不多也是他遭遇困难的原因。慧立这样解释唐皇为什么禁止向西旅行："时国政尚新，疆场未远，禁约百姓不许出蕃。"当时凉州都督李大亮听说有一位来自长安的僧人想要西行，将玄奘召来，要求他返回长安。玄奘没有表现出任何违抗命令的样子，甚至给人遵从命令的印象。但他从河西的佛教高僧那里找到了同道，让两个弟子秘密护送他经玉门向西行。

从这个时候开始，玄奘开始隐秘行事。他昼伏夜出，就像一个流亡者、走私犯、抵抗组织成员，同时受到那些有着共同信仰的人的帮助。

他想办法到了凉州西部的瓜州，与当地州吏相谈甚欢，并得到粮草补给。他询问前方的路况，被告知要经过一条发自玉门关的凶险河流。关外西北有五座烽火台，彼此相隔 20 英里 [1]，"中无水草"，这让他"闻之愁愦"。这位逃亡的僧人"沉默经月余日"，思考着难以预料的形势。当他犹疑不定之时，凉州有人带着文件前来，要求各地区官员缉拿玄奘。瓜州官员于是召见玄奘，问他是否就是文件上要捉拿之人。

我们不难想象玄奘所面临的两难局面。如果他否认自己的真实身份，那不仅违背了禁止向西的命令，还犯了伪证罪，那时候的官员有办法对伪证罪人做出严厉的惩罚。但如果承认，又会被抓捕遣返回长安。因此他一言不发。

"师须实语。必是，弟子为师图之。"地方长官说。

要知道那时佛教在中国是最重要的宗教，其信众遍布中国官僚体制的各级官员之中。玄奘这时一定意识到在这场审讯中，自己碰到了同一个"俱乐部"的成员、一个私底下的弟子、一个秘密的同道、一个宗教上的兄弟。于是他承认了，并说出自己要做的事情。地方长官撕掉逮捕令，让玄奘快快离开，这对他们两个都好。

玄奘时代这个中国最遥远的地方的宗教问题，我也曾经有过类似的体验。1982 年，我为《时代》杂志到新疆维吾尔自治区首府乌鲁木齐采访。那时乌鲁木齐和古丝绸之路上的绿洲城市吐鲁番是新疆仅向外国游客开放的地区。我在一个小摊上买了一碗酸奶，看摊的女人问我是否是天主教徒。我说不是。她说自己是。我很惊讶。

---

[1] 慧立所著原文为"相去百里"。——译者注

我在新疆的时候，中国正在经历转变，新闻记者很自然都想要采访天主教堂或者基督教堂、佛教寺庙和清真寺，因为这些地方在"文革"之后重新开放了。我通过官方渠道询问过乌鲁木齐是否有天主教徒或天主教堂，被明确告知没有。但这个卖酸奶的却说有，而且告诉我怎么去。

在一条又长又窄的巷子深处，在两堵高高的泥墙中间的一扇门后，我找到了那座天主教堂。几十个人在忙着修整这栋虽年久失修但明显是个老教堂的建筑。那个时候中国各处都有教堂庙宇在翻修，但翻修必须经过宗教委员会的批准。无论是基督教、罗马天主教都属于叫作"爱国会"的组织。他们可以举行仪式，庆祝感恩节、复活节和圣诞节，但神职人员得由中国天主教爱国会任命。我受到这些是天主教徒的木匠和泥瓦匠的热情欢迎，他们带我参观教堂。

1982 年的乌鲁木齐跟 7 世纪时候玄奘碰到的情况没有什么不同，他也没有得到新建立的唐朝中央政府的许可，而地方官员则愿意暗中支持他的行动。但即使玄奘沿途受到了那些信奉"四胜谛"的人们的帮助，他的焦虑也并没有因此而消失。他还远远没有离开唐朝的管辖范围，并且现在又碰到了新的问题。还记得吗？在兰州的时候，有两个佛家弟子陪同他经过玉门关。但到达瓜州以后，其中一个离开返回敦煌老家，另一个虽然留下来了，但玄奘发现他年老体衰，很难陪他走过严酷的沙漠，于是玄奘劝说他回家，现在就只剩下一个向导了。

玄奘向着未来之佛弥勒发愿。他听说有一名叫达摩的僧人梦见自己坐在莲花之上向西而行。"梦为虚妄，何足涉言。"玄奘说，他相信世界是一种幻相，但这个特别的梦还是让他重新燃起希望。这时，一个"胡人"来到此地礼佛。那个人看到玄奘，看到了他身上的神圣，绕着他走了三圈，以示尊敬。玄奘法师问他叫什么名字，他说叫槃陀。玄奘留意到他健壮又恭肃，向他吐露了自己的计划，并请求他的帮助。槃陀答应护送玄奘经过五烽，把他送到通往哈密的路上，这是西域第一个独立的佛教地区。

第二天早上，他们再次见面的时候，槃陀把一位奇怪的老翁介绍给玄奘，他也是一个胡人。须发灰白，骑着一匹瘦马，他列举了前方的艰险、居住在那里的恶魔、无可遁逃的热风，还有无尽的流沙，试图劝说玄奘放弃此行。

"徒侣众多犹数迷失，"那个人说，又说像玄奘这样一人独行，一定更会遭遇那些不幸，"况师单独，如何可行？"

玄奘说自己是为了寻求大法而去往西方，不到达婆罗门国绝不回来，即使死在路上也无怨无悔。

"师必去，可乘我马，"老人说，（慧立在对玄奘穿行沙漠的记录中，没有提到凉州商人和僧人赠予他的无数口马最后怎么样了。）"此马往返伊吾已有十五度，健而知道。"7 世纪的伊吾在现今哈密附近。

然后槃陀和玄奘出发了，他们夜间行进，抵达河边时，他们看到了远处的玉门关。槃陀砍下树枝，在上面布草填沙，搭了一座桥。他们在最窄处过河，过了河，两人筋疲力尽，在沙滩上铺开垫子睡着了。半夜的时候，玄奘醒来，看到槃陀手里拿着刀向自己走过来。他坐起来，开始向救苦救难的观音菩萨祷告。这里出现的场景蕴含着富有象征意义的形象。一边是不忠的仆从，一边是向着看不见的神明祈祷的圣人；围绕着他们的是沙漠和黑暗，在不远的地方耸立在黑暗天空中的剪影，是带着敌意和不可饶恕的权力的象征——烽火台。不知道为什么——也许是近在咫尺的权威，也许只是看到了祷告的圣人——槃陀转过身去，玄奘毫发无损。

清晨，玄奘跟向导有一次谈话。向导提出前方的危险。在玉门关的西边还有五座烽火台，设置的目的就是为了抓捕这些违抗皇帝禁令的偷渡者。槃陀说："弟子将前途险远，又无水草，唯五烽下有水，必须夜到偷水而过，但一处被觉，即是死人。"在讲述了路途多么艰险之后，看得出槃陀自己已经失去热情，跟不久前他同意护送玄奘到哈密时不太一样。他建议："不如归还，用为安隐。"

玄奘当然拒绝了这个建议，他们又走了几里——一里相当于五分之一英里——槃陀拒绝前行，对此玄奘并不十分惊讶。槃陀说，考虑到家人，他不打算冒险违反国家大律了。他丢下玄奘一人离去了。

"自是孑然孤游沙漠矣，"慧立写道，"惟望骨聚马粪等渐进。"幻觉折磨着他。他看到数百个穿着皮毛、毛毡的人骑着马，骆驼在沙漠上出现又消失，"易貌移质，倏忽千变，遥瞻极著，渐近而微。"但是玄奘听到空中传来声音，喊着："勿怖，勿怖。"八十里之后，他看到了第一座烽火台和后面的池塘。但是当他灌满了自己的水袋——那也许是一个羊皮做的袋子——一支箭呼啸而来，几乎射到他的膝盖。他终究还是遭遇了帝国的军队，即使这已经是玉门关外。他承认了自己的身份。所有人都劝他回去，烽火台的校尉也不例外，他还提出会派人送他回敦煌。"彼有张皎法师，钦贤尚德，见师必喜。"

不用多说，玄奘拒绝了他的好意，坦率地告诉这位好心的官员没有必要向中国的法师学习。他说，很多年来，即使是最伟大的法师也无一例外地向他寻求智慧。"亦恭为时宗，欲养己修名，岂劣檀越敦煌耶？"

第二天一早，玄奘继续上路，带着第一烽火台校尉给他的一封文书，用以出示给其他几个烽火台的长官。晚上他到达第二座烽火台，在附近的泉中取水的时候再次遭遇飞箭。跟第一次一样，他坦白了自己的身份，受到长官的欢迎，并为他提供住的地方，马匹也得到照顾。法师吃完饭后，长官把他叫到一边，警告他不要接近第五烽火台。那里的守卫"彼人疏率，恐生异图"，长官说。他提出一条别的路线，一百里以外的野马泉，可以在那里取到水。

玄奘进入沙漠之中。"上无飞鸟，下无走兽，复无水草。"这是他后来告诉慧立的。他一边走一边念着《般若心经》，也就是伟大的智慧之经，帮助人驱走恐惧和痛苦的真言。绝对真实的最高表现就是"诸法空相"。"色不异空，空不异色，色即是空，空即是色。"我们能想象玄奘一边走一边念诵，在黄色的天空下，孤独而渺小。他又想起了观音菩萨，第十八位大觉者，为帮助受苦的生灵开悟，他推迟了自己脱离这个生与死的世界的时间。就是观音菩萨从耆阇崛山顶峰见到五蕴皆空。五蕴即色蕴、受蕴、想蕴、行蕴、识蕴，全都为空。"是故空中无色，无受想行识，无眼耳鼻舌身意，无色声香味触法，无眼界，乃至无意识界，无无明，亦无无明尽……菩提萨埵，依般若波罗蜜多故，心无挂碍。无挂碍故，无有恐怖，远离颠倒梦想，究竟涅槃……揭谛揭谛，波罗揭谛，波罗僧揭谛，菩提萨婆诃。"

玄奘走了一百里之后，找不到野马泉。这没关系——他带的水够支撑一千里的。但当他举起沉重的水袋想要喝水时，水袋从手里滑落，掉在沙漠之上，珍贵的水打湿了砾石，渗进沙子。玄奘毫无选择，只能继续向哈密行进，路线蜿蜒曲折，迷惑人心，他找不到正确的方向。他一度想要调转脚步，回到第四烽火台，但很快就想起自己发誓说宁死也不要向东走回一步。他向慈悲的神明祈祷，朝着自己认为的西北方向继续走去。

"是时四顾茫然，人鸟俱绝。"慧立写道，"夜则妖魑举火，烂若繁星，昼则惊风拥沙，散如时雨。"然而，虽然玄奘在五天四夜中滴水未进，"虽遇如是，心无所惧。"他躺在沙漠之上祈愿："玄奘此行不求财利，无冀名誉，但为无上正法来耳。"他一直发愿至深夜，一阵凉风不期而至，让他精神一振，也让筋疲力尽的马儿重新站起。

他继续前行十里地，这时马儿突然向着另一个方向奔走，不管玄奘多么努力地想让它走上自己以为正确的方向。几里之后，玄奘惊奇地看到一大片绿色的草地。这不是海市蜃楼，他下了马，让马吃草，自己又步行了一段路，"又到一池，水甘澄镜澈"。他明显感到"计此应非旧水草，固是菩萨慈悲为生，其至诚通神，皆此类也"。

4 魔鬼城
THE GHOST TOWN

奥莱尔·斯坦因曾经沿着玄奘的路线穿过沙漠。斯坦因出生于匈牙利，求学于牛津，是历史上最伟大的考古学家、旅行家之一，他在克什米尔的村庄中居住多年，并从那里开始了对新疆的探险。他面临着丝绸之路上强大的竞争对手，比方说瑞典的斯文·

赫定 [1] 和德国男爵阿尔伯特·冯·勒柯克 [2]。斯坦因发掘地下城,取走壁画和雕塑,把它们从沙漠中用马和骆驼运送到英国。他在现在的中国是一个不光彩的人物——一个古代珍宝的掠夺者、入侵者、帝国主义的盗贼——的确如此。但在上个世纪的头十年中,当斯坦因开始他的探险之旅时,没有哪个中国权威部门对丝绸之路上的佛教遗迹表示过兴趣。如今它们是"大事之路"的象征,但当斯坦因发现并带走那些东西的时候,它们要么被当地政府视若无物,要么受到歹徒的破坏。

在沿着玄奘的足迹冒险之后,斯坦因写下了自己的发现,发表在 1919 年 11 月的《地理杂志》上,用他惯常冷静客观的笔触。他从柳园东南的安西开始旅行,发现那个地方"不过是一条断断续续的街道,包围在一片残垣断壁之间"。从那里出发,他重走玄奘经过的重要地区,用的是慧立在传记中记录的路线,着重介绍了一个生活在 7 世纪的人独立进行这趟旅程所面对的困难,提到玄奘在海市蜃楼中看到的妖魔鬼怪,斯坦因说"在这里非常普遍"。斯坦因骑着马和骆驼,有挑夫和向导陪伴,考古发现确定了让玄奘寝食难安的五座烽火台中三座的位置。他测量了烽火台之间的距离,发现玄奘关于距离和方向的记录都是正确的。

---

[1] 斯文·赫定（Sven Hedin，1865—1952），瑞典探险家，曾多次于新疆、西藏地区探险。——编者注

[2] 阿尔伯特·冯·勒柯克（Alfred von Le Coq，1860—1930），德国考古学家，著有《新疆地下文件宝藏》。——编者注

他在一个叫白墩子的地方发现了第一烽火台，第四座在一个叫马莲井子的地方，这是玄奘从佛教徒那儿得到帮助的两处边防前哨。第五座是星星峡，在现今甘肃和新疆交界的地方。第五烽火台之外，就是连绵至大约120英里外的哈密的大沙漠了。我们已经知道，玄奘被告知第五烽火台充满敌意，于是绕了过去，然后迷失在茫茫沙漠之中，必须依靠马儿才能找到水源。斯坦因甚至确定了玄奘在濒临死亡的四天之中徘徊的地方。斯坦因相信玄奘最后找到的水源是在一个叫作"长流水"的地方，距离马莲井子的第四烽火台106英里，在没有食物也没有水的情况下，那是沙漠里一段相当长的距离。

玄奘的沙漠故事也许有一定的夸大，尤其是如果他想要为后人留下一个英雄主义的形象。但是斯坦因在走了同样的路线之后，认为玄奘穿越沙漠的行为"的确发生过，而且得有法师本人的口述，慧立才能记录下来"。

我们一早起身，也要重走玄奘的横穿沙漠之旅。清晨的柳园比昨夜看起来更加荒凉。王勇拦下了一辆出租车，但司机不想为了几百美元大老远送我们去哈密，而是叫来一个开着大众桑塔纳的朋友代替他。城里那条长长的主街一头是火车站，一头与沙漠相连，这条灰暗的街道已经封闭了。装着绿色车窗的载人三轮车挤在市场的入口，司机在已经很浑浊的空气中抽着烟。我们去了一家小商店，忠梅和王勇要买几个水杯来泡茶。我注意到在玻璃柜台的下面，像珠宝一样被锁起来的，是几条佳洁士牙膏和舒肤佳香皂——宝洁产品的市场已经渗透到了这里。

唯一卖早饭的饭馆又小又挤，于是我们去到小镇的边上，在沙漠边上的小瓦屋中间，找到一家仓库模样的面馆，旁边还有一个加油站。特别有意思的是王勇认识饭馆老板。"几年前我骑骆驼来的。"他提醒那个老板，老板马上就想起了那一队土耳其人和他们的中国导游。

那家饭馆是贯穿新疆的高速公路路边的一个货车车厢，就在东至安西西至哈密的沙漠里面。我们跟一群货车司机一起吃着面条，他们吃东西吸溜吸溜的，一边抽烟一边嚼着生蒜。然后我们坐上桑塔纳，沿着起伏的柏油马路一路向安西前进。四周一片灰色，零星点缀着一些黄色和黑色的景观，就好像被人用巨锤击打过一样。黑色的锥形山丘消失了，然后是戈壁、干涸的河床和沟壑。柳园东南大约 20 英里的地方就是白墩子，斯坦因所认为的第一烽火台所在地，的确，离公路几百码的地方就可以看到一些遗迹，用泥土和稻草搭建的 L 形的建筑，守护着一个蓄泉水的池子。

这就是那个哨卡吗？玄奘在此险些被箭射中，然后得到一位富有同情心的校尉的帮助。白墩子没有别的东西，没有商店、没有住房，但却有一座低矮简陋的小博物馆，看起来像个农场小屋。我们买了门票进去参观，一边是一些历史照片，讲的是红四方面军在跟西北军阀马步芳的战争中失利。1936 年，被困的共产党想要摆脱国民党的军事包围，经过嘉峪关到达此地，被人数众多的马步芳军队打败，结果是牺牲了很多战士。这里展出了一些红四方面军战士的照片，其中几个在被处决之前遭到严重殴打，几乎已经没有人形。

博物馆的另一边是一些花哨的艺术品，浓墨渲染着玄奘的沙漠之旅。有一幅画画着这位僧人打扮成中亚商人的样子，戴着黑色的大胡子，秘密通过凉州关口。还有士兵用绳索套在愁眉苦脸的玄奘的脖子上，要强迫他回到中国。然后是一位富有同情心的地方官员给他通关文牒，去往瓜州。我们还看到他长衫飘飘，跪在第一烽火台的水池边，被里面的卫兵用箭射中——等等等等，展现了玄奘到达"长流水"的天赐泉前发生的故事。我们问起第一烽火台的位置，向导指着我们在路的另一边看到的遗迹告诉我们："哦，外面，那就是啊。"

"就是那儿？原来的烽火台？"我问。

"对。"

"你怎么知道那是原来的？你怎么知道那不是五十年前才修起来的？"

"五十年前他们没修过这样的东西。这是一处重要的唐朝古迹。"

我们当然要走过去看看，沿着沼泽地中一条弯弯的堤坝。烽火台建造在一处清澈的泉水边，如果这真的就是第一烽火台，那么这就是玄奘取水的地方，一支箭擦过了他的大腿。我们站在烽火台上看着沙漠。周围的沙漠一览无余，这对烽火台来说再好不过了。烽火台用的是唐朝惯用的泥草结构。根据历史记载，这些烽火台从玉门关开始每个之间相隔约一百里，或者 20 英里。唐早期的玉门关离现在的安西县比较近，安西在白墩子东南约 20 英里处，那么就应该离星星峡 100 英里。方向和距离都完全符合。

我们回到车上，继续向瓜州开去，瓜州在地图上就在比较大的安西县的外面，安西在斯坦因的时代只有一条断断续续的街道。我们东寻西找，然后在一些当地农民的指引下到了他们说的有古瓜州城墙的地方。我们驶上一条有着茂密胡杨林的土路，最后停在路尽头的一家化工厂的门口。城门镶嵌在高而残破的土墙上，土墙向两边伸展开去。

"这应该是北门，"那儿的一个人告诉我们。

"这是唐朝的古迹吗？"我问他。

"我也不确定。"他回答。

不管怎样，这看起来就是唐代的城墙，由一层层烧制过的泥土和稻草构成，层次依然分明。不管这是唐朝的城墙还是之后的建筑，我们已经隐约找到了玄奘开始沙漠之旅的确切位置，陪伴着他的是可怕的槃陀。

我们再次上路，回到白墩子的路跟玄奘走去第一烽火台的路差不多。这条路通往西北方向，路边是一成不变的戈壁、干涸的河床、岩石台地、锥形煤堆，所有地方都非常干燥，没有树木，环境十分恶劣。王勇拿出他的中文甘肃地图，眼镜从鼻梁上滑下来，但他找不到玄奘最后找到水源的"长流水"，我的英文地图上也没有。两个小时以后，我们到了星星峡（斯坦因把它翻译为"Hsin-hsing-hsia"）。这是唐朝第五烽火台的位置。现在这里有两排货车，停在新疆高速公路的两侧。这里是甘肃和新疆的交界处。我们选了一家清真饭馆，里面是铺着白色塑料桌布的几张木桌子，常见的水泥地面。我们吃了炖羊肉、宫保鸡丁和炒油菜。我们问老板娘有没有啤酒卖。

"穆斯林不喝酒。"她说。

"我来过这儿，"王勇说，"带着骆驼。"

"哦？"那个女人说，"那是你！"

两个小时后我们到了哈密，这个地方比起柳园来真的算是大城市了。无论当地居民在习惯上各有什么特色，他们的建筑风格都大同小异。哈密就是你印象中那种火柴盒子般的中国城市，不过干净一点儿——几条宽阔的道路，大十字路口处有一两座英雄的雕塑，有号召大家讲文明、懂礼貌的宣传标语。在这里没有什么好做的，没有著名的佛教景点可以参观，城市里也没有什么古代遗址。一种美味的甜瓜以这个城市命名——哈密瓜，不过当我们到那的时候，哈密瓜已经下市了。哈密新城有一处公园，矗立着一座巴黎凯旋门的原大仿制品，上面有英雄拿破仑的雕像。

王勇带我们去他最喜欢的地方吃晚餐——夜市。我们坐在一个小摊上，吃了从好几个小摊点的小吃——现在我们比较熟悉的有烤羊肉串、砂锅、手抓饭、烤鱼，甜点是汤圆。小摊老板不相信忠梅和王勇都是中国人。

"你们是日本人，对吧？"他问道。

"喂，"王勇说，他的香蕉共和国牌衣服和添柏岚靴子让他的同胞觉得他是日本人，这对他来说就好像把阿拉伯人认成犹太人，把穆斯林认成塞尔维亚人一样，"我当然是中国人了。"

"真的？那你是什么人？"小摊老板又问了一遍。

他长得圆乎乎的，非常直接也非常友好，大概六十岁了，不是汉族人，而是某个少数民族，是一个有着宽宽的圆脸和大大的椭圆形眼睛的穆斯林。忠梅坚持说自己是汉族人。她叫他老伯："老伯，再给我们来点儿茶吧？"旁边小摊上穿着黑红毛衣一看起来很友好的胖妇人，忠梅叫她"大妈"。

"嗯，你们跟其他人不一样，"男人说，"其他人对我们没这么有礼貌，他们不怎么跟我们说话。"

"现在知道他们为什么不相信我们了，"王勇懊恼地说，"我们太好了。"

我们没有订旅馆，最后在一家电力宾馆找到了住处。这个地方比较新，也很整洁，跟我和忠梅要双倍的价钱，因为我是外国人。

现在中国对外宾收两到四倍费用的情况正在慢慢消失。当年我住在北京的时候，所有的东西——飞机票、火车票、旅馆、饭馆——对外国人都更贵，这既让人生气，却也一定程度上可以接受，因为外国人在中国过着一种优越的贵宾生活，更不要说他们赚的钱比当地人多多了。到现在，火车票和飞机票都是一样的了，大城市的旅馆也是如此，但在一些偏远的小地方，宾馆还是有不同的标准。忠梅非常生气。

"听着，"她告诉出来查看为什么发生争执的旅馆经理，"我在外国很多年才回来，现在我觉得很丢人、丢脸、不好意思。为什么外国人就要多付？房间都是一样的，完全一样。"

经理让步了，我们省了几美元。但这并非电力宾馆唯一的好处，他们的宣传手册上写着："这是一家三星级综合酒店，装修豪华，可以住宿、用餐、娱乐、购物。"

我们住进房间，看着当地电视台播放的节目，讲的是一个叫毛毛的女孩因为父母想要儿子，而被遗弃在垃圾堆。这种事情在中国时有发生，当时计划生育政策使得夫妻只有一次生儿子的机会。毛毛的髋部有点儿问题，需要费用昂贵的手术治疗，这也是她被遗弃的原因。毛毛被一位护士从垃圾堆捡起来，给她做了手术。她的故事在电视上多次播出后，一封匿名信件寄到电视台，告知其父母的身份。在有关部门调查时，那对夫妇承认毛毛是他们的孩子，并表现出足够的悔悟，他们因此免遭惩罚。节目用很长时间拍摄眼泪汪汪的母亲和悔恨的父亲，法律专家接受节目采访时说："孩子不是父母的财产，不能像扔电视机那样被遗弃。"

慧立写道，即使玄奘在沙漠中找到水源之后，"此等危难，百千不能备叙"。现在玄奘正式离开了中国本土，虽然他对此写得不多，但的确流露出一些对家乡的思念。他谈起在一座寺庙歇息的时候，三个中国僧人来迎接他，其中一位老人哭道："岂期今日重见乡人？"玄奘对着他流下了眼泪。

玄奘在他称为伊吾的地方停留了数周，经过严酷的沙漠之旅后，他需要休养生息。我们想要快快离开，但是早上起来后，得知到达下一个目的地吐鲁番的火车半夜才有。现在的问题是：在这个没什么可做的地方能做点儿什么？我听说这附近有一个叫作"五堡"的古城堡遗址，玄奘自己和关于他的传记中都没有记载，不过那里却是唐朝的一个佛教中心。当地人知道几个沙漠遗址，就在五堡附近，他们称之为"魔鬼城"，但是他们建议我们不要去。

"那儿很危险。"宾馆经理告诉我们。在昨天忠梅的暴怒取得胜利之后，他变得很友好。"你们需要两辆吉普车，陷到沙子里的时候，一辆可以拖另外一辆出来。"他接着说，"去年哈密市副市长去过，结果沙尘暴来了，他差点儿没回来。"经理是个穿着深蓝西装、干净衬衣，打着领带的矮个子男人，他的声音带着一点儿警告的味道，"那里时有怪事发生，有人去了就不见了。那是不可能到达的地方。"

这时王勇想起看过什么书，说有明清叛军到达魔鬼城。沙漠中刮起了沙尘暴，大风在古老的城墙间呼啸而过，好像在逐一叫着那些士兵的名字。士兵转身跟着风声走，然后就消失得无影无踪。整支军队就这样消失了。

我对这个故事的真实性表示怀疑。"如果整支军队都消失了，我们怎么会知道这个有风声叫士兵名字的故事呢？"我问。

"嗯，还是会有科学不能解释的怪事发生，"忠梅说，"每个朝代的人都害怕这个地方。人们不相信有人在那里消失，于是就去了，结果他们也失踪了。也许他们被风沙掩埋了，而不是因为鬼的原因。这些有人失踪的故事可能只是当地人口口相传的，并不是真的。再说，副市长也差点儿死在那儿，他虽然回来了，但人们只会说那是他运气好。我们不知道到底发生了什么，不过只要你问起魔鬼城，人们看你的样子就有点儿奇怪，这就是原因。"

不过，在我的坚持下，宾馆经理还是给我找了一辆吉普，只要再有一辆吉普，他就会送我去魔鬼城。司机说一辆车进去太危险了。友善的经理找到了另一辆车，一辆北京吉普——这种车在十年前进入中国市场，现在已经非常有名——第二辆车很快就来了。没想到在等候的时候，第一辆吉普车的司机即使找到同伴也不想去。一开始叫车的时候，也许是太礼貌了，他不好直接拒绝，而是提高要求希望我们知难而退。结果旅馆的副经理——一个又高又瘦的年轻人，也穿着蓝哔叽西装、整洁的白衬衫，打着领带——说他去过魔鬼城，而且活着回来了。这让经理得到鼓舞，决定亲自陪我们去。经理会驾驶一辆负责救援的车，他急匆匆地走到街上，一会儿，开着一辆五十铃四轮驱动货车回来了。

我们买了一箱水和一些饼干，然后上了那辆北京吉普，宾馆经理开着五十铃跟在后面。北京吉普停下来加油，五十铃去取用来救援的钢缆。"那边有家工厂。"我们的司机说，指着马路前方，我注意到这条路叫电力二路。北边，天山上的积雪闪着光芒，一会儿消失在厚重的浓雾中，一会儿又重新出现。南边是棕色的岩石平原以及……一片空寂，一道灰色的烟尘之墙覆盖在地平线上。加满油后，我们驶上新疆高速，离开哈密，然后一路向南开上二堡路（"堡"的意思是村庄）。我们在一堵泥墙前又转了个弯，那墙上的广告宣称保证在六天之内戒除毒瘾。

几英里之后我们到了五堡，一个我之前没见过的女人从五十铃上下来。她是宾馆的维吾尔族工作人员，就是这个村子的人。经理派她去找个当地导游带我们进魔鬼城。最后来了两个男人，穿着宽松的羊毛裤子，戴着窄檐帽，他们两个和宾馆经理、维吾尔族女人、副经理都上了五十铃。现在我们的队伍壮大到九个人，结果我们的司机开始嘟囔："我们不需要这么多人，自己来就可以了。"

"你不害怕吗？"我问他。

"有什么好怕的？"他说。

"沙尘暴，鬼，有声音叫你的名字，把你变没了。"

"喊。"

85

我们奔驰驶过五堡，那是一个漂亮的村庄，有高高的土墙、葡萄架、果树、麦田、驴车，还有一排排细细的杨树，树叶在微风中闪烁着银光。吉普车经过一座清真寺。我看到一个男人在犁地，用的是两头毛驴拉着的铁犁。戴着围巾、穿着五颜六色长裙的女人走在路上，当我们的司机猛按喇叭开过去的时候——依照中国风格——她们躲到了路边。年轻姑娘穿着花哨的裙子和针织上衣。男孩们坐在驴车上，他们出发的地方是一座泥砖建筑，每一块砖头之间都留有通气孔。那是晾制葡萄干的地方，将葡萄风干成葡萄干需要晾上五十天左右。

沿着一条半是碎土半是沙子的路，我们进入沙漠里 20 英里处的魔鬼城。我们的那辆救援车五十铃反反复复地陷入沙地，每次都需要北京吉普、钢缆和所有男人合力才能把它解救出来。几英里之后，我们到了一个有动物雕塑遗迹的地方，那是一只长脖子的巨大动物，空洞的眼睛怪异地看着沙漠。它可能是一只趴着的骆驼或者是一只乌龟——当地导游说是骆驼。我们继续向前，经过一些壮观的防御工事遗迹，现在仍然有 50 英尺高，宽是高的三分之一。前面几英里有很多这类的工事和其他建筑，这些衰败的宏大建筑很容易让人想起 19 世纪奥斯曼帝国曾有的辉煌。我们的探险队员从车上下来，花了一个小时爬上古老的城墙和庙宇，看着远处空无一物的沙漠，还有另一边闪闪发光的天山。我想知道斯坦因第一次由向导带领到这里时，他发掘出来的古城是否跟现在有所不同。

从现存的遗迹来看，这个被称为魔鬼城的地方至少有 1 平方英里那么大。这里有高高的瞭望塔俯视着大漠，还有壮观的城门，门上修建有带拱顶的亭子和城垛。唐朝的时候这里一定还有水源，也许是一条有天山融化的雪水注入的河流。城里也许住着几千人，栽种蜜瓜、贩卖丝绸，人们辩论着佛教教义的精妙。数百年间，这里的居民以为生活就是如此，直到地老天荒。

在回去的路上，维吾尔族向导和宾馆的当地工作人员在五堡下了车。车子停在村子中间，那儿还有一辆满是灰尘的汽车，所有的窗子都开着，在哈密工作了一天的工人正在下车回家。两辆载着外国人的吉普车停在镇上——这事并不常见，因此我的出现吸引了一群年轻人，他们快乐、喧闹，很有幽默感。

他们问我从哪里来，我告诉了他们。

他们在吉普布满灰尘的挡泥板上写下"AMIRICA"（美国的误拼）。接下来写了"MONIKA"（莫妮卡），引起一阵神经质的笑声。那是白宫性丑闻爆发的时期，看来塔里木盆地的干涸边缘地区也知道了。然后有人写下在中国最有名的美国人的名字：MIKEL JORDAN（迈克尔·乔丹的误拼），接着是第二有名的：GEORGE KLINTON（乔治·克林顿）。我正想解释一下这里写错了，前面是第一任美国总统的名，后面是第四十二任总统的姓。这时候一个年轻的、看起来很害羞的男人从后面挤了过来，他穿着白色棉衬衣和蓝裤子，在灰尘上写下了"CHESS"。

"国际象棋？"我说。

"你下国际象棋吗？"他问我。我们在这个男人祖祖辈辈生活的土地上说着中文。他是维吾尔族，汉语对我们两个都非母语。

"下，我知道怎么下。"我说。

"费舍尔，斯帕斯基。"那个男人说。

"那是很久以前的事了。"我说，想起鲍比·费舍尔和鲍里斯·斯帕斯基20世纪70年代在费城的比赛。

"我有本书，每一场比赛都有。"他没管我在说什么。

我想跟他讲讲卡尔波夫、卡斯帕罗夫，还有战无不胜的IBM电脑"深蓝"。他所知的资讯太过时了。

"来我家，我们下一盘。"他说。

我看着其他人，尤其是旅馆经理和他的助理。

"我觉得我们没时间，"我说，"对不起，如果有时间，我很想下一盘。"

那个男人沉默地看着我。

"为什么你对国际象棋有兴趣？"我问。

"报纸，"他说，"费舍尔和斯帕斯基。我喜欢国际象棋，很深奥。我有一本费舍尔和斯帕斯基的书。里面每一盘棋我都下过了。"他看着我，其他男人和男孩看着我们俩。

"他下棋。"其中一个说，其他人同意地笑着。

"你干吗不来我家？我们下盘棋。"

"我真希望能去，不过天黑以前我们得回去。"我说。

"你知道吗？"年轻人向前凑近了点儿，压低声音说，"整个村子里，所有这些人中，一直以来，只有一个人关心下棋，这个人就是我。"

回到吉普车上，在开往哈密的路上，我告诉王勇，魔鬼城没有传说中那么可怕，我有点儿失望。

"看起来很安全啊。"我说。

"啊，是的，不过如果有风，你就什么都看不到了，而且那里还没有水。很容易走丢，也很容易死掉。"他指出。

的确如此，我们对于乡民迷信的鬼怪之谈很容易不加理会，而且那也的确只是一种迷信。如果有两辆四轮驱动的汽车，并且有九个人做伴，在一个平静的五月初的下午，很容易摆脱恐惧。但如果你是独自一人，骑着一匹老马，就像那位在沙漠之旅中到达伊吾的僧人一样，妖魔鬼怪就会显得无比真实。这里的地形千奇百怪，矗立在黄沙之上，在夜晚、在干渴和迷路的情况下，一切都将非常可怕。即使我们有车，也需要在当地人的带领下才能走进这片沙漠之海。一千四百年前独自走过这里，被不存在的魔鬼吓到再容易不过了，而魔鬼应该就生活在这种寸草不生的地方。向观音菩萨祷告，或者像玄奘被樊陀抛弃时那样默念《心经》，将会带来极大的慰藉。

"是无上咒，是无等等咒。能除一切苦，真实不虚。故说般若波罗蜜多咒。即说咒曰：揭谛揭谛，波罗揭谛，波罗僧揭谛，菩提萨婆诃。"阿门。

5 旧魂
THE LONG DEAD

柏孜克里克千佛洞

高昌

吐鲁番

哈密

　　第五天晚上，我们买了去吐鲁番的硬卧票，我们爬进靠得很近的铺位上，就像笼子里的老鼠，火车在塔克拉玛干荒凉的沙漠边缘轰鸣着缓缓前行。玄奘的旅程也是断断续续。经历了沙漠的苦难之后，他在伊吾得到休整，却在旅程中下一个国家遭遇统治者过度殷勤的挽留，几乎送命。这就是高昌国，位于现今吐鲁番的东郊，高昌国王听说有东土高僧到达伊吾，派出包括几位大臣在内的特使，骑马护送玄奘迎入自己的国土。玄奘花了六天才来到白力城，疲惫不堪，希望休息一个晚上，但护送的人催促他继续前行，告诉他前面已经准备好替换的马匹，只要赶赶路，就可以在第二天天亮之前到达高昌。

玄奘同意了，甚至把他从瓜州开始就骑着的红马抛在了身后，那匹马曾在沙漠之中救过他的命。午夜时分，他们到达高昌，国王亲自出来迎接。从洞窟壁画中我们可以想象当时的盛景。高昌官员穿着长袍，系着腰带；他们胡须弯弯，锥形发髻用丝带固定。包括王后在内的女人们身着织锦衣裙，手镯、脚环、玉佩和头饰让她们熠熠生辉。一千支火把照亮了一千张脸，也照亮了杨树、桃树和杏树，在昏暗的夜色中排列在地平线上。兴奋的君王将自己称为玄奘的"弟子"，告诉他自己是如此盼望他的到来，以至于寝食难安。

众人纷纷表示敬意，包括王后和宫女，这时天将欲晓。玄奘请求休息，国王不情愿地同意了，留下几名黄门侍宿。玄奘秘密离开了一个自己不受信任、处处受阻的地方，来到这片佛教占统治地位、自己不仅受到欢迎更受到尊重的土地。而且，在这片土地的国度里，佛教之所以受重视，是因为受到拥有权力的国王和可汗们的大力支持，这样的国王和可汗将会给予玄奘极大的荣耀，玄奘也没有拒绝。

高昌在吐鲁番东部 30 英里的地方，是现在丝绸之路旅游路线上一个重要的目的地。这里的高度在海平面下 500 英尺，是中国海拔最低的地方。吐鲁番像一个炉子，是中国最热的地方。一些街道上搭着葡萄架，年轻人在饮料摊子旁边打着台球。我们租了刹车失灵的自行车，在上午的热浪中骑到附近的景点看了看，包括一座18世纪的清真寺，以及被称为苏公塔的宣礼塔。这座塔是苏莱曼为了纪念自己的父亲额敏和卓而修建的，根据旅游手册所说，额敏和卓"为维护祖国统一做出了卓越贡献"。苏莱曼向乾隆皇帝称臣，作为奖励，他按时得到乾隆后宫中的舞女（这些交易手册中没有提及），同时也收到资助来修建塔和清真寺。苏公塔是一座120英尺高的柱形高塔，上细下粗，看起来像一颗指向天空的子弹，非常壮观。这座塔使用的是淡蓝色的砖块，现在已经褪成棕色，砌成三角形、水纹形、菱形和四瓣花形的图案。

第二天我们去了柏孜克里克石窟，是这趟旅程中的第一座佛教洞窟，嵌在火焰山上一片光秃秃的崖壁上，火焰山极其炎热，呈现出如月球表面般的铁锈红色。洞窟建于5世纪到6世纪之间，建造经费来自想要得到美好来生的富有商人，他们的塑像就立在他们所资助的洞穴的某个角落。这些壁画在中国石窟寺庙中保护得不算最好，最好的在敦煌，玄奘在回程中曾经拜访。在去往柏孜克里克石窟的路上，我们第一次听到对斯坦因长篇大论式的批评，以后还会听到很多次，他切割了很多壁画，带回伦敦，现在在大英博物馆中还能看到。虽然这些柏孜克里克壁画比较小，但有一种特别的光彩，一种绿色、赭色和焦黄色的交错，给那些佛像带来某种柔和的光晕，好像墙壁后面有光照着他们。跟印度的阿旃陀石窟和敦煌的洞窟一样，很多壁画讲的都是佛本生故事，具有教诲意义的数百个佛的前生故事，讲述他在早期轮回中如何积累功德，从而使他成为了佛。佛本生故事充满了自我牺牲的行为，一个人只有在充分相信轮回的基础上才能做出这些自我牺牲——就像那位王子为了饥饿的百姓，投身到河流之中，变成可以供大家食用的鱼类。还有充满哲学意味的故事，其中动物和僧侣都要回答一个问题："什么是最痛苦的事情？"鹿说"饥饿"，蛇则说"毒性"，鸽子说"性欲"，鸟儿回答"口渴"。僧侣说："活着是最痛苦的事情，活着就是受苦。"

　　然后我们去了吐鲁番市博物馆，那里最重要的展品是 6 世纪到 8 世纪的木乃伊。其中有一位女性，去世的时候大概三十岁左右，也许是在分娩时死去的。我仔细看着她，她平躺在一个玻璃盒子中，就像被麻醉后躺在手术台上的病人，她的嘴微微扭曲，眼睛无神地睁着。她的头发梳成发髻，不过有几缕从古老的发环中掉了出来。博物馆的工作人员小心地用红布条遮住她的私处，显然不希望她的仰慕者产生任何下流的想法。她的皮肤干巴巴的，但没有破损，双手握在胸前，她有一张幽灵般的脸。

　　这个女人散发着某种魔力。她身上有一种黑魔法的气息，那里所有的木乃伊都有，这是所有遗迹中最令人着迷的部分。木乃伊有着某种净化过的恐怖感。它们是尸体，但又太过古老而变成一种抽象的东西，因此不像新鲜的尸体那么恐怖。我在想是否有后代活下来，很可能有，这让我想象看到远古祖先的尸体会有什么感觉。看看陶片，看看洞窟壁画，甚至只是看看照片，这是一回事。而看着一个千真万确的人，一个也曾会呼吸和思想的人，想象着如果你被埋在干燥的沙子里，一千年后看起来跟她应该差不多一样——这完全是另一回事。这个玻璃盒子里的女人跟玄奘生活的时代差不多一致，她也许就是高昌国一个小小的国民，也许就是深夜出来瞻仰火光下的大师的人群中的一个。我此行的目的之一就是寻求与数百年前的旅行者的联系，看到这个完好无损、可以辨认的人，能帮助我建立那种联系。

毕竟，历史可以让我们有更大的视野，看到人类努力生存的巨大舞台。我们都是有关联的。说得更具体、更紧密、范围更小一点儿，这形成了卡夫卡所谓的"血缘圈子"。它给了我们可归属的更大的范围。因此，看着这双干涸的葡萄干一样的眼睛，它们可能注视过玄奘，会给予我正在寻找的历史，一种内在的轮回转世，一种类似人类转世的东西。当然我明白，这位女性看到玄奘的可能性非常之低，但那种可能性还是给予这具干枯僵硬的木乃伊奇异的力量。我盯着她看了相当长的时间，下午的时光在流逝，就在一千四百年、七十代人以前，她消磨过炎热的时间、多尘的吐鲁番，我感受到她神秘而亲切的气息。

那天晚上，王勇照常带我们去夜市吃晚饭。那是电影院外面的一片空地，附近街道上的标语写着"依法纳税是每个人的义务"。这里的食物是维吾尔族风味的，绝对多肉，显然与佛教不符。大锅里是羊百叶、羊肺、羊舌头和羊蹄，最后跟辣椒一起炖得烂烂的。还有一整盆羊头，牙齿裸露在外，笑容狰狞。我们点了一些浇着红色卤汁的羊肉，还有一些烤肉，配上汤面和温热的啤酒。我们还买了一些西瓜作为饭后甜点，一边走一边吃，把瓜籽吐在地上。广场上都是音乐声，尤其是一位名叫阿卜拉江的歌手（在吐鲁番非常有名）唱的《进入沙漠》，还有什拉利的《我爱的人》，音像店用大喇叭同时播放着他们的歌曲互相竞争。

我看到一个老妇人拖着几个摞在一起的纸箱，走到一个西瓜摊要一牙西瓜。瓜摊老板用长长的弯刀切下来一牙递给她，但是她听说价钱是一块，大概十二美分，嘟囔着太贵了，摇着头，走开了，纸盒子在她身后扬起灰尘。我赶上她，说我想给她买一块西瓜。她看起来对这个会说中文的洋鬼子没有那么惊讶，但还是摇摇头，谢谢我的好心。我告诉她不必拘礼，天气这么热，西瓜凉凉的，一定很不错。但她还是摇着头，有尊严地拒绝了，再次谢过我，继续往前走，在她身后是忧伤地思考着年龄和贫穷的我。生活这样漫长、这样艰苦，却没有一点儿钱可以在夏日买一牙西瓜作为安慰——在那以后，我常常想起这个女人。

第二天我们去了高昌古城，在吐鲁番东约30英里的地方，离柏孜克里克石窟不太远，二者渊源颇深。建造佛教石窟有几个基本条件，最重要的是要有用于雕刻的石灰岩壁，旁边还要有一条溪流，工匠需要长期居住于此来完成捐赠者托付的任务。高昌有水源，但没有石壁，柏孜克里克有崖壁也有水源，但地形狭窄。高昌地势平坦，绵延在炽热的天空下达数公里之远，如此之大，需要乘坐驴车才能去看烽火台、谷仓，以及上万居民居住的住宅区和礼拜塔。这座古老的城市由汉代皇帝建立，因为他需要一个地方驻扎军队，守卫西部边疆。当玄奘在629年或630年到达此地时，这里已是历经多个王朝的独立王国，而此时正值一个王朝的末年。在玄奘回到长安之前，李世民吞并了这个地区，并把这里作为唐朝西部管辖区域的首府。现在这里的废墟也许会给人灵感写出诗句，感叹快乐的宫殿化为尘土，鲜花变成野草，蝴蝶无处嬉戏。但曾经一度，这里是伟大的中亚帝国，有着权力带来的所有虚妄和浮华。

国王名叫麴文泰，这个男人极其顽固，以致给自己造成悲剧，这些我们可从他日后的命运得知。在慧立根据玄奘口述所作的记载中，麴文泰是个忠诚而热情的统治者，但同时作为君王也有着君王的打算。他让一位八十岁的法师劝玄奘放弃西行，留在高昌。几天之后，国王亲自表达了这个愿望，玄奘诚惶诚恐地拒绝了，国王表示他终究会同意的。这场7世纪时两个男人之间的对话，被慧立逐字逐句记录下来，富有修辞之美，适于诵读。

"已令统师咨请，师意何如？"国王说。

法师回答："留住实是王恩，但于来心不可。"

国王说，在隋朝的时候自己去过中国，途中遇到很多高僧，"自承法师名，身心欢喜，手舞足蹈。拟师至止，受弟子供养以终一身。令一国人皆为师弟子，望师讲授……伏愿察纳微心，不以西游为念"。

玄奘认为"王之厚意，岂贫道寡德所当"。他还说：

> 但此行不为供养而来。所悲本国法义未周，经教少阙，怀疑蕴惑，启访莫从，以是毕命西方，请未闻之旨，欲令方等甘露不但独洒于迦维[1]。决择微言庶得尽沾于东国。波仑问道之志，善财求友之心，只可日日坚强，岂使中涂而止？愿

---

[1] 位于现巴基斯坦的古代佛教高山王国。——作者注

王收意，勿以泛养为怀。

国王的答复就像一个不能接受被拒绝的情人："弟子慕乐法师，必留供养，虽葱山可转，此意无移。"

"又大王曩修胜福，位为人主，"玄奘回答，"非唯苍生恃仰，固亦释教悠凭，理在助扬，岂宜为碍。"

国王坚持说自己没有导师，因此希望法师留下，"屈留法师以引迷愚耳"。但玄奘还是拒绝留在高昌，因为伟大的追寻真理之旅还没有实现。

在这种僵持不下的情况下，国王开始变得恼怒。从衣袖里伸出手来，他说："弟子有异涂处师，师安能自去。或定相留，或送师还国，请自思之，相顺犹胜。"

法师回答："玄奘来者为乎大法。今逢为障，只可骨被王留，识神未必留也。"

国王继续为玄奘提供供养，这似乎给了玄奘一个主意。慧立形容为"端坐"，意思应该是背部挺直，双腿盘在前面，他三日内不吃不喝。这也许是人类历史上为了政治目的的第一次绝食抗议，而且奏效了。到了第四天，国王看到玄奘已经变得虚弱。他感到羞愧、悔恨，在这位绝食的朝圣者面前跪了下来，说："任法师西行，乞垂早食。"两个人为了表达诚意，一起去寺庙礼佛。玄奘终于能够前行，但有一个条件：回来的时候要在高昌住三年。玄奘同意了。

紧张关系结束了，玄奘和国王之间的关系再度变得友好而彼此尊重，充满华丽的语言和互相仰慕的表达。国王为法师准备了应付前途寒冷天气的衣物、面罩、手套、靴袜。还给他黄金一百两、白银三万、绫和绢五百匹，足够二十年之用，这是旅程预计需要的时间。他派出二十四名仆佣，三十匹马，并给前方各国首领写了文书："法师者是奴弟，欲求法于婆罗门国。愿可汗怜师如怜奴，仍请敕以西诸国给邬落马递送出境。"

撇开其他不谈，从这些往来中我们能感受到一种谦恭而精致的礼仪，7世纪时候的交谈技巧体现在这位君王和法师之间。玄奘对国王表达了深深的谢意："并被深仁，俱沾厚德，加以钦贤爱士，好善流慈。"

在玄奘重新启程的时候，国王带着自己的僧人和大臣送到城外，"王抱法师恸哭。"现在的玄奘随从甚多，相形之下更像军队而非朝圣者，向西穿过吐鲁番洼地，高昌国王和臣民的伤离之声回荡在火焰山的红色岩石和塔克拉玛干炽热的空气之中。

公元3世纪的历史记载说，元寿元年——即公元前2年——一位名叫景卢的中国官员受斯基泰使臣口授《浮屠经》。我们不太清楚这次佛经口授是发生在中国，还是斯基泰，即现在的阿富汗到印度中部的地区。不管在哪儿，这都是中国第一次接触佛教的最早历史记录。半个世纪以后的汉朝晚期，汉明帝同父异母的兄弟楚王英为本国佛教信众举办了一次素宴。这是中国第一次记载有佛教群体的存在。

佛教从斯基泰传入中国，这是合理的。我们还记得公元前2世纪中国使臣张骞到达大夏国，在他回到中国以后，报告了帕米尔以西存在的富裕而发达的文明。整个汉朝，在中国称之为"月氏"的斯基泰和中国之间，一直都有贸易往来。斯基泰商人乘坐大篷车穿过高山和塔里木盆地，作为佛教徒，他们可能在沿途的佛教寺庙中停留休整，为了表示感激和获取功德，他们也会行善布施。僧人也在商人的队伍之中，随身携带能普度众生的经文。这样，中国和印度之间的商路也服务于精神之旅，通过这条路线，一种在印度消亡多年的思想，得以在中国并随后在日本生根发芽、枝繁叶茂。

佛教过了很长时间才开始向外传播。在佛陀圆寂之后的头两个世纪，佛教教义并没有传到很远的地方。而后，到了公元前3世纪中期，孔雀王朝的第三代国王阿育王皈依佛教，印度无数旅店和饭馆都以他的名字命名，他将佛教定为印度国教，就像几个世纪以后罗马帝国康斯坦丁大帝对基督教的态度一样。阿育王在印度各地敕建弘扬佛法表示虔诚的纪念碑式圆柱，这些阿育王石柱现在是印度重要的旅游景点。对我们来说，更重要的是他派人到附近的疆域传播佛教——南部的锡兰，北部的犍陀罗和克什米尔。

同时，被匈奴驱逐出中国西北家乡的斯基泰人，定居在大夏，也就是现在的阿富汗。这个地区从亚历山大时期就有希腊人居住，现在斯基泰人取而代之，开始扩大他们的影响，包括希腊风格的绘画和雕塑。在公元前2世纪和1世纪，斯基泰人拒绝了张骞结成反匈奴联盟的建议，将疆域扩大到南边的马图拉和贝拿勒斯，成为整个北印度的统治者。他们历史上最重要的国王迦腻色迦一世，在公元1世纪皈依佛教，而且，跟之前的阿育王一样，大力提倡佛法。现在，从恒河到乌浒河，从印度到犍陀罗、克什米尔和大夏，整个地区都信奉佛教。一定有传教僧人从这些地方到达了塔里木盆地，尤其是于阗和龟兹这两个荒凉的塔克拉玛干沙漠边缘的重要王国，一个在商路的南线，一个在北线。无论是从中国到西方，还是从西方到中国，都必须经过这两个佛教国家中的一个。

佛教在中国并非一直受到欢迎，在这个儒教国家，它总会有不合时宜的时候。中国汉朝的文化是非常讲求实际的，皇帝本人也信奉一种世俗的、以社会关系为指导的思想。儒家思想在汉朝取得了正统地位，强调的是君臣、父子、夫妻的纲常关系。遵从这样的伦理从属以保证国家与天伦的和谐。天、地、人都统一在以天子为代表的统治者形象中。表意文字"王"，有着三条横线，分别代表天、地、人，一条竖线将三者联系起来。皇帝进行的仪式，很像古代希伯来人在所罗门王圣殿中的仪式。仪式上奏起音乐，保证天、地、人之间的平衡。儒家六经所培养的精英分子掌握着从先王开始流传下来的智慧。

这样的体制要求皇帝压制异端邪说，历史中记载着儒家官吏敦促皇帝打击佛教的种种故事。一位唐朝官员上书说佛教以其虚妄之言鼓动无知百姓抛弃祖先留下的教诲，引诱他们追求假想的幸福。因此，在中国这样一个仇视佛教的国家，佛教成为中国最重要的宗教，可以说是一种奇迹。要知道，没有什么野蛮异族的思想在这个中央帝国取得过胜利，而早期的印度佛教对中国人来说是一种难以想象的外来之物。佛教强调的是一种普世的精神救赎伦理，而中国人看重的却是家庭和国家的关系。

正如芮沃寿在《中国历史中的佛教》一书中所说，佛教具有一些抽象甚至相悖的观点，主要是说事物并非其表现出来的那样，人们感知的世界并非真实的世界，对世俗目标的追求只会导致苦难，对自我的执念也会带来痛苦。佛教哲学详细阐述了一种深奥复杂的玄学思想，这种玄学思想对务实的中国人来说非常陌生，因为指导他们的并非终极真理等之类问题，而是统治社会的规范。对中国人来说，他们的主要目标是个人的成功和家庭的繁荣，争取入仕成为国家官僚体系中的一员，消磨时间的办法是与妻妾厮混或者写诗。这样，佛教"一切皆虚妄"的观念必定显得既无用又懦弱。最早被翻译成中文的佛经大概是《四十二章经》，它强调人的痛苦来自爱欲。"财色于人，人之不舍；譬如刀刃有蜜，不足一餐之美，小儿舐之，则有割舌之患。"早期来自梵文的翻译中，有包括集中思想来战胜欲念的建议，比方说要处理淫欲，可以去墓地，想一想尸体在不同阶段腐烂的情形，而不是做那些祭祀祖先的事情。佛教传递"空"这个概念，在对现实存在同时又不存在的冥想之中达到"无我"的境界——对过于实在的中国人来说，这并不是马上就能理解的观念。

当然，每一个社会都会产生"逃离"的需求，无论是在实际生活中还是在哲学的意义上。总有劳作、痛苦、疾病、死亡和悲伤，有许多未解之谜。需要神秘主义来平衡，或是一醉解千愁。道教是中国本土产生的对上述需求的回应。道教重"自在"，逃离儒教社会的陈规和束缚，强调的是自然力量的平衡和无为，一种什么都不做的智慧。表面上看，外来的佛教和本土的道教没有什么共同之处，但芮沃寿提到，佛教诸多概念一开始是用道教的语言体系翻译为中文的。比方说梵文的 dharma，意思是"教义"、"佛法"，而中文里被翻译为"道"，意思是"路"——《道德经》难以理解的第一句就是"道可道非常道"。但是，道教的教义是让人们逃离中国社会中的各种规范，从来都不是一种普世的救赎。诗人们寸缕不挂，坐在草屋之中，喝着酒，写着诗，就像伟大的诗人杜甫所写[1]：

哀歌时自短，
醉舞为谁醒。

道教人士思考庄子的悖论（不知周之梦为胡蝶与，胡蝶之梦为周与？），他们服用长生不老和提升智慧的药物，也修炼吐纳之法，以期实现永生。但他们从来没有建立过一整套心理学和认识论的体系，来解释一切经验的虚妄本质。佛教比道教更加完善，它有体系，包括体制上和智识上的，保证只要修持就会得益，并且不需要对月饮酒。在大约 1 世纪的时候，汉朝的儒教稍稍有所衰落，佛教填补了精神上的需求。那个时候道教试图与影响力日益壮大的佛教竞争，于是创造出一个"化胡为佛"的故事，说老子去了印度，化身佛陀，改变了那里野蛮人的信仰。

我们已经知道，311 年匈奴攻陷西晋首都洛阳，几年以后占领长安，其后三百年汉人失去了对中国的控制。早期来自大夏、犍陀罗和克什米尔的佛教僧人致力于让这些野蛮部落的首领皈依佛教，用佛法来让他们信服。没有史料记载他们是怎么办到的，但其中最成功的一次，是库车的佛图澄在自己的托钵中变出一朵美丽的蓝色莲

---

[1] 后段引文出自杜甫《暮春题瀼西新赁草屋五首》。——编者注

花，使得原本无知无识的匈奴国王成为热心的佛教资助者。那种资助意味着在那些外族统治国家中，建立了某种政教合一的制度。这些国家政府授权宗教组织建立并督管学校和庙宇。在中国北方兴盛了很长一段时间的北魏，其皇帝甚至成为佛的化身。在来自印度的佛教教义被更好地翻译为中文之后，佛教从语言上与道教厘清了关系。隋、唐让中国重新回到汉人的统治下，之后，佛教完备的体系使得统治者不再把佛教看作是外来的邪恶教义而加以拒绝。他们利用佛教来赢得爱戴，巩固自己的统治，建立起被芮沃寿称为恺撒式教皇统治的佛教寺院。

佛教本土化的一个关键人物是鸠摩罗什，芮沃寿认为他是历史上最伟大的翻译家。鸠摩罗什的父亲是印度人，母亲是库车的公主，在他七岁时母亲出家为尼，并带儿子到遥远的克什米尔去向当时最伟大的佛教高僧学习。他一开始学习的是小乘佛教，后来去往喀什，在那里转向大乘佛教，尤其是深入研究"空性"和缘起论，即是说所有事物都是有因缘的，一切事物都是空，不能独立存在。接下来二十年他都住在家乡库车，声誉日隆，最终一位中国僧人将他的声名传播到了中国。前秦，皇帝请鸠摩罗什去往长安，鸠摩罗什也同意了，但在去往长安的途中被非佛教信徒的首领扣留于凉州，直到后秦皇帝派兵攻城，才将他迎至长安 [1]。

---

[1] 前秦将领吕光在听闻前秦皇帝苻坚死讯后，于凉州自立为主，鸠摩罗什因而滞留凉州十六七年之久，直到后秦皇帝姚兴派兵伐凉，才将鸠摩罗什接到长安。——编者注

于是在 401 年，鸠摩罗什到达长安，终生被尊为国师，主持了规模宏大的译经工作，参与的僧侣和学者达数千人。他翻译了《阿弥陀经》，这是中国净土宗的基本经典；还有译于 404 年的《般若经》；接下来是《百论》《中论》《十二门论》《妙法莲华经》《维摩诘经》《十住毗婆沙论》《成实论》。他所翻译的经论，对印度哲学家龙树的理论在中国的传播有极大的促进作用，而龙树正是玄奘所崇拜的瑜伽行派创始人的世亲、无著的先辈。

说到这里，我不得不讲一些比较艰涩的内容。龙树巩固了大乘佛教的哲学体系，他认为事物皆有因缘，没有什么是独立的存在——即上文所说的缘起。"不生亦不灭，不常亦不断，不一亦不异，不来亦不出。"这是他最有名的偈语。

换一句话说，我们执着于这个现象构成的世界，执着于累积财物、感官娱乐，而一切都是虚幻，苦难因此不断产生，且不可避免。这是跟中国传统多么不相符的思想，而鸠摩罗什在翻译中将这些思想善加表述，使之成为了中文世界的经典。人类历史上从来没有过这么深刻的文化传播。在鸠摩罗什和他所指导的数千僧人的努力下，佛教最终在中国生根。鸠摩罗什去世两百年之后，我们这位孤独的非法朝圣者从吐鲁番向库车前进，在他头脑中熊熊燃烧的思想，若要达到圆满，只须完成那位印度 - 库车混血译者（在中国人看来，他是为藩国效力的蛮族）曾经做的事。这件事让佛教思想与中国文化更加融为一体，就像中国的儒家思想、书法，以及关于月光的诗词一样。

6 贝尔格莱德轰炸事件
THE BOMBING OF BELGRADE

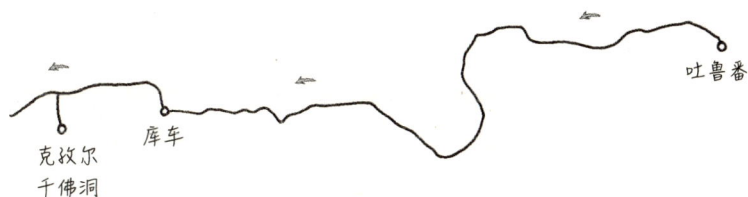

玄奘继续赶往库车，那是旅途中重要的佛教王国。我们的行程
也是如此。我们乘坐一辆红色夏利，开了一个小时，去吐鲁番车站
坐夜班火车。下午时分，沙漠呈现出一种金属质地的棕色，北边的
天山闪耀着彩虹般的蓝色。我们的司机是个壮实的年轻人，胡子稀
稀拉拉，他有个令人不安的习惯，那就是老在马路中心线上晃来晃去，

每当有大货车突然出现在前面的柏油马路上，他都转头向着永远乐呵呵的王勇说："真近！"我会在大货车呼啸而过之后大声惊呼，而坐在前面的两个年轻人则平静地说着前方的新收费站。快到收费站的时候，我们的车离开主路，开过砾石路基，进入一条跟高速公路平行的小路。我们在车上颠簸着，司机告诉王勇只有当地人才知道怎么避开收费站。

"现在你知道了吧，"王勇转向我，赞叹地说，"如果你再来吐鲁番，就不用交过路费了。"

"我会记住的。"我说。

到了火车站，我们发现忠梅的相机包落在了吐鲁番的宾馆大堂。火车还有半小时就要开了，而出租车去宾馆单程就要半小时。王勇马上采取行动，他找到一部电话打给宾馆。

"对！"他说。那儿的确有个黑色的包。

"对！"他说。是有根红色带子。

据说有人拿着一个那样的包正往宾馆外面走去。

"啊，拦住他！那包是他偷的！"

宾馆拦住了那个人，拿回了包。王勇和忠梅去铁路办公室取火车票，我在外面看着包。我看着前方的广场，广场一侧是火车站，另一侧是邮局和公安局，中间是汽车站。还有一些饭馆，下午这个时候没有顾客，金属桌子架在门前的水泥地上。我站在那里的时候，一个穿着海鸥图案白上衣的妇人走过来，向我摆出一种可怜的恳求姿态，想让我坐到那边空桌子上去。我猜想她可能非常贫穷，但还是拒绝了。然后看到一个穿着红毛衣的年轻女人端着一碗面从饭馆里走出来，她身后跟着一个小男孩，穿着类似工装的连身长裤，小手抓着一根黄瓜塞在嘴里啃着。男孩后面是一个男人，穿着标准的白衬衫、蓝裤子和塑料拖鞋——很可能是刚才那位妇人的儿子或者女婿。广场上噪音震耳欲聋，一边的大喇叭里放着支离破碎的管弦乐，另一边播放着夹杂静电声的情景剧。车站广播也不时回荡在广场之上。汽车开出车站，车上坐满了满脸大胡子的维吾尔族人和皮肤光滑的汉族人，车尾留下一股股黑烟，还有燃烧不充分的柴油味。

忠梅终于拿着票出来了。王勇自告奋勇留下等落在宾馆的相机包，如果宾馆的出租车没能在火车开动之前到这儿，他会搭下一班火车到库车跟我们汇合。我假意推让了几句，说如果包到不了，我们三个都应该留下来等下一班车。但是下一班车半夜才有，而且我们之前在售票处已经问过了，那班车只剩硬座。幸好，这对以东道主自居的王勇来说，事关"面子"问题。于是他留在售票处，我和忠梅上了火车。忠梅说服售票处的一个工作人员帮我们拿包，我们的待遇就像到访的名人一样（或者更确切地说，忠梅就像个到访的名人）。工作人员背上我们的包，穿过候车室来到站台上，绿色的列车已经等候在那儿了，然后他把包扛上软卧车厢。我内疚地看着硬座车厢，如果我们的相机包不能按时到达，王勇就要坐那里。很多乘客坐在昏暗破旧的硬座车厢里，向外看着。忠梅告诉那个累得气喘吁吁的年轻人把行李放在地上就好，我们可以自己来，然而他还是挣扎着帮我们把包放到了上铺旁的行李架上。

忠梅和我安顿好，拿出书来看。这时我忽然意识到，在过去的一个半小时中，我已经成为一个被动的旁观者，王勇才是处理事情的人，为我安排各种细节。我开始希望他能陪同我们一路到达印度，就像那只超能力的猴子陪同玄奘到达西天。而对忠梅来说，她和我的角色转换了。在美国，她是外国人，英语说不好，对自己的语法错误茫然不知，需要我替她跟信用卡公司打电话询问某笔费用的问题，或为她解释电影中她不懂的地方，或帮她校正她写给某个慈善组织的信件。而在中国，她很自信，无所不知，应对自如。我则成了需要帮助的那个人。

时间一分一秒地过去，火车开始动了。这时王勇笑着出现在门口，脸红红的，他的登山包（让我想起那幅名画中的玄奘）耸在头上，手上拿着忠梅的相机包。

"你赶上了！"忠梅说。

"太谢谢你了！"我大叫起来。

"没事！"他喘着气说。

库车是维吾尔族人对龟兹（又名屈支）的称呼，而今仍是这几乎被遗忘的古城废墟的中文名字。玄奘描写这个地方"气序和，风俗质。文字取则印度。粗有改变。管弦伎乐，特善诸国"。他提到当地国王是一个"智谋寡昧"的人，王国由一个势力强大的大臣掌管。玄奘对库车的记录里有这样一个故事，说一位以前的国王，对他的弟弟产生了类似奥赛罗式的怀疑，之后发生了一段佛陀救赎般的故事，这段记述占据了很大的篇幅。

那位以前的国王——玄奘既没说他的名字，也没说他生活的年代——"将欲游方观礼圣迹"，这里没有说得特别清楚，也许就跟玄奘自己一样，只是想去印度参拜佛教圣地。总之，他需要离开一段时间，于是把国家委托给自己的弟弟。这个人"窃自割势，防未萌也"，意思是他割下了自己的生殖器，以防止欲念萌生。故事也没有解释这件极端之事的原因，不过大概是那位弟弟希望杜绝在国王不在的情况下出入后宫可能引发的猜忌。他把割下来的身体器官放在一个金匣里，交给国王。

"斯何谓也？"国王问。

"回驾之日乃可开发。"

我们可以猜到接下来会发生什么。宫廷小人在国王回来之后告诉他："王令监国，淫乱中宫。"国王大为震怒，然后可想而知，弟弟让他打开金匣，看看里面是什么。

"今果有征，愿垂照览。"他说。

玄奘接着写道："王深惊异，情爱弥隆。"他允许弟弟在宫中随意进出，包括内廷。

这个故事有几处怪异的地方。第一，国王是个虔诚到要去圣迹观礼的佛教徒，同时又是坐押后宫三千佳丽的君王。这里缺乏佛教徒对欲念的摈弃。这位国王在某种程度上跟现在美国的佛教名人相似，那些佛教徒明星头一天还在倾听高僧的教诲，第二天就跟小明星现身在闪光灯下。这个故事为什么会吸引玄奘？也许是它跟本生经故事有同样的主题，都是通过自残的方式来做出自我牺牲。王子献出自己的手臂给老虎吃；这位弟弟献出了自己的生殖器，才能不辜负哥哥对自己的信任——虽说他也用这种先发制人的方式击败了敌人。

玄奘讲述的这个故事，还有一个颇具救赎意味的结尾。

一天，弟弟看到一位牧人要给五百头公牛去势。想到自己的情况，他对这些牛充满了同情，于是拿出钱和珍贵的珠宝，把这些牛从刀下解救出来。玄奘写道："以慈善力，男形渐具。"结果"以形具故，遂不入宫"。这是一个非常荒诞的悖论。那个男人在失去生殖器的时候，可以出入后宫；有了生殖器以后，就不可以了。玄奘显然非常喜欢这个故事，但如果那个弟弟隐瞒了自己重获生殖器的事实，在后宫跟国王的女人欢度良宵，这样可能更能满足我们的反讽趣味。但反讽并不在玄奘讲述故事的框架之内。他的时代是诚恳的。他为之感动的是弟弟摈弃欲念、一心向善，而不是荒唐的第二十二条军规。

我们清晨到达库车，住进了一家破旧的宾馆。库车更像中亚绿洲中的一个小城，而不像我去过的其他中国城市。以我曾到过的城市来看，中国城市大致上可以分为两类：一类是闪闪发亮、洁净的新城，街道宽阔，楼房贴着白瓷砖；另一类满是散乱的红砖修建的工厂、矿区和石油城镇，工人在沙漠上安营扎寨。但库车两者都不是。库车是灰色的、昏昏欲睡的、懒懒散散的。这里白杨树荫下的矮房子大部分用发白的泥土修建。留着八字胡的男人坐在驴车上，看着过往的风景。市场上飘着杏干、芝麻、小豆蔻、八角、辣椒、新磨的黑胡椒、核桃和杏仁的香味。一个白髯飘飘、戴着针织小白帽的男人站在八十八袋香料前，用长柄勺把香料舀给顾客。刚宰的羊身上停着苍蝇，白色的脂肪一层一层的，挂在肉摊的铁钩子上，摊位后面的男人坐在小桌子上吃着"拉条子"，一种浇着卤肉的抻面。

我们去了沙漠深处约10英里处的昭怙厘大寺，灰尘从我们租的汽车的底盘进到车里，我们的皮肤和头发都蒙上一层红棕色的粉尘。昭怙厘是一座佛塔的遗址，属于玄奘西行之路上最为重要的寺庙之一。那景象非常壮观。红色的砂岩高山耸立在沙漠的东西两侧，向北方延伸过去，下方是一块绿洲，看起来像一张粗糙的台球桌面。沙漠呈现出一种烧焦的粉红色，伸展在朦胧的天空之下，一边是红色的高山，一边是平坦的地平线。一阵热风吹过，在我们身边刮起沙尘的漩涡。向东经过一条干涸的河床，前面是另一座佛塔的遗迹，模糊的金字塔形状的轮廓矗立在山前。

　　早上出发前，我读了玄奘关于两个寺庙的记叙（玄奘原文称"伽蓝"，比尔译为"convents"，即女修道院，表示住在那里的是尼姑，而不是和尚），它就在库车附近，比尔译为"Chau-hu-li"。"荒城北四十余里，接山阿，隔一河水。"应该就是我们到的这个地方，一千四百年历史的遗迹，玄奘到达这里时，还非常繁盛。就在这个地方！从白墩子到高昌再到昭怙厘，仍然保留着玄奘经过的痕迹。这些地方对我来说非常重要，有一种联系、继承的意味。这些地方使得玄奘不再是一个抽象的概念，而是一个具体的人，就像吐鲁番博物馆中那个变成干尸的女人给我的感觉一样。

　　但是那种满足感很快就一扫而空，被一种忧愁取代，被这里遗世独立的美丽，以及时间的流逝给这里覆上的一种死亡气息驱散。我发现自己开始思乡，想起在时间和空间上都非常遥远的东西。玄奘、昭怙厘、我的家乡，融合成一曲旋律，主题是消逝的时光和不复存在的地方。在我长大的那个养鸡场，有几间供人避暑的小平房。一间新英格兰式老谷仓旁边有一个大菜园子，我们把那个地方改成鸡舍，饲养下蛋的母鸡。大草坪的一头是我们称为新鸡舍的地方，那是我父亲修的，里面有现代化的养鸡设备——自动喂食器和给水槽，节约了人力劳动。道路前方是美丽的苹果园和桃园，果树栽种成一条条直线铺满山坡，从山坡上可以看到下方康涅狄格河全景。

我十三岁的时候，家里把那个农场卖掉了，父母在我上大学后搬到了另一个小镇，等我大学毕业，就没有什么理由再回东哈德姆去了。我渐渐忘记了那个地方，现在也并不是在思念那里，只不过就像安德烈·阿西曼描写自己的家乡埃及的亚历山大城一样，在那里，我开始梦想去往别的更加激动人心的地方。多年以后，我故地重游，希望在小时候做梦或恐惧过的地方能有种强烈的体会，可以重新抓住流逝的光阴，重新呼吸到满是花粉的空气。

记得一个雷雨交加的夜晚，我躺在农场的床上，满心恐惧地听着外面的雷声，墙壁发出呻吟，窗外的枫树枝被闪电照亮，好像要被劈倒一样，父亲安慰我说一百年来房子和风暴都是这个样子，不会在今天毁于一旦。多年以后，房子还在那里，完好无损，一对未曾谋面的小夫妻把它租了下来成为那里的主人。但其他一切都被破坏了。我们称为绿平房的那栋，曾经有一个叫斯坦尼斯劳斯的波兰雇工跟他的妻子住在那里，现在被推倒，其他的房子则脏兮兮、空荡荡的。菜园里荒草丛生，谷仓荒置着，鸡舍东倒西歪，停放着生锈的报废汽车，新鸡舍变成堆积着瓦砾、木板、石块的废墟，曾滋养了为我们供给鸡蛋的母鸡的喂食器锈迹斑斑。从路尽头的果园还可以看到河谷美丽的风景，但由于疏于照料，果树已经结不出果实了，它们沉默地见证过我们偷偷溜进果园，摘下一两个苹果或桃子，在袖子上蹭干净吃掉，果汁从嘴角上淌下来。

这些事情都很容易让人感伤，虽然总的来说我并不是一个对老家多愁善感的人。农场在我心里激起一种忧伤的情绪。尤其是在夏天，那是我的祖父母、叔叔阿姨、亲戚家的兄弟姐妹们团聚的地方，也是我跟狗儿在田野树林间长时间散步的地方。在我以前住过的地方——香港、北京、巴黎和纽约，当我跟人们说起那个农场时，会带着一种异国情调。但在农场的时候我很孤单，在学校里也不合群，在同学们看来我是一个奇怪的犹太小孩。我下国际象棋不错，就像哈密附近五堡的那个村民朋友，我还梦想成为文学家，而在康涅狄格州穆德斯的纳森·黑尔 - 雷高中，一个以足球队和篮球队闻名的地方，我的梦想不算什么，我并不是一个明星学生。

乡间生活时期对我来说是一个比较安稳的阶段，其后我的家庭气氛比较紧张。鸡蛋价格下跌，我的父母卖掉了农场，后来的三年家里经济状况不佳，我们住在一个租来的四间屋的房子里，在城外，紧挨着公路，我们老得拉上窗帘，要不感觉就像生活在水族箱里的鱼一样。有几年父母经营一家洗衣店，取名"深河"，清洗附近饭店和小旅馆的床单什么的。我记得跟妈妈一起给一家旅馆送洗过叠好的毛巾，但是旅馆主人不高兴，说毛巾不够用，可妈妈说得第二天才能送另一批过去。那个男人不说话，盯着她，然后转身走了，他弓起的背是对妈妈的一种侮辱性的指责。我当时想要杀了他，但沮丧地发现计划不能付诸实施。我为妈妈感到难过，那是一种很糟糕的感觉。事实上妈妈并没有那么难过，而且不管怎样，我们的境况在好转，爸爸开始为一个生产鸡饲料和销售鸡蛋的农民组织工作。

还有令人开心的是，洗衣店在一个晚上被烧掉了，火灾的原因是电路出了问题，我们得到了保险赔偿。

问题是我从来没有把回到东哈德姆看成是找回我所失去的那种圆满时期。但是，当我看到破败的鸡舍、杂草蔓生的菜园和光秃秃的果树，还是充满伤感。时光流逝，曾经为了生活而奋斗过的地方，现在只剩一堆腐烂的建筑材料。道路尽头有一家古董店，年轻的城市青年们穿着香蕉共和国的牛仔裤和耐克鞋，根本不知道在他们到来之前这里发生过什么。

我想知道：如果玄奘回到昭怙厘，跟过去的这里比起来，他对现在的大寺有什么想法？他所看到的景象让他印象深刻。在《大唐西域记》中，他谈到这里"佛像装饰，殆越人工"。对于寺庙里的僧人，他写道"僧徒清肃，诚为勤励"。寺庙里有一块黄白色的玉石，形状像海贝，"其上有佛足履之迹，长尺有八寸，广余六寸矣。或有斋日照烛光明"。

站在寺庙中，我想象着那些真诚而勤奋的僧人，越过栏杆看到我们的朝圣者出现在地平线上。他应该是从河床另一边的山头出现，向寺庙走来。他会穿过河流，也许河水很浅，可以淌过去，也许需要渡船。绿洲附近居住着几千居民，当佛教在中亚消失以后，这个重要的佛教中心才沦为废墟。玄奘一定骑马走过河床和西边寺庙之间布满乱石的空地。从吐鲁番出发，他已经在沙漠中走了350英里，但他知道这只是旅程的一小段，印度仍然在无比遥远的西边。他应该一手拿着扇子，一手托着钵；他的脸上布满灰尘，长衫被风吹向身后，双眼坚定地看着前方的目的地。

在穿过沙漠回库车的路上，我们把车停在一个比较大的村子里，随意走进了一户人家。虽然我们事先没有告知，也没有被邀请，但听说居住在那里的维吾尔族人热情好客。一个女人在打扫过的院子里接待了我们，就好像她整个下午都在等待我们一样。她领着我们走进一间大客厅，我们都坐在铺着毯子的砖炕上。她丈夫坐在炕沿上看着我们，他留着胡子，身穿粗糙的羊毛外套。后来我们知道铺的毯子是他女儿织的，她很快就出来给我们一一倒茶，看起来非常年轻，似乎还不到能织这么多毯子的年纪。我们问她是不是真的织了这些毯子，她害羞地说是。她穿着深紫色的裙子，戴着红色头巾，非常漂亮端庄。墙角有一点儿骚动。一个年轻人在那里睡觉——他是织毯女孩的丈夫。他坐起来，看起来有点儿迷糊。试想如果你在客厅小睡，醒来后看到一群维吾尔族人坐在沙发上，你会有什么反应？

这家维吾尔族人通过会讲汉语的维吾尔族司机告诉我们，他们正准备吃午饭，邀请我们一起吃。我们婉拒了，不想把这家人吃破产。但王勇跟司机交流后得知拒绝邀请就是看不起人。我们觉得已然是不速之客，就不应该再给人家添麻烦。"不，"王勇说，"正因为我们是不速之客，所以更得照他们的要求做。如果我们不吃饭，他们会以为是自己的饭不够好。"我们就留下了，吃了一盘炖牛肉和一盘米饭——饭盘上放了四只汤匙，我们三人和司机各一只。牛肉炖得又烂又香。我们一边吃着，一边听着那位父亲谈起"鸽子血"。

"把鸽子血涂在关节上，然后晒晒太阳，"他说，"马上就好了。"

"农村常常这么治病。"司机说。他没有说明这个话题是怎么聊起来的，不过反正是有帮助的话题。"这些人太辛苦了，身体受不了，他们总在想办法治病。"

"就涂在关节上，"这家主人又说了一次，敲着自己的胳膊肘和膝盖，"然后晒晒太阳。"

第二天我们在主街的一家小饭馆里吃饭，角落里的电视上播放着新闻。我渐渐注意到屋里安静下来，所有的人都盯着电视。在针对南联盟的空袭中，美国轰炸了贝尔格莱德的中国使馆。饭馆客人专心地看着电视，里面各行各业的中国人组织上街游行，宣称这次轰炸是有意为之，要求中国政府进行有力还击。这真是祸从天降。节目继续播出，我感到作为一个美国公民真是引人注目，但没有人看我。他们知道我的感觉。

那天晚上，忠梅跟北京政府部门的熟人通了个电话，她的关系网总是让我惊叹。她了解到的情况是：北京和西安都有美国人被愤怒的人群殴打。他们怎么知道被打的是美国人，而不是加拿大人或者德国人什么的，我们无从得知。不管怎样，我并没有感到危险。库车与北京距离遥远，而且这里的主要居民是维吾尔族人，不是汉族人。

"我很遗憾发生这样的事情。"在回旅馆的路上，我说。

"会打仗的。"忠梅说。

"不，不会，"我说，"至少我认为不会，可能大家会不愉快，但不会打仗。"

"你不觉得那是有意的吗？"王勇说，"你不觉得美国想要吓唬我们？"

"不，我真不觉得，"我说，"美国不会想要激怒包括你在内的十几亿人。"

"嗯，现在中国得做点儿什么，"忠梅说，"使馆被炸了，有人死了，他们不能什么都不做。"

"但是他们能做什么呢？炸了纽约？"我说。

"不管怎样，"忠梅说，"我觉得你有点儿危险，会被攻击的。"

"我觉得还好，"我说，"我不觉得这儿会有人攻击我。"

"你可不知道会发生什么，"忠梅回答，"大家都很愤怒，已经有人被打了。"

"别担心，"王勇说，"如果有人要打你，他们得先跟我打才行。"

那天晚上我跟忠梅谈到很晚。事情演变的结果是，她要在库车和我分开，在我们将来回到纽约见面之前，只有最后一天一夜了。我们原来的计划是她陪我到喀什，但那样的话航班情况会让她错过北京的行程，因此库车只能是她的最后一站了。后天我跟王勇去阿克苏，她则往东坐上去吐鲁番的火车，然后从那里回北京。所以她担心我的安全——如果有什么不好的事发生，她就不在我的身边了。

我对贝尔格莱德的轰炸也有点儿紧张，但也许是因为过分乐观，我觉得不会给我带来什么严重的问题。事情很奇怪，我在几个月、几年中都觉得像我这样的外国人，不可能在新疆旅行而不被拦下来问话，但目前为止我的旅程已经开始好几个星期了，一帆风顺，身在新疆感觉很正常，没有什么不一样。我不觉得会受到攻击，小心一点儿，保持警觉，如果真的有事发生，那应该早就发生过了，而且我会应付过去的。

而忠梅显然忧心忡忡，我意识到一直以来我只想着自己，而没有想过这趟旅行对她来说面临的问题。毕竟她是一个跟外国男人在中国结伴旅行的中国女性，在这里人们一般来说对异国恋情没有什么好感，更倾向于认为其中有某种不道德的交易，利益诱使中国女孩投入外国男人的怀抱。忠梅说她很高兴跟我同游，让我看看她的国家。这是我们第一次共同进行一场艰难的旅行，她觉得我们相当合拍。但她也担心会出状况，而且偶尔也会感到羞辱。

　　"去餐车的时候我看着周围的人，想知道他们是什么人，"她说，"我发现他们在看着你，不知道是因为你是个外国人，还是很生气我们在一起。"

　　"我觉得是因为我是个外国人。"我说。

　　"我不太确定，"她说，"不管怎么说，我觉得很紧张，我要对你负责。"

　　她还说，我们办入住手续的时候，她注意到前台服务人员很惊讶我们住一间屋子。"我被要求拿出自己的美国护照给他们看，这让我很不舒服，"她说，"我是中国人。为什么要给他们看我的美国护照？不过如果不给他们看，他们又跟我没完。"在中国，只有外国人才能未婚同居。中国人这样做不被允许。"还有，"忠梅接着说，"我拿出护照以后，我知道他们也觉得不好意思，为之前的表现感到丢脸。"

　　"如果是我看到一个中国女孩跟外国男人一起旅游，我知道我会想什么，"她有一次跟我说，"我会想她不是个好女孩，会觉得她想从他身上得到什么，所以我也知道别人看到我跟你在一起会怎么想。我不是很在意，但有的时候有点儿烦。"

现在，她要离开我了，又开始担心贝尔格莱德的轰炸可能会给我带来什么后果。我们遇到了王勇，他变成我们的向导和朋友，突然这件事成为一件无比幸运的事。他阅历丰富，非常令人安心。他的存在让我看起来像个有钱的私人旅行者，雇了个当地人做导游。忠梅告诉我接下来不要跟当地人做太多的交流，尤其是不要跟任何人讲中文。"你永远也不知道在跟谁讲话，"她说，"想想饭馆里的那个人"——她指的是嘉峪关那个饭馆老板。"我以为终于可以放松一下，"她说，"我们只是吃点儿面条，高高兴兴聊着天，无忧无虑，谁知道他接着就说你是个间谍。"

"事情都过去了。"我说。

"我一路都很不安，"忠梅说，"只是我不想让你看出来。我希望你专心旅游，不要担心。"

"现在说这些也没有用，"我说，"但是我真的知道这事对你有多复杂，也很感激你决定来陪我。"

我们一时陷入尴尬的沉默。我们都不知道该说什么。

"很可惜你要回去，"我说，"我希望我们能一起去喀什。"

"为什么你不能像个中国人？"她说，"如果你看起来像个中国人，什么都会容易些。"

"我就是这个样子。"

"洋鬼子。"她说。

"对，"我说，"我也没办法。"

"不是你的错。"她说。

我们笑起来，睡觉去了。

第二天吃早饭的时候，宾馆餐厅里有两个芝加哥人，正打开丝绸之路旅游手册上的地图，谈论着沙漠公路。他们穿着"A&F"牌的衣服，瘦削结实，有前海军陆战队队员的体格。我称他们为丹和比尔。丹年龄大一点儿，看起来是拿主意的那个。他们是做律师和房地产的，也是芝加哥探险俱乐部的成员，为新疆沙漠之旅打前站。

"我们大部分时候都坐吉普，"丹说，"什么许可都拿得到，还有警察护送。"

"你们听说中国使馆被轰炸的事了吗？"我问他们。

他们没听说。

"我觉得咱们不会有事，"丹说，"在这荒无人烟的地方。"

我问他们要去哪儿。

"我们要去……那地方叫什么来着？……早上到阿克苏。然后坐四轮驱动车穿过沙漠，从阿克苏到和田。我们是第一个走这条路的外国人。得在沙漠中待两天两夜。然后我们从和田去喀什，然后是……那地方叫什么？……从红其拉甫到巴基斯坦。"

丹问我的行程，我告诉了他。

"你在美国是做什么的？"他问。

我看了看站在一边的王勇，决定撒个谎。

"投资房地产。"我说。那也不完全是谎言。我在曼哈顿有间公寓，非常希望那套公寓在房地产市场上大受欢迎而增值，然后就可以卖掉，到海边买座一般的房子住，当个全职作家，而不用像现在这样做个忙忙碌碌的记者。

"那好，"丹说，"我们还有好多事情要做，也许在阿克苏或者别的什么地方再见吧。"他和比尔离开了。

我们那天去了克孜尔窟，它有一个更为人知的名字叫克孜尔千佛洞，这是中国—印度之路上另一处重要的佛教胜迹，比柏孜克里窟更重要。我们驱车穿过千变万化的新疆风景。洞窟仍然在高高的、凹凸不平的岩石之上，这些高耸的岩石被支撑着，因此岩石成层的线条倾斜至几乎垂直，而非常见的水平形态。这些洞窟俯视着一片青翠的绿洲。跟吐鲁番的洞窟一样，这里的壁画讲的也是佛陀本生经故事和其他寓言故事，比方说一位猎人杀死救过自己的熊之后失去了双手，一位王子纵身跳下悬崖以喂食饥饿的老虎。

我们在洞窟里停留了几个小时。那里的洞窟遭到了大规模的毁坏，壁画上很多人物的眼睛都被古代人抠掉了，他们在 11 世纪的时候横扫过这里，他们严格遵守《古兰经》的教义，禁止偶像崇拜，反对一切神像或雕塑。旅游手册告诉我们还有 130 个完好无损的洞窟，保存着 5000 平方米的壁画，创作的年代是 3 世纪到 7 世纪。我们不太清楚玄奘是否到过这里。他没有提到过克孜尔千佛洞，如果来过，他会感受到这里鲜明的文化汇集的景象——数百幅作品，既描绘了佛陀远至巴基斯坦斯瓦特河谷的探险，也表现了当下的宗教生活。

通过这些洞窟和考古记载，我们对当时被称为龟兹的沙漠王国了解甚多。这里从人种到文化都属于印欧地区，居民讲的是吐火罗语的一种，我们已经知道，他们应该跟凯尔特人也有关系。库车是一个富裕的多文化的混合区，地理上非常邻近强大的突厥，但在文化上更靠近波斯、犍陀罗和印度。唐太宗在几年内就控制了这里。

克孜尔千佛洞的很多绘画和雕塑作品，都具有历史学家所谓的"希腊式佛教风格"，那是亚历山大大帝统治大夏和犍陀罗的时候希腊文化遗留的痕迹。在克孜尔洞窟中——以及柏林和伦敦博物馆中来自克孜尔窟的作品里——你会看到宙斯变成了婆罗门祭司和菩萨，也会看到跟罗马雕塑一样的衣服褶皱。你还会看到一对骑士，法国探险家勒内·格鲁塞认为这可能是护送玄奘从吐鲁番前往库车的人。"看到有人长着西方的长圆形面孔、长而笔直的鼻子和凸出的眉骨，真是令人惊讶，"格鲁塞写道，"我们可以精确地知道他们的流行服饰，还有他们喜欢的颜色。"[1] 格鲁塞形容库车为"戈壁中心的小小波斯王国"，他认为那里是一个"具有骑士精神的社会"，骑士和仪式感使得这个地方非常接近中世纪的西方。

我们甚至知道玄奘在拜访朝廷时听到的歌曲的名字——比方说《玉女献酒》和《鲜花大会》。我们知道音乐家们的着装：黑色丝绸的包头巾，紫色的长袍，袖子上有刺绣，还有配套的裤子。克孜尔窟壁画上的库车女性穿着紧身的衣裙，衣袖狭窄，裙裾飘扬。我们知道玄奘到过巴扎，在市集上看到丝绸和香料、葡萄干和杏干、玉簪、瓷器、乐器、女性服饰上的刺绣花边。男人戴着毛皮镶边的蓝帽子，穿着蓝色镶边的灰色长上衣，腰间系着石榴红的腰带。

格鲁塞提醒我们，我们从壁画上看到的景象只存在了很短一段

---

[1] 勒内·格鲁塞（René Grousset），《循着佛陀的足迹》（*In the Footsteps of the Buddha*），第 54 页。——作者注

时间，因为库车及其他印欧文明几十年后被入侵的突厥人扫荡一空。因此玄奘的拜访有一种告别演说的味道。他谒见的国王叫苏伐叠，吐火罗语意为"金色的权杖"，这位国王的外交政策包括跟唐朝统治者保持良好的关系。我们的朝圣者认为国王是一位虔诚的佛教徒，但并不认可他们所信奉的小乘佛教。玄奘一路上碰到过很多次理论上的冲突，其中第一次是木叉毱多（这个名字非常印度），他是苏伐叠的精神导师，也是一位哲学上的现实主义者。他认为我们感知的世界是的的确确存在的，而玄奘则认为那完全是"心"的产物。当他们相遇对谈，木叉毱多认为大乘佛教时间较晚，对佛陀原本的教义进行了无关或不合适的解读，佛陀本身并没有说过现象世界只是梦中之梦。他认为大乘佛教的经典中包含错误的观点，"真佛弟子者不学是也"。玄奘勃然大怒，此处我们能看到他最为蛮横专断的不悦之情。"又《瑜伽》者，"他说，"是后身菩萨弥勒所说，今谓邪书，岂不惧无底枉坑乎？"

虽然看法相左，但苏伐叠国王看来不愿意冒犯一位来自中国的重要人物，在玄奘盘桓六十多天之后，国王隆重地送他离开，并为他提供了仆人、骆驼和马匹，还有大量僧俗为他送行。

中国媒体持续报道着南联盟使馆被轰炸事件。每个下午、晚上的电视上，工人、士兵和家庭主妇们宣誓在危急时刻忠于祖国母亲，努力工作让祖国变得更强大。一天晚上，电视上播出了中国领导人去医院看望受伤的使馆工作人员的片段。忠梅一直在给北京的朋友打电话，打听最新的消息。王勇说北京旅行社的老板告诉他一些计划好的旅行团取消了行程。现在他开始担心自己要在喀什接的团可能不会出现。

"我觉得坐火车去阿克苏可能不太好。"忠梅说。

"他没事，"王勇说，"我会保护他。"

"如果一群人都想抓他，你是保护不了他的。"忠梅说。

"昨天公安部副部长在电视上发表谈话，说外国人在中国应该受到保护，"王勇说，"不会有危险的，没人要抓他。"

我想相信这个说法，但不能完全相信。虽说玄奘对悖论非常欣赏，但我的悖论是，我曾经非常担心进入中国，但现在目睹自己身在地图上这个偏远的地区，我又担心会离开中国。

"他们不过是一群愤怒的人。"我说。

"我也很愤怒，"王勇说，"但这事跟你没有关系。"

"那些被打的美国人跟这事也没有关系。"我说。

"会没事的，昨天电视上都那么说了，以后不会再有人那么做的。"

"你很愤怒？"我说。

王勇咬着腮帮子。

"当然，我是中国人。"

"但那只是个意外。"我说。

"你觉得那是意外？"王勇说，他想起了前一天我们的谈话，"美国技术那么强，我不相信那是个意外。"

"这都不重要。"忠梅说。很明显经过昨天的谈话，她在继续思考我们的处境。"我觉得你应该马上坐飞机到北京，然后从香港离开。"

"他不必这样做。"王勇说，他提醒忠梅，库车机场已经关闭了——

这正是她需要坐火车去吐鲁番的原因。

我听着他们讨论，考虑了一下是否要马上离开中国，有两个原因让我放弃了那个念头。第一，离开中国的话首先要坐火车从库车到乌鲁木齐，然后坐飞机到北京，那会让我暴露在危险之中，跟坐上从库车到阿克苏的火车没什么两样。第二点更加重要，我在这里，并没有感受到我需要离开的那种危险。我并不勇敢，如果觉得会碰到大麻烦，我就会离开。

"我不会中止旅行的，"我对忠梅说，"都走了这么远，我不会回去的。而且，我总觉得情况不会那么糟糕。"

7 对家的恐惧
THE HORROR OF HOME

第二天一早我们离开宾馆时，月亮像一片黄色的薄饼悬在满是尘土的空气中。我们乘坐夏利去车站，汽车前灯在清晨的昏暗中射出两道光柱。忠梅的火车要下午才出发，她只是去送我们离开。她跟我们进了车厢，帮我们安顿好行李。没有人留意我的存在，这里没有针对美国人的通缉令，只有一群睡眼惺忪的人在慢慢走向他们的下一个目的地。

发车时间快到了，我跟忠梅在火车连接处说了再见，她下到月台上，走开了，带着那种不自觉的轻盈步伐，长发像钟摆一样飘荡在脑后。她的告别语是"小心"。几天以后，王勇和我也要各走各的路，他要接上美国旅行团回到北京，我则是经由吐尔尕特口岸去往吉尔吉斯共和国。

突然，就像黑暗的屋里点起一支蜡烛，一种想要靠在家里壁炉边的强烈渴望在我心里燃起。我看着忠梅消失在站台上，进入车站灰暗的大厅，我天性中的自相矛盾在头脑中强烈碰撞。但是我想自己终于可以说那种矛盾的平衡发生了偏移。我想在这次旅行结束以后，我可以待在家里向往着外出旅行，而不是在旅途中期盼回到家。彼得·弗莱明在《鞑靼通讯》中，提到他在1935年的一次旅程，那时他主要是步行或骑马，从北京穿过新疆西南部、翻越帕米尔高原到达新德里，几乎用了一年时间，旅行结束后，他愉快地回到萨里郡的家中，再也不想离开。但是旅途中，他不畏艰险，我将他视作榜样。他与基尼·马亚尔在途经新疆的时候，度过了自己的二十八岁生日，他说那天非常辛苦，下着冻雨，吃的是羚羊肉、米饭和咖喱，他讽刺地称之为"豪华大餐"。"我们都谢天谢地，我们不是在萨伏伊庆祝别人的生日。"他写道。

我能理解。高山上条件艰苦，但同时也意味着自由、无拘无束，是无畏艰险和兴奋刺激，一种接近尼采式的生活。我有一个朋友在20世纪60年代参加了某个太平洋项目，先后住在东京、香港、曼谷，然后又是香港，就是不能回到老家加州。那个时候亚洲有很多这样的人，记者、摄影师、前情报人员，在外国记者俱乐部里进进出出，回忆着被他们叫作"Nam"的越南。我把他们看作"不能再回家"的一群人，他们患上的精神疾病是一种对家乡的恐惧。"一旦你乘坐直升飞机飞过燃烧的村庄，或者在地面跟敌人交火，"我的朋友告诉我，"你就永远也不能回去了。"对家乡的恐惧。在诗歌中那么浪漫、在想象中那么完美的家乡，其实是庸常的、安全的、无聊的，是对生活中更加浪漫的可能性的否定。但我朋友最终还是回到了家乡，结婚生子。彼得·弗莱明也是如此，可能他觉得萨伏伊还不是那么糟糕。

我自己的生活比较平淡无奇，也是一方面害怕孤单，一方面害怕回家。在我开始这次旅行前的很多年，那时我还是哈佛的一名中国历史专业研究生，有一个那种能带回家见父母的女朋友，如果不是我这样一个人，应该早就结婚了，但我离开了麻州剑桥。这就是我，我离开她去了巴黎，目的是变成一个能讲法语的世界公民。我一个人住在巴黎第十五区，最后终于收到女朋友的一封信，说她再也受不了我和我的不确定性。那是一封分手信，但谁能怪她呢？我把信放进一个盒子里。一年后，我的世界公民程度提高了，于是开始旅行。我越洋过海去了印度，经过了意大利、希腊、土耳其、伊朗、阿富汗和巴基斯坦。当然了，我在路上碰到一些旅伴，有几位直到现在还记忆犹新。在孟买我写下第一篇得以发表的文章，开始了我的新闻记者之路。在印度南部的喀拉拉邦我结识了一位年轻女人，她的父母在西高止山脉经营一座茶园，我跟她和她的父母度过了快乐的一周。一天来了几个耍蛇人，在门廊下面发现了两条眼镜蛇。而她的父亲见多识广，发现那两条蛇被拔掉了毒牙，也就是说是耍蛇人之前故意放在那儿的，不过这件事已经足够刺激。我用 T 恤衫跟耍蛇人换了一个葫芦，那是他用来吹奏音乐耍蛇的工具。我把这件事也写成了文章——这是我第二篇发表的文章，我的事业蒸蒸日上。

但大部分时候都只是我一个人，兴致勃勃地往前走。为什么？因为我想去看世界，而且我想要无拘无束自由自在，这样什么都有可能发生。我还做过一次这样的事情。当我为《时代》杂志创办北京办公室的时候，当时也有一个交往对象，但我从没有开口邀请她同去中国——那更多的是本能反应，而不是深思熟虑的决定，这种本能反应是把别人看作我去探险的障碍，是在周围围上带刺的铁丝网。结果，我在中国的时候常常感到寂寞，也很想念女朋友。我度过了无数个情绪低落的星期日，但从来没有邀请她过来。而在那以前，在我研究生时期从法国到印度的探险中，我看到很多人结伴而行。我一边嫉妒着他们，一边知道如果重来一次，我还是会独自上路。我不能接受长期的伴侣，或者更确切地说，我被一种自己不能理解的力量推开。长期的伴侣太像留在家中，而家意味着承诺，承诺真的给我一种窒息的感觉，就像咽下某种油腻软烂的食物。

我的生活方式有不少好的方面，我也不后悔自己的选择，但还是有点儿难过。我想要自由，同时又不完全是个快乐的流浪者。曾经有一个特殊的时刻，在新加坡的一家廉价旅馆中，墙角有一只老鼠，屋梁上布满无数只白蚁。我前一天刚从曼谷过来，正在去印尼的途中，那一刻突然毫无征兆地，我崩溃了。我哭了起来。我感到孤独，无助感像大蟒蛇一样缠住我，把我的精神挤出身体之外。那以后我很少有这种感觉。但孤独感一次又一次地不请自来，在我想要保持自由之身的时候出现。多年来我都无力改变。

我在库车的清晨时分想着这些，火车开始缓缓开出车站。忠梅离开了，我希望她回到宾馆还能再睡一会儿。我回想着她在西安机场等我的情景，她站在出口处的安全线外，在拥挤的人群中看着我。对于我顺利经过海关，带着行李出现，她相当乐观，但也很清楚我有可能被海关扣留，在某个宾馆上一夜，第二天一早被送上飞往香港的第一班飞机。那么她千里迢迢赶到西安，就白跑一趟。但不管怎样她还是去了。走在车厢过道上，我感到有她在我身边是多么幸运。

其实我并不是此时此地才产生这个想法。很长时间以来，我都在考虑跟忠梅一起生活，而每当我想起这种可能性，那种对于回家的恐惧变得跟以往有所不同。改变已经发生了，也许就在库车出发的火车上，从软卧车厢到餐车车厢中间的这个地方，我第一次明确地觉察到那种变化——再没有什么力量推动我做一个孤独的人，我不想再做一个中国人所谓的"光棍儿"，一个孤独的单身汉。现在我有忠梅，我不想失去她。卧铺间，我和王勇相对而坐，看着新疆清晨的风景，我意识到，这次旅行结束后，我会竭尽全力让自己不再孤身上路。

* * *

火车在午后抵达阿克苏，乘客们涌入外面灿烂的阳光中。工人们在修一个新的火车站，建筑工地的杂乱无序加重了火车到站时一贯的混乱状况。汽车、卡车、出租车、公交车，还有驴车、马车，全都挤在一起，想要挤进出站的单行线路。路中间站着一个交警，徒劳地指挥着。司机们玩闹般地猛摁着喇叭。

玄奘在阿克苏短暂停留之后继续向西，通过了帕米尔山脉一处叫作别迭里山口的地方，现在这条路被关闭了。因此我得去喀什，玄奘回程中曾经过那儿。从喀什我会向北经过吐尔尕特口岸进入吉尔吉斯共和国，从吉尔吉斯斯坦北部再衔接上玄奘的原路。我知道经过吐尔尕特口岸需要中国公安部门的特别许可，在我到中国以前，已经通过中国朋友得到了许可——需要付很大一笔朋友所说的"便利费"。从阿克苏到喀什没有客运火车，只有货运列车，所以我们得坐汽车去。

"到喀什 400 公里，多少钱？"王勇问我们的出租车司机。

"你开玩笑？差不多有 500 公里。"司机在震耳欲聋的喇叭轰鸣声和电钻声中喊道。

"我觉得是 400 公里。"王勇说。

"你怎么想都行，不过就是 500 公里。"

"长途汽车在哪儿？"王勇喊着。

"就在这儿。"司机朝我们喊回来，指着路边破破烂烂的车。

"好吧，是 500 公里。"王勇转身偷偷跟我说，"很辛苦。我从伊犁坐过汽车到乌鲁木齐。座位很硬，路很颠簸。坐了好几个小时才到，我浑身都疼。"

最后我们终于上了主干道。我原来想象阿克苏是个破败的、死气沉沉的城市，让人联想到中亚，结果是个庞大的闪闪发光的城镇，新式建筑林立。这里没有什么特色，不过很亮堂，尤其是跟昏暗破旧的库车比较起来。这里有着一种荒凉的整洁，新装修的友谊宾馆散发着欢迎的味道，就像一辆新车。不过，我在阿克苏还是休息得不好，为前往喀什的旅程担忧。后来我和王勇打车去吃午饭的时候，情绪还是没有好转。我们找到了一家快餐店，类似在美国机场看到的熊猫快餐。我们在柜台上点菜，把食物盛在塑料盘子里。坐下后，我发现有人把茶或者可乐或者别的什么东西洒在塑料椅子上了，一英寸深的一摊，弄湿了我的衣服，为此我很生气，我迅速吃完站了起来。

"有多糟？"我问王勇。我在想屁股湿着看起来有多傻，会给阿克苏居民留下什么印象。

王勇看了一眼。"很糟，"他描述道，"非常糟。"

我打车回到宾馆，在大堂碰到了芝加哥冒险家，他们看上去心情很不好。本来今天上午他们应该出发开启穿越不毛沙漠的探险。我开始讲自己的烂事，但他们自己也有烦心事，没怎么听。

"我准备好了，吉普车也准备好了，但他们什么都没准备。"丹说。他说话的风格像乔治·斯科特扮演的巴顿将军，用第一人称单数指代整个军队。"他们昨天晚上就该弄好补给，但不知为了什么狗屁原因没有准备，我也不知道现在怎么办。"

"晚一天走问题大吗？"我问。

"当然，"丹说，"今天出发才能赶上喀什的周日集市，然后我要花四天走喀喇昆仑山。周四的时候得坐飞机离开巴基斯坦，如果晚了就他妈的一团糟。"

旁边站着一个帮忙的中国人，他就是之前在库车听说过的护送他们的警察。"你能不能让你说的维吾尔族人现在就来，然后我们路上再说。"丹对警察说。他们很快走出门去，我则回房间处理湿裤子。

王勇和我去了汽车站，不在出租车司机指的那儿，而在城里某处整洁高大的建筑内。王勇问车票时间和价钱的时候，卖票那女的眼睛根本没离开过手里的报纸。不过我们最终知道了去喀什的车第二天下午一点出发，十个小时到，王勇的票价是四十七块（大概五美元），我的加倍。

"为什么外国人的票价贵？"王勇问售票员。

她瞟了他一眼，然后视线又回到了报纸上。

第二天我们回到车站，从另外一个售票员那里买了票，两个人都是四十七块，我们觉得在公平原则上取得了小小的胜利。我们坐的是软卧汽车，车里有上下铺，也就是说如果想的话，你可以一路躺到喀什，不过得多付八十块。但我们不想，所以就选择坐在车门边的座位上。然后验票员上车了，她就像指着一件行李一样指着我，告诉王勇我的票应该是九十四块，而不是四十七块。验票员脸上有一种疏远而厌烦的无动于衷，一般公务员脸上标准的疏远、厌烦和无动于衷。她只是一个照章办事、下班后就回家休息的人。不管怎样，我们的胜利被剥夺了，不过我们还是坐上了去往喀什的车，中国最西边的城市，如今最缺少中国风味的城市，西行之路上通往各处大山的关口，一个英国和俄罗斯互相刺探彼此领事馆的城市，成吉思汗和帖木儿征服中原经过的地方。你现在懂了。喀什是个充满历史传奇的地方。几周以前，当我担心自己可能被拦在西安入境处的时候，喀什这个名字对我来说有着不可名状的浪漫，现在，只要再过十个小时我就可以到那儿了。我非常兴奋。

汽车在下午一点半左右出发，晚了半个小时，开出了阿克苏车站的大铁门。大部分乘客看起来都是汉族人。坐在我身后上铺的是一个军人跟他的妻子，妻子在给他们的孩子喂奶。他们对面是一个脸上坑坑洼洼的男人，穿着深蓝色衬衣，领口已经洗得发白了。他带的箱子里装着一部日本牧田牌精密切割机。一个中年女人上车后对我笑笑，坐在了司机对面的前门处。我们在拥堵的路上向西而行，一路都有人上车，大部分是毛发浓重、穿着粗羊毛外衣的维吾尔族人，他们跟检票员讨价还价。有的讲好价上了车，有的没有。

三点半的时候，我们停在一处路边摊上吃午饭。这个地方装饰着花里胡哨的红蓝条纹的顶棚，还有红色花边，王勇和我看了一眼，里面黑乎乎的，烟雾弥漫，我们决定还是不吃了。拉肚子是旅行者可怕的敌人，尤其是对那些还没有适应当地细菌的外国游客——虽然那些更优秀、更优雅的游记作者不怎么提到这种疾病。我已经有过好几次着急找厕所的经历。在吐鲁番的夜市吃过烤羊肉串之后，王勇和我都付出了在西行之路上亲临多处新疆公厕的代价。中文的"厕所"听起来简直是个拟声词，那是在砖地或者水泥地上一个窄窄的长方形的洞，你得蹲在上面（有时还有一个人蹲在你旁边另一个长方形洞上），苍蝇在屁股周围飞来飞去。我们已经离开阿克苏两个小时，还有八个小时才能到喀什，四周只有沙漠，车上没有厕所，我渴望地看着当地饭馆诱人的辣羊肉串，委婉地拒绝了。我买了一些干巴巴的天津饼干，就着瓶装水吃了几块，其实相当不错。

车子停在食品摊前，我们坐在车上，对面的车上过来一个好奇的维吾尔族人想跟我说话。他说了几句维吾尔语，然后充满期待地看着我。我决定冒险回答。

"美国。"我说。

"美国！"他重复了一句，然后举起大拇指又说了一句，"美国！"他又说了几句维吾尔语，然后等着我回答。

"喀什。"我说。

"喀什！"他的大拇指又举了起来。

我指了指表，然后用升调说了一句："喀什？"那个男人算了算时间，然后指着凌晨一点——比计划晚两个小时。然后他转向我旁边坐着的王勇："日本？"

"不，我是中国人。"又来了，王勇叹了口气。不过，他跟那个维吾尔族人开始用中文交谈起来，维吾尔族人的中文有浓重的口音。一般来说我不想在中国引起不必要的注意，尤其是在美国轰炸了南联盟的中国使馆之后。会说中文的美国人几乎无一例外都是记者、学者、外交官或间谍，一般来说不会是纽约的房地产投资人。因此，我安安静静地待着，王勇跟维吾尔族人聊着天，一开始是关于他的职业——那个维吾尔族人是个羊皮商人——然后说起有几个孩子——王勇没有，那个四十六岁的维吾尔族人有六个，他说自己二十岁开始有孩子，那个时候他的妻子十六岁，现在他已经有两个孙子。他满脸笑容。

"你得早点儿开始，要不你的家伙就不好使了。"那个维吾尔族人说。然后他问王勇我多大年纪。我默默喝着瓶装水，王勇跟维吾尔族人说觉得我大概五十岁，差不多。希望他别问我有几个孩子，再来一个六比零可真是太不平衡了。

"他是干吗的？"那个男人问。

"做生意的。"王勇回答，那就是他所知道的。

"他是个扔炸弹的！"那个满脸坑洼带着切割机的人说，"他炸了中国使馆！"

我假装听不懂，但气氛突然紧张起来。那个男人在笑，但目光很犀利。

"他制造炮弹炸中国。"他说，还在笑，脸上一直带着愚蠢而无害的表情。就是个玩笑，不是故意的。我还是假装听不懂，请王勇翻译，他翻译了以后，我否认地摇着手，也在笑，同时意识到自己的样子也非常愚蠢。我费劲地在一辆新疆的大巴上解释我并没有美国空军的炸弹。我希望那个维吾尔族人快点儿离开。终于他的车发动了，他匆忙离去。

下午四点半我们重新上路，汽车行驶在高低不平的柏油马路上。这是 302 国道，从上海一直通到喀什，我们从柳园到哈密走的也是这条路，不过这一段没有里程标志和收费站，地上也没有划线。这里只有两车道的窄路通过沙漠，高低不平，颠得人牙齿松动，肚子里翻江倒海。这条路上车很多，大部分都是油罐车，或是装着缆线、煤块、粮包或石板的敞篷货车。我看着那些货车司机，他们跟其他中国司机一样，永远在摁喇叭。他们皮肤黝黑、留着胡子，沉默寡言，风尘仆仆，固执而极端。我们经过了一个小村庄——几座泥砖的房子，一个食品摊，前面放着白色小冰箱，一个男孩坐在父亲赶着的驴车上，一头脏脏的骆驼，田地里点着篝火，旁边站着几个人，有烧垃圾的味道，那后面是一片砾石和干燥的土地，一直延伸到远处的荒山脚下。

下午七点，一阵很浓的汽油味突然弥漫开来，司机停下车，灵巧地把一块铜皮拧成合适的形状，换掉了燃油管道的一部分，花了差不多一个小时。司机用钳子夹着铜皮，流着汗。"我告诉那个车站的小伙子好好检查一下这辆破车，他就是不干，"他说，"我还以为没问题了，谁知道呢。"司机修车的时候，乘客下了车，到沙漠边上溜达，或者蹲在路边。我注意到溜达的都是汉族人，蹲着的是维吾尔族人。我有时走走，有时蹲一下。八点的时候我们重新出发，天色变成了深蓝，然后是烟灰，接着变成深灰，远处的群山渐渐消失在黑暗之中。

这段行程有一种沉重的感觉，一种充满变故的千篇一律。司机有两个人，一个汉族一个维吾尔族，每隔差不多两个小时就轮换一下，他们非常辛苦，想尽办法躲开路上的石头，在柏油路面突然消失的时候减速，车子碰上了砾石地面，然后再伴随着金属碰撞的声音回到路上。到了晚上十点，天已经完全黑了，对面来的车的车灯从很远的地方就能看到，远得几乎像在天边。你会看到灯光，然后过很长时间汽车才会来到你的面前。这些迎面而来的灯光奇怪地抹去了我身处异域的陌生感。坐在一辆坏脾气的汽车上，穿过耀眼的塔克拉玛干沙漠从阿克苏到喀什，我对这一带并没有什么记忆，但这里的的确确带来某种似曾相识之感，那是一种生命在另一个地方重新上演的感觉。

我们都曾经在黑暗中驾车穿过某处黑暗的隧道，在对面出现车

137

灯并逼近我们时感到紧张。因为某些奇怪的原因，我还记得小时候的那些晚上，打完比赛后我们从对方球队的篮球场乘坐校车回家，大巴在康涅狄格州南部弯弯曲曲的公路上轰隆隆地开着，从学生时代相当重要而今连名字都忘了的那个小镇回家。一般来说回家的路上都很安静，乡间一片漆黑，除了对面突然有车灯亮起的时候，远光灯的时间稍微长些，你有几秒钟的时间什么也看不见。而在中国这条通往喀什的路上，人们的习惯则是开着近光灯，然后在对面50英尺外有车来的时候换成远光灯，或者在错车之前打灯晃他们一下。

　　我不擅长打篮球。那是我小时候的一大烦恼，我觉得那就是没有女孩喜欢我的原因。在我的高中，国际象棋和文学对异性没有什么吸引力。我认真练习打篮球，篮球队也勉强收留了我，但一般来说我只在练习的时候才有机会打球，而没有什么机会让啦啦队队长——她也在那辆回家的校车上——在比赛的时候喊出我的名字，或者在得分的时候让全场喊出我的名字。因此这趟回家的旅程不会给我任何满足感，而只有不安、失败，或者错位的感觉，我私下里坚定地认为自己属于别的地方，康涅狄格州夜晚的那些灯束就像探照灯一样发现了我没有归属的真相。这也许就是所有旅行者潜在的痛苦，因此那些旅行作者才会隐藏自己的不适、痛苦、功能失调的肠胃、孤独以及他们在旅途中所体会到的单调烦闷。他们不属于此，因此不得不假装感兴趣，享受自己所在的地方。不知道玄奘为了寻求真理而展开的长途跋涉，是否也与这种缺乏归属的感觉相关，他所处的时代，蛮族势力不断强大，想必那位文弱僧人也有"缺乏归属"的无力感。在这条西行之路上，当我可怜的篮球运动员生涯已经默默结束了三十五年之后，当我们的汽车经过一个名叫苏盖提的地方的一排砖房时，我如此这般地想着。我想到一个问题：如果篮球打得好一点儿，我还会在这里吗——如果一个漂亮的爱尔兰姑娘为我欢呼，这趟中国之旅是否还会发生？

大概十一点的时候，那个汉族司机——他之前已把方向盘交给了开得更慢更小心的维吾尔族司机——告诉我们前面还有 100 公里，大概需要两个小时。我想起了忠梅，她正在向着相反的方向去往吐鲁番的火车上，早上她会到达那里。然后她要在汽车站旁边的火车站拿到新的车票，等上一整天，再坐上去往柳园的列车，凌晨四点到达柳园。然后还得找辆出租车或汽车，坐两个小时到敦煌，跟文化部的一些人汇合，参观那些对普通游客关闭的洞窟。她在凌晨四点到达乌烟瘴气的柳园，这让我忧心忡忡。王勇告诉她不要打车，而要选择大巴。"一个女人在那个时候跟出租车司机在一起……"他只说了这句。

忠梅跟中国火车打交道已经很多年了，尤其是当她在北京学习的时候。舞蹈学院一年放两次假，学生都得回家。别的姑娘住在北京或者其他大城市，很容易回家。但忠梅得坐两夜三天（或者两天三夜？）的火车到中国最北部的黑龙江的宝泉岭。她买的是硬座票，但从来没坐过，总是睡在座位下的地板上。虽说现在中国软卧车厢的厕所就是厕所，但那时候硬卧车厢的厕所里挤满了没有座位的人，因此一路都没有上厕所的机会。她得深夜在哈尔滨转车，需要等上几个小时，但乘客们不能在车站候车，她必须在街上闲逛。忠梅记得街上非常冷，她的双脚渐渐失去知觉。有一次她试着去宾馆大堂里待一会儿，却被赶了出来，那时她十二岁。一般来说在学校里节日意味着假期临近的欢乐，对她来说则充满对辛苦的铁路旅途和冻僵的夜晚的恐惧。

毕业以后，她在北京最好的文工团跳了五年舞，是那里的明星。她谁都认识，受邀参加老干部的宴会，到海外演出，出现在春晚上——那是中国最像奥斯卡颁奖礼的晚会，上亿人都在观看。她认识电影明星和导演，来自香港地区和泰国的商人追求她，保证说如果她愿意结婚或者做情妇，就会给她轻松富裕的生活。1991年，她按要求为文工团服务满五年之后，去了美国，尝试成立自己的舞蹈团，还在努力之中。她也是一种不属于此地的人，另一个旅行者。我看着我们两个在新疆维吾尔自治区地图上的位置，两颗越来越远的亮点，就像太空中的两颗星星。我知道我不想再离开她了。你的家伙快不好使了。

我们凌晨一点到达喀什汽车站，跟那位维吾尔族朋友预计的一样，考虑到路上还修过车，一路黑漆漆的，还有各种绕来绕去的路，在高速公路上呼啸的风沙，这算不错的了。我们上了一辆出租车，司机脾气极坏，把头从车窗探出去咒骂挡在前面的车。然后又开始骂其他人，其他看不见的人。

"他们把我开除了，"他在星空下对我们吼道，"开了二十年的货车之后。其实，不是他们开除了我，是我退了，但那是一样的，因为他们让我交钱，知道吗？他们让我交的钱比我开货车挣的还多。你知道我的意思吗？他们都知道，但还让你交，而他们就是屁股坐着不动，喝着茶，读着报纸，等着下班。你玩命工作了二十年，然

140

后得到什么？你他妈就得到一辆夏利，为了生活挤在里面每天开他妈十八个小时。你开车，他们开会吃喝，你还得交税，连他妈在狗屁市场上买一碗狗屁面条的钱都没有。"

这个司机太激动了，差点儿偏离路线撞到旁边的出租车，而他觉得是那辆车不守规矩，于是又开始骂起来，而那辆车没有道歉的意思，他开始跟那辆车并行，威胁说要把他挤到路下。我们告诉他别生气。

"安全第一。"王勇陪着笑说。

"别怕，"暴躁的司机说，忘了那辆已经到了辅路上的出租车，"我开了二十年了，从来没出过事。"

不可以乱说话。我们冲上了一条两边都是白杨树的宽阔公路，还有几分钟就到宾馆门口的环岛了。我们的车插到刚刚从路边启动开出的另一辆夏利前面。这个空地够停一百辆我们这种小车的，结果尽管只停了两辆车，我们的司机偏偏看不到那辆车，抄近路穿过环岛到宾馆门口时撞车了。王勇那边的后门被撞坏了，不过他没有受伤。我们付了之前说好的二十块，取下行李溜进宾馆，司机还在为自己的愚蠢和粗心跟另外那辆车的司机大吵特吵。

这一天我们只吃了早饭，加上几片饼干和水，这时已经凌晨两点了，我们出去找面条吃。

"我来过这儿，"王勇说，"我知道一个奇怪的地方，有方便面。"

我们去了宾馆院子后面一处低矮的建筑，装饰着深紫色的霓虹灯，上面写着"桑拿"。两个女人坐在前厅，穿着薄如蝉翼的上衣和紧身裤，裤腿上开着叉。其中一个有一种性感的漂亮。这家桑拿浴室卖碗装方便面，我们买了两碗。王勇付钱的时候，我看着那两个女人，她们也看着我。我们买完了面，转身离开。

"想不想留下来洗个澡？"其中一个穿紧身裤的姑娘对我说，不是漂亮的那个。她的声音沙哑，裙子上有香水味。

我短暂地考虑了一下，在风尘仆仆地坐了一天的车以后，这的确是个安慰。

"改天吧。"我说，然后走开了，风吹得白杨树的叶子沙沙作响。

喀什。我原本想象新疆到处都有人要检查我的证件，但从西安出发以后，除了在火车上检票的时候，还没有人看过我的护照。我成功了。

8 吐尔尕特口岸
THE TORUGART PASS

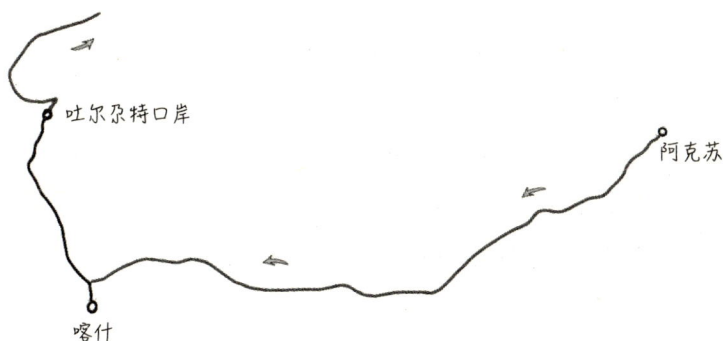

　　我们花了一天来研究怎么经过吐尔尕特口岸到吉尔吉斯斯坦，各种消息都有。王勇和我住的色满宾馆对面有个约翰咖啡馆——"您在丝绸之路上的家"——背包客可以在摆在外面的桌子上吃到糟糕的西方食物和不错的中国食物。一个喝着速溶咖啡吃着煎蛋卷的外国人告诉我，没有办法从吐尔尕特口岸过去。他满脸胡子，从一只耳朵延伸到另一只耳朵，穿着一件上面写着"摩根船长的鹦鹉湾"[1]的T恤，旁边是维吾尔族小伙子在摇晃的桌子上打台球。一个留着大胡子的男人穿着巴基斯坦式的长衬衣和肥裤子，带着公文包，从隔壁的一家旅馆走出来，匆匆走到街上。

"我试过了，"摩根船长说，"你去不了。"他有南部英联邦国家的口音，也许是南非人。

"去不了是什么意思？"我问。

"他们把我赶回来了，那儿只对中国人和吉尔吉斯人开放，外国人都滚蛋。"

"哦，我有通行证，给了我通行证又不让我走，这有点儿奇怪吧。"

"你有通行证？"

"你需要一个特别的通行证。"

"×。"

王勇和我问出租车司机能不能带我们去。他们说他们只能到达中国边防站，但边防站离真正的边境还有100公里。有人提到这里有从喀什开到吉尔吉斯斯坦首都比什凯克的公共汽车，大概要开460英里，然后我们在喀什足足走了半天去找这辆车（以及售票处或者问询处）。根本找不到。后来发现约翰咖啡馆可以发电子邮件，于是我给比什凯克的一家旅行社发了封信，问到了边境以后怎么到比什凯克。有人告诉我们边境上有出租车，不过那些司机知道到那儿的

---

[1] 朗姆酒品牌。——译者注

144

人都别无选择，所以要价高达五百美金。吉尔吉斯旅行社没有回复。还有人说即使到了边境，从那儿到吉尔吉斯斯坦海关还有 12 英里的路，之间没有交通工具。

"我觉得外国人没问题，"王勇说，"土耳其骆驼队走的就是那条路。不过，他们有信，土耳其总统给中国领导人的信。我猜他们比较特别。"

"不管怎么说，我也没有骆驼。"我说。

"我们能找到几头。"

"几头？我就要一头。"

"你需要骑一头，还要一头驮着水和食物，也许还要一头驮你的包，另外还得有一个照顾骆驼的人，他也要骑一头，另外一头驮他的东西。"

"那就是五头。"

"还得有一头富余的，万一有骆驼死了。很多土耳其人的骆驼都死了。"

"一头骆驼多少钱？"

"只要几百美金，"王勇笑着说，"另外骆驼也得要通行证，中国的，也许还需要吉尔吉斯斯坦的通行证。"

"那得要多长时间？"

"哦，可能几个月吧，你得在北京申请通行证。"

"我看骆驼还是算了吧。"

然后王勇碰到一个在色满宾馆工作的朋友，这位朋友说自己有个吉尔吉斯朋友，是个商人，可以开车从喀什直达比什凯克，我可以搭他的车。我们去见他的朋友。

"多少钱?"我问。吉尔吉斯商人要六百美金,我拒绝了。旅馆工作人员态度友好地接受了我的决定,并告诉我可以想办法在边境上搭上货车,花一百美金到比什凯克。这主意不错。但货车不会直接到达边境,去吉尔吉斯斯坦的货物会先用中国货车运到边境上,然后卸货,再装到吉尔吉斯货车上继续运输。我继续询问细节,比如说能不能在中国海关找到吉尔吉斯货车,以及货车是在真正的边境上,还是在吉尔吉斯海关,如果是在吉尔吉斯海关,我怎么能从中国海关走过112公里到达那里(我可以从喀什打车到中国海关),得到的答复含糊不清。

"我能保证。"工作人员说。

"你的的确确能保证?"

"我保证没问题。"

"你以前送过外国人这么走吗?"

"去年有个英国人。"

"一个英国人?"

"对。"

嗯,只有一个英国人,我想,不过那也能说明点儿什么。

我决定冒险去找货车。在经过皇家大酒店的时候,我看到中国国旅的办公室,这是政府的旅游公司。根据我以往的经验(那些外国游客必须通过中国国旅安排旅游的时期),我发现这家公司昂贵、麻烦、效率低下。办公室里有一个高高瘦瘦的塔吉克人,名叫鲁伊克,英文带点儿美国中西部口音。

"能帮我安排从喀什到比什凯克的旅行吗？"我问。

"没问题。"鲁伊克说，他有许可证，可以护送外国游客经过中国海关到达位于山区的真正的边境。他说到了那儿以后，可以安排多斯塔克旅行公司去接我。我问能不能在石头城露营一个晚上，那是离吉尔吉斯边境约100公里的一处高山峡谷。

"没问题。"鲁伊克说。这确实是新中国。

费用比较贵，但没有宾馆工作人员的吉尔吉斯商人朋友要的那么贵。他们知道你是在新疆或者比什凯克这样的地方，没有办法。我同意了。唯一的问题是那天是星期四，我不能第二天就走，可是边境在周末的时候要关闭，因此我能够出发的最早日期就是下个星期一了。我看到饭店大堂有什么气功按摩服务的广告，宣称可以消除疲劳和疾病。"请与前台服务员联系，欢迎预约！"广告上写着。

"那我预约下周一去边境吧。"我告诉鲁伊克。

喀什是个挤满了汉族人的中亚城市。市场上看不到什么能体现维吾尔族文化的东西。到处卖的都是刀子、曼陀铃琴和皮帽子之类的旅游纪念品。街道上有一个很大的夜市，一边的食物是汉族的，另一边是维吾尔族的，维吾尔族饭馆主要是烤羊肉和馕。"旧的东西都没了。"王勇说。他记得三年前跟土耳其人和骆驼来的时候，这里还有穿着维吾尔族服装的人，市场上也有维吾尔族裁缝。现在都是塑料拖鞋，还有那种发亮的灰色华达呢布料，汉族人喜欢用来做裤子和西装。

当我在亚洲旅行的时候，常常感叹自己生得太晚。我第一次来中国是 1972 年，第一次长期住在这儿是 1980 年到 1982 年，我觉得自己至少看到了一点儿古老的中国。北京在 20 世纪 80 年代早期还是一个过度发展的中国北方农村，点缀着世界上最为奢侈铺张、富丽堂皇的皇家遗迹。那个地方晚上还有农民出来放羊，鼓楼附近的老胡同里还有人在自家门口拉二胡。你在北京空空荡荡的大街上见到的人里有一半都是农民，剩下的一半是官员。现在的北京则是一座巨大、嘈杂、缺乏特色的国际化城市，没有农民，没有夜间出来的绵羊，取而代之的是很多的商贩，还有像巴黎或纽约那样拥挤的交通。现在你更有可能在纽约的地铁站里听到二胡，而不是北京的胡同。

喀什是个微缩版的北京，不过它变化的时间更短。它是中国最西边的城市，有着中国历史上最为奇特的一页。我住的色满宾馆后面是俄国领事馆旧址，那是一栋灰色的平房建筑，有着古老的壁板和欧洲风格的壁画，几乎能听到在沉重的桃花心木桌上俄式茶壶在炭炉上嘶嘶作响。英国领事馆曾经由一位会讲中文的欧亚混血儿主管长达二十五年之久，他叫乔治·麦卡尔特尼 [1]，就住在其尼瓦克，那是维吾尔语"中国花园"的意思，现在是一家社会主义风格的喀什宾馆（我的新朋友鲁伊克的办公室就在那里）。麦卡尔特尼于 19 世纪 90 年代第一次到达喀什，当时他陪同富有传奇性的探险军人荣赫鹏到帕米尔高原探险，那里现在是中国、阿富汗和巴基斯坦交界的地方。荣赫鹏是俄英两国长达百年的竞争中的重要参与者，这场竞

---

[1] 乔治·麦卡尔特尼(George MaCrtney , 1867—1945)，中文名"马继业"。——译者注

148

争发生在从土耳其到新疆西南部之间的中亚地区。

在这场竞争中，喀什是个小小的战利品。1865 年，曾经在家乡浩罕（在现在的乌兹别克斯坦）是一名跳舞少年的阿古柏，领导一小支军队穿过帕米尔高山，占领了现在由中国控制的绿洲。阿古柏是个塔吉克人，因此会说波斯语，他控制着远达乌鲁木齐的整个沙漠，他的首府在喀什，其东 1000 英里的地方都在他的麾下。有关他的历史记载差不多是一种种族主义的陈词滥调，把他描绘成一个狡诈的东方暴君。比方说他住在迷宫一样佳丽三千的宫殿之中，派人去往自己统治下的绿洲征收税赋，以供自己的豪华生活之用。1868 年，一名叫罗伯特·肖的英国茶商从拉达克经过喀喇昆仑山，阿古柏在自己的宫殿中接待了他。肖此行的目的是在喀什噶利亚销售茶叶，喀什噶利亚是阿古柏对自己的沙漠王国的称呼。但是这位"狡诈"的统治者玩的是一个更大的游戏，先向英国做出许诺，接着又对俄国许诺。

肖在喀什还看到了米尔扎·苏加，那是英国派出的印度间谍之一，他们通常打扮成佛教朝圣者的样子，去测绘帝国的疆域边界。苏加被阿古柏用链子绑在木头上。那时加尔各答的英国总督已经禁止英国官员前往中亚，担心一旦他们被杀或者被抓，英国没有能力还击——那将有损于殖民者勇敢的声誉。

但是，在喀什的第三路人正是这样一个英国人，一个名叫乔治·海沃德的勘探者、冒险家。肖第一次跟阿古柏见面的时候，这位喀什噶利亚的穆斯林领袖把英国人称为兄弟（他们直接用波斯语对话），而后来三个人都以这样那样的形式被捕，被分别拘禁在三个不同的地方。

利用这个时机，阿古柏想看看自己的新国家是否能得到俄国的正式承认。结果圣彼得堡太过胆怯，于是阿古柏召见了肖，说自己要派一位密使去往印度。结果就是肖、苏加和海沃德都得到释放，他们翻越高山回到拉达克。肖和海沃德受到了英雄般的欢迎，而苏加则默默回到了印度秘密组织。不过最终喀什舞台上这场小小的表演中的三个男主角都遭遇厄运。苏加在另一次任务中在布哈拉被杀。海沃德死在克什米尔大峡谷关隘的一个部落首领手中。阿古柏1877年死于喀什，也许是被毒死的，那是在中国军队收回塔克拉玛干绿洲之后。[1]

喀什现在是一个有着浓厚的伊斯兰和维吾尔族文化的中国城市。最能体现维吾尔族文化的是周日集市，农夫聚集在室内市场后面巨大的空地上，买卖绵羊、山羊、马匹、驴子、骡子和奶牛。不出意外，我碰到了丹和比尔，他们说差一点儿在沙漠中迷路，多亏了丹的掌上GPS，这是现代旅游者必不可少的指路工具。我们周围还有四个法国女人在拍照，相机镜头差不多有保温杯那么大。在一片维吾尔族人的黑发海洋之上，漂浮着几个斯堪的纳维亚的金色头顶。可以说在喀什所有的外国人都会来这个周日集市，看当地人如何进行交易。王勇告诉我，维吾尔族人握手都是一种讲价的方式。买方在卖方的手掌里出个价，这样别的潜在买家就不知道他们最终出价是多

[1] 彼得·霍普金克（Peter Hopkirk）:《大博弈》(*The Great Game: The Struggle for Empire in Central Asia*)，纽约:讲谈社国际公司，1992年，第321－338页。——作者注

少。穿着绿色制服的警察坐在凳子上，看着登记表，所有来参加买卖的都得登记。

"我碰上沙尘暴了，"丹告诉我，又开始说他的沙漠之旅，"我能看出司机根本不知道哪儿是路，我跟导游说'我们得向北'，但司机不相信我。如果不是有 GPS，我还在外头晃悠呢。"

王勇和我从牲畜市场转到了食品市场附近。驴车上堆放着肉，盖着毛巾，防止苍蝇扑上去。卖肉的揭开毛巾让顾客看看肉的质量，摆出手势示意我们也买一点儿。还有一大盆一大盆的羊头、羊蹄子、羊百叶。旁边砖砌的炉灶上用大铁锅炖着汤。炭炉子上烤着大串的肉块。我偷听到一个穿着法兰绒格子衬衣的美国游客跟当地导游的谈话：

"我告诉你，"他说，"这些羊头你想怎么吃都行。"（在王勇的劝说下，我在哈密夜市上吃过一次，第二天拉了一天肚子。）

"但是我呢，你得给我找只活羊。我要看着他们割开它的喉咙，流血至死。还要看着他们把羊切开，好好放在烤架上。我要他们把苍蝇赶走，在火上烤的时间不要超过十五分钟。然后我才吃。"

喀什到处都在建设之中。小巷子被拆掉，代之以宽敞笔直的大马路，名字叫作人民西街之类的。跟人民西街交叉的是解放路，比香榭丽舍大街还要宽阔。我看到附近有一家网吧，窄窄的店面里放着一排一排的电脑，屏幕闪烁着微软或者雅虎的页面。这些大部分是现代化的结果。维吾尔族人也该有网络。不过整个喀什的气氛还有汉化的影响：宽敞笔直的马路通向有中国人民解放军士兵站岗的国防基地，士兵手里的枪上有刺刀；社会主义包豪斯风格的建筑；党委办公室；汉族人居住的长方形水泥楼。

我在喀什度过的那几天里，电视上持续进行着美国轰炸南联盟中国使馆的报道。工人、士兵、学生、小商人在摄像机前表达他们对美国的愤怒和对党的支持，发誓要努力工作，让祖国更加强大。那是国内新闻。接下来新疆的地方新闻是：工人、士兵、学生、小商人在摄像机前表达他们对美国的愤怒和对党的支持，发誓要努力工作，等等。传达给新疆维吾尔自治区维吾尔族和其他少数民族的信息是，在这个危急关头他们也是祖国大家庭的一部分，你可以做你想做的，你可以去清真寺；你可以在学校教孩子维吾尔语；你可以学习阿拉伯语，每天向着麦加的方向祷告五次；你可以经营私营企业来实现富裕；如果你是维吾尔族、柯尔克孜族或者塔吉克族，城里人可以有两个孩子，农民可以有三个（如果你是汉族，不管你在哪儿，都只能有一个）。

星期一的时候，王勇、鲁伊克和我坐上吉普，出发去边境。喀什郊区几英里地都是田园，是围绕着城市中心发散出去的一圈圈绿地。路边的杨树叶子在微风中像银币一样闪闪发亮。郊区的村落围着高高的土墙。拖拉机在路边轰隆隆地开着。牛群晃着脑袋，低头吃着草。人们目送着我们的吉普车驶过。

绿洲之外是山峰和干涸的谷地。雪山在阳光下发着光——那是北边的天山和南边的帕米尔山。这里的地形跟玄奘此前经过的遥远的东部地区类似。他简单地描述了在自己漫长的旅途中一开始经过的这几座高山。不过对他来说，从阿克苏西边到现在乌兹别克斯坦的撒马尔罕，他还要翻越一座又一座的山峰，距离长达 1200 英里，大部分时候都要靠双脚步行，重重的行李堆在身上，就像那幅著名的画像中那样。

"国西北行三百余里，度石碛，至凌山。"玄奘离开阿克苏之后写道，"山谷积雪，春夏合冻，虽时消泮，寻复结冰。经途险阻，寒风惨烈，多暴龙难，凌犯行人。"玄奘还提到一些奇怪的规定："由此路者，不得赭衣持瓠大声叫唤，微有违犯，灾祸目睹。暴风奋发，飞沙雨石，遇者丧没，难以全生。"到底为什么赭红色的衣服和噪音会引发灾难，我们不得而知。比尔认为可能红色会激怒神龙，引起沙尘和砾石的风暴。瓠是用来舀水的葫芦，也许葫芦在被冻裂的时候会发出很大的声音，就像尖锐的枪声，会造成雪崩。我们只能认为这是一种传说。玄奘在自己的《大唐西域记》中并没有提及穿越天山时遭遇的磨难，但他告诉了慧立，慧立详细地进行了记录：玄奘和随从在天山上走了七天，遭遇了巨大的困难。"徒侣之中矮冻死者十有三四，牛马逾甚。"玄奘来自中国北部的平原地区，谈及令人生畏的高山之美，他并不欣赏，他抱怨说那些地方又陡峭又危险："其山险峭，峻极于天。自开辟已来，冰雪所聚，积而为凌，春夏不解。凝沍汗漫，与云连属，仰之皓然莫睹其际。"而且，"加以风雪杂飞。虽复履重裘不免寒战。将欲眠食，复无燥处可停。唯知悬釜而炊，席冰而寝"。

他们还碰到了别的危险。一天晚上，玄奘在一条溪边露营，碰到了一群外国的商人，"贪先贸易，夜中私发。前去十余里，遇贼劫杀无一脱者。比法师等到，见其遗骸，无复财产，深伤叹焉"。最后，玄奘到达他称为"大清池"的地方，中文的"清"可以是"蓝色"或者"清澈"的意思。大清池是现在吉尔吉斯斯坦北部的伊塞克湖。到了这里，他终于在地理和文化上都离开了中国，中国的力量从来没有到达这个地方。接待他的是他称之为"叶护可汗"的人，他穿着绿色的丝绸长袍，蓬松的长发用帛练系住。可汗身边的军人"皆锦袍编发，围绕左右，自余军众皆裘毼毳毛，槊纛端弓，驼马之骑，极目不知其表"。这个时候玄奘已经走过了艰苦卓绝的2800英里路程，到达了"西方"。

离开喀什20英里后我们到了一处检查站，差一点儿又得回到喀什，因为司机没有交汽车税。他们讨论了很长时间，我从车里看着，鲁伊克和司机拿出各种证件，警察看着他们俩。警察穿着一件背上有英文"CHECK"（检查）字样的制服。旁边，一排白杨在温暖的清风中沙沙作响。最后，王勇下车去求那个警察，告诉他如果司机回到喀什，我们就不能按时到达边境，计划也就全乱了。警察让步了。

又开了半个小时，经过一段砂石沟壑和悬崖，我们到达中国边防站。宣传牌上用中文写着："加强边防，加强国防。"约翰咖啡馆的南非人说我到不了这里，现在我已经到了，不过我希望看到的是一个难以接近的大风呼号的荒凉之地。这个地方的确有风，也很荒凉，不过是否难以接近就不好说了，我前面是一个美国老年人旅行团，大部分人来自佛罗里达。他们大概有十五个人，展示着美国人的亲切和蔼，跟那三个长时间一丝不苟地研究着护照的严肃边检人员形成鲜明对比，他们正在努力保卫中国边防。一个提前付款的来自罗德岱堡的退休教师旅行团，在离开中国的时候，签证上的中间名缩写弄错了，谁知道这会如何威胁到这里的国防。不过最后这群老年人顺利通过了海关，现在轮到我了，我把护照和通过吐尔尕特口岸的通行证递进窗子。

第一个检查护照的人看了一眼，然后递给了第二个人，他们低声说了几句，我听不清楚。

"你从哪里拿到签证的？"第二个人问道，声音充满了怀疑。我假装听不懂，等着鲁伊克来翻译。

"香港。"我回答。

这个边防士兵很年轻，也很严肃。他拿着签证看了很久，翻来覆去看着我后面要去的吉尔吉斯斯坦、乌兹别克斯坦、巴基斯坦和印度的签证。他仔细审查着护照上的照片，时不时抬头看我一眼，好像在一处一处地拿照片对比着我的脸。

"这个签证没有停留时间，"他说，"他们说你能在中国内地待多久？"我还是等着鲁伊克的翻译。

"我觉得他们说的是三十天。"我说。

他又看了很长时间，然后看着吐尔尕特口岸的通行证。我的嘴巴发干。香港旅行社的签证存在一个问题就是，那看起来跟领事馆或其他一般的护照签发地点签发的不一样，比方说，没有停留时间。护照管理部门应该知道从香港旅行社办签证的人，可能就是因为在别的地方不容易拿到签证——对吧？

"你是四月二十七号到中国的。"边检员说。

"对。"

"你有三十天。"

"对，我觉得是。"

"你的吐尔尕特口岸通行证上的时间是六月一号。"他说。

"是，应该是。"

那个年轻的士兵像个女教师那样严肃地瞪了我一眼："四月二十七号到六月一号之间是多少天？"

"三十三天。"我说。

"而你的签证是三十天的。"士兵说。

我明白。他觉得我拿到六月一号的通行证，是想逾期多待几天。我再次通过鲁伊克的翻译，解释说：几个月前申请通行证的时候，我不知道自己到底什么时候会到达中国，什么时候又会离开，因此六月一号就是估计的时间。我没有想在中国多待的意思，而且今天是五月二十八日，我也没有多待。

"你的通行证是六月一号的，不是二十八号。"

"啊，"我说，"不过通行证的意思是我可以在六月一号以前通过边境，不是说只能是六月一号，对吗？"

当然对了。王勇跟这件事完全没有关系，只是作为朋友陪我到这个地方，现在也通过窗口跟里面说话了。误会了误会了，他说，带着讨好的笑容。我还从来没见过他这么恭恭敬敬的样子。我静静地站着，刻意装出不在乎的样子。护照管理办公室的几个人全部进到后面的屋子里去，过了大概五分钟的样子，那个跟我谈话的年轻人出来，坐到他的"宝座"上，怒视着我，抓起印章，在印泥盒里蘸了蘸，砰地一下盖在护照上适当的地方。然后他挥手让我走开。

　　吉普车经过了乱糟糟的海关院子，在边境弯弯曲曲的公路上又开了一个小时。途中在一处宽阔的砾石地上，一个穿着绿色迷彩服、拿着 AK-47 的士兵又检查了一次我的护照。路上一块一块的是已经变脏的雪，淡蓝色的天空上一块一块挂着的是清洁的白云。黄昏时分，太阳正在落下，伴随着从边境另一边吹来的刺骨寒风。我们穿过了边境，几个穿着迷彩服的士兵站在一处高高的拱门旁，拱门的左边是被寒风吹起的红色中国国旗。

　　一个边防战士在检查点上了吉普，跟我们一起坐了大概 100 码远，到达边境大门处。能看到几辆货车正在经过那里，朝我们这边开来。我问能不能拍照，士兵说不能。王勇拿出那种“你是老板”的态度跟他讲道理：“这位外国客人走了这么远的路来这儿，就是想拍张照片作纪念。”士兵态度缓和了，甚至还笑了。王勇下了车，我给边境国门拍了照。然后鲁伊克给我们俩也拍了照。我们说着再见，保证在我回北京之后再见面。我们拥抱。我背上包和电脑，向大门走了最后几步，然后走了过去。

9 成吉思汗的祖先
GENGHIS KHAN'S ANCESTORS

根据鲁伊克的安排，多斯塔克旅行公司的萨沙在口岸的另一边接我，一起的还有司机安德烈。"坐。"萨沙说，指着一辆上面写着"英国布里斯托"的路虎。萨沙圆脸蓝眼睛，还有一点儿金色的小胡子。那辆路虎就停在中国—吉尔吉斯斯坦边境线过去一点儿的路边。

"好车。"我说。

"开了十五年了。"萨沙耸耸肩，车开到通往吉尔吉斯共和国海关和移民中心的一条土路上。那里有几栋独立的水泥建筑，一座瞭望塔和带刺的铁丝网，萨沙说是"破苏联"留下的东西，他说的"破"应该是"解体"的意思。萨沙非常热情，讨人喜欢，也很努力。他的英文比我的俄语好多了，因此我也没什么好抱怨的，不过很多时候我只能去猜他在讲什么。

跟山体平行的土路上布满了铁丝网，一直延伸到极目所视的远方，旁边就是中国边境。波兰记者雷沙德·卡普钦斯基在一本书中写过铁丝网密布的原苏联边境，说那传达的是一种"你逃不了，你跑不掉"的信息，你所在的世界充满"无比的严肃、秩序和服从"。[1]其实，吉尔吉斯斯坦是原苏联中最民主的一个国家。海关和移民中心的手续仍然极其冗长而繁琐，跟那几间办公室比起来，恶魔岛监狱都堪称舒适，不过与刚刚在中国经历的疑云密布比起来，这里还是有一种轻松的气氛。

最让我印象深刻的还不是铁丝网，而是在这个离莫斯科 4000 英里、离北京 3000 英里的高山两边，人们讲的分别是俄语和中文。我被一个姓王的人交到一个叫萨沙的人手中，看来中国和俄罗斯实现了某种上天的安排。两个国家都把它们的名字和疆域扩张到某个遥远得不能再扩张的地方。这样，中俄两国之间的其他民族湮没其间，包括吉尔吉斯人，也包括维吾尔族人、哈萨克人、塔吉克人、蒙古

[1] 雷沙德·卡普钦斯基（Ryszard Kapuscinski）:《帝国》（*Imperium*），纽约：古典书局，1995 年，第 46 页。——作者注

人等等。这并非历来如此。当玄奘经过现在的吉尔吉斯斯坦，他进入的是一个伟大的蒙古－突厥人的疆域，这个强大的游牧民族为世界造就了成吉思汗、帖木儿和巴布尔这样的征服者，帖木儿更是印度的第一位蒙古国王。

我们在检查站等了一个半小时，因为我们到的时候还不到两点，而吉尔吉斯斯坦边防站的午休时间是一点到三点。在我们等候的时候，一个穿着迷彩服、肩上挎着 AK-47 的士兵走出来，开始爬上我们对面长满青草的山坡。

"他在做什么？"我问萨沙，心想我们是不是见证了一个吉尔吉斯游击队员穿越边境。

"可能是去抓旱獭。"萨沙说。我们途中已经见过苔原上的旱獭，长得介乎美洲旱獭和草原旱獭之间。"吉尔吉斯国菜。"萨沙说，他和安德烈都笑了起来。

一定是，那个士兵开始趴下匍匐前进。然后，他胳膊肘撑地，摆出射击的姿势，用 AK-47 给地上来了一枪，然后跳起来往前跑，但当他到达应该有阵亡尸体的地方，并没有看到旱獭。

"跑到洞里去了，"萨沙评论道，"太糟了，他午饭没着落了。"他和安德烈又爆发出一阵大笑。

此时，萨沙也开始了工作。他拿出一张皱巴巴的俄语吉尔吉斯斯坦地图，给我看从中国边境延伸出去的丝绸之路上的各条路线。"北边这条是别迭里山口，"他说，那条路是玄奘走过的，但现在关闭了，"什么都没有，"萨沙说，"没路。"另一条是从吐尔尕特口岸的北边去纳伦，然后到楚河河谷和比什凯克。那是我们要走的路，中间在

160

石头城住一夜，一个世纪前商人们就在那里休息。萨沙的手指又指出了第三条路：

"还有一条是南线，从吐尔尕特口岸下到阿帕河谷，然后经过费尔干纳山到奥什。"萨沙告诉了我吉尔吉斯斯坦主要的山脉名字，还有本国最高峰胜利峰的高度（超过 24 000 英尺），以及我们所在的吐尔尕特山脊冻土层的深度。最后，我们终于通过了边防检查站，进到铁丝网里面的砂石路上，经过了到处是旱獭的山谷、一群群的马，偶尔还有老弱的骆驼。车开了一个小时以后，我们离开公路，涉过一条浅流，下到另一条山谷中。15 公里以后我们到了石头城。一座老旧的石头客栈旁边有栋小白房子，还有两个吉尔吉斯人的蒙古包，很多毛发乱蓬蓬的牦牛，以及有着惊人美景的山谷，连着壮丽的积雪覆盖的山峰。

我在山谷中走了很久，躲着那些牦牛，它们体形巨大，也躲着我。我不时踢到地上的干草，发出类似鸡蛋破壳的声音。寒鸦在头上盘旋。一只旱獭后腿立在洞前，看到我发出一声机警的叫声。牦牛看到我这么紧张似乎很奇怪。山谷远处有一些马，我向它们走去，那让我想起了以前的商队，于是我坐下来好好观察眼前的风景。山谷的东边是高高耸立的一片白雪皑皑的悬崖。身后是马群，它们的腿被拴着，嘶叫着，好像在害怕什么。地面冰凉，微风送来无休无止的寒气。我在 T 恤和棉衬衫外面穿上一件羊毛衬衣，还有在西安百货商店买的一件轻型夹克（名字叫雅鹿时装），对于据说我路上会经历的唯一一个寒冷的夜晚，这些勉强可以抵挡。我的两边都是拔地而起的高山，挡住了三分之一的天空。我能看到前方的金星，后面的火星，下面是石头城，远一点儿的地方是吉尔吉斯人的两个蒙古包，还有他们的小木屋。

木屋的主人也是这些牦牛、马匹和一辆亮红色俄罗斯摩托车的主人，名叫乔高尔贝克，我们到达时受到他的热情欢迎，他把我的两只手紧紧握住。他跟萨沙和安德烈讲俄语，跟妻子讲吉尔吉斯语，妻子名叫图尔森，他们有个六七岁的女儿，一开始很害羞，后来就开始跟我开玩笑，最后躺在了我的臂弯里。乔高尔贝克有一张朴实、瘦削、枯皱的脸，留着小胡子，穿着厚厚的绿色外衣和黑裤子，戴着吉尔吉斯高山民族戴的那种软软的锥形帽子。图尔森脸色红润、身材圆胖，穿着翠绿的裙子和有花朵图案的围裙，还有刺绣拖鞋。没有人跟我说什么，但显然萨沙是刻意安排好，要带一些外国游客在从中国边境到比什凯克的路上在此逗留并欣赏风景。唯一的问题是我得睡在蒙古包里，这就像一种入会仪式。而其他人已经住过蒙古包了，所以他们今天会住在房子里，燃烧的炉火会让他们又暖和又舒服。

萨沙在做晚饭，安德烈在照看路虎，我独自坐在阿特巴希山中一家类似早餐旅馆的简朴客厅里。墙上是一张乔高尔贝克和图尔森的照片，大概是婚礼时拍的。婚礼上的乔高尔贝克看起来有点儿浮夸，头发潇洒地堆在额头上。另一张照片中，他穿着海军军服。石头城可能是世界上离海最远的地方了。不知道他是怎么到海边的，或者更有可能的是，到了海边又回来。不过，爱荷华离海也够远的，但美国海军中一定有爱荷华的人。

我们吃了通心粉，每个人都喝了三杯伏特加。天黑了，我出去看

162

看天，金星仍然在山谷的方向闪烁，火星在另一边。群山凝成厚重的黑影，空气仍然凛冽。我看到北斗七星从熟悉的地方冲我打着招呼，我想起了一句中国妇孺皆知的古诗："举头望明月，低头思故乡。"

玄奘没有走过这处山谷，不过在经过现在的吉尔吉斯斯坦时，也有好几个夜晚身处类似的山谷之中。彼时那首关于月亮的诗还没有写出来——伟大的唐代诗人李白大概在那一百年之后才写了这首诗，描写的是中国官员被贬到遥远的地方所面对的痛苦，一种尽忠职守和思乡之间的两难境地。中国人对家乡非常有感情，有很多文学作品都写到月亮，以及远方跟自己一起遥望着月亮的爱人。"今夜鄜州月，闺中只独看"是另一位不朽的唐代诗人杜甫的诗歌的头两句。从历史上到最近几十年，中国人都没有表现出什么探索精神，他们不会想去攀登珠穆朗玛峰，就让它在那儿，也不会参与到达南极的竞赛，他们不关心，不像探险家伯顿、斯皮克或皇家地理学会那样，去探索尼罗河的源头，他们甚至不在乎长江的源头在哪儿。他们背井离乡一般来说只是出于经济的原因，那些从广东出发，不远万里到美国去修建横贯大陆的铁路的台山人也是如此。

《犹太法典》里这样说：知足者智。这句话对中国人非常合适，却不那么适合西方人（以及犹太人）。西方人有着天生的不满足，希望看到地平线另一边的世界，并第一个到达那里。我就是这后一种人，否则也不会睡在石头城的一个蒙古包里。但另一方面，跟杜甫一样，我也想着那些在家乡看着月亮的人，有些伤感，但我并不后悔身处此地。事实上，距离并不是问题，问题是孤独，还有距离所带来的疏离。

我记得几年前有人说他一直想去看看维多利亚大瀑布，最终，他出差到南部非洲，有了机会，但却是独自一人去的。"我到了那儿，"他告诉我，"看着瀑布，我想，又怎样呢？一个人来这儿有什么意思？"几年后《纽约时报》派我到莫桑比克短期出差，在回巴黎的路上，我也去了维多利亚大瀑布。我到的时候是早上，在维多利亚瀑布酒店风景壮美的阳台上吃了顿午饭，那里有着殖民地的优雅风度。我注意到临桌的一家人，父母和孩子，看起来非常快乐。看着这个场景，我想他们不必思念家乡，因为家人就在身边——有家人处就有家乡。而我呢，孑然一身，在马普托一家老旧的葡萄牙旅馆待了两个星期，在远眺印度洋的阳台上独自进餐，彻彻底底的孤身一人。去看维多利亚大瀑布就像是一种责任，为了我在地理方面曾受到的教育。看着面前雷霆万钧的瀑布，我想的只是在某个时候，要带着旅伴一起回来。

缩在石头城的睡袋里，我想起了玄奘，当他缓慢经过吉尔吉斯斯坦的高山峡谷，是否也会思念家乡？还是说佛教教义让他摆脱了无用的愁绪？玄奘几乎从来不谈感情（在印度有唯一一次例外）。他不是一个诗人。事实上，他是一个要拯救人类于谬误和迷惘的理论家。我想，他对佛教的狂热，使他无暇顾及月亮和家中赏月之人。我也觉得，他把这场旅途看得如此重要，孤独根本无足挂齿。

其实，对于在西行之路上拜访的这些高山地区，也就是中央帝国和印度的智慧摇篮之间的这些地区，玄奘较少提及。经过现在中吉边境、高达 13 000 英尺的别迭里山口，他也许得翻越博科尔多伊山峰，然后是叶廷贝尔山，到达巴斯空山口，从那里可以到达伊赛克湖边——这条路漫长又艰苦。他跟大汗的见面也许发生在现在楚河河谷的素叶城[1]，那次会面是一场饮宴作乐。"突厥事火。"玄奘告诉慧立。换句话说，他们属于拜火教，跟现在印度的祆教徒一样，不过他们在玄奘去过之后转向了伊斯兰教。"不施床，以木含火故，敬而不居，但地敷重茵而已。"慧立写道。"而已"二字带着一种微妙的轻蔑。我们应该记得，这个时候玄奘还有来自高昌的陪同护送，他们将信函和礼物交给可汗。不过宴会开始之后，玄奘印象深刻，他说宴会的帐篷装饰得非常豪华，"烂眩人目"。可汗的官员穿着镶边的丝绸，坐在一长条地毯前，可汗身后站着卫士。"观之虽穹庐之君，亦为尊美矣。"慧立的描写带着轻视的味道。

事实上，这位在中国史料中被称为"统叶护可汗"的大汗是一位势力强大的君主，统治着西至波斯东至中国之间的广大区域。玄奘大概对此一无所知，不过就在一个世纪以前，西方的突厥（他们在几百年之后迁徙到了现在的土耳其）打败了匈奴，建立了远到拜占庭的贸易网络。官方历史《旧唐书》中写他"勇而有谋，善攻战"。我们的朝圣者说他的军队带着长矛、旗帜和弓箭，"极目不知其表"。素叶城是大汗夏天的居住地，不过他的都城在赭时，也就是现在的塔什干。他想要跟中国搞好关系，依照一直以来向天子进贡的传统，他给唐太宗送去了一条纯金的腰带，上面装饰着一万颗珍贵的宝石。他要求的回礼是给中国蛮族统领最高级的礼物——一位中国的公主，不过没有证据说太宗给了他一个公主。

---

[1] 素叶城，即碎叶城，玄奘记为"素叶"，遗址在今托克马克市。——译者注

对于理解玄奘旅途中的政治背景，勒内·格鲁塞的观点非常有帮助，他认为玄奘对素叶的拜访是在一场风暴的前夕。没过多久，情况就截然两样。波斯的萨珊王朝正在被迫皈依伊斯兰教。塔里木盆地包括库车在内的各个吐火罗王国，正受到唐太宗的打击，结果维吾尔族人趁虚而入，现在仍是乌鲁木齐和喀什之间的主要居民。玄奘参与的这场素叶盛宴，"是突厥人在自己土地上的最后一次聚集，其后战旗向着四面八方而去，他们的命运谱写着各种各样的史诗"。[1]突厥人用各种方式在世界历史上留下了自己的踪迹，通过塞尔柱人和鄂图曼人，通过征服加兹尼的马哈木，还有帖木儿。就在1207年的素叶平原上，铁木真击败了对手，成为毋庸置疑的蒙古领袖，后来自称为"成吉思汗"。[2]慧立所轻视的这个游牧民族正是历史上一个最伟大的帝国的前身。

不过，不管玄奘对这位君主作何感想，他还是得到了很好的招待。慧立写道："窣浑钟碗之器，交错递倾。儵休兜离之音，铿锵互举，虽蕃俗之曲，亦甚娱耳目、乐心意也。"晚宴上堆满了玄奘不能吃的羊肉和牛肉，他们又特意为他准备了"饼饭、酥乳、石蜜、刺蜜、蒲桃等"。结束之后，慧立说，可汗非常高兴得到法师的祝福，请求

[1] 格鲁塞（René Grousset）：《循着佛陀的足迹》（ In the Footsteps of the Buddha），第 67 页。——作者注

[2] 艾哈迈德·拉希德（Ahmed Ashid）：《中亚的复兴：伊斯兰或是民族主义？》（ The esurgence of Central Asia: Islam or Nationalism? ），卡拉奇：牛津大学出版社，1994 年，第 139 页。——作者注

他留下来。

他告诉玄奘"师不须往印特伽国 [1]",那个地方不仅天气炎热,"其人露黑,类无威仪,不足观也"。

显然,大汗并不了解这位僧人。

玄奘回答:"今之彼,欲追寻圣迹慕求法耳。"

"森林里有野猪,有时候能看到棕熊,偶尔能看到雪豹。我见过一次雪豹。真神奇。这里还有羊、狼、狐狸和兔子。"

我们离开石头城,萨沙正在对我进行吉尔吉斯动物科普教育。我们的车翻过了阿特巴什山脊,在另一侧下山的之字形路上,安德烈开出了令人心惊胆战的速度。回到山谷中,路边的泥屋周围是吃草的牦牛、马匹,偶尔有骆驼。老旧的火车车厢一侧的铁梯子还在,但已经换上了橡胶轮胎,看起来是最常见的住所——虽然附近 20 英里内都看不到铁路的影子。

"建设西伯利亚的时候到处都是这种房子。"萨沙说。我想他是在说自己的童年,他告诉我他小时候住在西伯利亚北部,老式火车车厢在原苏联非常常见。"装上轮子哪儿都能去,在夏牧场上最常见,比蒙古包便宜。"

我问萨沙吉尔吉斯人怎么让这些车厢翻过高山去夏牧场,但他没听懂我的问题。

---

[1] 印特伽国,即印度。——译者注

"而且，"萨沙说，"有钱人的蒙古包是白色的，穷人的是灰色的。"

我们到了第一个比较大的镇子，边上是一处穆斯林墓地，一片小山坡上密布着石头陵墓，很醒目。然后我们就碰上了一个送葬的队伍。前面是一辆运着棺材的卡车，上面还有几个男人，其中一个拿着死者的黑白大照片。然后跟着大约两百个骑在马上的男人，都戴着一样的锥形帽子。马队后面是车队，大概镇子上所有的车都在这里了，大部分是原苏联时期的拉达车——稻草黄、红旗红、毛驴灰、青草绿、高山蓝，车前都装着夸张的金属罩网，就像被扯开的嘴唇。我们停在路边喝马奶酒。"吉尔吉斯国饮。"萨沙说，他和安德烈又笑了起来。这是一种发酵的马奶，从羊皮口袋里倒进中国生产的瓷碗中，碗也许就是从吐尔尕特口岸进口的。

我们继续前进，路虎在路上呼号颠簸，我们走过一个又一个山谷。远处总会出现一个男人骑在马上，一两个男孩在溪边对我们晃着手里的鱼，喜鹊从路虎前面的路上掠过，对面路上开来一辆绿色的拉达，一个粗壮的女人在花裙子外罩着蓝色夹克，伸出手来拦车。

"列宁，"萨沙说，指着峭壁的山顶上，可以看到一座奇怪的雕像，"我们的前领导人。"那像是一种黑色的金属架构，就像照片底片，从空隙里可以看到蓝天白云。

"有斯大林吗？"我说。

"什么？"

"有斯大林的雕像吗？"

"可惜没有。"

"为什么可惜？"

"开玩笑。"萨沙说。

我们继续往前。

"不过老人说斯大林时期的生活好一些，"萨沙突然说，"他们也相信是他打赢了二战。"

我们翻过一处小山顶，北边是一片白雪皑皑的山峰，高低起伏，光芒闪烁，就像是从天空垂下来的，而不是从地面升起的。

"天山山脉被分成几个部分，"萨沙说，"东天山大部分在中国西部，一小部分在哈萨克斯坦。北天山大部分在哈萨克斯坦，分成吉尔吉斯阿拉套和孔根阿拉套。中天山包括泰尔斯凯阿拉套和博科尔多伊阿拉套，还有很多别的。"

我们到了萨里布拉克——吉尔吉斯语中"黄色泉水"的意思——在一个火车车厢改造的饭馆里喝了酸奶，吃了非常好的当地产的炸鱼。离开萨里布拉克，路被山谷耕地分成两部分，然后又开始上山。翻过一处叫科克－莫伊诺克比克的山顶，我们进入了一条河谷，这条河谷将带领我们一路走向比什凯克。

"欢迎来到楚河河谷，"萨沙宣布，"这里曾经是伟大的丝绸之路，中亚文明的源泉。"

"谢谢，"我说，"很高兴来到这里。"

汽车驶过了肥沃的土地。玄奘曾经跟可汗会面的素叶城，现在叫作托克马克，窗外闪过路边的一些机构大楼。我们在傍晚时分到达了吉尔吉斯共和国的首都比什凯克。我住在比什凯克饭店，这是一栋昏暗阴郁的原苏联式建筑，好像客人对毛巾、香皂和手纸的需求都让工作人员不胜其扰，但至少有洗澡的热水。我到了大街上，找到一个小市场，这里卖新鲜的蔬菜、饮料和冰激凌。我在苏维埃大街的一家名叫阿尔滕库什的小饭馆吃了烤鸡和沙拉。回去的路上又经过那个市场，买了根冰棍开始吃，这时一个金发小男孩拉着我的袖子问我要冰棍，我给了他。他一言不发地马上跑开，好像担心我会把冰棍要回来，然后在路灯下吃完了冰棍。我在幽暗的布满树荫的街上闲逛，找到了一家露天啤酒花园，那里有两个美国律师和一个退休的英国公务员在聊天，他们是为吉尔吉斯政府提供法律服务的志愿者。

"这是中亚最民主的国家，"其中一个叫霍华德的人说，"这个国家迫切想要采用西方的方式，不过基本上都没成功。这里的经济濒临崩溃，腐败是最严重的问题。一个加拿大金矿公司去年给政府交了八千万许可费，可是那些钱根本没有进账，而是直接进了政府官员的口袋。这跟原苏联还不一样，这里的政治腐败没有谋杀。他们不会进行刺杀，没有那么坏的人。就是没有经济来源，没有市场，不生产任何东西。这是一个习惯'拿'的国家，以前苏联投进来几十亿卢布，还是亏损经营。现在是国际货币基金组织和我们这些西方人在投钱，于是他们又变得民主了，钱还会源源不断地进来。"

我住的旅馆就在那条街之外，当我回去的时候，一个看起来很凄惨的矮个子妇人在门口想要卖给我一份俄语报纸。我从钱包里掏出大概五块钱的钞票递给她。我对当地货币还不太熟，觉得五块钱应该差不多。而那个老妇人拿着钞票，好像对自己的好运感到难以置信。我走进旅馆沉闷的房间，一天的房价是七十五美元，我意识到自己非常慷慨地给了那个女人大概相当于十一美分的钱。

10 无人穿越的大桥
THE BRIDGE NOBODY CROSSES

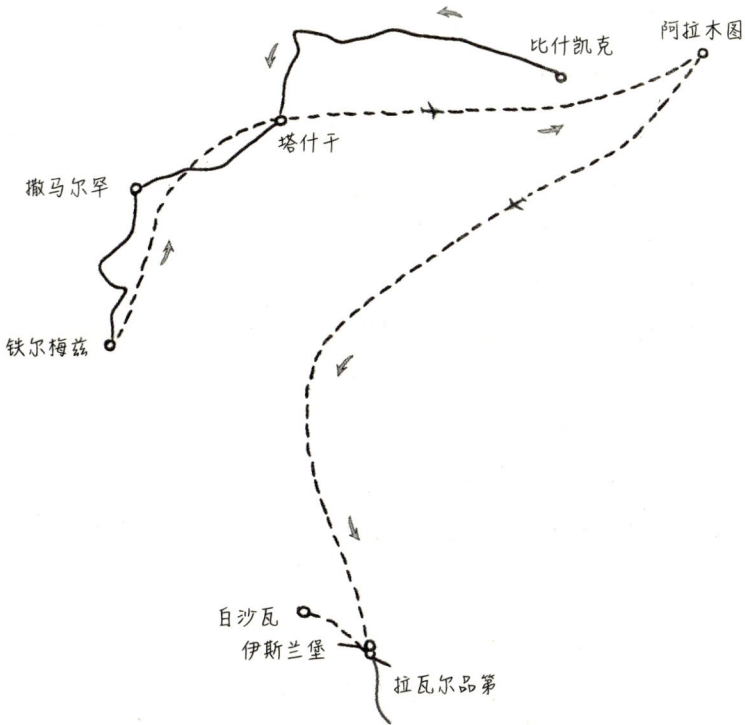

这些中亚共和国以前都属于苏联，现在已经像水果一样纷纷从这棵树上落下，以前的国内公路现在变成了国际公路。我计划从比什凯克坐夜班火车到塔什干，那是邻国乌兹别克斯坦的首府，但那趟火车被取消了。这是维卡告诉我的，她是多斯塔克旅行公司一位不苟言笑的俄罗斯美女，从我离开中国边境开始，就是她在处理我的行程。

好像我是她唯一的客人，虽说吉尔吉斯斯坦有着精彩的户外活动，比如说徒步、登山、漂流等。不过整个国家很不幸地严重失灵，在这里占主导地位的经济思想是从为数不多的几个顾客身上榨取大量的钱（在我所处的情形下，我是唯一的顾客），而不是薄利多销。

我问维卡为什么没有火车。她看着我，好像我在问她什么私人问题（我的确有兴趣，但没有问过），然后告诉我为什么。吉尔吉斯人因为使用穿过哈萨克斯坦去塔什干的铁路而欠了哈萨克人不少钱，为了强迫吉尔吉斯人付钱，哈萨克人封锁了铁路。汽车要走的路也经过哈萨克的部分地区，那是唯一比较便宜的选择。事实上，要走350英里、十二个小时的汽车票才五美元，对我来说很便宜，但也许对当地人来说并不是小数目，他们的平均退休工资也不过十五美元。

"汽车六点钟开。"维卡告诉我。

"早上六点？"

"不，是晚上的车。"

"白天没有车吗？"我问。

"没有，只有夜车。"她话不多，盯着我这个麻烦制造者。我明白，她并不是不友好，只是太紧张。她有大大的棕色眼睛和白皙透明的皮肤，但没有交谈的技巧。"我们可以帮你买票，再送你去车站。"

"太好了，谢谢你。"

"二十美元，加上车票。"

"二十？车站有多远？"

"很远。"

"好吧。"我同意了。

多斯塔克旅行公司的办公楼很现代，但坐落在一条连这里的出租车司机都找不到的土巷子深处。"给他看卡片。"维卡说。我把她给我的卡片给司机看了，上面用英文和俄文写着多斯塔克旅行公司的地址。但司机还是怎么也找不到，只能找个电话打过去，让他们指路。我就是这样参观了当地的大学、博物馆、政府和议会大楼，这些地方规模都非常大，周围还环绕着更加庞大的水泥广场。我在比什凯克的第二个下午，冷静的维卡和另一个多斯塔克旅行公司的人从酒店接上我，带我去汽车站。

"这里是国家图书馆，"汽车开过比什凯克的时候，维卡说，"以前叫列宁图书馆。"她的声音听起来有点儿难过，但应该跟列宁没什么关系。"这里是伏龙芝博物馆。"米哈伊尔·伏龙芝是"十月革命"后征服中亚的苏联红军将领。比什凯克直到 1991 年吉尔吉斯斯坦独立前还叫伏龙芝。我们的车又开了一段距离。

"这里是克格勃的总部。"维卡说。

"还是？"我问。

"对，我们还有克格勃。"

"汽车在这儿。"维卡宣布，这时我们到了一处类似工厂的地方。那是辆破破烂烂的绿车，上面有德文（前东德）的标志。汽车周围都是破衣烂衫的中亚人。"这是豪华大巴。"

"是很豪华。"我说。我还在想办法讨好这个冷冰冰的维卡，但当然了，嘲讽并不是什么好办法。

"你的座位是 8A。"

维卡把多斯塔克旅行公司给我买的票交给我，静静地等着我下车。

"嗯，谢谢你的帮助。"我说。

"不客气。"

"你从来不笑。"

维卡有气无力地笑了一下。

"一路顺风。"她说。

车上非常拥挤。我旁边是一个原苏联的退伍军人，军服上缀着奖章。他体形颇大，皮肤像红菜头一样，薄薄的灰发，塑料眼镜用透明胶布贴着，身上散发出浓重的蒜味。他冲我微笑，跟我握手，给我看他正在读的俄文杂志。在他旁边的过道里站着一个个子高大的女人，穿着花裙子，用手帕擦着额头。车里座位之间的距离很近。一台电视挂在司机身后，上面放的是早已被人遗忘的俄语配音版美国动作影片——先是《好胆别走》，然后是《骑劫地下铁》。差不多十点的时候我们到了哈萨克斯坦边境，三个愁眉苦脸的警察上了车，电视上正在演汽车掉到山崖下爆炸。当《好胆别走》演到一伙暴徒抓住一个漂亮女孩，把她绑起来扔进货车后面的时候，我们车上的两个乘客被带下去检查护照。等他们回到车上，那个女孩已经被解救出来，绑匪被自动武器扫射殆尽。这辆车整夜都在走走停停，修修补补。肮脏的车窗外，树影间闪过月亮的影子，金星紧跟其后。

我们在早上五点半左右到了塔什干的城郊，拿包的时候一个二十岁左右穿着迷彩服的小伙子问我要不要出租车。我说要。

"塔什干？"他问。

"对，塔什干宾馆。"我用俄语回答。

"机场！"小伙子说。他在宣布，并不是在问问题。

"不。"我说。"宾馆，塔什干宾馆，宾馆，不是机场。"

"机场！ OK！"

"什么机场，我不去机场，不是机场。是宾馆。"我快哭了。

"OK，宾馆。"

"塔什干宾馆，你懂吗？"

"你OK？"小伙子问。

"对，我很OK，"我说，"塔什干宾馆，OK？"

"没问题。"小伙子说。

"多少钱？"我说。

"十美元。"

"十？"

"对。"

"十美元？你确定？"

"对。"

"我们走吧。"

"你OK？"

"是是是，我OK。"

在不熟悉的地方和不熟练的语言所营造的迷雾之下，我这个老练的旅行者也不知道到底跨过了哪国的边境，不知道是哈萨克斯坦和乌兹别克斯坦之间，还是吉尔吉斯斯坦和乌兹别克斯坦之间，不过那都没有关系。边防站在一个土院子对面办公楼样子的水泥楼里，别的乘客都去了那里，但我的司机把我带进院子另一边的一间空屋子中，几个人有的坐在桌子后面有的直接坐在桌上，踢着快烂掉的椅子，这些人粗眉大眼，穿着T恤衫和粗布夹克，还有军装裤子，屁股上皱皱巴巴。他们要看我的护照，还要我申报货币。说的是俄语。

"申报表。"他们说。

"不用申报。"我说。

"美元？"他们说。

"对，美元。"

"多少美元？"

我没有回答。我不想给哈萨克人和吉尔吉斯人行贿，不管是多少。我也不想让那个穿着迷彩服的小伙子知道我带着两千五百美元的现金，就放在衬衣下面的钱袋里。我们僵持不下，然后一个哈萨克人或者吉尔吉斯人（后来我查了地图，他们是哈萨克人）命令我到走廊上去，到一个有铁栏杆的窗口去交钱。附近突然爆发出海关工作人员的大声争吵，大家的注意力都被吸引过去了，小伙子和我赶紧向乌兹别克边防站走去，没人跟着我们。

"你OK？"他问。

"对。"

乌兹别克那边的护照检查很快很轻松。我们一过去，小伙子就带上了一个朋友——一个健壮的大个子，差不多也是二十岁。我们上了大个子的车，那辆车又小又窄，而且他开得太快了，甩来甩去地躲开地上的坑洼，同时看看我是否OK。我指指自己的眼睛，再

176

指指路。"看着路，OK？"我说。小伙子坐在后座上，旁边是我的旅行包和电脑包。小伙子开始唱起来："密歇根州！"他喊着，我想这一定是从我完全不了解的足球赛里学来的。"比尔·克林顿！莫妮卡·莱温斯基！"他窃笑。哈萨克斯坦和乌兹别克斯坦边境上的人也知道我的总统在白宫的私人癖好，不知为何这让人感到安慰。最后，在拐进加油站买了几加仑的汽油以后，我们终于开到了塔什干宾馆。这又是一处类似比什凯克宾馆的原苏联式大楼。事实上，我们没有停在宾馆门口。小伙子把车停在了一个隐蔽的地方，然后用大拇指搓着食指和中指，比划着钱的手势——全世界的通用语言。我拿出一张十块的和两张一块的，给他我们之前谈好的价钱和小费。小伙子脸色立刻黑了，满脸怒气。

"不！"他说。

"你说的十块。"我说。

"不，不，"他说，"我说……"然后他举起十根手指，摇了几次。"十，十，十，十，十！"我给他一支笔，他在手掌上写了个"50"和美元的标志，扬起头盯着我，好像在看我敢不敢反抗他的勒索。后座上的人笑了。我又拿出一张一块的，但也没有什么帮助。这时是早上六点半，除了他们俩，附近看不到别人，后座上笑着的那个还掌控着我价值两千五百美金的戴尔灵越 3500 型电脑，以及我的行李。在你需要的时候，附近一个克格勃探员都看不到。我感到皮肤因为恐惧而产生刺痛，但我尽力不表现出来。我知道，一旦表现出恐惧，他们就会带走你所有的东西。这事在我身上发生过两次，一次是在南非的约翰内斯堡，一次是在理应安全的阿姆斯特丹，一群年轻人围着我，笑得很快乐，同时用刀抢走了我的钱包和手表；我什么都做不了，只能保持冷静，并且表现出适当的顺从，我就是这样做的——或者也可以说，我没有表现出自杀式的反抗姿态。我又给了小伙子一个十块。他晃了四次十根手指，又扬了扬脑袋。我再拿出一张，告诉他只有这些了，没有了。他考虑了一下，让我下了车，这让我大松了一口气。

"你 OK？"小伙子笑着问，还伸出手来，姿态带着同志般的友善。

我走开了，费劲地拖着行李进了宾馆。

接待处的女人胖胖的，很热心，问我一个人旅行怎么样。

"我习惯了。"

"一定很危险。"她的英语还过得去。她是怎么知道的？

我告诉她自己已经尽量做到小心了。

"嗯，在塔什干要小心，"她说，"不要让别人有机会跟你说话。"

"谢谢你的建议。"我说。

我在塔什干有两个目标。一个是看看是否能进入阿富汗，玄奘就是从那里去了印度。第二个是万一出现问题的后备选择，至少要到达乌兹别克斯坦南部边境铁尔梅兹的阿姆河，那是玄奘走过的地方。

问题很简单。在离开美国以前，我跟纽约外交关系委员会的阿富汗专家巴尼特·鲁宾谈过，他告诉我，想要沿着玄奘的路线穿过阿富汗中部，从乌兹别克斯坦的铁尔梅兹翻过兴都库什山到开伯尔山口，再进入巴基斯坦，对一个美国人来说，这基本上是不可能的。首先，塔利班和其他分支之间正在进行战争，这时去阿富汗旅行非常危险。第二，自从克林顿政府在1998年轰炸了阿富汗的一些可能的恐怖分子营地之后，美国人变得极其不受欢迎。在阿富汗，如果落入恶势力手中，你就别想活着离开了。我开始喘不过气来。巴尼特还补充了第三点，在塔什干发生几起恐怖袭击之后，铁尔梅兹和阿富汗之间的边境已经关闭了。乌兹别克斯坦警察认为伊斯兰极端分子想要声援他们在阿富汗的同伴，才在乌兹别克斯坦发动了恐怖袭击。因此途经铁尔梅兹是一个悬而未决的问题。

在塔什干的时候，我去拜访了谢尔盖·博奇科夫，他是个俄罗斯人，负责当地的联合国毒品控制项目，这个项目和其他一些部门一起监管着中亚地区的毒品贸易。于是谢尔盖成了阿富汗的一名专家，因为毒品正是从这里出发，经由土库曼斯坦、乌兹别克斯坦和塔吉克斯坦到达西方消费者手中。

"你知道最近有西方人去过阿富汗吗？"我问。

"我碰到过几个，不过都是印度人或巴基斯坦人。"

"是吗？非阿富汗人也可以从北向南穿过阿富汗？"

"啊，对，不过他们是从塔吉克斯坦穿过边境的，而且一般都是伊斯玛仪派，跟杜尚别的阿迦汗组织有密切联系。"

很明显我没资格。我也没有塔吉克斯坦的签证，而且经过塔吉克斯坦的这条路在玄奘所走路线以东很远的地方。阿富汗7世纪最重要的佛教遗址——两座巨大的佛像，还有洞窟寺庙，玄奘在途中都见过，就位于巴米扬，在喀布尔西北部，离塔吉克斯坦的路线有几百英里之遥。当地新闻报道说巴米扬处在激战之中，塔利班和它的主要对手——支持前总统布尔汉努丁·拉巴尼的武装都在争夺这个地区。虽然在中国和吉尔吉斯斯坦时，我的行程也偏离过玄奘的路线，但他最重要的落脚点我一个都没有错过。不过，冒着生命危险进入阿富汗，又不去看巴米扬，这一点儿道理都没有。

"铁尔梅兹怎么样？"我问谢尔盖，"去那儿有问题吗？"

"现在那里比较敏感。坐车的话也许能过去，不过也很可能在军事检查站被拦下来，如果你有使馆给的信，也许会有帮助。"

我去了使馆，找到新闻专员卡伦·阿圭勒，问她能不能为我提供这样一封信。她致电使馆政务参赞约翰·福克斯问能否提供信件——那位恰好是她的丈夫。"我不确定，"她在打电话之前说，"那是外交信件，我不觉得美国政府会写一封外交信件，让一个新闻记者在私人旅行中去看看友谊桥。"

福克斯也持同样的观点，而且他还说乌兹别克斯坦—阿富汗上百英里的边境都有重兵把守。也许我能到达河边，但可能性非常之低，而一旦被拦下，在现在对间谍和恐怖活动极端警惕的情势下，根本不知道我会遭到什么样的待遇。即使使馆给我写一封官方许可，也只能是一种给外交部的外交文件，由外交部向乌兹别克斯坦军方传达要求，这个过程至少要花上几个星期，而且即使那样，也不能保证一定会放行。

"好吧，"我说，"我还是想试试。"我会搭乘第二天到撒马尔罕的大巴，然后租辆车到阿姆河边。我给撒马尔罕的一家宾馆打电话订房间，有人推荐我住这里。

"你能说英文吗？"我问接电话的人。

“能。”

“好，我想订明天的房间。”

“没问题。”

“好，你需要我的名字吗？”

“吉尔亚特。”

“不，我的名字，不是你的名字。”

“吉尔亚特。”吉尔亚特说。

“好，吉尔亚特，我到达的时间比较晚，怎么知道你们还有没有房？”

“大房间，小房间。”

“呃……好吧，小房间就行。”

“是的，大房间，小房间。”

“知道了，你能告诉我价钱吗？”

“价钱？”

“小房间多少钱？”

“乌斯曼优素福街 33 号。”

“不，我已经知道地址了，我想知道价钱，多少钱？”

“对，”吉尔亚特说，“大房间，小房间。”

最后，我在撒马尔罕一家叫富尔卡特的旅馆订了一个房间。在离开撒马尔罕之前，我去拜访了 BBC 驻塔什干记者路易丝·伊达尔戈。BBC 是唯一一家在乌兹别克斯坦有全天候办公室的西方媒体。她觉得到铁尔梅兹再到河边只是小菜一碟，她自己几个月前就去过，从撒马尔罕租辆车过去，没有人在路上拦她。

"所以你觉得我去就行了，不需要许可，什么都不要？"

"对，"她说，"你只要别站在那儿乱拍照就行了。"

后来我跟德米特里说起这件事，他是个聪明、有见识的俄罗斯人，我是头一天在美国新闻署见到他的，就是他帮我在富尔卡特旅馆订了房间，而且那个地方的确干净怡人，非常友好。

"BBC 的路易丝·伊达尔戈去过铁尔梅兹和友谊桥，没有什么问题。"我说。

"她可能是在炸弹袭击之前去的。"德米特里说。他说的是发生在塔什干的恐怖袭击，其后还发生了针对总统卡里莫夫的刺杀行动。"之后那个地方真的很紧张，有检查站，我觉得即使是我们去也很困难。"

这些互相矛盾的说法在我脑子里挤成一团。我打了辆出租车去汽车站，在那儿上了开往撒马尔罕的车，那是一辆老旧的橘白两色相间的汽车。

这是件大事。撒马尔罕！光是这个名字就让我喜欢，以齿音开始，紧跟其后的是科勒律治[1]式的浪漫发音——SSSammmarKAND！玄奘也走过这条路，这对我来说是个额外的奖励。事实上，那个时代所有人的西行之路要都经过撒马尔罕，它处于这条路的中心位置——穿过阿姆河，翻越新都库什山向南到达印度；经过奇孜尔克

---

[1] 科勒律治，英国诗人，创作有诗歌《忽必烈汗》。——译者注

尔沙漠到西方，或回到中国——我来时经过的路线。玄奘之后的几百年，帖木儿把这里建成自己的都城，撒马尔罕成了诗情画意的代名词，后来他的孙子兀鲁伯又把这里变成了伊斯兰教的学术中心。不管怎样，去往撒马尔罕都令人神往。我坐车经过被玄奘称为窣利的平原，那里的居民大部分崇拜火，我们称之为拜火神教，玄奘称为粟特。

　　"王及百姓不信佛法，以事火为道。"玄奘说。不过，他还是非常欣赏这个地方："异方宝货多聚此国。土地沃壤稼穑备植，林树翁郁花果滋茂……机巧之技特工诸国……其王豪勇邻国承命。"[1]

　　事实上，玄奘一开始并没有受到国王的重视，不过最终这位君主聆听了他的教诲。这是慧立记述中的一个常见桥段——玄奘见到多疑的、不相信佛教的野蛮君主，然后用佛教的无上智慧赢得了他们的信任。不过当撒马尔罕的国王欢天喜地地要求成为玄奘的弟子时，引发了其他人的妒忌。有一天晚上玄奘和随从去一家寺庙挂单，被当地人尾随，意图纵火赶走他们。国王大怒，下令砍掉罪犯的双手。玄奘不忍看到这种野蛮的惩罚，于是国王把刑罚改为杖挞和流放。人们更加敬重玄奘，请他传授佛法（慧立在书中有更形象的描述）。"其革变邪心，诱开矇俗，所到如此。"

　　车里热得像桑拿间，又像印第安人的蒸汽浴室。车子要开五个小时。收车费的时候，一个流着汗的圆圆胖胖的售票员跟半个车厢

―――――――――

[1] 此句描写的为《大唐西域记》中所记"飒秣建国"，在撒马尔罕附近。——译者注

的人都在吵架，说的是俄语和乌兹别克语。车上坐着各种民族的人，前面是俄罗斯人，乌兹别克人坐在中间，后面坐着几排衣着鲜艳的塔吉克人，他们个子更小，体形更苗条，也佩戴着更多饰品。一个迷人的十几岁少女长着亮晶晶的黑眼睛，穿着带亮片的紧身长裙，戴着金色的耳环。塔吉克人在高速公路的一个出口下了车，消失在一片田园之中。我跟一个乌兹别克女人坐在一起，她对自己身旁这个奇怪的外来生物大感兴趣，给我葵瓜子，还用俄语跟我交流。尽管我几乎不会说俄语，她也不会说英语，我们还是想办法交换了好些意见。她告诉我她是乌兹别克人，有五个孩子，我说我是第一次去撒马尔罕。她又说自己认识什么人在纽约弹钢琴，还说撒马尔罕郊区的建筑不怎么样，但是城里帖木儿修的那些非常棒。

　　路上我看到几个警察检查站，让我觉得也许外交官关于铁尔梅兹的建议是对的，那位记者是错的。在离撒马尔罕几英里的地方，车坏掉了，乘客们都得下车步行，这时我的担心更加强烈了。我下了车，两个警察向我走来。他们检查了我的护照和乌兹别克签证，看得非常仔细，好像上面有斯芬克斯之谜的答案一般。"申报，"他们说，我比划着告诉他们我没有什么需要申报的。我觉得他们认为我应该在哈萨克斯坦边境已经进行过现金申报，但我没有。"有问题。"一个警察说，然后拿着我的护照走到附近的饮料摊上打电话。我们周围都是废弃的工厂建筑，像是对一个失败体系的反抗。街道对面是一家名为"好莱坞"的饭馆。远方雾霭笼罩之下，就是撒马尔罕。那么近，SSSammmmarKAND！玄奘不需要对付这些要求检查不存

184

在的文件的警察，他走的就是这条路，他的脸向着太阳，心里想着印度的智慧。

警察终于出来了，把护照还给了我。

"有问题。"他又说了一次，难过地摇摇头，好像他比我还要伤心一样。他让我上一辆出租车。

"钱。"他说，指着出租车司机。

"OK，"我说，"钱。"

"五美元。"司机说。我以为我是要自己付钱打车到警察局进一步调查我的"问题"，也许问题出于我在塔什干宾馆黑市兑换的货币。一般来说我不会在黑市换钱，但我一在塔什干宾馆住下，就有一个讨人喜欢的女服务员来到我的房间，她给的汇率是银行的五倍。差距这么大，银行简直是在抢钱。于是我给了服务员五十美元，她换给我的乌兹别克货币能装满一个小箱子。橡皮筋扎着的一捆捆现金就在我的背包里，把包撑得鼓鼓的，显得非常可疑。我正在琢磨怎么解释这些没有登记在案的钞票，出租车司机期待地看着我，这时我才意识到他希望我告诉他去哪儿。

"富尔卡特宾馆。"我说。司机做出了回应，这让我倍感放松，虽然我发现他开的方向并非我想去的地方。不管怎样，走错的旅馆也比警察局舒服。我们又去了另外两三家旅馆，但我坚持要去已经订了房间的那家，最终我们在老城边上找到了富尔卡特旅馆。我赶紧喝下一杯冰啤酒，同时想着刚才警察检查的目的是什么。也许只是给自己找点儿乐子，检查一个外国人让他们感觉自己很重要。但如果他们在国家最大旅游景点的郊区也会进行这样的检查，那在跟阿富汗交界的军事重地边缘，那些没有游客会去的地方，他们又会怎么做？

我问富尔卡特旅馆能否帮我租辆车去铁尔梅兹，他们说"没问题"。我计划两天后再出发，先看看这个帖木儿的城市。

宾馆的人打了个电话，在电话里讨价还价。

"问他我能不能去阿姆河上的那座桥。"我说。

"桥？"

"Most，"我说，我学了俄语里"桥"的说法，这样在铁尔梅兹有警察盘问的时候，我就可以回答。"阿姆河 most。"

"啊！桥。"

"对，桥。我能去阿姆河桥吗？"

宾馆老板在电话里跟司机讨论了一会儿。

"怎么不能？"富尔卡特旅馆老板说，"没问题。"

从撒马尔罕到铁尔梅兹大概有 250 英里。我的司机叫阿迪木，他在路上至少开过了五六个军事检查站。每一个检查站都有路障挡住路的一半，两三个疲惫的警察坐在一个水泥雕塑边。这里有停车标志，但我们没有停车，警察也没有出来检查我们的证件，我们就直接开了过去。

撒马尔罕城郊的土地非常平坦，接着就是拔地而起的光秃秃的荒山。我参观过阿弗拉西阿卜的博物馆，那是一座古老的城市，也是一个考古点，很可能就是玄奘称为飒秣建国的地方，不过玄奘经过那里是帖木儿和兀鲁伯建立撒马尔罕之前几百年的事了。阿弗拉西阿卜博物馆展出的不是玄奘的记述，而是后来的旅行者所写的碑铭，翻译出来是："我登上撒马尔罕的堡垒，看到令人惊讶的美丽景象，青葱的树木，闪亮的城堡，奔腾的水渠，还有无边无际的农田。"阿迪木和我开车经过了很多城镇乡村，名字叫作基塔布、沙利萨布孜（帖木儿出生的地方）、卡玛什、卡拉辛纳、塞拉卜、奇兰泽、谢拉巴德什么的。城镇之间有一些路边摊——钩子上挂着羊肉，几个男人戴着镶白边的小黑方帽，烤炉上冒着烟，散发着烤肉的味道。我们停下来买了一些新鲜的大黄，像吃芹菜杆那样生吃。阿迪木不停地说："明天塔什干！"听起来就像一句革命口号，实际上他是想揽生意。租车的时候我已经说得很清楚了———一百美元到阿姆河边可以看到阿富汗边境的地方，然后司机自己回撒马尔罕，而我则在铁尔梅兹住一个晚上，第二天再飞到塔什干。

五个小时以后我们到了铁尔梅兹，阿迪木说："旅馆？"

"不要旅馆！"我坚持说。

阿迪木交叉胳膊，做了个"X"的形状。他想让我知道不能去桥边，我们去不了。他说，"炸弹"，第二个"b"也发音。[1] 他开始说起二月份发生在塔什干的恐怖袭击，从那个时候开始友谊桥就封闭了。

我的语言储备不足以提醒他，在我租车的时候，是他自己保证说去阿姆河桥"没问题"的。我也没有办法告诉他到桥那里去是最

---

[1] 炸弹的英文 bomb，第二个 b 不发音。——译者注

重要的，我并不想在乌兹别克斯坦南部铁尔梅兹这样乱七八糟的城市浪费一天的时间。现在，他开始假装只到铁尔梅兹，到桥那里去大大出乎他的意料。

"明天塔什干！"他笑着说。

"明天塔什干，"我回答，如果我高兴可能会订后面的行程，"今天桥，阿姆河桥。"我指着前面的路，徒劳地说着英文，"我们去试试，看看我能到多近的地方。"

阿迪木把车停在几个十几岁小孩的旁边，问他们去友谊桥的路。他们也用胳膊摆出"X"的形状。我突然明白过来，这个胳膊交叉的姿势是因为他们以为我要过桥，而不仅仅是看看，于是我指指自己的眼睛，说"只是看看"。然后我用手指做出走路的样子,说"不过去,只看看，不过去"。我看起来傻极了。

阿迪木非常机灵。他开始疯狂开车，每到一个路口都问人怎么去桥那里，反正我听到"阿姆河"这个词了。这样我们一条街一条街地前进。同样，在军事检查站阿迪木也会把头伸出去，问阿姆河桥的路。但是警察没有把我们拦下来检查证件,而是友好地指出方向。我们开到了下一个检查站，又继续问方向。

最终我们上了一条跟阿姆河平行的路，那条河在半英里之外闪着铅灰色的光。

"阿富汗！"阿迪木叫着，指着河对面南边低矮的土地。

"啊，好，"我说，终于看到了对面，"继续走，桥！OK？"

"OK！"

过了几分钟，路边出现了河岸，前方就是河边。前面几百码的地方放着黑白两色的路障，车辆经过时要从路的一侧换到另一侧。我们停在放低的栏杆前，后面是一栋炉渣砖房子。三个非常年轻的士兵穿着迷彩服站在附近，肩上挎着很长的自动步枪，我看不出枪的型号。在他们身后大概两个橄榄球场那么远的地方，友谊桥的乌兹别克斯坦那一端，能看到一些废弃的建筑，也许是以前的边防哨所。桥的旁边，在这个阴云密布之下的黯淡下午，是阿富汗那边灰暗的河滩。

在英国旅行家罗伯特·拜伦的《前往阿姆河之乡》一书中，他谈到了从阿富汗一侧到达阿姆河的经历，他称为乌浒河。那是在20世纪30年代中期，拜伦、格雷厄姆·格林和彼得·弗莱明这些年轻的英国人走到人迹未至的地区，而拜伦的主要目标是古迹。正如他的勋爵身份，他对一切王朝的辉煌荣耀遗迹深深着迷。他想看粟特人的波斯遗迹，但由于当时苏联和英国的敌对关系，英国人是不可能到达阿姆河以北地区的，就像俄国人不能涉足印度一样。当拜伦到了阿富汗北部最大的城镇马扎里沙里夫，他开始寻求到铁尔梅兹对岸旅行的许可，那时有人告诉他至少可以从河岸上远远眺望废墟。一位牛津大学毕业的阿富汗医生建议他给当地行政长官穆罕默德·古尔汉写封信，毕竟信中语言如此精妙，地方官员可能根本就看不懂。

"阁下的都城对旅游者具有非凡的魅力，然而这个地区最独一无二之处却不允许进入，也就是说，他来到马扎里沙里夫，想要看看鲁斯塔姆战斗过的沙滩，却被当成一个间谍、一个布尔什维克、一个干扰者……"拜伦写道。这封信居高临下、自鸣得意，但也非常有趣。"我们唯一的目的就是看看那条河，如果得蒙阁下赐教，将受益良多。"[1]

拜伦被告知外国人到河边参观的许可证要在喀布尔办理，到那里需要几天，所以最终他没能成行。"如果能看到铁尔梅兹的废墟，那会让我非常快乐。"他伤感地说，然后他谈到了他听闻的关于那些遗迹的内容，尤其是一个早期旅游者所描绘的一座宣礼塔。

而对我来说，我想要参观马扎里沙里夫，尤其是巴米扬，那是玄奘从铁尔梅兹向南到白沙瓦途经的重要一站。拜伦也去了那里。那个地方的修建年代从 5 世纪开始，有一系列重要的洞窟寺庙，最有名的是两座巨大的佛像——一座高达 174 英尺，另一座是 115 英尺。拜伦对此不以为然，他写道："那种令人厌恶的感觉，软弱又缺乏气势，自豪感不足，大而无当。"玄奘凝视着同样的佛像，也没有夸大其辞，但他的印象显然好得多。他描写那尊较大的佛像"金色晃耀，宝饰焕烂"。在他到达巴米扬的时候，大佛的情况一定好一些，那是在雕塑完成刚刚两百年的时候。现在听说那两尊雕像情况非常危险，处于塔利班的攻击区域，他们反对一切神像。不过，我还是想看看巴米扬，虽然我知道自己可能达不到那个目标，但希望至少能够站在阿姆河的沙滩上看看对面的阿富汗。

阿迪木现在明白了此行的重要性，告诉士兵我想到桥上走走。那个士兵坚定地说着不，双臂交叉成"X"的形状——关闭——不得靠近。

---

[1] 罗伯特·拜伦（Robert Byron）:《前往阿姆河之乡》(*The Road to Oxiana*)，纽约：牛津大学出版社，1982 年，第 251 页。——作者注

我对此早有准备。我下了车，跟所有人握手，我说"纽约"，把身体转向另一边，然后说"乌兹别克斯坦"，拼命想要让他们明白我走了多远的路才来到这里。然后，当我的身体还在乌兹别克斯坦这一边，我说"桥"，脸上带着恳求的神情。我在笔记本上画了幅画，有河、有桥，还有我们站的地方。然后我指着我想要去的地方——桥。我又指着自己的眼睛："我只想看看。"

那些士兵都是善良的男孩，有些害羞；他们想要帮我。一个外国人，在星期天的下午想要穿过水泥路障，到一个对他们来说一点儿吸引力都没有的地方去，他们对此一点儿都不惊讶。他们彼此环顾，我比划说可以有人跟我一起去，我笑啊笑的。

他们终于让步了，跟阿迪木说了几句什么，阿迪木对我点点头，指着桥的方向。一个士兵跟着我，他的靴子在水泥地上踏出很大响声。远处，河流左边那些沼泽地中传来猫头鹰的叫声。我们走过几栋废弃的房屋，桥越来越近了，我惊讶于它是如此之窄，一座简简单单的栈桥，大概只有两条车道宽。这就是原苏联在对阿富汗长达十年的占领中运送军队的地方。这里看起来跟它承担的如此宏大的任务很不相称。

在离桥大约 100 英尺的地方，士兵示意我停下。我拿出笔记本，又开始画画，画了一个人在桥上走出去一点儿距离。士兵用手臂摆出"X"的形状。我往前走了几英尺，觉得那小孩不会用枪射击我。我到了离桥 50 英尺的地方。那边的阿富汗看起来跟河这边的乌兹别克斯坦一模一样，有沼泽的洼地，几个长长的棚子，由桥延伸出去的道路迅速消失在低矮的灌木丛中。

那个男孩用俄语对我喊了几句，我停下了脚步。我想要到达的距离也就是这儿了。够近的了，我能看到流向西方的灰暗水流。不过，就像拜伦想要到达这里一样，我想要的是沿着玄奘的路线穿过兴都库什山去往巴米扬、开伯尔山口和白沙瓦。7 世纪的时候这里没有桥，但很容易穿过河流。现在这里有了桥，然而到达河对面却变得绝无可能。

11 自我消解的辩论
SELF ANNIHILATING ARGUMENTS

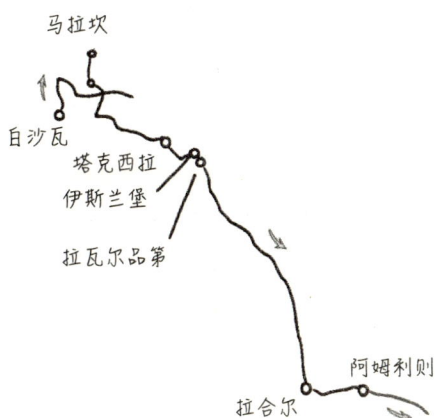

在原苏联的阴影之下，巴基斯坦就像一处被轰炸过的废墟一样出现在眼前，充斥着色彩、混乱、怪异和灾难。我从塔什干坐飞机抵达的那一天，报纸上就有各种灾难的报道。头版头条是"爆炸造成十二人丧生"。《伊斯兰堡新闻》引用一位不愿意透露姓名的拉合尔警察的话说，爆炸是由一辆停着的自行车上安装的炸弹引起的，是印度情报部门的调查分析局干的。头一天，报纸还报道了印巴双方在克什米尔高原 21 000 英尺的地方激烈交火。同时，前总理贝娜齐尔·布托身陷囹圄的丈夫阿西夫·阿里·扎尔达里，"在警察审讯中受伤，住进了医院"。这个说法拿捏得真是巧妙。脖子和嘴部的伤口是本人造成的，警察说这是扎尔达里用来逃避审讯的办法。

中国人守旧、自律、压抑、顺从、实际，大家都遵从先付出后享受的原则，那已经成为一种西方式体验的变体。而原苏联的几个加盟共和国则花哨而友好，是某种具体而微的让人感到熟悉的苏式共产主义。巴基斯坦却不一样，白沙瓦和西北部的边界省（白沙瓦是其主要城市）尤其不同。白沙瓦是玄奘认为的印度的入口，这里像是一个火山喷发口，聚集着大量的污脏和芬芳。

我住进了萨达尔大街上十七美元一天的格林宾馆，然后出去找几条街以外的赛义德书店，身后有人叫着"换钱""进来看看""买把阿富汗的刀吧"。沿途到处都是古董地毯、塑料桶、蓝玻璃瓶子、油泵、复印机、桶装乙烯树脂、煮着的鹰嘴豆和本田发动机。萨达尔大街上有优质文具店、伊斯兰保险公司、快乐影印店和新兴糖果店。上了年纪的警察背着跟他们一样老的步枪，站在银行门口，头上戴着蓝色贝雷帽。电动三轮车奔驰而过，上面装饰着天堂鸟和不会转的纺轮。地下某个地狱一样的地方散发着下水道的臭气，混合着鹰嘴豆味道和燃烧不充分的汽油味儿。

这里是普什图人的地盘，别的巴基斯坦人——旁遮普人、信德人、俾路支人——把他们看作是部落民族。普什图人一半是阿富汗人，一半是英国殖民地的产物。在征服他们之前，英国人跟他们打了三十二次仗（在 1897 年的一次战役中，温斯顿·丘吉尔第一次以记者的身份出名）。男人穿着沙丽克米兹，那是一种长到膝盖以下的棉衬衫，下面是同色同质地的宽松裤子。他们高个子、大胡子，体态匀称，非常英俊。很难看到女人，她们戴着长长的名叫杜帕塔的头巾，大大的黑眼睛在面纱和披肩的阴影下闪闪发亮。普什图人当然会讲英文，但他们的英文深深植根于另外一种文化，你会发现很难听得懂，他们也听不懂你的英文。

那天一早，我坐了一个小时的飞机从铁尔梅兹到塔什干。我差点儿上不了飞机，因为坐在售票柜台里的女人莫名其妙地不想收我的钱。我想付美元，窗口上写着可以，但那个俄罗斯女人就是不肯收我的五十美元钞票。飞机马上就要起飞了，这让我对此种官僚陈腐作风怒火中烧，不过接下来我就明白为什么了。从她语速很快、难以理解的话语中，我捕捉到"市场"这个单词。她在说如果我到黑市上换当地货币，只要十二美元就够了，而不是五十美元。看到我这么好的小伙子不得不花大价钱买机票，让她非常懊恼。我指指手表，耸耸肩，然后从窗口下面又把钱推了进去。"来不及去市场了。"我说。她叹了口气，收下了我的钱。我对她的愤怒变成了爱意。

从塔什干我乘坐一架老旧的原苏联时期的伊留申客机，飞了一个小时到哈萨克斯坦的首都阿拉木图。乘客被留在飞机上，这是我第二次到哈萨克斯坦，但没有真正踏上它的土地（第一次是从比什凯克到塔什干的大巴上）。然后我飞过了浓云密布的阿富汗，我连续两天看到了阿富汗，但没有办法到达。两个小时以后，我又乘坐空客 300 到了伊斯兰堡，我在那里过了一夜，第二天坐了二十分钟的国内航班到达白沙瓦。在机场候机的时候，我跟一位亲切的、胖胖的英国人聊天，他正在看候机厅电视上播放的英国－津巴布韦板球世界杯比赛。我以为他不是商人就是外交官，没想到他是在巴基斯坦工作的一位安息日教会的工作人员，他要飞往拉合尔。

"在巴基斯坦传教一定不太容易。"我主动说。

"嗯，"他回答，"让穆斯林改变信仰是非法的。"

"所以你在一个改变信仰不合法的国家里传教？"

"我们在那里已经有一个世纪了，"他说，"我们有一百座教堂，有学校和医院，在白沙瓦还有牙医诊所。"

"你们的信众是什么人？"

"这里有基督教徒，自从 1 世纪圣托马斯去往马德拉斯起，印度就有基督教徒。"

我问如果一个穆斯林想成为安息日教会的成员，会发生什么。

"判死刑。"他说，语调平淡，就事论事。

"他们真的会杀死他？"

"噢，当然，"他说，"一般来说会被家庭成员杀死。我知道有人一辈子都在搬家，如果被家里人发现，就会被杀。最有可能是被刀刺死。"

机场的电视屏幕上，一个名叫侯赛因的英国击球手，从一个叫奥朗哥的津巴布韦投球手中赢得一分。我们对面坐着一个块头很大的男人也在看比赛，他穿着沙丽克米兹，吸着雪茄。我们同住地球村，但并不一样。

"如果有人因为某人皈依基督教而杀了他，会被判刑吗？"我问。

"噢，不会，"安息日教会的人说，"警察什么都不会做。"

在巴基斯坦，如果妻子因为要求离婚而被丈夫杀害，警察也不会做什么，妻子因为被殴打而要求离婚是一种犯罪。我在那儿的几天里，看到报纸上好几篇文章提到关于"一个男孩和一个女孩"，两个人因为父母不让他们结婚而自杀。不久以前政府解散了巴基斯坦两千五百家非政府组织，人们进行了抗议，但收效甚微。为了歌颂巴基斯坦的核力量，一个名叫毕尔·赛义德·以斯哈·侯赛因·沙阿·布哈里的人——《伊斯兰堡新闻》称他为杰出的宗教学者、伊斯兰神学者协会的领导——哀叹这个国家没能建立起真正的伊斯兰教体系。"神赐予我们各处不可战胜的领土，而我们穆斯林却不懂感激，没有给这个国家带来伊斯兰教的统治。"他说。

白沙瓦是犍陀罗的首都，正是犍陀罗将佛教介绍到印度之外的地方。当玄奘到达此地，这个历史辉煌的城市已是处处废墟，对他来说已经非常古老。他记录下伟大的历史遗迹——一棵菩提树，在佛陀为世人所知之前的时间长河中，过去四佛曾经在树下打坐。"枝叶扶疏荫影蒙密，"他写道，"冥祇警卫，灵鉴潜被。"附近有公元3世纪阿育王修建的巨大佛塔，阿育王使佛教成为整个北印度的国教。玄奘到达的时候那座佛塔还在（现在已经没有了），他形容那里的雕塑和绘画有着神奇的光芒，而且"殊香异音，时有闻听"。

不过对玄奘来说，白沙瓦最重要的一点是这里是无著和世亲的诞生地，这两位是玄奘景仰的前辈，也是4世纪时瑜伽行派的理论家。对于缺乏想象力的实用主义头脑来说，这两个白沙瓦人创造的是一种高不可及的极端荒谬、极其虚无的哲学空话，而我就是这样一个缺乏想象力的实用主义者，所以有的时候比较倾向于同意那些人的看法。他们的思想的的确确难以理解，但也代表了一种基于事物实相本质的精妙思想，于细微中反映出犍陀罗社会的发达。

玄奘在白沙瓦看到的建筑如今已经荡然无存，而且这样一个伊斯兰教地区，也不会让你首先联想到佛教哲学的高妙。不过在亲爱的赛义德书店，我找到了一些佛经的英译本，还有佛教哲学的历史书，夜里我在格林宾馆的房间里读着这些书，试图去理解那两位著名的"白沙瓦之子"。作为普通人，即使是在佛教庙宇中朝拜的信徒，都不会对现实本质和终极真理进行那么深入的思考。对大多数信徒来说，佛教是一种教导，告诉他们要压制自己的欲望，对其他受苦之人表现出同情和仁慈，借此来积累功德，以得到更好的转世轮回。他们知道生命的艰辛，而且如果今生作恶，来世可能会更加糟糕。人们向菩萨祷告，菩萨被看作神，可以治疗疾病、保佑孩子健康，还可以帮助我们的朝圣者走出沙漠。但佛教哲学通常存在于艰深晦涩、神秘莫测的佛教经典之中。尤其是佛教重视万物的真正本质，以逃避无可避免的轮回之苦。无明是一种精神上的缺陷，会纵容欲望的上升，最终将陷入衰老、疾病、绝望和死亡之中——简单地说，就是苦难。因此对现实真正本质的无明是佛教的主要观念，说明什么是真正的本质，也就是终极真理，是佛教哲学想要建立的最重要最深奥的体系。

那么白沙瓦的圣人是如何走上舞台的？无著和世亲以超越佛教哲学的一种传统而闻名，那种传统可以追溯到另一位有名的人物，印度南部的龙树大师，他发展了佛教的中道，认为其"超越了一切争议"。佛陀教育我们要摆脱对情色、生存的所有欲望，摆脱无知，但我们也不得执着于自己的观念，包括对真理的看法。龙树大师特别重视最后这个会引发疑问的方面，对理智的信念、对正确的执着。我读过约翰·斯内林的阐释，他将龙树跟几百年之后的路德维希·维特根斯坦的思想联系起来，尤其是维特根斯坦自我毁灭的哲学观念。[1]也可以说终极真理就是摆脱了所有人类创造的意义的终极自由，甚至是摆脱我们理解这种真理所产生的意义。

龙树详细描述了"sūnyatā"这个概念，翻译过来就是"空"，意思是说"万事皆空"，所有永恒的、独立的存在都是空。这里又出现了佛教中大量存在的悖论，这个矛盾用语言好像根本无力解决。佛陀应该说过诸法之空是不可能用语言恰当地表达出来的。虽然空是无法表达的，但同时这又是个极其重要的概念。因为万事万物都互相依存，因此没有什么是独立的存在。佛陀说过："正智者，彼名相不可得，犹如过客，诸识不生不断不常，不堕一切外道声闻缘觉之地。"

那么，我们所感知的这个世界、我们跌倒时撞到的土地、我们饥饿时吃进的食物、太阳升起时我们无法直视的光明，这些是什么？龙树急于告诉我们空性这个概念并不是说万物都不存在，他所说的"世俗谛"，就是我们在日常生活中所信奉的，就是这个存在的世界。这有点儿像原子理论。我们看到一块木头，这肯定是一个实实在在

---

[1] 约翰·斯内林（John Snelling）:《佛教徒入门手册》(*The Buddhist Handbook: A Complete Guide to Buddhist Schools, Teaching, Practice, and History*)，第90页。——作者注

存在的事物，可以被钉在一起造房子，这就是世俗谛。而物理学家的绝对真理则是另外一回事，在他们看来，木头是原子和分子的集合，而原子又是原子核、中子、电子组成的，都是在电磁力的作用下集合在一起，但从外表看不出来。从佛教的角度看，不仅存在一个被感知的世界（世俗谛），同时还有绝对真理，意味着所有的事物都是空，即使是感知到绝对真理的思想也是空。拿空性来说，存在永恒的无常，所有现象都在变化之中。另一位杰出的佛教哲学诠释者也许会有所帮助——哦，转念一想，也许没有帮助——他这样解释："空并不是'没有'，并非虚无，而可以被看作非'有'，不是绝对真理；那是事物存在方式的绝对真理，但不是绝对本身。"[1]

对无著和世亲来说，龙树的哲学是对世界的消极认识，告诉我们"那不是什么"，而不是"那是什么"。为了描述那是什么，他们创造出"阿赖耶识"这个概念，阿赖耶识让我们产生幻觉，以为自身是真正的实体，独立于其他一切实体。阿赖耶识有点儿类似弗洛伊德的无意识，这种无意识对我们的意识有强大的影响，但又不是主动意识的一部分。从这个角度来看，阿赖耶识非常现代。想象一下，在4世纪遥远的白沙瓦，已经有哲学家明白我们所理解的精神是由几个部分组成的，有的时候不同部分之间会发生冲突，因为每个部分都想要占领全部的精神。在瑜伽行派的哲学中，我们不只从五识中形成思想，也源自储存在阿赖耶识中的种子和痕迹，那是一

[1] 鲁珀特·格辛（Rupert Gethin）：《佛教的基础》（The Foundations of Buddhism），纽约：牛津大学出版社，1998年，第240页。——作者注

种自然的、心本有、思想中预先存在的特质，让我们自身存在的幻觉。换句话说，我们并非在一块白板上，用经验涂写新鲜的文字。我们已经有某种程式，而可以看穿并超越那种程式的唯一办法就是多年的研习和冥想——这就形成了瑜伽和瑜伽行派之间的联系。

当我在格林宾馆房间昏暗的灯光下读着这些佛教哲学的概念，感到既明白了又没有明白。对于佛教哲学，我常常有这样的感觉，其终极教义往往在触手可及的时候又渐行渐远，就像一场海市蜃楼。读着佛经和论典，你会觉得有什么美妙的东西就在书页下面发着微光，但逻辑思维能想到的任何办法都不能将其捕捉。那总是需要对口头表达的超越，佛教用各种悖论来进行表达，互相矛盾的说法却是真实的。"真如，"佛陀说，"不生不灭。"

我产生了一种不敬的想法，那就是佛教哲学包含的这些狡猾的文字游戏，使得他们的哲学家可以用来解释一切事物。或者只是因为我太受犹太教形而上学的影响，因此不能理解更加深奥的佛教教义？犹太教没有那么容易，不过其概念还是脚踏实地的——做这个，不要做那个，要公平，要仁慈，要保持对神的敬畏。父亲曾经跟我一起读《先贤箴言》，那是一本《犹太法典》的格言集，是犹太教育重要的一个部分，其中的一些话语永远留在我的心中："在你的家中，真理与平静由你判定。""如果不为自己，谁会为我？如果只为自己，我成了什么？"这些警句都值得深思，我也的确思考多年，但其中没有什么终极的无法捕捉的部分。它们看待事物的方式与佛教不同：比方说，存在神，自身是真实的，生命的目的并非看透那些极其模糊的真理，而是遵守犹太圣经中所列举的613条戒律。

也许就是因为我的犹太教的入世思想，才让我有时会觉得佛教的神秘难懂并不是由于理论精妙，而是其前提难以立足的迹象。幸福存在于追求自我满足之外的某些事情之上——我说的并非是这样的常识或者有吸引力的观念。我说的是其他事情——比方说，否认自身的存在，或者"空"这个概念，它一开始由佛陀创造，后来经过了龙树、无著和世亲的发展。我坐在后面两位出生的地方，无法分辨"空"这个概念到底是一种惊世骇俗、违反直觉的洞见，还是一种假模假样的深奥。万事万物都是自身存在之空——包括万事万物都是自身存在之空这个想法本身？这些想法有没有逻辑上的问题？如果就像瑜伽行派教义所相信的那样，万事万物包括自身在内，都是思想的产物，那么除了自身，让思想认为其存在的又是什么？我不知道怎么回答这个问题。

我合上书，期待在到达那烂陀的时候对此会有更好的理解，那里是玄奘向大师学习的地方。但我也怀疑，玄奘毕竟是一个中国人，可能有着相当的实证主义，实际上跟我一样也会碰到绝对真理的问题——那也就是他此行的目的。

* * *

我在白沙瓦的时候给费道拉·塞拉海教授打了个电话，他是《边疆邮报》的政治专栏作家。在进入新闻行业之前，他曾经是白沙瓦博物馆的一位负责人，也是巴基斯坦重要的考古学家。我告诉他自己想要重走玄奘在巴基斯坦的路线，希望对犍陀罗的佛教历史尽量多一些了解。

"我忙得要命。"他说。

"是，我知道自己没打招呼就打了电话，不过我今天除了去博物馆，什么安排都没有，就想去见见你，你什么时候方便都行。"

"我现在情况一团糟，"他说，"今天没有电脑，但我还有一篇重要的专栏要写。"

"那我晚点儿给你打电话吧。"

"你明白吗？我们没有电脑，所以我得等，也没法告诉你得等多久。"

我离开宾馆，叫了一辆电动三轮车。"白沙瓦博物馆，"我说。我大概知道博物馆在哪儿，司机明白似地点点头，然后冲进极度混乱的交通洪流中，方向好像是对的。乘客坐的地方有个小镜子，三轮车的铃声就像一只巨大的蜜蜂，从镜子里我看到自己鸡皮疙瘩都起来了。我们驶上向东的主路，经过巴基斯坦的军事设施、明珠洲际酒店、希沙尔巴扎、装备有 19 世纪加农炮的英国堡垒，然后走上了去往拉瓦尔品第、伊斯兰堡和拉合尔的大路。

我拍拍司机的肩膀，在一片嘈杂中叫着："博物馆？"他回头看着我,若有所悟地摇摇头。我以为用南亚次大陆的口音读出"museum"这个词，这里所有的人都应该听得懂——说英语的、说乌尔都语的，或者说普什图语、哈扎拉语、达里语、旁遮普语的。我喊着"米有 - 兹依 - 呃姆"，从镜子里看到自己的腮帮子在发抖。现在我们已经到了白沙瓦的郊区，而这个司机根本不知道我要去哪儿。

"调头。"我喊着，比划着调头的样子。我们调了头。两个警察站在环岛中心，于是我让司机停下车。"白沙瓦米有 – 兹依 – 呃姆。"我说。然后警察和司机用当地语言进行了长时间的交谈。咆哮而过的卡车上画着色彩斑斓的几何图案，有着装饰性的雕花木车门，还有各种各样的挂饰、小镜子、旗子和圆环。我得说在不同文化中对距离的感觉很不同，在巴基斯坦人和车之间的距离比在美国近得多。他们的谈话结束了，司机重新上路，但过了好一阵，我们还是没到"米有 – 兹依 – 呃姆"。我们又穿过白沙瓦，经过萨达尔巴扎，经过仍然被称为"兵站"的地方（英国所建兵营），然后我终于意识到他要带我去白沙瓦大学。不过我清清楚楚地记得博物馆离明珠洲际酒店很近，离我们挥舞着胳膊跟警察长篇大论的地方不远。

"明珠洲际酒店，"我喊着，然后我们又再次颠簸着穿过白沙瓦。到了酒店，门童为我和司机做翻译，司机终于明白我要去什么地方，迅速将我带到了白沙瓦博物馆所在的那栋优雅的殖民地建筑。博物馆门上写着："下午三点关门，工作人员会议。"我看了看手表，下午三点。我只好悻悻地回到明珠洲际酒店给塞拉海打了个电话。

"今天太忙了，"他大声说，"我还有一篇重要的文章要写，但没有电脑。"

我告诉他自己在哪儿，然后挂了电话，感觉很沮丧。一个小时后，我回到格林宾馆，读起《心经》，这时电话响了。

"我是费道拉·塞拉海，"声音很熟悉，"我在大堂。"

"我马上下来。"我说。

塞拉海个子比较矮，胡子剃得很干净，这在普什图人的地区意味着自由派、无神论的倾向。他看起来大概有七十岁，烟不离手。

我们坐下来喝茶。

"我是优素福族的普什图人，"他说，"优素福是最高级的普什图人，因为我们用的语言是最纯洁的普什图语，是文学的语言。"

我问巴基斯坦的普什图人和边境另一边阿富汗的普什图人是否一样。

"我们是被英国分开的，他们在本来没有边界的地方设立了边界。结果现在在阿富汗我们是普什图人，在巴基斯坦我们是帕坦人，但其实是一样的人。"他又点了一支烟，"我能讲普什图语、乌尔都语、哈扎拉语、辛克语、旁遮普语，也会说一点儿英文。"他说这些话并不是为了炫耀（对于他的英语水平这还太谦虚了），而只是为了就当地语言的多样性让我有一些概念。"'达里'的意思是'入侵者'，"他说起阿富汗最主要的非普什图人族群。达里语跟波斯语有关系，主要在阿富汗西部、坎大哈和接近伊朗边境的赫拉特使用。达里语跟普什图语和乌尔都语都有一些联系，是因为有共同的祖先莫卧儿人，一些阿拉伯词汇对几种语言都有影响。这些我知道，但当塞拉海打开犍陀罗神奇的历史胶囊时，我才知道这个地区跟古代近东和阿拉米语竟然也有关系，阿拉米语是一种闪米特语言，跟希伯来语关系密切，二者使用同样的字母系统。

"犍陀罗从公元前5世纪开始扩张，一直到公元7世纪，"他开始介绍，"'犍陀罗'这个词来自梵文'芳香之地'，指的是白沙瓦谷底，包括斯瓦特和马拉坎，还有整个印度河岸。犍陀罗这个词最早见于《梨俱吠陀》，那是雅利安人最早的一本书。这本书里说犍陀罗人生产高质量的羊毛。古波斯阿契美尼德王朝的岩石垂谕中第二次出现了犍陀罗。这些都是公元前五六世纪的事。到了公元 326 年或公元 327 年，犍陀罗被亚历山大大帝征服，而被希腊人统治了两百年的时间。这里发现过三十九位希腊国王和四位王后的钱币，这些钱币上有两种语言：一面是希腊语，一面是哈拉什蒂语。哈拉什蒂语发源于阿拉米语，从右往左写。"

"希腊人之后是斯基泰人，然后是帕提亚人。后来来自中国甘肃的贵霜人打败了帕提亚人，迦腻色迦一世是贵霜帝国一个重要的皇帝，他是个佛教徒，支持犍陀罗发展佛教。到了公元 5 世纪，这个地区受到野蛮民族白匈奴的入侵，他们毁掉了所有的佛教寺庙。社会非常不稳定，印度教得以复兴。到了 11 世纪末期，阿富汗的麦合木提将伊斯兰教带到这里。"

接下来他从政治历史讲到了宗教。

"佛教是由阿育王传播到这个地区的，那是公元前 256 年，他带来的是小乘佛教。原来在这里的希腊人变成了佛教徒，他们被称为印度希腊人或者巴克特里亚希腊人，主要生活在阿富汗。贵霜人打败帕提亚人之后，带来了大乘佛教。塔克西拉的雅利安寺庙是第二大的大乘佛教学院。第一大是那烂陀，在印度的比哈尔邦。"

我之前大概知道大乘佛教和小乘佛教的区别。小乘意思是比较小的运输工具，这种形式的佛教强调只有少数有资格的人才能得到解脱。而大乘意味着更大的运输工具，是一种普救派的教义，认为人人均可成佛，都可以得到觉悟，并从自身存在的幻相和无尽的苦难轮回中得到解脱。但塞拉海并不同意这些看法，他有不同的观点，可以以此来说明为什么存在大量的印度－希腊式大乘佛教艺术。

"小乘佛教强调佛陀的教诲，大乘佛教则重视佛像。小乘佛教的佛陀是一位哲学家。大乘佛教的佛陀是佛教的神奇造像，佛陀变成了神，变成了被崇拜的对象，他的形象受到崇拜，而教诲则消失了。大乘佛教需要佛像，因此统治此地两百年的希腊人借鉴了阿波罗的样子。这就是犍陀罗的艺术，有人称它为罗马艺术的分支。佛教的主题内容是佛陀的一生。犍陀罗影响了整个佛教世界。斯瓦特的工匠供不应求，人们在巴米扬看到的绘画就是犍陀罗佛教艺术的一个分支，由斯瓦特工匠制作。另一个分支到了中国，在那里的寺庙洞窟中描绘着本生经的故事，佛陀前生的故事。然后又流传到了日本，所有日本佛教的神都来自犍陀罗，也就是巴基斯坦这里。"

听着他的话，我觉得自己开始领悟。那就是我此前在吐鲁番和库车看到的，也是我即将在回程中在甘肃莫高窟看到的。当然了，我在此行开始之前，已经读了一些材料，对这段历史有了一点儿基本的了解：希腊人变成了佛教徒，这就是为什么包括新疆在内的很多中亚艺术都带有强烈的希腊－罗马艺术影响——比如长袍上的皱褶、大量的白种人、佛陀的阿波罗式头部特征，还有跟这些主题相结合的印度古典雕塑优美的均衡构图。我们在巴米扬和敦煌看到的佛教形象，就像是穿着希腊服装、长着希腊面孔的印度神祇。这种艺术在佛教的全盛时期得到传播，因为富有的商人为了来世积累功德，于是在商路沿途资助修建寺庙，从印度到犍陀罗，再到大夏，一路到达长安。

塞拉海的说法里忽略了大乘佛教的重要性，包括它如何建立起一种类似天主教的佛教信仰，如何将描绘出来的故事和人物转化成人们崇拜的对象。玄奘到达犍陀罗的时候，他看到的这处文明残留的痕迹是在两百年以前遭到白匈奴的践踏后造成的，永远也不可能完全恢复原状。但他去往这些地方的意义，类似现代人到耶路撒冷参观耶稣受难的苦路。玄奘的前辈法显到达犍陀罗的时间是在5世纪，正是匈奴人入侵的前期，他描写了当地繁盛的佛教文化。法显到了伟大的佛教中心——白沙瓦北边的塔夫提拜，北部斯瓦特河谷的波特卡拉，还有东边的塔克西拉——他把这些地方看作自己信仰的首都。玄奘去的时候这些地方已成古迹，他详细地记录下古时遗留下来的痕迹——多少佛塔依然屹立，多少已经化为废墟，多少还有僧人看护。玄奘到达这里之后的一千四百年，佛教已经从巴基斯坦完全消失。巴基斯坦政府对这些古迹进行保护，把最重要的文物放进博物馆。主要的古迹我都去了，感觉玄奘在那里一定跟我有同样的想法：看到那些废墟中的寺庙、学校……不禁会想，即使是在玄奘的年代，那种辉煌也已经属于历史。

　　我想，玄奘和我都会对这些伟大遗址表现出敬仰之情。这些断壁残垣，它们是谦恭的，因为它们只能证明事物的暂时性，以及渴望使之成为永恒的努力终是愚勇与孤妄。它们有一种强烈的过眼烟云的凄凉味道，这种诗意的味道在19世纪对雅典和罗马废墟的发掘中也表现得淋漓尽致。它们让我们看到繁华尽头那荣耀终点的景象。玄奘很少谈及自己的感情，唯一的一次我们在此之后将会看到。毫无疑问，他不是一个浪漫的人，不动声色地记录着自己参观过的佛教遗迹，看起来是为了打造一份他踏足过的佛教世界导览，既有现在的世界，也有过去的世界。他并没有试图从中汲取历史的意义。

面对匈奴人的劫后残迹，他一定感到了悲伤，就像当罗马人看到阿波罗神庙变成了哥特人的马厩，他们也有同样的悲怆。

在去往斯瓦特河谷的途中，我想自己也会感受到那种悲伤，一种对匈奴野蛮行为混合着惊讶的悲伤，尤其是想到那以后佛教文化再也没能在犍陀罗得以复兴。在人类历史上，文明的建立和毁灭总是相继发生，犍陀罗的残垣断壁就是一个不那么广为人知的证明。这里曾经有过铃铛丁零，鼓声低沉；有过人类所创作的最好的雕塑和绘画；有过关于现实本质和终极真理最热烈最充满智慧的辩论。现在这里只有令人难忘的一堆一堆的石头，由一些索要着小费的旅游部门小职员看管。历史是伟大的导师，而我和那位 7 世纪来自中国的僧人从同一段历史中学到了同样的一课，这真是让人印象深刻。

我的司机是一位普什图人，名叫蒙塔兹，他说："我能说普什图语、乌尔都语、辛克语、旁遮普语，还会一点儿波斯语和英文。"他跟塞拉海一样，说这些话不是为了炫耀，而是陈述一个语言学的事实。在提到白沙瓦图书馆、大干路 [1] 和监狱的时候用的也是同样的语调。蒙塔兹非常整洁、很有效率，胡子修剪得整整齐齐，眼睛在深邃的眼窝里发着光。我们坐在一辆丰田吉普上，驶入白沙瓦清晨的混乱之中，空气中有卡车、大巴和机动三轮喷出的浓浓的尾气。在城市中心，一座纸糊的假山正在收工，那是为第二天的胜利日准备

---

[1] 大干路，The Grand Trunk Road，横跨印度次大陆的路线。——译者注

209

的。胜利日是为了庆祝巴基斯坦第一颗原子弹爆炸。这次行动引起支持政府的爱国主义者的狂热，爆炸发生在山里，报纸称之为"爆炸山"，这座山应该能收获印度的恐惧和尊敬。我发现乌尔都语的"日"（yaume），跟希伯来语的"日"（yom）几乎一模一样，比方说"赎罪日"（Yom Kippur）。（这是因为在穆斯林占领此地之后，乌尔都语从和希伯来语相近的阿拉伯语中继承了"日"这个词。）

"巴基斯坦很挤，污染严重，美国不污染。"蒙塔兹说，根本不看那座假山。他放慢了速度，因为一头驴无视横冲直撞的车辆，慢慢走上了公路。"美国没有这个。"蒙塔兹说的是驴，"但是在巴基斯坦，路上什么都有——驴、马车、自行车、马。在美国，有秩序。巴基斯坦，没有。"

"美国也没有那么好。"我说。

"但美国没有这个。"蒙塔兹又说了一次。

我们绕过混乱，到了城市边缘，经过了一处阿富汗难民营、一家糖厂、一个面粉磨坊、兰迪河上的一座桥——蒙塔兹一一指给我看。"我是你的司机、导游、保镖和朋友。"他说。车子进入乡村，一个小时以后，我们停下来看了看查克萨达老城的遗址，这里是犍陀罗最早的首都，玄奘也记录过。这里已经没有什么好看的了，不过附近的塔克特·伊·巴依非常壮观，是当时我见过的最精美的遗迹。它位于一座陡峭的岩石悬崖上，俯瞰着一片平原，平原上点缀着村庄、柿子园和种着瓜果、烟草及甘蔗的土地。我爬了上去，碰到一位衣衫褴褛的管理员，有游客到来让他很高兴。他向我指出雕塑曾经存在的地方、僧人的住所、水井、食堂，还有残存的佛塔。然后他给我一堆未经许可发掘的佛头，问我愿意出多少钱。我说自己不是来买东西的，他又问我能不能换钱。他还让我给他一点儿钱，我给了。然后一群男孩子追着我，一直追到我下山回到车上，他们要卖给我各种东西——钱币、佛头、珠链，还有古代陶瓷碎片。

我们继续沿着斯瓦特河向北，这条深棕色的河流很宽，水流湍急，玄奘也到过我们去的那些遗迹。我们穿过了马拉坎山口，丘吉尔就是在那附近观察过英国人和普什图人之间的战役。在这条路的最高处，我们在一处饮料摊旁停下来休息，喝了盒装的加糖芒果汁。我们又开了几个小时到明戈拉，虽然天气又潮又热，但从那里可以见到斯瓦特山谷远处白雪覆盖的山峰。我参观了那里的一个冷清的博物馆，里面有附近出土的一些佛教文物。然后走过农田边的一处小树林，爬上了被发掘出来的两座波特卡拉佛学院。在塔克特·伊·巴依，我拒绝管理员卖给我最近出土的佛头，还有一些男孩子追着我要卖给我古老的钱币和佛珠复制品。在波特卡拉，我碰到了塞诺拉，他说自己想做一名英文老师，所以在这里当导游练习英文。他紧张、焦虑，但很真诚，长着弯勾鼻子，很适合做一个反犹漫画中的人物。塞诺拉非常友好，邀请蒙塔兹和我到他家楼顶的露台上去喝茶，我们讨论着伊斯兰教育在巴基斯坦的重要性，看着斯瓦特河和远处的群山消失在暮色之中。

第二天早上，《边疆邮报》的头条是："两架印度入侵米格飞机被击落，一名飞行员死亡，一名被俘。印巴控制线紧张局势不断恶化。"印巴控制线是印度和巴基斯坦控制的克什米尔地区。斯瓦特河谷看不到任何战争的迹象，但是我们听说头一天，运送士兵的卡车经过明戈拉，去支援巴基斯坦的克什米尔驻军。蒙塔兹和我驶入当地情势紧张的混乱交通之中，沿着头一天的路往回走。我们的目的地是塔克西拉，那里有重要的犍陀罗城市和佛教寺庙遗址。我们在诺什维拉开上了主干道，那条路一度连接着喀布尔和加尔各答。事实上，这条路现在还连接着这两个地方，但由于后来各国建立的路障，没有人可以从一头走到另一头了。和历史上的其他时期比起来，如今的旅行途中遭遇了更多政治上的麻烦，这又是一个明证。

不管怎样，主干道上行驶着各种装饰得五彩缤纷的卡车和大巴。那些大巴的形状像河马，但跑起来却像公牛。天气热的时候，大巴没有窗户，车厢里有人，车顶也有人，大巴拐弯或者加速的时候，车顶的人就趴在行李架的边上。卡杨客车上写着 "Good-bye and have a noice day"（再见，祝你有吵闹的一天），把 "have a nice day"（祝你有美好的一天）写成了 "have a noice day"，就好像在模仿伦敦东部的口音。卡车上装饰着鹰隼、眼睛、万花筒图案、心形图案、红色反光镜、黑色条幅、蓝色坠饰、银色圆环，车体主要的颜色是绿色和黄色，当地所有交通工具都有精心装饰的传统，包括现在拉合尔地区的马车。车门是用木雕做的，就像巴厘岛上的寺庙。车窗非常小，几乎看不到司机，只能看到一个长着胡子的深色轮廓。

我们路过一些吉普赛人的露营地，几顶打着补丁的帐篷搭在起伏不平的地上。在城镇里，乞丐会站在车窗边向里看，他们不说什么，就是看着，好像是收银员在等着你付钱。当你递出去几张旧旧的卢比，他们会接过去转身就走，一句话也不说。小学生在路上蹦蹦跳跳，他们穿着校服，灰色上衣和裤子，头上是灰色贝雷帽，帽子上有红色徽章。我们还路过了一些巴基斯坦军事设施，有的有 CMH（意为联合军事医院）的标志，有的写着炮兵部队、工程兵部队等。我们缓慢地开过了贾汉基拉。在阿塔克经过一座桥，这里是喀布尔河和印度河交汇的地方。玄奘就在此地渡过印度河，也许是坐船过的河。在瓦营[1]附近，我们加速通过了西北边境省与旁遮普的边界，在三个不同的地方看到警察让卡车停下来接受检查。蒙塔兹说他们在检查是否有人从阿富汗走私物品。

在塔克西拉，我爬上了求利安佛学院，这里最早由阿育王建于公元前 3 世纪，玄奘在八百年之后到达此处时，这里已经是一片废墟。又有一个坚持不懈、躲都躲不开的穆斯林大胡子缠着要做我的导游，不过这一个还不错。他说自己叫迪尔沙德·求利安，我到现在也没弄明白他是从那座寺庙得到的名字，还是就是一种命里注定的巧合。他说的话都是一个个片段，好像在读内容大纲，而不是在真正地表达。首先，他说犍陀罗的佛塔最早是用来收藏佛陀的舍利的，其中一座就在求利安，不过随着时间流逝，佛陀屈指可数的舍利已经流传到数量庞大的寺庙中去。

"佛陀死。骨灰，骨头，牙齿——八个舍利塔。都在犍陀罗。然后一万五千舍利塔。中国，日本，泰国，印尼。"

迪尔沙德定定地看了我一眼，无声地邀请我思考一下这个荒谬

---

[1] 瓦营，Wah Cantonment，巴基斯坦一处核武器装配厂。——译者注

的数字。

"八座舍利塔。一万五千舍利塔。骨灰，骨头，牙齿。"他重复道，让我自己得出结论。

迪尔沙德冲我晃晃手指，让我在塔克西拉残留的一处微笑的佛像处拍照留念。我看到旁边有禁止拍照的标志，犹豫了一下。

"政府说不能拍照。不能拍照，就没人来塔克西拉。蠢。"他说，"你拍照片。你给朋友看。朋友来。"

他继续谈起历史："第一所佛教学院，那烂陀。"那烂陀是玄奘去往印度的目的地，他在那里学习了七年。"阿育王建立了那烂陀，"我的导游接着说，"3世纪，阿育王死了。第二个亚洲中心，求利安佛学院。大乘佛教佛学院。"迪尔沙德把大乘佛教这个词说得又慢又大声，简直像在歌唱。"第三佛学院……斯瓦特。北部地区。坦特罗佛教。最后佛学院……克什米尔。"

"求利安这个地方2世纪到5世纪……河北岸附近大城市。两百多年后，佛祖悉达多带着六十个人参观印度。马加拉山。三百岁的菩提树。佛陀留在这儿。现在很多游客。菩提树E-7区，伊斯兰堡。两百多年以后，亚历山大大帝控制塔克西拉。待了五个星期。然后阿育王。然后圣托马斯。贵霜人最后到了这里。这家佛学院有罗马名字，求利安。十八个科目——科学、艺术、宗教。塔克西拉城三次地震。公元3世纪，特殊的希腊建筑师来到这里，建造抗震围墙。"说到这里，迪尔沙德弯下腰，让我仔细观察城墙。

佛学院俯视着西南方旁遮普山谷高高的锥形山丘。我们走遍了所有残存的围墙，上面还保留着大量的雕刻。迪尔沙德解释说这些是一种"混合文化"。"印度符号、希腊艺术，希腊符号、印度艺术。"他说。我问他有没有听说过玄奘，他叫起来："唐僧！"就好像发现我们俩有一个共同的熟人。"有学问的人！唐僧师父！7世纪来。但先是白匈奴。"他推心置腹地看了我一眼。"先生，"他说，"佛教徒，不打仗，不吃肉，好人。白匈奴很坏。就像俄国人。就像匈牙利人。"

他的意思是，当玄奘到达此处，求利安佛学院已经是一片废墟，他看着这里的感觉，就像爱德华·吉本看到罗马的废墟，为过去的辉煌赞叹不已。我有些困惑，问了他好几次，既然这里已经遭到白匈奴的破坏，为什么玄奘还要来到这里。他告诉我：

"先生。求利安地下20米。英国人来。唐僧一样。英国人就像老鹰。唐僧大法力。"

不像那些塔克特·伊·巴依的人一样，迪尔沙德没有试图卖佛头给我。他也没问我要不要换钱，甚至没有问我要导游费。参观结束的时候，他把我带到一个大门口，可以俯视下面的峡谷。下面是一道灌溉渠，以前是一条河，从山脚一路蜿蜒流向农田。处处都是绿树环绕的房屋。迪尔沙德指着远处高耸在炽热空气中的锥形山峰。

"格森·阿卜杜勒山，"他说："25英里。格森·阿卜杜勒伊斯兰教圣人。"然后他又回到这边山头的佛学院，这是一座被破坏的最高学府，他开始想象这里3世纪的生活。"学生坐在这里。晚上。几乎全黑。学生在看。他们看到河流。他们看到格森·阿卜杜勒大舍利塔。他们看到城市，塔克西拉。很大。太阳在山上。山区金色，城市黑色，河流银色。"迪尔沙德冲着下方挥舞着手，"我在这里三十二年了，"他说，"三十二年。每一天。每个晚上。每个晚上我都到这里来。这风景。

我每个晚上都看。"

　　玄奘在犍陀罗停留了很长时间，从一所佛学院到另一所佛学院，记录那里的条件和僧人人数，以及他们信奉的教义。最重要的是，玄奘详细地记载了每个地方出现的佛教神迹，他的做法听起来很像塞拉海形容的大乘佛教信徒。对中国僧侣来说，佛就是神，神迹就是他的表达。

　　玄奘凝视着斯瓦特河谷一处废弃的佛塔，写道："曩者南海之滨有一枯树，五百蝙蝠于中穴居。有诸商侣止此树下，时属风寒，人皆饥冻，聚积樵苏，蕴火其下，烟焰渐炽，枯树遂燃。时，商侣中有一贾客，夜分已后，诵《阿毗达磨藏》。彼诸蝙蝠虽为火困，爱好法音，忍而不去，于此命终。随业受生，俱得人身。"

　　玄奘满意地听信了这个故事，相信这些蝙蝠变的人都成了苦行僧。"舍家修学，乘闻法声，聪明利智，并证圣果，为世福田。"

　　蒙塔兹把我带到拉瓦尔品第，我在夏尔美宾馆下了车，要在那里住一个晚上。我从拉瓦尔品第坐火车到拉合尔，去参观一家博物馆，鲁德亚德·吉卜林的父亲曾经做过那里的馆长。博物馆外面摆着加农炮，吉卜林的吉姆曾经坐在上面，我们通过这部著名的小说第一次认识了这位作者。这家博物馆的开胃小菜是一尊禁食中的悉达多，佛陀的形象近似于基督，表现出一个饥饿的人却有着某种平静的姿态，就像那些蝙蝠一样，为了聆听法音，宁愿忍受火焰也不要飞到安全的地方去。不过禁食的悉达多实际上说明了自虐的方式是不能得到开悟的。佛陀早期有过极端的尝试，包括禁食，结果并没有因此得到开悟，于是他转向中道，在极端的禁欲苦行和自我放纵之间，找到更符合情理的办法。这是佛教最吸引人的地方，也是最吸引玄奘的地方。以后我们还会看到，玄奘在深入印度之后，印度教禁欲主义的自我惩罚让他惊骇不已。

博物馆外面就是吉卜林的拉合尔，对莫卧儿人和英国人来说，这里是仅次于新德里的第二大城市。我游览了莫卧儿城堡，当我想要进入一间黑暗的小屋，一个导游（他们会一直跟着你，直到被你雇用）警告我说里面有蛇盘踞。我去了城堡对面的大清真寺，看了莫卧儿国王贾汉吉的陵墓。我还在夜间出游，漫步去寻找那些传闻中的舞女。莫卧儿城市看起来都差不多，有城堡，有清真寺，清真寺后门附近是娱乐场所，有权有势的男人在那里欣赏女孩跳舞。吉卜林在某个夜晚游荡在莫卧儿城中，他称之为"恐怖的夜城"，他所在的 19 世纪比现在有趣得多。"我彻夜在各种奇怪的地方游荡——酒馆、赌场、鸦片馆，它们一点儿都不神秘，还有路边的木偶戏和舞蹈，"他写道，"破晓时分人们回家，坐在租来的夜间马车里，散发着水烟味儿、茉莉花味儿和檀香的味道。"[1] 在我短暂的游荡中，宾馆给了我一瓶非法售卖的啤酒，但没有水烟的味道，在这个遭受原教旨主义威胁的巴基斯坦，更没有酒馆。我又一次感觉到出生得太晚。

第二天我租车前往印巴边境。汽车沿着水渠旁的林荫道前往巴基斯坦小镇瓦加，最后一道铁丝网和几栋低矮的建筑挡住了车辆前

---

[1] 哈利·里基茨（Harry Rickets）:《吉卜林的一生》（*Rudyard Kipling: A Life*），纽约：卡罗与格拉夫出版社，2000 年，第 69 页。——作者注

进的路线。我下车出示护照，同时一个巴基斯坦挑夫带着我的行李。边防检查站有一个平民模样的人，也许是边防检查员的兄弟，把我剩下的一点儿巴基斯坦卢比换成了印度卢比。他还想让我跟他换点儿美元，保证说比印度那边的汇率要高，但我没有答应。

到印度那边还有 200 米的距离，能看到两边都有铁丝网伸展开去，铁丝网的另一侧有水牛在吃草。没有士兵，视线里没有任何军事力量，不过很明显两边都有军队驻扎在附近。真正的边界是路上画着的白线，印度士兵示意挑夫把我的行李放下，我把行李挪了 3 英尺，到了印度境内，然后再由印度挑夫把这些行李和我之前自己背着的电脑包背上。巴基斯坦一边所有的人都是穆斯林，而印度这边都是锡克人——挑夫、边防检查员、移民官、小贩、出租车司机，正好反映了 1947 年印度分裂时的情形。印度挑夫带我到海关办公室，指着一张告示，上面列出了不能带进印度的东西：

1. 动物脂肪
2. 动物凝乳酶
3. 象牙（未加工）
4. 野生动物，野生动物肢体或制品

我向那位晒成古铜色、包着头巾的同伴保证自己没有带任何违禁品，然后前往护照检查点。站在我前面的是一个巴基斯坦男人，带着两个英俊的儿子、两个漂亮的女儿，妻子穿金戴银。在移民官员的登记簿上，我是当天第十八个从巴基斯坦进入印度的人，这个时候已经是下午三点，离关门还有一个小时，而且这里是印巴两国之间唯一开放的口岸。这让我心里涌上一阵伤感。这里毕竟是从拉合尔到阿姆利则的通路，在差不多三千年的岁月里，成千上万的旅行者日日在此通行，直到民族政治的原因使这里前所未有地出现了边境。

玄奘就是历史上众多的旅行者之一。现在我们不清楚他到底是从什么地方经过这里的，但学者们认为他可能经过拉合尔去了阿姆利则东南方 50 公里的贾兰达尔。阿姆利则是在公元 16 世纪由锡克教祖师达斯建立的，不过就算在玄奘的时代这里已经存在，这里也没有记录的必要。这里最为人所知的地标性建筑是锡克教的黄金寺庙，跟圣彼得教堂、麦加、所罗门圣殿一样，是一处圣地。这里也是 1919 年臭名昭著的戴尔将军向示威者开枪的地方，被杀死的示威群众在 379 名到 550 名之间，看你愿意相信哪个调查结果。在 1984 年到 1986 年间，锡克教极端主义者想要把非锡克教徒逐出旁遮普邦，他们占领了黄金寺庙，印度军队后来夺回了寺庙，冲突造成很多人丧生。

但是，当我经过边界，在旁遮普平坦的土地上向出租车走去时，并没有想着这些历史纷争。我想的是以后的行程——从阿姆利则到新德里，然后到达玄奘朝圣之旅中最想去的佛教圣地。当他来到这个地区，心里想的一定有蓝毗尼，佛陀出生之地；菩提伽耶，佛陀树下正觉之地；伟大的佛学院那烂陀，玄奘将在那里向大师学习七年。也许在无著和世亲的启发下，他也在想着世间各种形式的幻相。也许还在思考如何解决大乘教义中的悖论：如何说服他人，说服这件事本身并不存在；事实上，所有感知的事物都是幻相，都是对蒙昧心灵的欺骗。

　　我看着前面的那一大家子挤进一辆出租车。玄奘所感兴趣的只有佛教，当他进入印度，脑子里一定只有前面的圣迹。而我想的是如何进入阿姆利则，还有那些黑眼睛的巴基斯坦孩子——我很想要这样一个孩子。

12 阿姆利则的孤儿
AN ORPHANAGE IN AMRITSAR

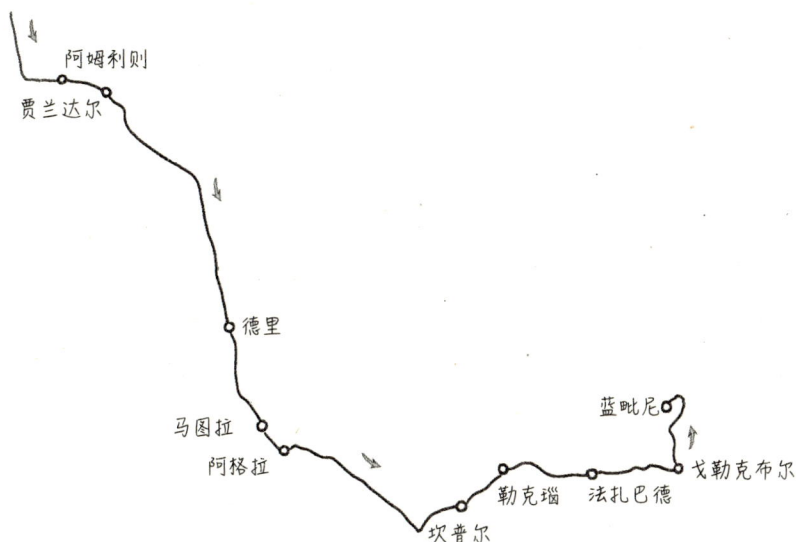

到达阿姆利则后，我在城市边缘找到一个舒服的地方，那就是班德里夫人的客栈。从出租车上下来，我觉得很累。我被领进了平房里的一间屋子，旁边是一片打理得很好的绿油油的草坪。我很高兴看到好几种鸟儿——八哥、七姐妹、麻雀和哀鸽。我要了下午茶，吐司加奶酪和西红柿。房间简陋却干净，铺着紫色花卉图案的瓷砖，被阳光晒得褪色的窗帘，一只壁虎从坏掉的空调里往外偷窥，天花板上的吊扇让热烘烘的空气得以流通。我躺着等人送茶来，肚子里好像有一窝蜜蜂在蠕动，我冲进了卫生间，几乎晕倒在那儿。醒过来以后感觉还是很虚弱，好像肚子里变成了一摊水。浴室里漏水的声音仿佛来自井底深处，回荡在我的耳朵里。马桶冲水时带着哐当、呼哧和咕噜咕噜的声音，就像一个肺结核晚期病人的呼吸。回到卧室，我打开了一瓶水，觉得补充水分一定不会错，但瓶盖跟瓶口的摩擦就像金属刮擦的声音。

我仰面躺在风扇下。门房来敲门，告诉我茶准备好了，就在房间外面的桌子上，声音像炮仗一样回荡在我脑子里。我挣扎着想要起来，想象着有西红柿和奶酪的吐司用薄纱遮着，茶水则放在深褐色套子里保着温，就放在走廊上的阴凉处。我每次试图起身，都告诉自己先睡五分钟，直到醒来发现已经是半夜，还不如一直睡到早上。我的确睡到了早上，但后来一直梦到一条眼镜蛇在瓷砖上嘶嘶作响，等着我起身上厕所。我真的去了好几次厕所，打开灯，看地上有没有蛇。

我睡到了早上九点，到走廊里时，门房看起来非常担心。我告诉他可以把三明治和茶拿走，再送点儿早饭来。我吃了印度玉米片配酸奶、两个炒鸡蛋、四片抹了黄油和橘子酱的白吐司，喝下四杯加了热牛奶的浓茶，我把头一天的问题归咎于劳累、炎热和一两种急性病菌。最可怕的，莫过于在某个第三世界国家生病，你在那里不认识什么人，也信不过他们的医疗条件，因此，现在我感觉好多了，这让我大松一口气。

我要去参观黄金寺庙，结果发现那需要一段很长的三轮车之旅。司机是一个名叫戈帕尔的印度教徒，骑行技术非常高超。别的三轮车上也坐着许多前去黄金寺庙的家庭。这些三轮车有类似童车那种顶篷，太阳不太大的时候可以收起来。我看到一个小孩爬到收起来的顶篷边缘，每次车子颠簸，她都会被颠起来又落回去，就像一团丝绸的荷叶边。她很漂亮，大大的黑眼睛，亮亮的棕色皮肤。她的奶奶就坐在旁边，比她个子大不了多少，也在颠起落下，像一只长着羽毛的动物，而她的爸爸妈妈、哥哥姐姐则坐在前面的座位上。我的司机转过弯，到了挂满印地语、英语招牌的路上，他们一家失去了踪迹。

接下来需要排队和脱鞋，人们会告诉你要披上点儿什么盖住你的头，如果你没有准备，可以去纸盒子里挑一块布，我挑了一块印度大方巾，红色，有金线花边，然后把它包在了头上。寺庙里有好几千人，主殿是一座有金色屋顶的亭子。朝圣者来到这里，跪在水池周围宽阔的人行通道上。另一边是一座浅色的穹顶建筑，好像是用奶油做的。金色亭子中飘出吟诵的声音，吟诵的是锡克教的圣经《阿第格兰斯》。

我只待了一会儿，觉得自己像个闯入了别人典礼的外来者，同时也觉得自己的头巾傻得要命，但其实并没有人让我觉得自己奇怪或者不受欢迎。我在人行通道边上站了十五分钟，看着朝圣者来来往往，希望能被触动，但我感受到的主要还是肚子里的翻腾，那是昨天折磨了我一夜的疾病的延续，非常庸俗。戈帕尔带我穿过迷宫般的大街小巷，最后回到主路上，这是从拉合尔到新德里的主干道的一部分。我看到右边有一扇门，上面写着"喀尔萨[1]中央孤儿院"，于是请戈尔帕停下车来。

"你觉得我能进去吗？"我问他。

"你会受到欢迎的。"他说，以印度人的方式晃着头。

进了门，我走到一个写着"办公室"的房间，问他们能不能参观。对于我的突然造访和要求，孤儿院主任看起来一点儿都不吃惊，后来我知道他的名字叫哈林德·辛赫。他带我到处看了看，说这是旁遮普最大的孤儿院，大概有260个孩子，其中四分之三是盲人。任何宗教、教派和种族的人都可以来，这里有一座闪着金光的锡克教庙宇。"我们提供综合的宗教教育——印度教、伊斯兰教、基督教和锡克教。"辛赫告诉我。这座孤儿院是1904年建立的，主要由私人捐款资助。这些孩子有的父母双亡，有的有爸爸或者妈妈，但养不了他们。我问会不会有小孩被领养，辛赫说这里最小的孩子也有六岁了，对收养来说已经太大了。这所孤儿院整洁、宁静。辛赫带我参观了还在修建中的一间很大的通风良好的八角形房间，这里是用来冥想的。他说："这里会播放轻柔的音乐，有助于缓解情绪。"

我们谈话的时候，快要到午饭时间了，孩子们——全是男孩——从教室出来去餐厅。他们穿着白衬衣和卡其色裤子，头发没有修剪，用帕特卡包着，帕特卡不同于成年男子用长布条缠满头部的那种锡克教包头巾，而是那种比较小的只有一块布——盲童是黄色的，其

---

[1] 喀尔萨，一个严格的锡克教教团。——译者注

他孩子是蓝色的。我们站在那里，那些包蓝色头巾的孩子走过来，轻快熟练地碰碰我们的脚，有的停顿一下，等着被抱一抱或者拍一拍。他们在石头铺的餐厅地板上坐成直直的四排。在一阵长长的、热情的吟唱之后，孩子们快乐的声音响起来，他们的饭盛在金属盘子里，以北印度的方式用手抓着吃。他们吃饭的时候不说话。我看着一个大概八岁的盲童，他用不少时间摸到食物，然后慢慢用薄饼蘸着吃。方才我给一些孩子拍过照片，他们很喜欢在镜头面前摆姿势，我也想给这个孩子拍照片。他的脸上有点儿忧伤，一种无可奈何的感觉。他是最后一个开始吃饭的，也是最后一个吃完的，然后他站起来，跨过盘子，独自走到外面明亮的庭院里，走向通往教室的过道。我把相机留在包里没有动，给他拍照等于宣布我能看到他看不到的东西——他自己。

我捐了一些钱，然后被隆重地授予一张收据。"你在印度别的地方不会再看到这样的地方。"辛赫告诉我。他补充说，贾兰达尔还有一家女童孤儿院，我相信。我也考虑去拜访一下那家女童孤儿院，因为那天下午我要坐的火车会经过贾兰达尔到德里。我很想去看看，希望在那里可以找到之前看到的三轮车上的那种黑眼睛小姑娘，那样我就可以收养她，带她回家，给她一个爱她的家，以及富裕的美国生活。

但是，当火车在贾兰达尔车站停下的时候，我并没有下车，我有种不完整感，就好像你收集的某样东西缺了一点儿，比方说一个作家的作品集。我不想只收集旁遮普的锡克教孤儿院，我也知道自己失落的一角不在印度旁遮普的贾兰达尔。阿姆利则会帮我了解自己失落的一角到底是什么。

佛教教导我们，一个人的命运取决于自身，而不是外在的因素，智慧也不来自周遭的环境，而是培养自省的能力。我一直渴望有自己的孩子，但由于我在婚姻面前却步不前，那种渴望只能是一种不现实的空想。但在阿姆利则的孤儿院，我感到某种平衡被打破了，跟在库车火车站看着忠梅离开的身影时一样。失落的一角就在我的心里，也许当我回到家中，可以用智慧来让自己不再感到失落。

"快快行动，莫失良机。"这是阿格拉到马图拉的路边海报上的广告，那条路很平坦，经过远离阿姆利则的干旱地区。广告中的所谓良机指的是购买顶峰牌电视机。我乘坐的是早上六点十五分从德里出发的萨巴提快车，三个小时后到达阿格拉，然后马上打了一辆车去马图拉，要向北开上两个小时。现在的马图拉不是佛教中心，也没有什么遗址；但传说中佛陀在这里讲过经，所以玄奘在去往更东边的圣地途中，也到这里来顶礼膜拜。他记录了这里一度繁盛的佛塔规模和方位、僧侣的数量和他们信奉的教义。他的记录没有什么意思，但马图拉本身很有趣。现在这里是印度教的一处圣地，被看作奎师那的诞生地，奎师那是毗湿奴化身中最受爱戴的一个，而毗湿奴是至高无上的、不可言说的、无迹可寻的梵天的三个化身之一。当我到达马图拉的时候，那里印度教的朝圣者人山人海（形容这里的唯一说法），非常壮观。

我坐夜车从阿姆利则到达德里，然后花了几天的时间在康诺特广场闲逛，见到了常驻南亚的几个记者，讨论了印巴之间的紧张局势。传统的看法是巴基斯坦已经向克什米尔地区渗透游击战士，那些人假装是不受控制的"自由战士"。关于这些军事力量的身份有各种猜测，他们已经在喀喇昆仑山的达德斯坦和邦宜山脊建立了军事阵地，看印度敢不敢派出部队去高海拔赶走他们。有人认为他们是阿富汗人，去克什米尔打仗是为了感谢巴基斯坦对塔利班的支持，现在塔利班几乎控制了阿富汗大部分地区。也有一些人认为他们是巴控克什米尔地区本地士兵，由巴基斯坦当局暗中指挥，被灌输了解放克什米尔和为伊斯兰教光荣献身的思想。巴基斯坦参加这场冒险的原因让人费解，他们最终受到印度空军的打击。最常见的解释是巴基斯坦总理谢里夫领导的政府为了转移人们对国内政治的不满，想要掀起反印度的民族仇恨。（在我旅行之后不久，谢里夫在一次军事政变中被捕，并根据可疑的劫机指控而被判以无期徒刑。）虽说巴基斯坦是这样一个每天停电十次的国家，可还有什么比解放印度教压迫下的克什米尔更重要的事呢？

所有这些好像都跟我有关系，因为玄奘去了克什米尔，而我没有去。他的路线好像跟我从白沙瓦到明戈拉然后回来穿过印度河到塔克西拉的路线非常接近。然后他再次向北，翻山越岭到达克什米尔，受到了国王的盛情接见，国王请他乘坐大象，身边围满侍从。玄奘在斯利那加停留了两年，然后再次向南到了拉合尔和贾兰达尔，经过新德里，继续向南到达马图拉。

玄奘在斯利那加的时候一定收获颇丰，当时那里是佛教研习的中心之一。他在那里为那烂陀的学习做准备，他学习梵文文字和梵文语法，后来还写了详细的语法说明。他所阅读的严格的逻辑规则，不只适用于当时印度的佛教辩论，也适用于印度一般的宗教辩论。

阿瑟·韦利是伟大的英国翻译家，翻译中国和日本文学，他曾谈到这种戏剧性的、煞有介事的、几乎关系到生死存亡的宗教辩论，它们扮演的角色很像体育竞赛在现代西方扮演的角色。在玄奘的印度之旅末期，当地举办了盛大的比赛，玄奘战胜了印度教和由北部印度国王亲自支持的小乘佛教教徒——比赛中伟大的学者们表现出对文本的精通，以及战胜对手的强大能量。如果输了，那个人得做一个正式的悲惨的认输说明——"我甘拜下风，您取得了胜利。"——韦利还说有的时候，输了的人会被投入监狱。[1] 当时有各种各样的逻辑，尤其是被称为"老派逻辑"的，是由我们的老朋友无著和世亲发展的，然后是"新派逻辑"，由后来的学者陈那发明。两种派别都各自建立起辩论规则，并告诉人们哪些论点是不可接受的——被称为"三十三过"。可惜的是，玄奘自己和慧立都没有给出这些逻辑训练的具体内容，只说那是非常严格的，我在历史典籍中徒劳地搜索，想要知道哪怕一条上述之"过"。不过玄奘留下了一些简单的记叙，证明了韦利的观点，辩论要冒很大的风险。

玄奘说当时在印度有十八种思想流派，"部执峰峙，诤论波涛"。知识的多少可以依据一定的体系得到奖励。"讲宣一部，乃免僧知事；二部，加上房资具"；如果掌握了三部，就有"差侍者祗承"。掌握五部会有"象舆"乘坐，六部有"导从周卫"。当一个人"其有商搉微言，抑扬妙理，雅辞赡美，妙辩敏捷，于是驭乘宝象，导从如林。"与之

---

[1] 阿瑟·韦利（Arthur Waley）:《真实三藏》（The Real Tripitaka），伦敦：乔治·安伦和昂温出版社，1952年，第32页。——作者注

相反，"至乃义门虚辟，辞锋挫锐，理寡而辞繁，义乖而言顺，遂即面涂赭垩，身坌尘土，斥于旷野，弃之沟壑"。这样的行为好像不能反映佛教的同情之心，但这位中国法师并没有感觉不快，他赞同地认为这样的做法"既旌淑慝，亦表贤愚"。

我在马图拉的司机名叫穆纳，阿格拉到马图拉的往返他要五十美元。他的一字胡长长地伸展开去，态度很是巴结讨好。我们去了奎师那的诞生之地，穆纳警告我小心小偷和乞丐。我下了车，陷入人群之中，身边挤满了小乞丐、卖明信片的、做导游的，还有被称为"萨杜"的印度教圣人，他们留着灰色的大胡子，炯炯有神的眼睛让柯勒律治也会神往。

那座寺庙被称为奎师那诞生神庙，非常俗艳无味。进去以前，有印度警察进行仔细的检查，以防止恐怖事件的发生。自从1992年阿约提亚发生穆斯林和印度教徒针对寺庙和清真寺的冲突以后，印度的安全部门变得非常警觉。奎师那诞生神庙所在地以前是一座清真寺，（根据印度教教徒的说法）是莫卧儿时期在奎师那的诞生地修建起来的。一个导游向我靠近。

"我是寺庙婆罗门。"他说。

"什么是寺庙婆罗门？"我问。

他要么是没听懂，要么就是觉得这个问题太无知了，不值得回答。他拿出一张有照片的身份证，戳到我的鼻子底下。

"我看到了，那什么是寺庙婆罗门？"

"对。"他说。

"寺庙婆罗门就是一个教士，"另一个人靠过来，轻轻把第一个推到一边，"我叫马图里什，"他说，"意思是'马图拉人'，我的英语非常好。"

"好，带我走走。"我说。

1912年，意大利诗人基多·戈扎诺写下了他在印度经历的哲学上的幻灭。他原来认为，《奥义书》里的印度教是人类最崇高精致的宗教表述，但印度教徒却将其庸俗为一系列花里胡哨的神祇崇拜。"这些乌合之众到底跟《吠陀经》有什么关系？"他不禁发问，"这些肮脏的偶像崇拜，跟不可言说的精粹、唯一的、绝对的《奥义书》的伟大遗产又有什么关系呢？"这是个好问题。奎师那神庙到处都是俗气的人偶，人们对着它们祈祷，在铃声和鼓声的伴奏下，反反复复地尖声吟唱。来这里参观一次，就很容易弄明白美国的奎师那教徒千篇一律的吟唱来自哪里——事实上，由普拉胡巴达建立的"国际奎师那知觉运动"的世界中心就在马图拉附近的维伦达文。当马图里什讲述毗湿奴的十个化身（奎师那是第八个）时，用了"神话"这个说法，这给了我一个机会。

"你真的相信这些神和化身的故事吗？是真的还是说只是神话？"我问，这个问题很不敬，我不会在天主教堂问神父这样的问题。但马图里什对我非常宽容，虽然他的回答也不是非常清楚。

"我相信三件事情，"他说，"历史是真的。有印度，有穆斯林，有英国，是真的。神话是真的，就像遗传。你的爸爸、你的妈妈，他们是真的。奎师那、罗摩、佛陀，他们都在地球上。那也是真的。"

我雇了一艘船到亚穆纳河上去看朝圣者沐浴。河水看起来不太干净，岸边有鹭鸶在捕鱼，还有看起来很大很可怕的乌龟，河水是深棕色的。男人腰间裹着布，站在齐肩深的水中，他们把整个身体浸到水里，搓着脸和头发，或者一边低声吟唱一边用手画着圈。女人还是穿着完整的沙丽，身边有孩子在玩水，亚洲到处都能看到这种孩子在混浊的河水中玩耍的画面。对西方人来说，在这样的河里沐浴几乎不能想象：即使说里面还有鱼和乌龟生存着，也远远达不到我们的卫生标准。不过那种景象还是非常壮观，沿着河堤，成千上万的人在洗掉他们的罪孽。那是一种让人惊讶、难忘，同时又会受到启发的景象，印度人深信他们可以在某条充满恶臭而古老的河流中得到灵魂的净化。如果你的目的是逃离而不是拥抱，那一点点难闻的气味又算什么？

然后我去了马图拉博物馆，那里还有为数不多的佛教遗迹。博物馆是高高的维多利亚－莫卧儿风格建筑，里面很热，让人昏昏欲睡。博物馆收藏有一些公元前1世纪的红色砂岩佛像。在我欣赏展览之时，几个身着橘红色长袍的男人走了进来，他们是从曼德勒[1]来的僧侣。跟中国的玄奘一样，他们为朝拜佛陀生活过的圣地来到此地。他们非常专注地欣赏佛像，而对湿婆和毗湿奴等印度神像不屑一顾。我跟他们其中一个人搭话，告诉他我要重走玄奘路，但他看上去对玄奘的名字并不熟悉。也有可能我不小心提了一个敏感的问题。我模模糊糊地记得在哪儿看到过，缅甸是小乘佛教占主导地位的地方，

---

[1] 曼德勒，缅甸第二大城市，著名古都。——译者注

而那正是被玄奘蔑视并视其为异端邪说的教派。来自缅甸的僧侣大概觉得我"乘错了交通工具",但他也不觉得有必要纠正我的错误。

这些曼德勒僧侣和那位来自中国的玄奘,不管他们的教派有什么分歧,都表现出同样的虔诚,同样愿意走上旅途。这位来自缅甸的僧人微笑着,话语轻柔,非常害羞。对于我这个问题很多的外国人,他有点儿不自在,但很耐心地站在那里,听我问他们看到了什么、去了哪里。我们的交流困难重重,他只懂基本的英语,而我不会缅甸语。我告诉他我去了波特卡拉、塔克特·伊·巴依和塔克西拉,他说我非常幸运。和他们一起的人没有得到去巴基斯坦的签证。

"在塔克西拉,佛砍掉了他的头。"这位僧人说。

"对。"我说,我记得玄奘在对塔克西拉的记载中重复了佛陀前生的故事。

"是如来在昔修菩萨行。为大国王。号战达罗钵剌婆。志求菩提断头惠施。若此之舍凡历千生。"玄奘写道。《大唐西域记》里有很多肢体伤残的故事,最有名的是佛陀切掉自己的手臂喂给饿虎,那发生在伊斯兰堡和拉合尔之间的马齐亚拉。在他几乎无穷的前生中,当他在白沙瓦北边做国王时,他摘掉自己的眼睛用以行善。玄奘写过自己在阿富汗的一处寺庙见过佛陀的眼睛,明亮的光线一直照到盒子的外面。

"你为什么来马图拉?"我问曼德勒的僧人。

"对。"僧人回答。

"马图拉。"我重复了一遍,"你……为什么……来……这里?"

"哦,"僧人听懂了,"这里没有佛教。"

"完全没有。"我说,"只有印度教和伊斯兰教。"

"只有几座雕塑。"僧人说,看着四周。

"那你们为什么要来?"

僧人静静地看着我。

"佛陀来过,"他说,"他在这里传授教义。"

"我想那也是中国的玄奘来这里的原因。"我说。

僧人微笑着,没有回答。我想向他描述玄奘在马图拉看到的壮丽景象。他说很多僧侣来到此处参观圣迹,人数如此之众,"香烟若云,华散如雨"。但是我不确定他是否能听懂。

于是我问:"到佛陀去过的地方,对你来说很重要吗?"

"对,"僧人说,他的声音非常庄重、有仪式感,"巴基斯坦不给签证。"他微笑着。

"太糟了。"我说,但僧人并没有附和我的烦恼。烦恼是让自身执迷于某种幻相,或者被某种刺激或摆脱烦恼的欲望所束缚。如果我也能拥有那种智慧就好了。

我跟他说再见,他弯下腰,双手合十,用佛教的方式向我致敬。我慌里慌张地、笨拙地用同样的姿势回敬他。这个穿着皱巴巴的僧袍和凉鞋的僧人,很讨人喜欢。我想过,但没有说出来,去往佛陀到过的所有地方对我也很重要——至少是大部分地方,虽然我没有什么精神上的目标。那只是一种旅行者的贪婪,渴望到达每一个目的地,渴望完成每一项任务。

我坐夜车从阿格拉到勒克瑙,同行的是两位穿着沙丽的老年妇女，她们用铝箔纸包着晚饭，用饼扠着吃。她们给了我一块甜点，我已经睡在上铺了，但还是接受了。这天晚上比以前在火车上睡得好，车厢里开着空调，得把毯子紧紧裹在身上才能保暖。到了勒克瑙我请了一个挑夫，带我找到去法扎巴德的火车，那趟车马上就要出发了。接下来的三个小时都很热，旁边是五个印度兄弟。旅程快结束的时候，我站在车厢的接口处，从开着的车门探出身去，印度乡村缓缓从我面前经过。

我到车站坐上去往阿约提亚的汽车，去看哈奴曼庙和罗摩庙，这里是 1992 年印度教教徒和穆斯林发生冲突的地方。参观完哈奴曼庙之后，一个不请自来的导游跟上了我，我不知道怎么去罗摩庙，周围也没有人可以说英文，于是就雇他做导游，讲好的价钱是五十卢比，大概一美元二十五美分。他把我带到一个据说是寺庙办公室的地方，那里有个过分热情的人，说自己是个博士，他让我写下我的姓名、地址，还有职业，发现我是个作家后，他又让我写下我写的书的名字，然后把这些信息详细地抄到一个笔记本上，跟我说希望我能把我写的书寄给他。

"我会给你寄很多东西。"他许诺。

罗摩庙跟马图拉的奎师那庙一样，有武装人员看守。这两个地方一个是奎师那的诞生地，一个是罗摩的诞生地，罗摩的追随者人数更多，从最近几年的历史来看，也更易受到异教徒的攻击。这两座印度教寺庙都在莫卧儿时期被改成清真寺，因此都发生过印度教徒和穆斯林之间的暴力冲突。马图拉的清真寺还在，但阿约提亚的清真寺则在 1992 年被印度教暴民摧毁，从那以后这里就一直是个高度敏感的地区，到处都是士兵，进入寺庙得经过三次安检。去朝拜的人得走一条水泥通道，通道被铁丝网墙包围起来，穿过清真寺废墟，外围有士兵守卫。最后，你会看到帐篷里的罗摩神龛的临时替代品。一个男人在你的手掌里放上一勺圣水让你喝掉，想想那该有多少细菌。他还会给你一点儿甜的东西让你吃掉。你对着帐篷里花里胡哨的罗摩行个礼，然后向前移动，所有的人排成一排。

其后，我回到那位好博士的办公室，他想让我给点儿捐款，换取一张我不想要的罗摩画像，以及一瓶我不想喝的饮料，还殷勤地要跟我进行一场我们俩都听不懂的谈话。我不情不愿地付了一百卢比，得到一张正式收据，印地语写的。前面还有两个寺庙要参观，导游明确说如果我不做礼拜仪式他会觉得很丢脸——然后他在祭坛上放了点儿钱，我也放了。接下来他又要一百卢比的导游费，我坚持之前说好的价格，给了他五十卢比，我觉得自己坚持了原则，同时在这种情况下也未免感到太廉价。在印度，你很难取得胜利，相比他们来说，你太有钱了，很难在道义上取得胜利。我回到汽车站，挤进一辆塞得满满的三轮车，坐了一小时车到法扎巴德，要在那里住一个晚上。

后来我看了那位博士给我的小册子，对自己的捐款更后悔了。他说自己希望印度教徒和穆斯林之间和平相处，但手册上却赤裸裸地为印度教暴徒摧毁莫卧儿清真寺辩护。先不说政治，想象一下，20世纪末期一座古老的莫卧儿建筑被摧毁，一处供奉着亮闪闪偶像的廉价印度教庙宇取而代之。那是品位的问题，比暴行更加糟糕。

到佛陀的诞生地要坐很长时间的车。我早上四点三刻到了法扎巴德汽车站，但所有的座位都被占了，还有人从车子外面冲我嚷嚷，说我走近的空位是他们的位子。我下了车，心想不得不等下一班车了，最终我在那辆车的后排中间得到一个座位，在那个凹凸不平硬邦邦的车座上坐了七个小时，到了位于印度和尼泊尔边境的苏那利。车子在某个地方走了一大段回头路，显然是因为司机拐错了弯。不过车上没有人会讲英文，因此我对一些有意思的细节还是一无所知——比如为什么要常常停车，而且大家只是坐在车上，司机坐在司机的位置，乘客坐在座位上，看不出有什么问题需要停车。有一次在距离铁轨只有 10 英尺远的地方修车，我们站在旁边的时候，两列火车呼啸而过。一辆机动三轮车开过，一车的印度女人紧紧盯着我，我也盯回去——她们很漂亮，但也有着某种未开化的东西，就像老虎一般的野性，藏在她们大大的眼睛里、被槟榔染成红色的亮亮的牙齿上，还有目不转睛的瞪视中。

苏那利尘土飞扬、一片嘈杂，胖胖的警察用橙色口哨和竹棍维持着秩序，但那里其实没有秩序可言。至少有上百辆车排在窄路上等着通过边防检查站。三轮车夫争着抢着要拉我去移民检查点，那大概在一公里开外。一个印度胖警察在我的护照上盖了个章，我填了两份很长的表格，换了二十五美元，得到了一份尼泊尔签证。几分钟后，三轮车把我拉到尼泊尔一边，我找了一辆车去蓝毗尼的旅馆，那大概在西边 10 英里的地方。

蓝毗尼是佛陀的诞生地，来自不同国家的佛教徒都在这里修建寺庙，寺庙因而有着不同国家的风格。中国的寺庙是个微缩版的紫禁城，还有泰国的、日本的、缅甸的、斯里兰卡的。参观这些寺庙让人筋疲力尽。我的司机是宾馆提供的，他告诉我此时温度是 45 摄氏度，也就是 112 华氏度。佛陀具体的诞生地有一块乏善可陈的石头神龛，周围遍布莲花。附近有一个臭烘烘的池塘，母亲在那里给孩子洗礼。那里没有人，只有一个自告奋勇要做导游却又不会讲英语的人。我感到肠胃又开始作怪，让司机带我回宾馆，那是一家日本风格的旅店。房间里有榻榻米，还有日式的浴室。虽然天气很热，我还是整晚都哆嗦个不停，我担心这场病太严重，靠自己硬撑不过去，也在想如果撑不过去，应该到哪里寻求医疗帮助。我用被褥把自己裹得严严实实的，梦见一位王子砍掉自己的胳膊、摘出自己的眼睛、砍下自己的头颅、切割着自己身上的血肉，过了一千世，才被告知可以停下。

13 废墟中的王公

THE MAHARAJA OF RUIN

早上起来的时候我感觉好一点儿了，觉得应该不是什么病菌感染，大概只是中暑了。我打车回到印度边境，穿过被烈日烘烤的平原，到了戈勒克布尔，再从戈勒克布尔坐夜班火车到达瓦拉纳西这座"死亡之城"，这是印度教最神圣的城市。我住进一家中等规模的旅馆，吃完早饭，到外面找了一辆三轮车，让它带我去恒河河边的沐浴场。

玄奘对这种印度宗教河畔仪式的反应，最能表现出他中国人的性格。他到了亚穆纳河和恒河汇合处的阿拉哈巴德，在那附近遭遇了著名的强盗抢劫事件。那次事件后，对在恒河平原上观察到的印度教的极端苦行，他表现出一种心怀惊骇的厌恶。惊叹之余，我们的朝圣者对那种通过极端苦行来追求真理的看法更不以为然。如同此前提及的，佛陀花了六年的时间尝试苦行，几乎被饿死，然后他转而接受了中道。在玄奘的世界中，对精神的追求是理所当然的事，但作为一个中国人，身体发肤受之父母，是不可以自残的。他描写过印度教徒的一种极端的行为：

> 故诸外道修苦行者，于河中立高柱，日将旦也便即升之。一手一足执柱端蹑傍杙，一手一足虚悬外申。临空不屈，延颈张目。视日右转，逮乎曛暮方乃下焉。若此者其徒数十，冀斯勤苦出离生死或数十年未尝懈息。

这种景象至今依然可见，并且创造出人类生活的一大奇观：人们在恒河岸边沐浴，同时无数人在这里被火化，骨灰被冲入圣河之中。是什么让瓦拉纳西如此与众不同？我向一位老人请教，为什么人们要到这里结束生命？他没有牙齿，裹着薄薄的泛紫缠腰布，拄着拐杖，行动艰难。他是这里的一位学者，是瓦拉纳西王公介绍给我的，名叫瓦昆斯·纳斯·阿帕德海耶。他像一位严厉的老师那样看着我，对我提出这么幼稚的问题感到惊讶。

"如果在瓦拉纳西死去，"他用一种对无知的外国人足够简单的方式解释，"就不会再转世了。"阿帕德海耶是我在瓦拉纳西这场小小追寻的成果。我原本想采访前面提到的那位王公，询问他对最近印度媒体上一些争论的看法。我在新德里碰到一位名叫塔夫玲·辛赫的女记者，她近期为《印度快报》周刊写了一篇文章，关于恒河严重的污染问题，文章认为是人们用来净化灵魂的河流污染了他们的身体。"那些天天跟污秽打交道的人说，要享受瓦拉纳西的生活，秘诀在于要超越它，"她写道，"他们说，你只能在精神层面存在。"但恒河中有死掉的老鼠、死掉的人，每天百万加仑的城市污水排入其中，而宗教领袖、政治领袖，甚至是环保专家，都一言不发。文章质问道："商羯罗在哪里？"商羯罗是印度五大印度教领袖之一，他们各自住在不同的圣城。"为什么他们不站出来宣布，如果印度教徒把恒河当作下水道，会给自己带来厄运？"

因此，我希望能见到瓦拉纳西王公，他在这里已经做了差不多五十年的王公，据说拥有半数的恒河沐浴场和火葬点，声望极高。每当他出行，都会吸引大量的印度教教徒围观，即使印度官方已于1971年废除贵族特权但仍然如此。王公们只能目睹自己的土地和财产被没收，换回并不对等的津贴和警察保护。从那以后，王公成了一种典型的贫穷的贵族，他们宁愿眼睁睁看着财产散尽、宫殿崩塌，也不去工作。不过瓦拉纳西的这位王公是印度皇族中最显赫的，他拥有圣河边的沐浴场，这很不一样。他岁数很大，在英国殖民时期就是王公了。他一定有很多故事。

"他有钱吗？"我问三轮车夫，他在提到那位王公的时候非常尊敬。

车夫只是对我笑笑，牙齿已经掉了几颗，剩下的被槟榔汁染上了颜色。这个问题太蠢了，问一个三轮车夫王公有没有钱？

我的第一个想法是到旅游观光部门去询问怎么能见到王公，但我的三轮车夫表现出一定的社交能力，开始给我指出王公各处的房产，于是我转而问他那位大人物住在哪儿。他拿出一张地图，指着一个叫拉姆纳加的小镇，就在瓦拉纳西恒河的对岸上游几英里的地方。

"我有可能见到他吗？"

"是的，先生。"三轮车夫像个提线木偶那样晃着脑袋。

"不只是看一眼，还想要跟他见面、说话。"

"没问题，你坐船去。"

车夫有个船夫朋友叫曲努拉尔，他以前带人去见过王公。他告诉我标准的程序是："你去王公的房子，那里有警察，你给警察名片，警察去见王公，他转交王公名片，王公说见或不见。"

"我们去吧。"我说。

那条小船长长的，船身上画着圆点，吃水很浅。曲努拉尔用桨向上游划去，经过了红砖的尼兰加力石梯（曲努拉尔告诉我"只有圣人才会住在那儿"），又经过了一小群在落日前洗澡的水牛，然后是普拉布石梯（另一处只有圣人住的地方）和穿恩石梯，那里有两座焦黄色的塔。小船划到河中央的时候，船夫唱起歌来。他停止划桨，喝了几口恒河水。"这里很干净。"他说，把"干净"一词说得很重。"有的地方很脏，这儿很干净——"他个子小而结实，棕色皮肤，裹着橙色缠腰布，刚好挡住私密部位。他时不时拿出一点儿烟草，在手上把烟草跟他称为"钙"的白色东西揉在一起，然后丢进嘴里。

几分钟后，我们就离开了城市，这里的河水是绿棕色的，并不是那么洁净，但比起岸边散发着臭味的河水还是干净一点儿。一片宽阔的沙地从岸边延伸到半英里外的树丛，曲努拉尔告诉我涨潮的时候，河水会覆盖整个沙滩。不过现在潮水还没上来，天气非常炎热。沙滩上有人在放风筝，穿着彩色沙丽的女人把孩子抱在腰间，走在泥泞的小路上。

"焚烧点，"船夫指着远处河岸上的一大堆木头，那是一个火葬场，"我会告诉你尸体的故事。"他说，然后一本正经地从"神就是湿婆"开始讲起。不过当我拿出随身带着的小本子准备开始记录的时候，他说得付钱才能听死人的故事。知识就是财富，如果我把船夫的知识变成可以获利的文学商品，那他当然也想分一杯羹。

"好吧，那就别讲尸体的故事了。"我把本子收起来。

"你付钱——！"曲努拉尔说，声音变得尖利。

"我付船钱，"我说，声音也有点儿尖，"不付讲故事的钱。"

"算了，"船夫说，"我讲故事，你写在书里。"

"好。"我说。

接下来曲努拉尔相当简洁地叙述了印度教葬礼习俗，包括死人如何被抬到河边，如果一个人有近亲去世，他会剃掉头发和下巴上的胡子（如果是父亲去世，还会剃掉嘴唇上的小胡子）。完成各种仪式后，才开始焚化尸体，船夫说整个过程会花上大概三个小时。最有意思的是有五种人不能被火化。

"小孩子、麻风病人、眼镜蛇、天花病人，还有圣人。"曲努拉尔说，

"那种尸体，会绑上重石头，放在河里。只有一种尸体没有石头——眼镜蛇。那种尸体放在水里游泳。"意思是：死掉的小孩、死掉的圣人，或者因为麻风病或天花死掉的人不会被火化，而是绑上石头沉到水底。被眼镜蛇咬死的尸体不绑石头，漂在水上。"看到有尸体在漂，人们会说'啊，眼镜蛇咬死的'。他们向神祈祷。"

为什么被眼镜蛇咬死的会有不同的待遇？我问。

"小孩子跟神一样，"曲努拉尔说，"眼镜蛇就是湿婆神，麻风病人不是好人，天花神是母亲，圣人是梵天。"

曲努拉尔说话的时候，一头牛的尸体漂了过来，上面站满了贪吃的乌鸦，河上遍是腐臭的味道。

"我现在一个人住，"曲努拉尔突然说，"妻子出走六年了。她去跟父亲住，带走了孩子，父亲有钱人。两辆卡车，一辆大使牌轿车，一辆马鲁蒂汽车。我只是个船夫。我没有房子，没有家，没有卡车，没有汽车。"他的话语中没有自怜或者抱怨，好像只是在陈述事实，而不是为让人怜悯。几分钟后，他说："你在美国有工作吗？你有工作给一个印度船夫吗？我想去美国。你有工作给我吗？"

王公的住处叫作蓝纳加堡，远远地出现在恒河浮桥的另一侧。从远处看非常壮观，有着巨大的圆形高塔和雄伟的堡垒，周围环绕着柱廊、门廊、拱门和圆顶，呈现出美丽的赭色、黄色和红色。我们把船停在岸边，走进城堡外一处卖饮料和食物的小摊。大门里面，辉煌不再，可以清楚地看出这位瓦拉纳西王公代表的历史的消亡。很难想象一座宫殿可以如此破败，内墙上涂料剥落，基石和喷泉残

243

破不堪，庭院里堆着塑料瓶子和废纸。我没有带名片，于是从笔记本上撕下一张纸，写下我的名字、工作机构和来到印度的目的。这看起来一点儿都不体面，但我希望它能起到作用。然后我带着这张访问申请，跟随曲努拉尔见了一个又一个的人，希望他们中有谁能把纸条递给王公。

这个过程让我见识到一个皇室成员的随从队伍之庞大，他们只跟曲努拉尔说话，根本不会留意到我的存在。一个穿着白色缠腰布的圆胖男人，走在院子里干枯的草地上，用柳树枝用力地刷着牙；一个头上包着黄色头巾的卫兵摇着枯瘦的手指，做出拒绝的样子；一个人穿着污渍斑斑的T恤和紫色缠腰布，长得很瘦。我在这个昔日非常美丽的庭院中逛了一会儿，发现一块写着"办公室"的牌子，但看不到什么办公室，只有几扇紧闭的破门，有的房间里放着残损的家具，有的窗户破了，还有一个房间里积满灰尘的长椅上放着四把铜号，大概是很久以前某个乐队的遗留物。之前曲努拉尔说的门口会有的警察并不存在，不过那个头上围着黄色头巾的人看过我几眼。他指着王公的住处做了一个睡觉的姿势。

"他病了，"曲努拉尔解释说，"在睡觉。"

"我们是不是该给点儿钱，"我说。

"现在不用。"曲努拉尔说，他示意我有点儿耐心，等等他，然后他很快地走开了，缠腰布飘飘荡荡，尖利的嗓音回荡在宫殿各个花哨的房间之间。

最后一位穿着西式衬衣裤子的人接收了我的纸条，说会把纸条拿给王公看。几分钟以后他回来了。

"晚上十点半来，王公会见你的。"

"今天晚上十点半？"我问。

"不，明天早上。"他说，"十点半 p.m.。"

"你的意思是早上十点半吧。"我说。印度真是让人糊涂。

"不是。"那个男人不耐烦地说，别的人开始过来围观。

"早上，早上，PM! PM!"

我深深吸了一口气。

"对不起，先生，不过 p.m. 的意思是晚上，a.m. 才是早上。"

"好吧，早上来。"那个男人说。

"早上，你确定？"

"早上来，不是晚上。"

"好的，"我说，"早上见，十点半，呃，a.m.。"

我们的船划回了焚烧点，曲努拉尔指着河边，那儿放着一具裹着红色刺绣织锦的尸体，一些男人在河岸上摆放木头准备生火。我们把船停在附近观望，曲努拉尔比划着让我拍照。

当你参观瓦拉纳西的火葬台时，会被反复提醒严格禁止拍照，如果游客被发现违反禁令，可能会被愤怒的哀悼者追打。而在这个遥远的岸边，只有沙滩、河岸、风筝和珩鸟，瓦拉纳西只是下游朦胧的天际线，也许拍几张照片无关紧要。于是我拍了几张摆放柴堆的照片，有人把木桩钉进土里，将柴火聚成一堆。最后裹着布的尸体——死者是女性，女性的裹尸布是白色的——被放到柴堆之上。裹尸布散开了，但尸体没有动，能看到那位女性的头用布紧紧裹着。

柴堆准备好以后，失去妻子的丈夫出现了，他用一块白布裹着腰部和下体，头发和下巴上的胡子刮掉了，但唇上小胡子还保留着。他面对恒河念着祷词，然后举起一把冒着烟的稻草，围着柴堆走了五圈。我一边看一边拍照，光脚站在恒河的圣水之中。那位丈夫用稻草点燃了柴火。这时，参加葬礼的人要求我给火堆边的鳏夫拍一张照片，日后把相片寄给他。他们告诉我，这将是他在妻子身边的最后一张照片。那个男人姿态僵硬，非常庄严、正式，在不烧到自己的情况下，尽量靠近火堆。我拍了一些照片，仔细写下他的名字和地址。肖瓦·亚度，送奶人，玛毗附近的格拉普尔村，杰马勒普尔邮局，玛加富尔区，北方邦，印度。

我寄去了照片，希望他能收到。

第二天早上，我回到船上，去蓝纳加堡赴约。天空中有些薄云，河湾里刮着小风，划起船来更加困难。曲努拉尔不说话，努力向上游划着船，但风吹得小船向南岸靠去。最后他下了船，在齐腰深的水中用绳子拉船，而我坐在船上，看着他劳动。

"我们把船系在这里，走着去宫殿吧。"我说，城堡就在几百码之外。美国人有一点不同：看到别人在辛苦地干体力劳动，而我们自己却轻轻松松，会让我们感到不自在。所以我们才会不喜欢人力车，尤其是比较原始的那种，车夫一溜小跑拉着车，乘客坐在后面。我们都有腿有脚，自己的路应该自己走。而别的地方的人，尤其是那些阶级差异历史很长的社会中的人，比方说印度、英国或者中国，就没有这个问题。在香港的时候，一个英国人告诉我："我们和你们的区别是你们不知道怎么对待仆人。"因此，我提出要走路去王公的宫殿，而船夫则认为让我轻松到达是一件关乎他荣誉的事情（也有可能是看在我给的钱的分儿上）。

"坐下。"他吼道。

我们提前半个小时到达宫殿，我用这半个小时的时间参观了占地两层楼的博物馆，里面陈列着一些展示王公旧日生活的文物，包括牛车和其他各种交通工具，四轮马车、双轮马车、敞篷马车。然后是一些老爷车，其中一辆看起来是劳斯莱斯（没能看出品牌的标志，但有着劳斯莱斯或宾利车那种纤长、夸张的外观）。旁边是一辆生锈的别克，还有几辆内燃机小车，如果能好好保养，还是值点儿钱的。接下来是一系列各种样式和大小不同的19世纪的轿子，其中一个叫查班什，另一个叫什维卡，第三个叫坎姆拉山，还有纳拉基、彤达尔、艾利坦姆贾姆和简易型坦姆贾姆，这些多种多样的交通工具本身就说明了王公是不需要自己走路的。轿子旁边是一个巨大的装饰华丽的大象宝座，已经锈迹斑斑。后面是武器：手枪架、缅甸剑、火绳枪、霰弹枪。另一间屋里是各位王公的画像——克什米尔、海德拉巴、印多利、帕提亚拉、博帕尔、巴罗达等地的王公。

英国并没有消灭王公，殖民政府跟他们结成了某种联盟，王公仍然受到尊重，不过实权掌握在英国人手中。印度独立的时候还有大约七百名被人们承认的王公。从照片上可以看到我们的这位瓦拉纳西王公接待过来访的尼泊尔国王。墙上布满蜘蛛网，油漆剥落，装饰着一些看起来非常廉价的鹿角。我开始给这些曾经有权有势的人起绰号：蜘蛛网总督、灰尘邦主、废墟首领、垃圾阁下、污染老爷、茫然陛下。我想知道，为什么不让仆人打扫一下这个地方？我想答案跟种姓制度残留的影响有关，王公的随从是不会做扫地擦桌子这些日常维护工作的。跟王公一样，随从们只负责眼看着一切衰颓。

十点半我准时出现在进入内庭的门口，一个随从说："王公在祷告，十一点再来。"

我们站在院子里类似休息室的地方，这里有一些大理石台阶。我们旁边的警察带着步枪，看起来好像是从王公的博物馆里拿出来的。

曲努拉尔带我走上一处门廊，这里悬在恒河上方，我坐在那里俯瞰着下方凄凉的景象。下面的浮桥上，车辆发出类似帆布在狂风中拍打的声音。河流对岸，牧童把水牛牵到河中。这边，男孩子在水中嬉戏。船只被拖到岸上准备修理，船身涂上黑亮的柏油。在我们身后是王公的内庭，华丽的装饰正在褪色，就像一位美丽的贵妇正在经历皮肤干枯、皲裂、脱落。鸽子停在屋顶，风筝从头上飞过。恒河下游，瓦纳拉西的轮廓几乎消失在雾霾之中。

我们在新的约定时间再次出现，却再次被拒绝，这一次说的是印地语，所以我不清楚是什么原因。曲努拉尔又像前一天那样怒气冲冲地走过宫殿，尖利的嗓音在房子中间回荡，而我则在警察旁边等着。头一天见过的几个男人来来往往，他们跟曲努拉尔说着话，尊敬的态度让人印象深刻，但没有人搭理我。曲努拉尔为了今天的见面特意在缠腰布上穿上了一件蓝格子衬衣，他在宫殿里跑来跑去，消失在一个庭院中，又出现在另一个庭院里，他的声音好像同时从几个地方传来。最后，在他坚持不懈的努力下，一个穿着束腰短袍的仆人出现了，把我带到楼上的一间接待室里，让我坐在那儿等着。

时间在流逝。天气很热，我很渴，但那仆人并没有给我茶或者冷饮。我只好问能不能给我点儿水，那个仆人说："不要说英语，印地语，印度。"他要告诉我的是，这里是印度，如果你不想学习我们的语言，就不要指望能在这儿过日子。我很赞同他的反殖民主义情绪，但同时也怀疑他被灌输了爱国主义的敌对思想。我打量着这个房间：大理石地面，法式大门通往外面，可以俯视庭院的柱廊，弯曲的树干插进地砖，直伸向上方的横梁，支撑着屋顶。墙上有着更多的鹿角和蜘蛛网，还有半只动物标本，可能是蜥蜴，也可能是黑豹，甚至是一只小狮子——腐烂程度太严重，不能辨别。还有雕刻出曲线的大理石门楣、没有灯泡的灯具、飘飘荡荡的电线、带凹槽的柱子、一堆卷起来的壁毯。

"到这儿来。"仆人领着我走上我来时的路，下了楼梯，穿过庭院，经过博物馆，然后上到二楼的办公室，那儿有一个大约四十岁的男人坐在办公桌后。他看着我，等我开口说话。我简单说明了我的情况：我如何经由中国来到这里、关于玄奘、我头一天来过、笔记本上撕下的条子、说好的十点半见面。

"他下午从来不见人。"那个男人说。

"所以才约在上午。"我说，我看着表，已经是中午了。

"今天上午他有事要做。"

"他们说他在祈祷。"

"包括那件事。"

"有没有电话号码，以后我可以打？"

那个男人在纸上写下一个号码。

"可以跟他的秘书说话，不过秘书现在不在。"

"我以为你就是秘书。"

"我是他儿子。"

"哦，"我热情地回应，"那您就是下一位王公了。"

"我不知道。"

在我们不太友好的交谈过程中，那个男人派了一个仆人出去，现在他回来了，两个人用印地语说了几句。

"他会见你，不过你可能还得等。"那位儿子说，打手势让我跟着仆人。

"你是说你不是独生子吗？"我问。

"是，我是独生子。"

"那为什么你不知道自己会不会是下一位王公？我这样问是不是不礼貌？"

"我不能回答。"他说，同时笑了起来。

我跟着仆人回到接待室，那间有着鹿角、法式大门和支撑着屋顶的树干的屋子。五分钟后我被领上一处通往屋顶的楼梯。一个上了年纪的男人坐在一张印度轻便床上，后来我知道他就是瓦昆斯·纳斯·阿帕德海耶。在房间角落里，顶篷下的藤椅上倚着一个人，大概七十多岁，一头灰发，面容英俊。

"嗯？"他说，语气并不友好，"你想要什么？"

"您就是瓦拉纳西王公？"我问。

"对。"

我尽量简短地说了一下我的目的——中国，玄奘，书，我想要一次简单的采访。

"不行。"王公说。

"为什么不？"我问。

"我不喜欢被断章取义。"

"我不会断章取义。"

"你应该先写封信的。"

"您知道昨天有人跟我说今天十点半可以见您吗？"

"知道。"

"那您知道我十点半可以见您？"

"对。"

"那为什么要让我等两个小时？"

王公耸耸肩。

"我用了两天时间来想办法见到您，对此您什么话都没有？"

"你为什么想见我？"他问。

"因为我觉得那会很有意思，因为您做了很长时间的王公，因为在美国我们没有王公。"

"我知道。"

"那，让我们谈上几分钟吧。"

"不。"

沉默。

"你应该先写封信的。"

"您应该在十点半见我的。"

"我不知道你要什么。"

"我写过条子了，我是《纽约时报》的记者，在写一本关于印度的书。"

"一张小纸条可不够尊敬。"

"先生，抱歉，我不想不敬，不过那种情况下我只能那样做。"

"如果你想见比尔·克林顿，你也会直接到他门口要求见面吗？"

在这个类比中，一位前任王公和现任美国总统没有什么可比性，不过我没有这样说。

"如果比尔·克林顿同意见我，他会有礼貌地信守自己的许诺。"

就在这时，王公把阿帕德海耶介绍给了我，说他能告诉我所有我想要知道的，关于瓦拉纳西。我向他致谢，希望他健康长寿，然后走了出去。他不想被一个无足轻重的外人打扰，这我能理解，而且我想他之所以同意跟我见面，是不想让我无功而返。也许他觉得反正我第二天不会回来。也许王公已经过时了，但他还是一位被人关注的老古董。他属于某个圈子，某个朋友和伙伴组成的关系网。应该通过他们，一个陌生人才会有机会和他见面，至少有机会用信件来请求见面——而不是通过某个衣衫不整的船夫，以及用笔记本上撕下来的皱巴巴的纸写的便条。结果只能是这种让人意犹未尽的半途而废：同意见面又不愿意见面，见了面又不像见面。

不过，我仍然从跟瓦拉纳西王公这次失败的会面中得出了结论。这座城堡的破败和年久失修，正好反映了从其脚下流过的河流的情况。我是在王公所拥有的湿婆利沐浴点见到我雇用的船夫和船只的，就在那儿，我留意到一条散发着下水道般恶臭的翻腾的溪流汇入恒河。这条溪流流经附近的区域，那些地方的开放式沟渠闻起来也有下水道的味道，最终全部流入无数人洗涤罪恶的那条大河。我想起塔夫玲·辛赫的呼吁，呼吁瓦拉纳西的宗教和政治领袖采取行动，清洁河流。但瓦拉纳西非常消极，王公正是这种消极的具体体现，一种道貌岸然的不作为。没有什么会改变。河流还在流逝，人们向河中倾倒垃圾，另一些人，也许是同样的一批人，则在河流中沐浴、死亡、被火化后进入其中。恒河仍然是一条圣河，亡者不会重生。

"印度人有一半人口没有受过教育，"在新德里的时候塔夫玲告诉我，"头脑简单的人在河中沐浴，希望变得圣洁，他们不知道什么是病菌。"

我想起曲努拉尔趴在船沿，用手捧起河水来喝掉，说一些地方的河水很脏，但那个地方是干净的。他还有别的办法吗？他平均每天大概能赚两三美元，难道把收入的一半用来买瓶装水喝吗？也许他的生活垃圾也会进入河流，直接或者不那么直接地，但还有什么别的去处吗？

"他为什么不修缮这个地方？"我问阿帕德海耶。我们谈的是王公的宫殿，但也可以说是恒河。"这座宫殿情况一团糟，到处都是垃圾，这么多人住在这里，却什么都不做。"

我们离开了王公的屋顶，慢慢走过杂草蔓生的庭院，阿帕德海耶拄着杖，走路气喘吁吁。然后我们坐在一个房间里，这里好像是图书馆、档案室，里面堆着积满灰尘的书本、账簿，像是一个19世纪的英国银行。我想把自己的椅子挪近一点儿，好听得更清楚，但发现椅子的一条腿断了，搭在砖头上。我知道自己的问题是多么无礼。我算老几？我这么一个无知的外国人，一个对印度哲学一无所知的后帝国主义者，却在对这里的卫生问题指手画脚？但我还是说了，因为在炎热中干等了那么长的时间，而王公却懒洋洋地躺在屋顶，任由他的宫殿在他穿着拖鞋的脚下破败腐朽。

"因为他没有公职，"阿帕德海耶说，"只有产业。因为他是一个宗教人物，而不是政治人物。因为没有钱。"

14 绕行香港
A DETOUR TO HONG KONG

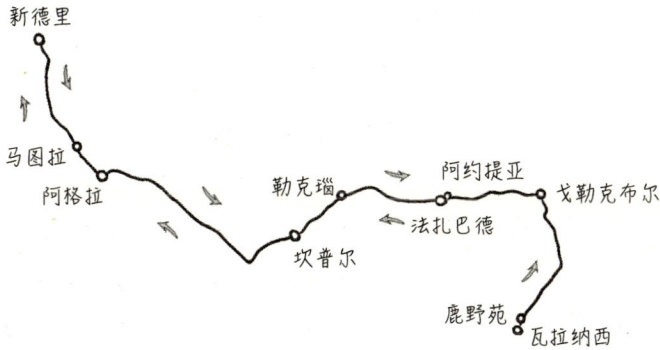

新德里

马图拉

阿格拉

勒克瑙

坎普尔

法扎巴德

阿约提亚

戈勒克布尔

鹿野苑

瓦拉纳西

　　鹿野苑离瓦拉纳西只有几英里之遥，那里是佛陀第一次讲授佛法的地方。玄奘去过那里，所以我也要去那里，不过是坐电动三轮车，那是我在瓦拉纳西的最后一天。我以为到那里之前还可以在菩提伽耶停留一下，佛陀在那里正觉。不过接下来就会看到，我的计划被印度火车和我自己的小心谨慎打乱了。但我还是去了鹿野苑，佛陀

255

在那里领悟佛法，将自己的发现传授给一些弟子。显然，在那里适合思考一些终极问题的答案，不是我，而是玄奘关于终极真理的本质的问题。

鹿野苑既是终点也是起点。起点是就佛教教诲而言，那显然非常重要，但鹿野苑也是佛陀漫长的探索——经过之前上千次的转世——得到结果的地方。要参观佛教圣地，应该去往佛陀一生中重大事件发生的各个地方，就像耶稣一生发生的重大事件一样，这些叙述的基本目的是为了给其信众精神层面的指引。以耶稣为例，重大事件包括他的出生、传教、神迹、收授弟子、死亡和复活。而对佛陀来说，则包括他的出生、离家、苦行、觉悟、传教、神迹、收授弟子、死亡，尤其对大乘佛教信徒来说，还包括他的献身。应该从蓝毗尼开始，我就是如此，不过其后路线中的地方可能在地理上没什么逻辑。要追随佛陀一生的重大事件，直到他的死亡之地拘尸那迦，需要在恒河两岸来来去去好几次，因此玄奘和我都采取了更加方便的方式，先到蓝毗尼，然后是鹿野苑（传教、收授弟子之地），之后才是菩提伽耶（得到正觉之地）。

对佛教徒来说，鹿野苑的地位相当于基督教徒心目中的橄榄山，或者犹太人的西奈山。这里是佛教主要宗旨首次被系统地阐述和传授的地方。当玄奘不按时间顺序，先到鹿野苑再到菩提伽耶的时候，他的叙述中出现一点儿预兆的意味。随着各种传说、神示和事件的累积，这种意味也在加强。每一座山、每一条河、每一片森林和沼泽，都让我们的朝圣者想起佛陀的生活。或者是洞窟壁画中展示的有特定意义的佛陀前生，那些壁画虽然褪色破败，但其显现的场景仍然光芒四射，我在吐鲁番和库车都看到过，之后还将在阿旃陀和敦煌看到。在玄奘的旅程中，他记下了体现智慧和脱离苦海的重大神圣事件，他自己也进行了一场有关佛教简史的诗意之旅，并勾画出自己探索真理的基本过程。

故事始于一位名叫乔达摩的年轻王子，他离开妻子、儿子和父亲的家，他的父亲是一位国王，说王子离家的目的是"磨练智慧"，他的话也许不无讽刺。玄奘写下了那位父亲对挥霍浪费的儿子离家的懊恼，同时也写下他对儿子的关切之情。国王告诉他派去照看儿子的五个人："我子一切义成，舍家修学，孤游山泽，独处林薮。"这五个人（如果此处的故事跟别处有所不同，要记得这里说的是玄奘所写的圣迹）是国王自己家族中的三人和母亲家族中的二人，他们成为佛陀最初的五位弟子。这五位弟子争论起最高智慧（道）的含义。母亲家族的两位舅舅说是"安乐为道"，另外三位则说是"勤苦为道"，也就是传统的印度教的方式——禁食、冥想，基督教徒称之为禁欲。

玄奘指出，未来将成为佛陀的王子虽没有听到这些争论，但已经采取了勤苦的方式，主要是通过禁食。玄奘写道："太子思惟至理，为伏苦行外道，节麻米以支身。"那两位舅舅看到外甥的选择和身体的羸弱、痛苦之后，失望地离开了，这不是他们认同的方式。三位父亲家族的亲戚则十分高兴，留下来给王子精神上的支持。但是在漫长的六年之后，王子还是没有得到觉悟，于是决定抛弃苦行——这让那三位选择勤苦方式的弟子幻想破灭，非常难过。他们"叹曰：'功垂成矣，今其退矣。六年苦行，一日捐功！'"这三人也离开了，他们碰到了之前离开的二人，一致认为王子"求深妙法，期无上果"

的努力将会一事无成，因为他是一个"猖獗"之人。他们告诉彼此："何可念哉？言增忉怛耳！"因为文中没有说明的某种原因，他们没有回去见国王，而是去了鹿野苑。

虽然乔达摩被弟子抛弃，但他并非孤身一人。他接受的食物和牛奶来自一位叫苏迦塔的牧羊女，他的消瘦让她心生怜悯。但即使接受了她的乳糜，这时的他还是非常羸弱——就像拉合尔博物馆里的塑像所示——而在他接受了苏迦塔的食物之后，仍陷入深深的绝望之中，不知何去何从，他第一次对自己能否获得最高智慧产生怀疑。一天，他把乞食的钵扔到尼连禅河中，跟随着钵到了河的对岸，在菩提伽耶的一处花园里，他坐在一棵菩提树下陷入了沉思，那是一种绝对宁静的状态。一个称之为天魔的邪恶之人骑着大象来到此处，想要扰乱佛陀的思想。他用自己美貌的女儿诱惑佛陀（这个故事是洞窟壁画喜欢的主题），还用饥饿、风暴和困倦来削弱他的意志。但是佛陀已在前生无数修炼中历尽千劫，轻而易举就抗拒了天魔的威胁和欺骗。佛陀伸出右手触摸大地，召唤大地来见证自己的智慧——这也成为后来的雕塑家最喜欢的佛陀形象之一。天魔从大象上跌落，而佛陀则保持着绝对宁静的状态，进入越来越深的禅定，智慧从禅定中得以开悟，直到七日之后，悟出四谛:苦谛、集谛、灭谛和道谛。玄奘用优美的语言描述了这次精神和哲思之旅：

> 佛陀抵御诱惑之后，仍端坐在菩提树下，沉思世间满布的痛苦和解脱之道。他见到无止境的生死循环，从地狱道和畜生道到天道，每一生每一世都是痛苦。

佛陀一心专注，清净禅定，夜色将尽，曙光初现，鸣鼓时分，成正觉。他回顾业因而觉悟众生之苦的因是渴求实有，而这是源于我们对心、对自我和物质世界的错误觉知。因此，断除欲求是从痛苦中解脱之道……这是内证，佛陀终得圆满智慧而成无上正觉。[1]

在得道之后，佛陀要物色合适的弟子，他想到离开自己去了鹿野苑的五个弟子。"如来尔时起菩提树趣鹿野园，威仪寂静，神光晃曜，毫含玉彩，身真金色。"五个弟子见到他，发誓不会起身跟他讲话，但如来神圣的外貌可以感动世上所有生物，这五个人迅速忘记自己的誓言，"如来渐诱示之妙理，两安居毕方获果证"。

玄奘在鹿野苑的快乐来自追忆佛陀生活的各个阶段，但同时他也有着某种难过、告别的情绪。现在他已经非常接近他在地理上的重要目标，首先是菩提伽耶，然后是他将要向印度大师学习的那烂陀。让他踏上伟大之旅的真理第一次近在咫尺，当他从鹿野苑前往菩提伽耶的时候，他兴奋又消沉，他知道那么多故事，产生了一种不祥的预感，和佛陀一样，他也对自己是否能掌握无上智慧产生怀疑。

他参观了离鹿野苑不远的一处森林，相信那里是优美的本生经故事发生的地方之一。贝拿勒斯（瓦拉纳西的旧称）国王的猎人随意捕杀鹿群。鹿王——佛陀的前身之一——为了减少屠杀的规模，

---

[1] 此处为作者援引的资料，《大唐西域记》《慈恩传》中均无对应文字。——编者注

决定向人类的国王投降。鹿王说："愿欲次差，日输一鹿，王有割鲜之膳，我延旦夕之命。"贝拿勒斯国王同意了，每天都有一头鹿被送来，直到一天轮到了一头怀孕的母鹿。母鹿请求鹿王延迟她的死期为了她未出生的孩子。鹿王看到她那么难过，去了贝拿勒斯国王的宫殿。人类的国王说："鹿王何遽来耶？"鹿王说："有雌当死，胎子未产，心不能忍，敢以身代。"贝拿勒斯国王听了鹿王的说明，回答："我人身鹿也，尔鹿身人也。"他满怀怜悯地放弃了每天进贡的鹿，发誓说要离开这里，让鹿群独自享用这片森林。这里变成了世界上第一个禁猎区。

玄奘继续前行，最终见到了现在被称为菩提伽耶的这个地方的菩提树。他详细记录了那里的几乎每一块石头每一寸土地。但他似乎又一次不堪重负，叙述中带着少有的哀伤情绪，流露出对自己是否有资格重蹈如来足迹的怀疑。在对菩提伽耶各处寺庙长篇的叙述中，有这样一段记述，"法师至礼菩提树及慈氏菩萨所作成道时像，至诚瞻仰讫，五体投地。悲哀懊恼自伤叹言：佛成道时，不知漂沦何趣。今于像季方乃至斯，缅惟业障一何深重。悲泪盈目。"[1]

这次情绪低落发生在 636 年，此时玄奘离开长安已有七年的时间，空间上更是隔着 6000 英里之遥。他有这样的情绪，一定是想到了此行的目的、已走过的漫漫长路，还有迫切希望到达的那烂陀。对玄奘和佛陀来说，脱离苦难是有智识的人、有适切理解能力的人的问题。

---

[1] 此段出自《大慈恩寺三藏法师传》。——译者注

这是一个认识论的问题，一个关于现实的本质和我们如何觉知的谜题。玄奘所信奉的无著和世亲创造的瑜伽行派是对佛陀本人启示的进一步发展：苦难来自对精神、自我和物质世界的错误认知。在瑜伽行派看来，错误的觉知就是认为事物——心性、自我和物质世界——是真实的幻相，而事实上，一切都是虚幻的。

但是，由此生发出一个至高的问题——正是为了回答这个问题，玄奘离开了中国的舒适生活，翻山越岭，穿越沙漠，来到印度。如果所有一切都是幻相，那么是否相信一切都是幻相这个想法本身也是幻相呢？一千年之后，西方哲学家终于开始思考这些直指究竟的认识论的终极问题，玄奘的疑问用法国人笛卡尔的话来说就是：如果一切都是幻相，那么感受幻相的实体的本质又是什么？笛卡尔对此有一个著名的解决方法，那就是假设自身的存在。我思，故我在。但佛教也否认自身的真实性。那用什么可以代替自身的真实性？它怎么能避开这个咬得死死的悖论：如果一切都是幻相，那么一切就都是不可知的？

在纳博科夫的小说《防守》中，主人公卢仁是一个象棋天才，着迷于一种天体悖论。他记得自己看过一幅神秘的图画，上面是两条无限延长的交叉线，一条在另一条上面，交叉然后分离。两条线的交叉点"向上沿着一条无尽的路线滑行"，好像两条线被拉向平行的位置，但即使平行，交叉点"注定在永远的运动中，因为根本无法摆脱"。让人激动的是真实和矛盾两种状态同时存在。两条线既平行又交叉。自身既存在又是幻相。物质世界是精神的产物，而精神也是物质。

在对旅程的记录中，玄奘有时传递的东西对我们现代人来说相当乏味。他有一种过于一本正经的叙述风格，给人以迂腐造作的感觉，他所坚持的并不是帮助人类脱离苦海，而是证明自己对深奥理论诠释的正确性。但至少在我看来，当他迷惘于生死的漩涡之中时，他的叙述有所改善。不安之中存在诗意，他探索着终其一生去思考和研究也不能解决的问题，那种精神非常吸引人。因此，我看到到达那烂陀大门时的他，风尘仆仆，对自己充满怀疑，被自己过去的罪孽和现在的不足深深折磨。我将他视作一个稍微有些浮夸、近乎狂热的人物，一个学识过剩的人，一个愚蠢的博学之士。我也将他视作一位英雄、一位圣人，他付出生命去冒险，为的不是财富和权力，而是理解这个星球上生命最深的秘密。

　　鹿野苑最重要的遗迹是一座壮观的圆形砖塔，矗立在石头基座之上，这是现存最古老的佛教遗迹之一，3世纪时由阿育王建造，以纪念鹿野苑里发生的重要事件。遗迹保存得仍然相当完好，充满威严地直耸入印度的天空。来自中国的那位朝圣者注视过它，我也是。然后我逛了逛周围各种寺庙，跟蓝毗尼一样，这些寺庙由来自不同佛教国家的各种流派所建造，我希望找到能交流的人，谈一谈这里给人的庄重感觉。我去了中国寺庙，但那里似乎没有中国人。一个满面笑容的胖僧人坐在旁边屋子里的轻便床上，非常热情地跟我打招呼，告诉我他来自中国的西藏。我问他附近有没有其他中国僧侣，他说："没有，只有泰国来的。"我碰到一个泰国僧人，他也说没有其他中国僧人。

"为什么？"我问。

"我不知道。"他回答。

两个僧人在日本寺庙前念经，其中一个给了我一块玻璃纸包着的糖果。中国寺庙里面有千佛壁画，还有一尊很壮观的佛像，旁边还有很多穿着橙色僧袍的僧人小像——有 45 056 尊，全都一模一样。后面是一个巨大的转经轮，也许有 10 英尺高，转动的时候会带动两只很大的铃铛发出声音，一只的声音比另一只要高，形成一种神秘的、高低错落的和谐之声。

那天下午我回到瓦拉纳西，要坐火车去伽耶，那是能坐火车到达的离菩提伽耶最近的地方。在月台上等车时，我觉得印度的火车站真是个神奇的地方。这是印度反乌托邦的浓缩，令人恐惧又令人着迷：很多人躺在肮脏的地上，满身污垢，衣衫褴褛，他们睡着、等着、看着；女人有着野性的外表，戴着金色耳环、手镯、脚链、鼻环，身着的沙丽是有着金线的柔软的红色丝绸或棉布；灰扑扑的苦行者，留着圣人式的大胡子，眼睛里有魔鬼般的闪光；一身黑衣的穆斯林妇女；士兵走来走去，带着古旧的木柄步枪；穿着红衬衣，头上包着白布的挑夫；孩子、小贩、乞丐、残疾人；有人默默坐着，有人在乞求帮助，有人在曼声叫卖。

一个擦鞋的男孩走了过来，眼睛里有着苦难和屈辱的神色，问能不能给我擦鞋。我给了他两卢比就走开了。一会儿，他又回来了，污渍斑斑的衣服，赤脚，让人难受的弱小，我挥挥手让他走开，他惟妙惟肖地模仿起我的手势，模仿中带着嘲弄和压抑的愤怒。他如此善于嘲讽，非常早熟。我挥手让人走开的手势，在印度是错误的。

在印度，如果要让人走开（儿童乞丐，满脸巴结的老人，一手指着怀里孩子的嘴的皮肤干绷的女人），他们会傲慢地反时针方向转动手腕，手指张开，摆出上弧线的样子。但我的动作就好像在扔球给孩子，不大像"走开"，而有点儿像"继续"。那个男孩夸张地模仿着，然后拿起装擦鞋工具的木盒子走下了月台。我注意到他接近的第二个人对他微笑着，两人亲密简短地说了几句，但接下来他继续走，并没有擦鞋。那个男孩又出现了几次，在或卧或坐的人群、行李堆、小贩的推车和小摊之间走来走去。我一次都没有见他给谁擦鞋，他的年龄不超过七八岁。

我之前没有订票，因此去站台之前，得到瓦拉纳西火车站的外国人售票处看有没有到伽耶的夜班车。印度铁路系统有给持外国护照乘客的配额，会临时通知可以卖多少票。这看起来也许对印度人不公平，但其实火车票在几周前甚至几个月以前就卖光了，因此除非是有紧急配额，一般来说外国人在印度几乎不能搭乘火车旅行。

"没有游客配额的座位了。"工作人员告诉我。但他看到我有可以在印度无限乘坐火车的铁路月票。

"去卧铺车厢，那儿有列车长，"他告诉我，"给他看看你的票，他会给你找个座位的。"

"去伽耶的车几点？"

"下午四点，"他说，这个时候差不多三点了，"十点到伽耶，到七号月台，去伽耶的车在那儿停。"

我谢过他，到七号月台等着。四点到了，又过了，车没有来。站台上没有广播，没有进站和发车的告示板。一个卖饮料的小贩告诉我去伽耶的车晚点了。"你等。"他说。我又热又累，想要洗个澡，而且对自己的人身安全不太放心。旅行手册上说最好不要在晚上到达伽耶，因为比哈尔邦有武装劫匪活动（或者用印度报纸的说法，是"dacoity"[1]），那里是印度最贫困的地区，晚上在伽耶和菩提伽耶旅行尤为危险，沿途有可能发生抢劫和谋杀事件，劫匪们很容易对有钱的外国人和朝圣者下手。如果能按时到达伽耶的话没问题，我猜十点还会有不少游客在路上。不过现在列车晚点至少两个小时，也就是说我不能在午夜之前抵达伽耶，那就不能马上赶往菩提伽耶，得在伽耶找个旅馆过夜。同时我注意到，我刚到七号站台的时候就坐在这儿的一些乘客，突然起身带着行李离开了。我问了其中一个人为什么离开。

"是的。"他说。

"但是为什么？有什么消息吗？"

"是的。"他重复说，然后走开了。

一个之前坐在木椅子上的人走了，我坐在他的位子上，把行李放在身边。这时开始下雨，雨水从顶棚的裂缝中淌下来，滴在椅子中间。一个瘦而结实的年轻人向我靠近，表面上是在避雨，但离我太近了，一只胳膊肘顶在我的身边。他盯着我看，我瞪着他，而他只是看回来。我起身带着行李走到站台边上。过了一会儿，那个年轻人离开了。

阵雨过后，空气更加闷热。那天瓦拉纳西有 42 摄氏度，大约

---

[1] 英语化的印地语，意思是"抢劫"。——译者注

265

110华氏度，在月台的瓦楞铁屋顶下，更加潮湿闷热。为了打发时间，我开始观察车站的建筑构造，建筑的各个组成部分形成了这里的特色：莫卧儿风格的红色饰边赭墙；绿皮火车因过度使用而变得非常破旧；进站出站的车上一片混乱，三等车厢里人潮汹涌。这些车如同钢铁制的黄包车，动力不够，负荷太大，黑暗的车厢里闪现出不慌不忙的面孔。站台天桥被踩得咔嗒作响。午后时光在流逝，光线开始变暗。日光灯亮起来，但一些吊在松松垮垮的电线上的灯泡还是黑的。六点过几分的时候，一列火车停到七号站台上。我问一个下车的乘客这是否是去伽耶的列车，他看起来像个中产阶级，也许会说英文。

"希望是。"他一边说一边把行李交给挑夫——挑夫带着两个箱子，头上还顶着一个纸盒，两边肩膀上各挎了一个包。

我拿起自己的行李去找卧铺车厢，希望在那儿找到列车长，但没有卧铺车厢。我徒劳地搜寻着列车长或者任何管事的人。

"伽耶？"我问一个路过的挑夫，他们一向知道哪辆车开往哪儿。

挑夫随便指了指对面的站台。

"伽耶这儿。"那个帮忙的饮料小贩说，他也指着对面的站台，那是六号，不是七号。我差点儿上了开往其他地方的火车。

"但我以为去伽耶的车停在七号站台。"我说。

"换了。"小贩说。

去伽耶的车在大概八点的时候到了，我找到卧铺车厢，那儿有列车长，我把车票递给他。

"没空了。"他说。

"那，哪儿有座位？"我问。

列车长挥着手把我赶到站台上。"这他妈到底是什么意思？"我问，学着他的手势，就像那个擦鞋的男孩曾经学我那样。

"去那儿。"挑夫说，重复着他的手势。

我下到站台上，到了下一节卧铺车厢。拖着行李走过狭窄的过道，看着卧铺间，每一间都有人。我把行李拖到二等车厢，那里只有站的地方了。我又到了两节车厢连接的地方，结果所有的地方都挤满了人。我站在那儿，周围的人或躺或坐，我考虑了一下自己的情况。我得站上六个小时，才能在凌晨两三点到达伽耶。早些时候我考虑过自己的安排。为了回到中国，我必须得再得到签证，我计划回到德里的时候去办签证，那时我已经走完佛教圣地和南印度。我开始想，与其说现在就去菩提伽耶，还不如把现在的不适状态看成一种不祥的预兆。也许我应该回到德里，处理好签证的事情，然后再在某种比较吉利的情况下前往菩提伽耶。

火车开始移动。我应该留下还是跳车？我不想在那个时候到达伽耶，我需要更多的时间做好准备。我拉着行李从移动的火车上下去，站在站台上，看着它慢慢开始加速，消失在远处的雾霭中。我走过过街天桥，到了外国人售票处，之前给我建议的那个工作人员正准备下班。

"你告诉我只要出示月票，就会有座。"我跟那位工作人员说。

"对。"他说。

"哦，没用。"

"车开走了？"

"对。"

267

他看着我。

"今晚有到德里的车吗？"我问他。

"十一点有一趟。"售票员说。

"你能给我找个卧铺吗？"

他看看电脑："有二等车厢的票，三层的卧铺，不是两层的。"

"好，"我说，"我买。"

去德里的火车是从加尔各答始发的，三个小时后的凌晨两点，车停在了瓦拉纳西车站。第二天下午我到了德里。我给中国使馆打了电话，试探询问一下能否在那儿申请中国签证。

"你可以来申请一下，我们会看看你的情况。"接电话的人说。

"你说'看情况'是什么意思？"我问。

"我们会检查一下你的印度签证和巴基斯坦签证，"他说，"然后再看能不能给你签证。"

"需要多长时间？"

"四个工作日。"他说。

这可不妙。首先，我的申请可能会被报到位于北京的外交部，那就没戏了。而且还有另一个问题。当我在阿姆利则（也可能是马图拉）的时候，一个宾馆工作人员指出我在驻纽约的印度领事馆得到的是"J"签证，"J"的意思是新闻记者。我之前没有注意到，也很庆幸没有哪个中国有关部门的人员留意到，但现在那个小告密者可能会坏我的事。如果中国领事馆要看看我的签证，他们一定会发现那个"J"的，然后我的申请肯定会被驳回。我觉得最好还是坐七个小时飞机回到香港，从那家什么都不过问的旅行社再次得到签证。

我买了去香港的往返机票，第二天晚上连夜出发。

对一个从新德里来的人来说，香港就像一个运转在天体轨道上的太空站，新机场的人工环境音嗡嗡作响。列车嗖地滑进城市中心，只需要二十二分钟，每一节车厢里都有精致的电子示意图告诉你现在的确切位置。到站的时候，分别用广东话、英语和普通话广播哪一侧的车门即将开启。当你下车的时候，穿制服的工作人员用行李车帮你搬行李，他们不会问你索要小费，也不期待你的小费。城市中心的车站和机场航站楼都是有玻璃观光电梯的玻璃大厦。从外面看，半透明的高楼好像会融化进金属色的天空。购物中心开着的大门向街上吹着冷气，人行天桥横跨在大街之上，指示牌清楚而且线条优美，商店橱窗里奢侈品闪耀着光芒。我看着来来往往的行人脸上怡然自得的表情，很难想象头一天我在新德里火车站购买去往伽耶的火车票时，在售票处看到的地狱般的场景，每一个售票窗口前排着数千人的无比长的队伍，有的人走动着，有的人半躺着。

我在香港待了三天，住在一个老朋友的家里，他的房子是俯瞰着南中国海的无数香港公寓之一。从卧室里能看到货轮和渡船正在经过南丫岛和香港岛之间的海面，窗下是波光粼粼的海水，那些遥远的岛屿让人想起巴厘岛的美景。印度显得如此遥远，玄奘和他的旅程也是如此。在我得到签证之后，我去往机场飞回印度，离开的时候心情十分复杂，我渴望重新开始朝圣之旅，但同时我又如此依恋着香港。

15 圣地
THE HOLY PLACE

新德里

阿格拉　勒克瑙

坎普尔

鹿野苑
瓦拉纳西　伽耶　那烂陀

菩提伽耶

加尔各答

　　我乘坐杜恩快车到了伽耶。如果可以选择，我就会选名字这么诗意的列车，杜恩快车。实际上，我坐的只是二等卧铺车厢，所有的窗户都是坏的，夜晚北风呼啸着灌进车厢，有乘客担心被盗，用链子把行李捆在卧铺的铁栏上。

　　我既没有链子也没有锁，于是把行李拿到卧铺上。电脑在旅行袋下，挎包塞在床板边，我度过了一个警惕无眠、狂风呼啸的夜晚。列车在早上五点到达伽耶站，想起旅行手册上说在菩提伽耶走夜路要小心抢劫，我觉得最好还是在火车站等到天亮再出发。但总有小事会打乱你的计划——车站上没有可以停留的地方，阴暗得像特兰西瓦尼亚的城堡。挑夫挑着我的行李走出车站，在印度昏暗的夜色中，我来到一片停车场，几个出租车司机争着想要做我的生意。一个人指着一辆类似路虎的汽车——实际上是印度生产的塔塔牌吉普车——看起来足够强大，能抵御任何形式的抢劫。（事实上，任何人只要愿意，都能在路上把车拦下——几块石头、一两根棍子就可以达到目的。）我们从火车站附近弯弯曲曲的小巷出发，千方百计躲开突然出现在黑暗中的三轮车和自行车。在出发之前，一个头上戴着头巾、长得看起来像眼镜蛇的年轻人也跳上了车，我默默想了一会儿，觉得可能出租车司机就是出名的盗匪。不过这两个年轻人谈话的方式非常轻松，不像是在策划谋杀或抢劫的样子，我也就渐渐放松了。当我们快要到佛陀正觉的地方时，东边的地平线上出现一道粉紫色的光亮，又过了半个小时，洋红色的天空中闪现出灰色的曙光，我们终于停在了大乘旅舍的门口。

我睡了几个小时，然后去了摩诃菩提寺，玄奘在一千四百年前来过这里。寺庙位于一个破烂不堪、到处都是神牛的印度教村庄旁边，一座灰色石雕的佛塔标示出寺庙的位置，那座佛塔相当醒目，步道上飘拂着成千上万的彩色经幡，上面是藏语的经文。我站在通往寺庙庭院的石阶高处，看着那棵著名的菩提树，佛陀就是在这棵树下得到正觉，这时听到身后有人在讲阿育王的故事。阿育王是公元前3世纪的君主，皈依佛教以后，他让佛教成为北印度的国教。但他的妻子不赞成。

"阿育王的妻子，是非常善妒的女人，"那个声音说，"阿育王变成佛教徒，她不高兴。"

我转身看到一个穿绿背心、戴眼镜的小个子男人，他的语气非常单调乏味，传统说故事的人都是这样。后来我发现他讲的很多故事在书上都看得到，但不知为何，他文法欠通的表述让那些故事变得更加有趣。

"阿育王的妻子想，'他信奉佛教，也许会离开家。'因为佛陀就离开了家，离开妻子，离开父亲，离开一切。所以她想，'也许阿育王也会离开一切，不管王宫。'所以她想砍掉'关键'。关键就是菩提树。'也许我砍掉树，阿育王就会回家。'"

当然了，每个人来菩提伽耶想看的都是菩提树，我到伽耶的那天，几千名穿着同样的红褐色长袍的西藏僧侣也在那里，他们坐成长长的好几排，一边念着经，一边翻着狭长的藏式经书。寺庙四周是一片藏式经幡的海洋，还有几千盏点着酥油灯的铜杯。

"你要导游吗？"讲故事的人说。

"多少钱？"我问。

"我是佛教徒，不是做生意的。"他说，"你捐钱就可以了。"

"好。"我说。

"我带你参观摩诃菩提七个最重要的地方。"

"你不要先讲完阿育王和妻子的故事吗？"

我的导游叫阿苏克·库曼，他的名字是为了纪念伟大的阿育王而起的，他讲的那个故事，跟菩提树有关，也跟摩诃菩提的考古历史有关。我在藏语诵经声中听着这个故事，那声音听起来神秘而低沉，营造出一种时间永恒的和谐氛围。

根据故事所说，阿育王忧心忡忡的妻子名叫崔克茜拉，她派人去把树砍倒了。悲伤的阿育王下令用牛奶和水浇灌树根，树根上长出了两棵小树。他把其中一棵托付给儿子摩哂陀和女儿僧伽蜜多，他们将树带到了斯里兰卡，一直存活至今。另一棵留在当地，用石头护栏围住以防动物来吃，那些护栏被称为"阿育王护栏"，其中一部分还留存在原地，已经有两千三百年的历史。为了不让妻子再破坏菩提树，阿育王建造起一种类似堡垒的寺庙，有着厚厚的围墙。但阿苏克·库曼说，那些来此朝圣的佛教徒告诉国王，佛陀并不赞成修建这种寺庙，于是阿育王下令停工。

几百年过去了，小树长成了大树，贵霜国的迦腻色迦掌权时，他完成了这座寺庙的修建。

"迦腻色迦，"阿苏克·库曼说，"贵霜王朝，2世纪，从阿富汗来。说怎么没有寺庙？于是他开始建寺庙。迦腻色迦以后，婆罗王朝来了。婆罗来自孟加拉。他觉得这里不好。没人做佛像。他找到好看的脸，做大佛。佛像还在这儿。"

"真的？原来的佛像？"

"对，原来的佛像。但婆罗人以后，穆斯林来，后来没有佛教徒了。那个时候，河水漫延到这里，庙里都是泥。一千年的泥。然后

英国人坎宁安 [1] 来。1880 年，坎宁安找到佛像。但当他挖掘的时候，佛头掉了。坎宁安不想砍掉佛头，是意外。佛头用水泥粘回去，但在脖子上留下了痕迹。后来有喇嘛来到这里，在旧的佛像上放上金子。再后来考古学家来这儿，问'为什么用金子涂佛像？'那以后很多人都在争论。这座寺庙有信托基金。于是基金告诉考古学家，'因为坏了，我涂金子。如果没坏，我不涂。'"

我在导游带领下在寺庙里和四周逛了逛，一边想象着玄奘也进行过类似的游览。我看到了涂金的佛像，踏着佛陀走过的土地，从山顶遥望菩提树，佛陀也在那里凝望过那棵树，整整七天。阿苏克带我走过传说中的尼连禅河——现在称为法尔古河，可以从苏迦塔桥上走过去——我们在河边走了一段路，两边是农田、一群群的水牛、山羊和瘦骨嶙峋的牛，然后爬上一座小山丘，那里有苏迦塔的房子。远处枯黄色的平原上耸立着一座山，山上有大黑天洞窟，佛陀在那里经历了六年的苦行，然后才找到了中道。在我们脚下，穿着彩色衣裙的妇女在给稻谷脱粒。两个小男孩爬上山丘来要钱，其中一个腿脚残疾，用膝盖和手前进，像小动物一样，速度非常快，脚翘在身后，像蝎子的尾巴。农田里种着土豆、茄子、菜花和洋葱。我们沿着尘土飞扬的小路，走到一处榕树下，苏迦塔在这里给了佛陀米饭和牛奶。然后我们涉过夏季干涸的河床，回到了菩提伽耶。

玄奘没有说他曾在菩提树下打坐，因此我也没有打坐。他对树

---

[1] 亚历山大·坎宁安（Alexander Cunningham），英国考古学家，被认为是印度考古学之父。——作者注

的大小表示出失望之情。"昔佛在世，高数百尺，屡经残伐，犹高四五丈。"现在也不比那个时候高多少，不过非常粗壮，枝叶繁茂。现在我们在菩提伽耶看到的这棵树是存活在斯里兰卡的那棵树的树枝插枝长大的。虽然相对较小，但仍然令人敬畏，让人想到就在此处，大约两千五百年前，这里发生的事情影响了整个历史。然而，听着沙哑的藏语诵经声，看着一个西方女人在围着大树的石栏边打坐冥想，我还是感受到精神上的某种不足。

我去过耶路撒冷的哭墙，去过圣墓教堂，去过孔子的诞生地，不得不说那些地方所体现的意义更能给我启发。我相信对玄奘来说，菩提伽耶是一种回归，回到真理诞生的起点。对我来说，各种圣地都在提醒我，我不属于任何地方。可能有人会说哭墙是"我的"地方，对于那些穿着黑衣、留着胡须的哈西典人，我感到些许畏惧，他们好像要占领那个地方。我对他们的仪式不甚熟悉，也感到不那么自在。我站在那里，手足无措，希望所罗门的圣殿能让我有所感受。现在，在这个佛陀得到领悟、彻底的喜悦和满足的地方，当我看着那个双眼紧闭、身体全然静止的西方女人，我想虽然我醉心于佛教，渴望重走玄奘路，但这里仍然不属于我。我知道，因为我没有脊背发凉激动到颤抖，因为这个打坐的人给我类似哭墙前的哈西典人的感觉。这可能对她来说不太公平，但她的存在和她的姿态，都让我感到虚伪造作；一个人迫切渴望沉浸在某件事物之中、融入某个地方的意图，这里面并没有什么宗教智慧。

我也去了那烂陀，雇了一辆车，跟阿苏克·库曼一起，行驶在那条可能是印度最差的路上，高低不平的路面和齐膝深的坑洼证明了比哈尔邦的腐败。"承包商，很坏的人，"阿苏克说，"他拿钱，用糟糕的材料，路不好。"那烂陀是一处壮观的废墟，一大片砖砌的住房和佛塔，这里在五百年里都是世界上最伟大的佛学家学习的地方。在玄奘到达之前，他的声名已经先行来到，后来他在此地受到了隆重的欢迎。慧立写道："更有二百余僧，与千余檀越，将幢盖花香，复来迎引。"还有二十余个"闲解经律威仪齐整者"，引导来自中国的法师去见佛学院备受尊敬的戒贤法师，印度人将他看作法之宝藏（法藏）。

对玄奘来说这是个重要的时刻，是他万里迢迢所追求的时刻。玄奘膝行肘步接近法藏，跪地膜拜。无著和世亲创造了瑜伽行派，戒贤法师彼时是这一流派最近的代表，因此对于玄奘来说，他有着国王般的尊崇地位。"愿尊慈悲，摄受诲教。"玄奘请求道，仍然弓着腰。

他早已被接受。戒贤法师叫来大弟子，告诉他自己三年前因前生所犯之罪而罹患恶疾。感觉手脚有挤压之痛，肚中有刀刺之痛，痛苦到想要绝食至死。但是三位天人来到他的面前，一位金色、一位银色、一位琉璃色，劝他不要放弃自己的身体。他们告诉他："汝广传正法后当得生。"而且，他们做出了让人震惊的预言："有支那国僧，乐通大法，欲就汝学，汝可待教之。"

现在玄奘就是预言中的那位僧人，而作为预言中人，他也大受尊敬。他住在一栋四层高的房屋中，每天收到槟榔子二十颗、豆蔻二十颗、龙脑香一两、鲜香的"供大人米"一升，每个月还有油和酥乳供给，"随日取足"，而玄奘也像往常一样进行了仔细的观察。

那烂陀有数千名学生，就像后世的哈佛大学，人们为了自抬身价，即使没有真的去过，也会声称自己去过。"僧徒数千，并俊才高学也，"我们的朝圣者写道，"德重当时声驰异域者，数百余矣。"为了防止那些"窃名而游咸得礼重"之人，"诘难多屈而还"。在那烂陀学习非常辛苦，玄奘告诉我们："僧有严制，众咸贞素。"玄奘参与了有名的辩论，击败了对手，尤其是小乘佛教信徒，而且常常让他们转信大乘。

玄奘获得了何种真理？慧立记录玄奘在那烂陀学习了《瑜伽经》、因明、声明、医方、术数等，对门外汉来说，光是名字就显得高深莫测。但对于玄奘和所有瑜伽行派的追随者来说，却能帮助他们思索面对的基本问题。

在去那烂陀之前，我已经竭尽所能地读了不少佛教著述，包括经书译本和二手材料——亚瑟·威利的《真实的三藏》很有帮助，鲁伯特·盖廷的《佛教基本通》极有价值，还有格鲁塞的《循着佛陀的足迹》。但现在我来到了佛陀曾经生活、玄奘曾经拜访过的地方，我也想坐在大师的脚下，从他们那里汲取真理。

我问了大乘宾馆的人，在菩提伽耶哪里可以找到最好的学者，他们告诉我城郊有一个叫鲁特学院的地方。我坐着人力车，经过种着稻谷蔬菜的农田和一些小旅馆，然后走上一条通往平坦农田的小土路。路边走过身穿红褐僧袍的西藏僧侣。远处是闪闪发光的寺庙屋顶，呈现出各个国家的不同样式。一尊巨大的坐佛雕像旁边搭着脚手架，还在建造之中。

鲁特学院主要服务于来此学习佛教哲学和禅修冥想的外国人。

印度的佛教从9世纪开始慢慢消亡，印度本身是一个比较奇怪的圣地，有着正宗的佛教学习土壤，但同时本土的佛学大师少之又少。早上，我到旅馆附近的一个屋顶上，那里有一个来自英国剑桥的仁厚慈悲的年轻人正在带领新人学习冥想。我双腿交叉，坐在地上铺着的垫子上，听那个自称拉蒂·塔瓦日拉的人指点我们六个人把注意力集中在呼吸上。

我留意着自己的吐气，然后是吸气。我把注意力集中在鼻尖，把空气吸进去，呼出来。我尝试跟随一个氧气分子进入右鼻孔，下到气管中，然后经过肺部，进入血液，循环到四肢，变成二氧化碳进行洄游，最后从我左边的鼻孔出去。我专心倾听着菩提伽耶的声音，鸟儿在歌唱，有人在刮擦水壶，摩托车发出突突声，下面路上女人叽叽喳喳地聊着天。

我坐立不安。忍不住开始挠痒，然后又挠了一次。我听见狗叫声，开始想象那个场景，那是在菩提伽耶非常普通的场景——脏兮兮的动物在垃圾堆上觅食。我一边尝试放空大脑，一边想有那么多僧人走街串巷，查看人们供奉的转经筒和石刻佛像，为什么他们不聚在一起把这些地方打扫干净。菩提伽耶有很多乞丐，尤其是那些身体有残疾的儿童乞丐，就像我在苏迦塔的住所碰到的那个。他们躺在摩诃菩提庙的门口，一看到西方游客就尾随过去。我的口袋里总是放满给他们的零钱。后来我拜访过一位僧人，他开了一所孤儿和残疾儿童的学校。他告诉我这些小孩的父母早上把他们扔在外面，晚上再接他们回家。他说有的家庭不愿意送孩子进学校，因为孩子的收入是他们的经济来源。"如果孩子有残疾，他们会很高兴，"他说，"他们比农民挣得还多。"我参加了两次屋顶冥想课，喜欢这种让大脑得到休息的做法，那是得到觉悟的前提条件，但菩提伽耶让我的大脑太过忙碌，没有办法冷静下来。

在鲁特学院我碰到两位僧人，来自德国的费铎和来自澳大利亚的尼尔，都穿着藏式僧袍。他们邀请我在学院的露天餐厅吃了一顿非常棒的素菜，他们一边吃，一边回答我的问题，关于玄奘和瑜伽行派，还有唯识宗。我的问题是，如果觉悟的目的是脱离苦海，那么这对于理解外部世界的真实与否有何帮助？

尼尔思索着，深深吸了一口气，向我投来稍带怜悯的目光，好像看到一个如此无知的人让他感到遗憾。

"很简单，"他开始了，"佛陀教导说世间存在苦难，而苦难有因。所有的苦难都来自精神世界的不平静。我们的精神受到折磨，而最根本的折磨是不能理解事物的本质。因此，为了消除苦难，我们得体验事物本身的样子。我们要先理解错误的观点，然后才能理解什么是正确的。"

这些道理我都懂，但我还是感激尼尔简洁的说明。大多数佛教徒都会通过念经和冥想来清洁他们的思想，达到更高的认识水平。哲学问题跟他们没有什么关系。但是对佛陀、对玄奘、对迷惘的中国朝圣者来说，佛陀的基本理念是，我们对事物的错误看法，引发了两千多年来对现实的真正本质的探索。因此佛教对知性主义者富有吸引力，比方说很容易看到两个身着红褐色僧袍的西藏僧人在进行激烈的佛学辩论。他们在辩论中使用很多肢体语言，兴奋激动的手势和洪亮的声音都能为他们加分。对玄奘来说，唯识宗是佛教哲学为了掌握事物最重要的本质而取得的经受了时间考验的终极真理之一。但所有的流派共有一个概念，那就是我们大部分人对自己的认识，也就是自我，生命体验中不变的内容，并不真的存在。

"根据瑜伽行派的认识，"费铎说，"我们对本质的存在、独立的自我有一种下意识的需求。换句话说，在情感的层面，对自我存在的强烈的感觉，看起来非常真实，因此造成了对自我愉悦的执迷。这跟另外一种无知有关系，也就是现象存在于意识之外。对此的错误理解是，现实和感知现实的意识是两种不同的东西。"

我看过的著作告诉我，消除自我的根本法则就是龙树的"空"的概念。我们可以看出，那是一种极其难以捉摸的概念，其主要前提是消除对外部世界的执迷，也要消除对精神产物的执迷。比方说，我们得理解自我是幻相，同时也要摆脱那种理解。换句话说，我们要接受不接受真理这个真理。关于此种看法，盖廷引用过佛经中一些晦涩难懂而充满诗意的话语，用"达摩"来指代一段教诲、一个心智行为："达摩就像梦境、魔幻、回声、镜像、海市蜃楼、虚空，就像水中月、空中楼阁、影子、魔法，就像星辰、露珠、气泡、闪电、一朵云——它们存在，又不存在，当我们伸出手去，手中将一无所有。"[1]

疑问非常之多，伟大的佛教徒们为此殚精竭虑。我们不禁要问，如果一切皆空，那万事万物有何区别？另外，既然佛教相信天道轮回，

---

[1] 鲁珀特·格辛（Rupert Gethin）：《佛教的基础》（ *The Foundations of Buddhism* ），第 237 页。——作者注

那么为什么有的人转世变成爬行动物，而有的却成为国王？我们也知道，还有一个问题难以回答：如果一切皆空，那么空又如何理解？是心性吗？如果心性存在，那么就不是一切皆空了对吗？我问尼尔和费铎他们对此作何理解。

我所读的盖廷的书中，有世亲对一般真理和终极真理的区分，那是玄奘回到中国后所著的唯识宗著作的要点，费铎对此做了说明。即使一切皆空，我们还得被迫假装事物存在，这就是一般真理存在的条件。"如果理解错误，"世亲说，"空将摧毁愚笨之人，就像觉知错误的蛇。"即使佛陀在世，也认为自己是一个自我，一个独立于他人的存在。

"如果你有一辆车，"费铎解释着一般真理的概念，"即使那只是思想的产物，也可以担负起运输的功能。这就是中道。我们不否认存在，在一般真理之下，我们可以存在。"

我产生了一种怀疑，这只是一种语言文字游戏，不是真正有意义的神秘事物，或者是逃避理论上的缺乏逻辑。佛教充满了二律背反，比方说："无无明，亦无无明尽。"瑜伽行派的基本观点是万物来自思想，但我们不必按此生活，是否是一种更高水平的胡言乱语？我知道自己很不礼貌，但还是想搞明白。

"不。"费铎说，他还保持着心平气和，但声音开始有点儿紧张，就像那些西藏僧人在辩经呼吼。

"瑜伽行派说一切都存在于精神之中，有合理的原因，"他说，"玄奘并非只关注存在，他希望知道的是苦难的根源。现象存在于精神之外，是相信自身存在的基础，而相信存在、独立的自身，是欲望、愤怒这些负面情绪的根源。那是我们造成恶业的原因，让我们在转世轮回中受苦，就像一种连锁反应。而明白现象存在于思想之中，是通往无上智慧的另一种连锁反应。"

是这样吗？我们继续交谈了一会儿，然后我从餐桌边起身，跟尼尔和费铎握手道别，找了一辆人力车回到旅馆，脑子里各种没有完全消化的概念盘旋往复。有什么地方存在答案吗？我不确定，但能确定的是所有这些都非常有趣。瑜伽行派想要避免绝对的空，即是说他们认同两种完全对立的状态——自我不存在，非我也不存在——都是真实的。格鲁塞援引世亲来反驳万物皆空说，这等同于笛卡尔的名言："纯粹概念的存在建立在我们意识到概念的非真实性的基础上。"或者像格鲁塞所说："纯粹概念是幻相，因此纯粹概念是存在的。"[1]

我对那个说法有某种神秘的理解，但无法用文字表述。玄奘在那烂陀学到的终极真理也是这样。那种真理就是：一切都是表象，都是思想的产物。包括物质世界，但也包括物质孕育其中的精神世界。回到中国以后，我们的朝圣者写下的话语，几百年后还在盖廷的书中回响，他说世界"如幻、如梦、如海市蜃楼，如影、如回声、如水中之月"。但"一切都是表象、都是思想的产物"这个理解也是如此。一旦我们理解了这个道理，一旦我们达到了不执迷于那种理解的更高境界，就能洞察玄奘及其他瑜伽行派学者所说的"真如"，也就是事物的绝对本质。

---

[1] 格鲁塞（René Grousset）:《循着佛陀的足迹》(*In the Footsteps of the Buddha*)，第 292 页。——作者注

什么是真如？玄奘回到中国之后，就世亲的学说写下了大量的评注，世亲形容真如为一长串的对立——存在和不存在、自我和非我、空想和现实。不过那位穿着褐色长袍、说话带着德国口音的费铎，给了我解答疑问的关键。你觉得玄奘想要找到什么？我问他。这些哲学又有什么用？

答案是，他竭尽全力想要彻底战胜对自我的渴望，那需要从哲学上彻底了解自我不存在。而他之所以想要进入一种完全无我的状态，是因为只有那样才能达到大乘佛教的目标，也就是帮助他人逃离存在所必定带来的痛苦的束缚。

"关键的关键是无我，"费铎说，"当你意识到自我痴迷的对象是幻相，就能达到无我，那就是佛陀境界的开端。"

玄奘在那烂陀想达到的目的，是培养自己解决在我们凡夫俗子看来不可解决的矛盾。他希望通过冥想，通过平静，通过被佛教徒称为"正念"的高度集中，达到一种让身体无视重力而升空的狂喜状态。玄奘相信神迹，也许相信升空是有可能的。他希望自己成为菩萨，一位觉者，即使他声称自己力有不逮，但当他身体力行的时候，从某种程度上又并不执迷于自己的得道。我们的朝圣者在踏上旅程的很久之前就对《金刚经》烂熟于心，那本经典教导我们执迷于空和执迷于自身是一样的。佛教哲学家常常用船只或药物来打比方。船让你安全渡过河流，这时船是有必要的，但当你到了河流的彼岸，船只就被抛弃，否则就会变成一种负担。当然思想不是一堆被绑在一起的木头。想要成为菩萨，同时又不能执迷于这种渴望，就像那个只要不想着河马，你就可以在水上漂的老笑话。这类似于精神上的海森堡不确定性原理：要了解某件事物，你必须观察它，但观察的过程会改变它的本质。

因此需要空和自身的不存在。对玄奘来说，终极真理是超越真理的真理，可以被理解，但不能用话语表达。"谁也不能获得并葆有神圣生活之果……除非你接受佛法的飘忽不定。"其中一条写道。玄奘之后一百年，伟大的中国诗人白居易用一种尊敬而又迷惑的口吻写道：

> 须知诸相皆非相，
> 若住无余却有余。
> 言下忘言一时了，
> 梦中说梦两重虚。[1]

换句话说，这是必须了解的，但又无法说出这是什么。我们可能会怀疑真理超越语言，或者不是超越语言，而是只能用自我消解的悖论来说明，这可能不是真的，而只是一种神秘主义的说法。《金刚经》说："如来所说法，皆不可取，不可说。"超出了语言的能力，就像蜡烛被风吹灭。玄奘去印度是为了厘清佛法传播中的谬误，但他没有详细记录在那烂陀学了什么，我觉得他的目标只是译经，译出比当时的中文佛经更好的译本。回到家乡后，他将余下的生命全部投入

---

[1] 白居易《读禅经》。——译者注

到那项工作中去。但我认为除了解决这些具体的教义要点，当他深入认识瑜伽行派的唯识宗，就会想要达到一种极度的理解。他想要达到的理解水平如此之高，超出了人类理解的一般层次——而在达到那种水平的同时，从前驱使他开启长途跋涉的需求也就不复存在。

这可能吗？他做到了吗？我很怀疑。但是转念一想，我没有重复玄奘在旅程中冥想和修行的那个部分，我怎么能知道？也许他的确理解了自己的目的，同时也摆脱了那个目的。而我呢，则继续东看西看，从佛教著述中寻找不能用文字表达的真理。在我继续对佛教的二律背反表示怀疑的同时，也对佛教在 7 世纪达到的文明程度深感敬佩。跟与其同时存在的欧洲基督教教会专制不一样的是，佛教寺庙更加温和、仁慈地宣布，从本质上来看，精神的力量如此纯粹，在被掌握的同时就应该被抛弃。当基督教靠着神迹、秘事和权威得到加强的时候，佛教徒——那个时候比基督教徒人数更多，分布范围也更广——却希望不要执迷于权威，至少在理论上是如此。他们还尽善尽美地修行所谓的六度，包括无上的智慧：

若遇身欲坏时，观身幻法犹如草木、墙壁、瓦砾，入解于身是无常，是若，是无我，是寂灭，如是谛察其身，此即能修胜慧波罗蜜多。[1]

---

[1] 引自寂天著《大乘集菩萨学论》，又名《学处要集》。——编者注

没有人认为成为菩萨是件容易的事情，其中的一位大觉者就是我们的朝圣者所崇拜的观音菩萨。在抵达那烂陀的多年以前，他在沙漠里，徘徊在死亡边缘时曾经向观音菩萨祈祷。但显然玄奘希望知道如果自己成为菩萨，他的精神应该达到什么状态。这就是他称之为甘露、法雨的东西。他想知道自己如何能拥有重量同时又能飞升；如何能在水上行走，而不会想到下面的河马；两条线如何能够完全平行，同时又在天空中永恒相交。

16 加尔各答的犹太教堂
THE SYNAGOGUE OF CALCUTTA

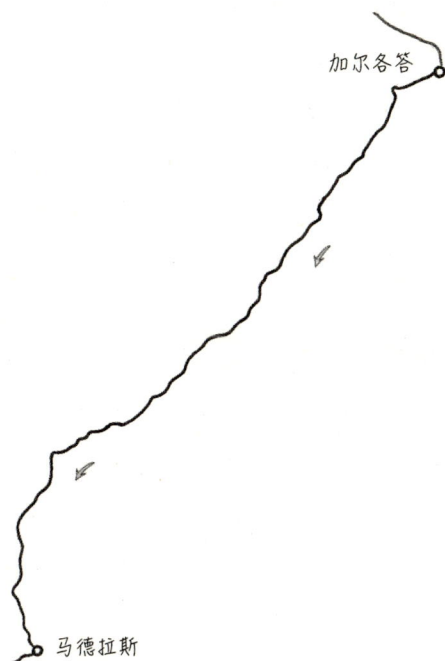

　　我到了加尔各答的霍拉车站——继续乘坐从伽耶出发的杜恩快车——脑子里想着犹太教堂。我从印度政府的旅游观光部门拿到一张折叠地图，在上面找到了教堂的位置。地图上的位置是教堂街，这很有道理，不过我怀疑加尔各答是否还有犹太人，如果有的话，还有多少。那是周五下午稍晚的时候，安息日快要到了。一般来说这个时候我通常想要参加一点儿仪式。在菩提伽耶听过西藏僧侣诵经，在屋顶跟拉蒂·塔瓦日拉一起冥想，跟尼尔和费铎讨论过什么是空，现在我迫切需要跟自己的民族重建联系。

民族的联系，我总是这样说。我不知道还有什么方式可以说明我跟犹太教之间的关系，那不是建立在对宗教的信仰之上的，更多的是在审美意义上，是不愿意背叛。我已经很多年不进犹太教堂；在哭墙边，我对哈西典人产生怪异的疏远感；但我的民族联系从来不曾褪色。1979 年我去中国的时候，在上海待了一个星期，花了不少时间想要见到一位叫作安妮·伊萨克的老太太，我听说她是留在上海的最后一位犹太人。但我最终也没有见到她（更确切地说，是她通过她的中国医生拒绝了我的要求）。我在虹口的街头转了好几个钟头，那里是二战中犹太人被日本占领者拘禁的地方。我用一本老旧的导游手册寻找曾经的犹太社区中心、犹太学校和教堂。

有一次为了向忠梅说明我的感觉，我给她看了《伊齐厄的孩子》这本书里的照片，这本书是著名的"追捕纳粹猎人"克拉斯菲尔德夫妇出版的。书中收集了他们可以找到的四十四个犹太孩子的所有信息，他们都是从法国南部城市里昂的乡下被抓走，关进了奥斯维辛集中营，全部在那里死去。其中的一张照片尤其打动我，那是一个漂亮的金发女孩和她的父亲。他们坐在某个公园的地上，女孩穿着棕色的旧毛衣，靠在父亲身上，父亲笑着看着镜头。"他们杀了她，"我告诉忠梅，"因为她是犹太人。"出乎意料地，那张死于五十年前的陌生女孩的照片，让我突然迸出了眼泪。"不知道你能不能理解，"我跟忠梅说，"因为她和她的父亲，我想做一个犹太人。"忠梅自己的家族也在东北受到过日本人的迫害，她对此完全理解。女孩的名字叫莎拉·扎克拉伯，她并不是我唯一的民族联系。我也喜欢犹太音乐，喜欢《犹太法典》及其注释中具有的对道德和法律的深度思考。但我最基本的民族联系还是莎拉和其他这样的人。我感觉，在犹太人没有遭遇危险、没有受到排斥，以及遇到很大不便的时候放弃犹太身份，不知为何有一种不能承受之轻，一种没着没落般精神上的空虚。因此，我要探索佛教教义，寻求关于生命及其意义的问题的答案，但在那之后，也想去加尔各答，去看看当地的犹太人。

我跟着红头巾的挑夫到了霍拉车站广场，经过了一个牌子上写着"申诉局"的地方，经过了希金博瑟姆的报亭，经过了摆成金字塔形状的香蕉和皱皱巴巴的橘子。我乘坐的黑黄两色大使牌汽车开上了胡格利河上的浮桥，汇入加尔各答交通的洪流中，我再次感受到印度城市的嘈杂，空气中浓烟滚滚，喇叭轰鸣，地面高低不平，人潮汹涌。

河流上笼罩着一层灰色的雾霾，行人在行驶的汽车面前蜂拥而过，然后再挤上还没有停稳的公共汽车。在浮桥的一端，一个穿着蓝色毛衣的警察抄着双手站着，怡然地注视着混乱的交通。我看到一家帆布店、一座天主教堂、旁遮普国家银行、宽阔的乔林基路（现在称为尼赫鲁路），那条路穿过了马坦广场，英国人在那个长方形的公园设有兵营和跑道。

湿热、破败、贫穷的加尔各答声名欠佳。这个城市最有名的形象是黑洞土牢，最著名的人物是特蕾莎修女，她在这里筹建给穷人看病的医院、给病危的人和麻风病人的临终安养院。加尔各答唤起了人们对瘟疫和苦难的记忆。这是我看到的唯一一个还有老式人力车的大城市，肥胖的人坐在车上，破衣烂衫的人拉着他们，还很高兴有生意可做。最让人吃惊的是乘客座位的高度，以及相比之下车夫的矮小。加尔各答这个城市深刻地体现了人类对苦难的顺从，但是也有其宏伟之处，散发着人间的戏剧气息。抵达这里是件令人兴奋的事情。

出租车把我带到了萨德街上的菲尔隆酒店，破衣烂衫的女人坐在地上，腿上坐着孩子，向路过的外国背包客乞讨。很多来加尔各答的人都住在萨德街，除非你能住得起尼赫鲁路上豪华的欧贝罗伊大酒店，或者妥莱贡吉高尔夫俱乐部。多年前当我第一次来印度旅行，我来到萨德街，想住进街上这些破烂酒店中最好的这家菲尔隆酒店。但那对我来说太贵了，于是一个流浪儿童带我去了一位名叫希德娃太太的帕西寡妇的家，她在二楼上开了一家小型家庭旅馆。我一个人住一间大房子，有蚊帐，天花板上还有电扇。她会做饭，跟她相处也令人愉快。

希德娃太太家还有另外一位客人，是哈佛大学的政治学研究生，我当时也是那里的研究生。他带我参加了一个政治讨论团体，我在那儿认识了一个叫阿米塔布·罗伊的年轻人，他邀请我住到他家的大房子里去。就这样——从街头流浪儿童到希德娃太太再到友好热情的罗伊家人——我进入了孟加拉知识分子、作家、记者、年轻人、痴人、理想主义者、非常可爱的马克思主义政治活动家的世界。阿米塔布介绍我认识了一个当地报纸的编辑，那是个犹太人。我们到了当时东巴基斯坦的边境——后来在印度支持的反西巴基斯坦叛乱中变成了孟加拉国——我第一次看到了大批的难民。我告诉罗伊自己的梦想是当新闻记者，他们以为我已经是一名记者。当我在边境上碰到涌入营地的难民，哭泣的人们哀求我把他们的遭遇告诉世界。两个星期以后，我不顾阿米塔布和他美丽的未婚妻、他爸爸妈妈、他叔叔、他朋友的反对，离开了阿米塔布的家。我们保持了几年的联系，然后慢慢失去了联系，这家人如此友好地接纳过我，我却不再有他们的消息。在这次乘坐杜恩快车到达之前，我一次都没有回来过。

　　这一次我住进了菲尔隆酒店，好像说明二十九年过去了，我的经济状况有所好转。维奥莱特·史密斯接待了我，她和丈夫一起经营这家宾馆。她给了我后面的房间，要经过一间摆满纪念品的房子。多年前我来加尔各答的时候，把菲尔隆酒店看成是殖民地时期奢华的缩影。现在却发现它其实更像一个衣衫褴褛的老贵妇，有着古老的下水道，白墙上污渍斑斑，床铺像给士兵睡的，我非常惊讶。不过没关系。史密斯太太有一个美国父亲，一战的时候为了躲避土耳其人的残杀而来到加尔各答，她给我的关爱像妈妈一样温暖了我的心。一路走来，当听到一个人带着英式口音叫我"亲爱的"，我非常感动。

　　"告诉我，"我说，"多年前我还住不起菲尔隆酒店的时候，住在了希德娃太太家，您认得她？"

　　"哦，是的，十号，"史密斯太太说，"当然了，大家都知道她，可怜的女人。她已经不在世了。"

　　"啊，好吧。我并不感到惊讶，那个时候她就不年轻了。"

　　"对，"史密斯太太同情地说，"至少去世十年了。"

我们沉默了一会儿。

"还有一个问题，"我又说，"我想在加尔各答找一个人，名叫阿米塔布·罗伊。"

"你有他的地址吗？"

出发前，我看过自己收起来的乱糟糟的纸张，包括旧地址簿和特别老的联系本，但那个时候脑子想得更多的是中国而不是印度，因此找得不太仔细，没有找到阿米塔布的信息。

我摇摇头。

"也没有电话号码？"

"没有。"

"可怜。这个名字在孟加拉太常见了，得有几千个阿米塔布·罗伊。"

"嗯，好吧，我估计也是。"又沉默了一会儿。

最后，我又问起了犹太教堂。一边问，一边感到我等了太久才回到加尔各答，过去的生活已经难以找到踪影。

史密斯太太让我去附近的霍格市场找甜品店的大卫·纳霍姆。

"他是加尔各答的最后一个犹太人，"她说，"会告诉你你想要知道的。"

"甜品店，"我说，心里琢磨着"加尔各答的最后一个犹太人"这个说法所带的意味，"怎么找到那儿？"

"大家都知道，"史密斯太太说，"快点儿去，亲爱的，要不就关门了。"

我跑过挤着小摊和人力车的小巷，到了霍格市场。这条街垂直的巷子里闪烁着电影院的灯光。露天煤炉上是炸薄饼和看起来金黄酥脆的印度煎饼，空气中有辛辣的香味。商贩们吆喝着，人们忙着选购，乞丐在乞讨。人力车夫拉着光滑的车把寻找生意。我面前的霍格市场（现在叫新市场）是一栋深红色的殖民地时期建筑。有人带我走进里面的迷宫中，指出甜品店的方向，一些老老少少的妇女在购买淋着糖浆的玫瑰奶球，还有带糖霜的香草蛋糕。收银员热情地接待了我，告诉我纳霍姆已经走了。这里没有星期五夜晚的仪式活动，但犹太教男人会在第二天早上去教堂进行安息日祷告，我也可以去。

于是，第二天我一早起床，到了犹太教堂的门口，教堂大门非常壮观，并不在教堂街上，而是在坎宁街。

"你是犹太人吗？"门口的男人问我。

"是的。"我说。

"你会不会就是柯亨？"柯亨是耶路撒冷神庙的祭司后人，据记载，他们的祖先是摩西的兄长亚伦，他们是犹太教的首批祭司。

"不是。"

"你从哪儿来？"

"纽约。"

"进来吧。"

在高高的楼座之下，九个男人坐在有靠背的长椅上，围成一圈，我是第十个，这样就凑够了祈祷班的人数，要不然安息日仪式就无法开始，因此他们看到我都很高兴。教堂中殿的屋顶相当高，有彩色玻璃窗和富有装饰感的铁栏杆，中间有很大的祭台。我见到了纳霍姆，他看起来有点儿像《马耳他之鹰》里的西德尼·格林司垂德。

其他人都上了年纪，但大家看起来都可靠、可敬，令人印象深刻。纳霍姆告诉我这座教堂是 19 世纪由那些从巴格达来做生意的犹太人修建的。加尔各答曾经有过三座犹太教堂和几百名犹太人，但现在来这里的只有这些人、他们的妻子，以及另外几个犹太人。他们的下一代都去了美国、以色列、加拿大或者澳大利亚。这家犹太教堂还有两所学校——一所女校、一所男校——不过只有穆斯林或印度教的学生，而没有犹太人了。

纳霍姆帮我找希伯来祷告书中的段落，我则努力跟上不太熟悉的西班牙式犹太仪式。我所受到的待遇，是给远道而来的客人的，朗读每周应读的章节（那天是离开红海的故事），我试着说出必要的希伯来祝辞，为自己的中东欧发音感到有点儿难为情。成人礼之后我就没做过这些事，而现在在加尔各答……有时你得走得够远，才能真正发现自己。

仪式继续进行，一个人自我介绍说他是莫迪凯·柯亨，他皮肤黝黑，身材粗壮，穿着西装打着领带，说自己来自孟加拉国的首都达卡。

柯亨向我说起一些有名的印度犹太人的名字，尤其是杰基·雅各布斯，旁遮普邦的行政长官，娶了柯亨的一个表姐妹。他还说到了莫迪凯将军，说将军在 1972 年实现了孟加拉脱离巴基斯坦获得独立。柯亨也有《马耳他之鹰》里西德尼·格林司垂德的那种壮实、举止得宜、稍微带点儿外国情调但又无所适从的样子。他告诉我他的父母一个来自波斯，一个来自叙利亚的阿勒颇。他用完美的英语告诉我他会说九种语言，其中包括跟达卡的仆人一家学的尼泊尔语。

"我 1968 年离开了达卡。"他说。

"为什么？"

"那儿没人了。"他说，语气里开始带着伤感，就像《犹太法典》里面提到的离开红海的故事一样，我想到的是犹太教在亚洲的消失：除了上面提到的阿勒颇，还有巴格达、伊斯法罕、德黑兰、科钦、孟买、加尔各答、塔什干、博卡拉、哈尔滨和上海，这些地方都曾有过犹太侨民，有过壮观的犹太教堂和学校、托拉经卷、安息日的吟唱，后来纷纷凋零萎缩，就像这处纳霍姆的犹太教堂。加尔各答唤起了我的告别情绪，一种无可奈何花落去的感觉。

亚洲有几个地方，大部分都在英国控制下，在一百、两百，甚至一千年间，是各民族聚集的大都会，加尔各答就是其中之一，这些地方有犹太人、帕西人、穆斯林、阿拉伯人、波斯人、聂斯托利教徒等，他们来此经商或者定居。贝鲁特也是这样一个城市，还有阿勒颇、伊斯坦布尔和巴格达，还有更大的东亚、南亚城市如孟买、加尔各答、上海和香港。从历史上看，犹太人在巴比伦时期被抓到巴格达，并在那里停留了两千五百年。然后到了 19 世纪，英国殖民主义者加上巴格达的达武德·巴沙独裁统治，使得一些人离开巴格达到别的地方尝试进行贸易。这场大迁移从 1828 年由大卫·沙逊开始，他们离开奥斯曼帝国去往英国，这在人类历史上是一场非常重要的商业迁徙，也是玄奘西行之路的支线上所发生的伟大事件。

犹太人乘船跨过阿拉伯海来到孟买，在那里成立贸易公司。最有名的是沙逊和卡杜里。来自波斯的帕西人跟犹太人的迁移轨迹相同，最有名的是塔塔，现在仍然是印度超大型工业集团的名字。帕西人留下了，犹太人则开枝散叶，去往加尔各答甚至更远的上海，在那里建成了宏大的外滩建筑群，就在苏州河的旁边。他们也到了香港，虽说不像在上海那么引人注目，但卡杜里还是拥有半岛酒店、山顶缆车，以及仍在服务中的罗便臣路犹太教堂。住在香港的时候，我星期日常常去那里吃午餐，跟其他犹太侨民一起欣赏海湾美景。大英帝国的犹太人重复着罗马帝国时期埃及犹太人的故事，他们不是当地人士，更像被殖民者而不是殖民者，由于商业才能和学术知识而被外族规范包容，另外也是由于当地人没有什么民族主义和反殖民主义的思想。他们就像摩尔人统治西班牙时期的犹太人，在1492年被天主教君主费迪南和伊莎贝拉驱逐出去，一起被驱逐的还有穆斯林。他们也像从亚历山大到巴格达的奥斯曼帝国的犹太人。他们没有威胁到业已建立的殖民地秩序，但由于对统治阶级的友好态度，被当地人视作叛徒或第五纵队。在历史学家内塔尼亚胡 [1] 的巨著《西班牙宗教裁判所的起源》一书中，作者认为反犹主义产生于罗马统治时期的埃及。

　　在多元包容的印度，人们已经习惯了各种民族和宗教，不存在反犹主义。奇怪的是比起印度，认同犹太人的英国对犹太人的反感要强烈得多。那是犹太侨民历史上的另一个悖论。当我在加尔各答履行一个犹太人的义务，对我来说最重要的是犹太侨民的历史也属于伟大事件之路。在大英帝国统治的初期，横跨欧亚大陆的民族和货物创造出一个大都会。然后二战开始了，以暴力的形式结束了殖

---

[1] 内塔尼亚胡（B. Netanyahu），以色列总理。——编者注

民主义，新兴国家成立，其中之一就是以色列。伴随着进步而来的，还有种族排斥。现在欧亚非一体意义上的大型商业城市都不复存在，从亚历山大到上海都是如此，犹太人则成为历史的遗迹，陈列在博物馆中，迅速被人遗忘。

"我不想这么孤独，"柯亨继续说，"我不想当留下的最后一个人，所以我来到这里。在达卡，我是一个军事政府里的审查员，在广播电台和电视台做行政工作，现在我在一家生产刺钢丝的公司工作。对，我就是从做出正确选择的审查员转为生产刺钢丝。"他笑了。

柯亨说自己有两个兄弟三个孩子，都在别的地方，我想，他的世界就是由他的妻子和星期六早上犹太教堂里其他上了年纪的印度犹太人组成的。

玄奘在那烂陀学习了两年之后，到现在的孟加拉进行了一次旅行，然后到了南部远方的印度教圣地坎奇普拉姆。他想继续参拜佛教历史上的重要地点，尤其想要去锡兰，现在叫作斯里兰卡，我们已经知道，那里有一棵移植过去的小菩提树。对南部之旅，玄奘谈得不多。他提到了几个地方，大部分时候都是在列举仍然存在的寺庙和佛塔，还有一些本生经故事中的佛教传说。

到达坎奇普拉姆之后，他碰到了一些锡兰僧侣，他们告诉玄奘内战和饥荒正在锡兰肆虐，他是不可能到那儿去的。于是，他穿过了南印度半岛，到了现在孟买所在的地方，然后再曲曲折折地穿过印度，回到那烂陀，用一年多的时间向戒贤法师学习佛法。在那一年中，印度国王在恒河边的古代首都曲女城（卡瑙季）接见了他，那位国王名叫哈夏,是一位虔诚的佛教徒。国王组织了两次大型的佛学辩论,根据慧立的说法,玄奘大获全胜。然后,终于,玄奘的任务完成了,这位朝圣者乞求允许他回到中国。国王勉强答应了,他用大象驮着大量的书籍和佛像,并提供通关文牒,送玄奘走上归途。

而对我来说,我还需要跟随玄奘的脚步向南,先到孟买,然后到埃洛拉和阿旃陀伟大的佛教和印度教洞窟。我不会再次回到那烂陀,而将去往新德里,从那儿带着我在香港得到的签证,经过巴基斯坦回到中国。

当我想着前面的行程,开始考虑忠梅能否跟我一起走完余下的路。之前她在美国演出,现在有时间了。沿着喀喇昆仑公路到中国,是我长期以来的梦想,要是在过去我会独自走完这段旅程,全无挂碍,顺其自然。但自从在库车火车站看到忠梅离开后,我常常想起她,非常思念她。我总是在头脑里跟她对话,在石头客栈,在塔什干,在炎热的蓝毗尼,在拜访瓦拉纳西王公的途中。此刻独自旅行的我,又开始产生跟当时一个人去维多利亚瀑布相同的感觉。为什么不能改一改,跟别人一起旅行?过去,我的旅行是一种逃避,以消极、胆怯的方式结束一段恋爱关系。如果我离开的时间足够久,女孩子就会失去耐心,主动离开我。但这一次,我突然感到害怕,害怕离开的时间太长会失去忠梅。我告诉自己,这次可不要搞砸了,我去萨德街上的网吧给忠梅写了一封信,问她能不能来新德里跟我汇合。第二天,我回到那家网吧,打开邮箱。邮件打开的速度很慢,但答复是肯定的。我告诉忠梅,随便买一张票,我来付钱,但她找到了新加坡航空的廉价机票。得先从纽约飞八个小时到阿姆斯特丹,再飞十个小时到新加坡，在新加坡等上大半天，再飞七个小时到印度——但她愿意选择这个行程。我们确定了具体的日期和时间，两个星期之内，我就可以在机场见到她。

在加尔各答的最后几天，我的脚步格外轻松，我安排好后面在印度旅行的火车票。那天下午，我又去了霍拉火车站，登上去往马德拉斯的科曼多快车，马德拉斯是南部的一个大城市，现在的官方名称是金奈。我的卧铺在空调二等车厢，比杜恩快车上没有空调的二等车厢要好很多。车厢里安静有序，也比较干净。卧铺间有绣花帘子挡着，窗户下有个小小的塑料桌子，两个杯子架，每个卧铺上都有阅读灯。列车按时开出了车站，轰轰隆隆开过胡格利河上的桥梁，穿过破烂的城郊。我们经过了平坦的稻田、香蕉田和一丛丛的竹林。天黑后不久，车子就停在了巴拉索尔，卧铺间里来了别的乘客，我们开始谈起加尔各答。

"独立以后那里就是个问题，"他说起 1947 年英属印度变成了印度和巴基斯坦，之前那里主要是印度教教徒，后来主要是穆斯林，"很多人从东孟加拉来，城市的基础建设和经济都跟不上，现在也是。"

跟我谈话的人穿着格子衬衫和白裤子，说话的声音非常轻柔，我得探出身去才能在火车的轰鸣声中听清楚。我给了他一块口香糖，他给了我他妻子为他准备的奶酪蔬菜三明治。我们谈起已经掌管加尔各答多年的马克思主义党派，他说："他们建立强大的政治组织，没有像别的地方那么腐败。"他说自己在银行工作，要去班加罗尔参加培训，得坐一天半的火车到马德拉斯，然后还要坐一夜的班加罗尔邮车，时间很长，而坐飞机不过两小时。

"飞机票超出了规定的预算。"他解释说，非常严肃。

我们陷入沉默，然后再也没有说话。我从售货小车上买了一盒切块蔬菜，还有一点儿辣酱可以蘸。我看着对面的那个男人，他是一个矮个子的穆斯林，留着大胡子，戴着白帽子，一边念着祷词一边重重地向着麦加的方向叩头。后来我在厕所外又碰见了他，他问我从哪儿来。

"美国。"我说。

"我在南非住了十一年。"他看着我说，等着我的赞许。

"是吗？"我说，但我们两个都不善闲聊，除此之外再没有说过别的。

穿着深红色衣服的服务员又来了，带着蔬菜、鸡肉、奶茶、矿泉水和煮鸡蛋，科曼多快车上没有餐车。一个外来的小贩在售卖链子和锁。我读了一会儿书后睡着了，早上醒来的时候，车窗外是雨水充沛的热带风光，植物葱茏，人们皮肤黝黑。村庄的草屋旁是棕榈和树冠巨大的榕树。当太阳终于露出地平线，青草和芭蕉树叶上的露珠闪着光。太阳越升越高，金色的阳光洒在稻田之上。列车停在了维杰亚瓦达，这里有重要的印度教寺庙，可以看到寺庙外面有男人蹲在干草上大便。附近有羊群在吃草。几只白色鸟儿鬼魅一样飞过列车窗外，我猜那是白鹭。一个绿衣黑短裤的男孩从尘土飞扬的红土路上走了过去。

那天傍晚的时候到了马德拉斯，又热又吵，污染严重。我找到了《孤独星球》上评价颇高的帕迪安旅馆，吃了炖鸡肉和新鲜烤制的馕，喝了一瓶胜狮牌啤酒，然后早早上床睡觉了。

我一到南部，就觉得应该去见见甘吉布勒姆的商羯罗阿阇梨（印度教领袖），我的朋友塔夫玲·辛赫在关于恒河污染的文章中提到过。我想，玄奘每到一个地方都会去探索印度精神世界值得关注的方面，不分佛教和印度教，我也应该如此，虽然我不敢奢望像商羯罗阿阇梨地位这么崇高的人会见我，但还是想试试。甘吉布勒姆的商羯罗阿阇梨地位尤其尊崇，在排名上高过其他四位。

开往甘吉布勒姆的汽车并不拥挤，这在我的印度之旅中非常罕见。其他人的态度也很友好。"你要去甘吉？"一个坐在绿色塑料椅子上的人问我。

"是的。"

"这就是去甘吉的车，随便坐。"

我坐在一扇敞开的车窗边。一群小贩走过车边，叫卖新鲜的葡萄、类似矿泉水的袋装饮料、笔、梳子、盒装的金色链子、绿香蕉、茉莉花环、包在报纸筒里的烤鸡肉。一个佝偻的老妇人带着一桶生土豆。远处有一些店家：斯里爸爸旅行社、拉玛克里希那玻璃店、M. A. 雅各布斯家具商店、韦桑撒卡瓦里药店。我们路过了南部铁路办公室，那是一栋美丽的莫卧儿－英国式建筑，优雅的高塔上是镶着白边的拱顶。我留意到一幅印度银行的广告："移除枯木，驱散迷雾，进入第三个千禧年。九十一年的信任。"

沿途都有人上车，座位很快就坐满了，过道里也站着人。我忍不住一直看着一个泰米尔女人，她抱着一个几乎赤裸的婴儿上了车。一个坐在座位上的女人帮她抱孩子，但她自己还得站着，抓着椅子的靠背保持平衡。她穿着紫色棉质沙丽，手上戴着手链。她的身材苗条而矫健，睫毛上翘，深色的皮肤，乌木一样的头发，手指染上了红色，也许是因为点过眉心的红点。她从一个彩色小棉布包中拿出十二卢比付了车费。她看起来非常强势，好像可以打败体重两倍于她的流氓，但同时也非常女性化，脖子纤长，当她转身查看被人抱着的婴儿时，显现出优美的曲线。她戴着耳环，一圈碎钻围着一圈红宝石，中间有一颗比较大的钻石。

两个小时以后，甘吉布勒姆到了，我很高兴能下车伸伸腿。一辆人力车问我要去哪儿，我告诉他旅馆的名字，他说："十个卢比，我带你去。"很少有车夫像他这样不对外国人涨价的，因此后面两天我都是用他。在加尔各答的时候，我给塔夫玲打过电话，询问怎么才能见到商羯罗阿阇梨。她说她会先打个电话，把我介绍给那位伟人的首席随从，拉姆邦主。她说，到了甘吉只要问问寺庙就可以了。"到了寺庙再问拉姆邦主。"

"你知道寺庙吗？"我问车夫。

他长得很瘦，留着小胡子，穿一件黑灰格子的衬衫。他以印度的方式对我点点头，看起来像在说不，实际意思是表示肯定。

"你知道？"我问，有点儿怀疑，在印度事情不可能这么顺利。

"对，我知道。"他说，然后我们上了甘吉布勒姆高低不平的街道，有的地方看起来有上千家小型丝绸商店和纺丝工坊，展示着泰米尔生活的和谐乐章：D. K. 达萨拉萨兄弟丝绸、斯里西萨拉什米丝绸、马哈维什奴丝绸、ABM 瑟布拉马尼萨丝绸。还有小旅馆、水果摊，以及以灰色石塔和石门为标志的印度教寺庙。

作为一处有八亿信徒的宗教圣地，甘吉庙看起来并不起眼。这里不是梵蒂冈，没有圣彼得大教堂。不过要知道，印度教是一种世俗的放弃享受的宗教。在物质财富和神圣之间没有必然联系，而根据马克斯·韦伯的观点，那是资本主义的核心思想。我被要求在门外脱下鞋子，然后进入宽阔而破旧的寺庙内部，大部分地方都是通风良好的开放性庭院。主办公室有一堆铁皮储物柜，上面贴着神秘的说明："存放珍贵的棕榈树叶和其他手抄本。"铁栅栏将房间分隔出一个角落，几个男人赤裸着身体，额头上涂着白灰横线条，他们盘腿坐在桌子后面。其中一个让我坐下，我坐在了光滑干净的瓷砖地上。我问拉姆邦主在不在。

"他不在这儿。"那个人说。

我上次跟塔夫玲交谈以后，她还没有办法跟我取得联系，了解我是否真的到了甘吉布勒姆。

"哦。"我说。

那个人同情地看着我。他头上的墙上挂着一张日历，上面有色彩艳丽的湿婆画像，湿婆是印度教的三大主神之一，日历上还有一行文字写着"印度首次接收卫星信号"。地上的一个塑料盘子里有印章和印泥。我注意到一张照片，上面是一个几乎赤身裸体的老年男人坐在地上，不知道那会不会就是商羯罗阿阇梨本人。

"你们觉得他会回来吗？"我问。

"不。"

"哎呀。"我说。

"你此行的目的是什么？"那个男人问，他说话很直接，但也给

303

人和善的感觉。他想帮我。

我告诉他自己是个美国作家，在重走玄奘路。我提到了塔夫玲·辛赫，说希望见到商羯罗阿阇梨。

"你想见大人？"他问。

"是的。"

一个美国游客闯进来，没做任何预约，居然声称想要见到印度教的精神领袖，但是那个男人看起来一点儿都不惊讶。"大人出门在外，不过三个月内就会回来，如果你想见他，那个时候可以再来。"

"三个月？"

"对。"

"我待不了那么长的时间。"

"明白。"

"大人去哪儿了？"我问。

"一周之内会到孟买。"

"他去孟买了？"

"对，所有随从都去了。"

我告诉他自己几天后会去孟买，他拿出一张纸，写下了孟买的地址：孟买帕汤加，斯里商羯罗庙。

"这是泰米尔人在孟买住的地方，"他告诉我，"你可以在那儿见到商羯罗阿阇梨。"然后他给了我商羯罗阿阇梨在孟买的电话。第二天，我回到甘吉庙参观游览，同时简单了解了商羯罗的历史。大约两千四百年前，神的三个化身之一的湿婆开始以一位人类宗师的形象出现。因此，商羯罗实际上是湿婆转世，这个称呼是"湿婆"和"导师"的结合。所以商羯罗就是湿婆导师，是智者宗师，而宗师则是人身之神，告诉世人神的法则和解脱的正确途径。我看到过一张很大的图表，上面有湿婆所有的转世形象，一共有七十个，第一个是公元前477年的斯里·阿迪·商羯罗。

"这是一条不会断开的线，"导游告诉我，"第六十九位和第七十位商羯罗阿阇梨如今还在这里，第七十位是个不满三十岁的年轻人。总是有两位商羯罗阿阇梨，"他继续说，"一位年长一位年轻，不过两位加在一起只算印度五位商羯罗之一。年长的宗师选择一个十三岁的男孩做他的继承人，男孩会受到全面的培训，到了合适的时候，当年长的那位不能继续履行自己的职责，或者决定在冥想中了却余生，那么年轻的那位就会成为商羯罗阿阇梨。这两位都过着极其简朴的生活，只有基本的生活物品，木鞋、木勺、木碗和陶锅。第六十八位商羯罗去世的时候已经一百多岁，他不用电，只有一支手电以备不时之需，还有一个放大镜。只要他们活着，就不会乘坐汽车或飞机，无论多远都走着去，到了迫不得已的时候，他们才会使用自行车拉的小车，坐在一个塞满稻草的筐子里。"

我们说着话，经过一处大理石站台，小学生们在站台上坐成几排，一个英国来的电视摄制组在拍摄他们吟唱《吠陀经》的场景。周围都是商羯罗的像，年长的杰衍德拉·萨拉斯瓦提商羯罗和年轻的维杰衍德拉·萨拉斯瓦提商羯罗。画像上他们都盘腿坐在地上，橙色袍子扎在腰上，身体露在外面。我想起了《薄伽梵歌》中的一段：

我是水中珠，日月之光，一切吠陀中的"唵"，空中之声，人之勇气，贡蒂之子阿周那啊！我是大地的清香，我是火焰的光热，一切众生的生命，苦行者的苦行。我是一切众生的种子，阿周那啊！我是智者的智慧，辉煌者的光辉。我是坚强者的力量，用以消除欲望和激情，婆罗多族雄牛啊！我是众生合法的欲望。[1]

真好。

---

[1] 此段文字为黄宝生所译。——译者注

17 甘吉布勒姆商羯罗
THE SHANKARACHARYA OF KANCHIPURAM

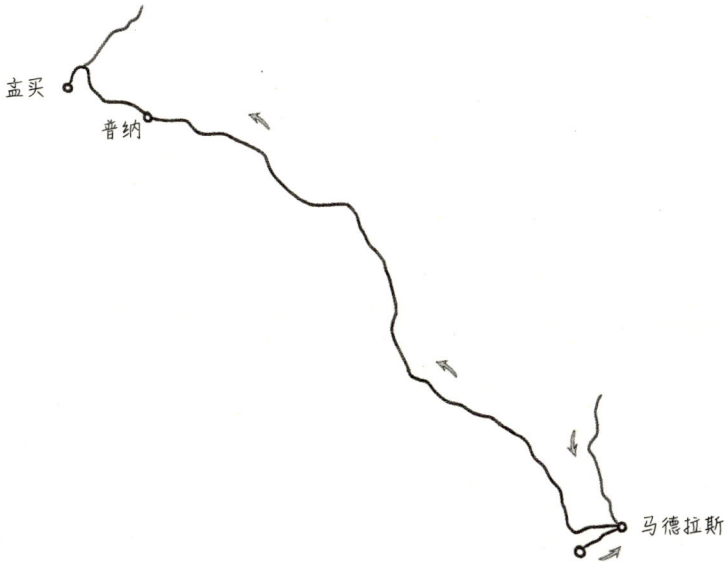

　　我登上"孟买邮车"的空调二等车厢前往孟买。火车上提醒乘客小心所谓的"饼干帮"，其成员"假装成乘客"，给毫无戒心的受害人吃掺迷药的饼干。人们吃了饼干就会陷入昏睡，结果行李被窃。在后面三十个小时的旅途中，我有充裕的时间来思考这件事。我想起了在去马德拉斯的科曼多快车上，自己毫不犹豫地接过来的蔬菜三明治。好在还没有什么"蔬菜三明治帮"。

我在下午三四点钟到了孟买，住进旅馆，然后直接去泰姬陵饭店喝下午茶。我坐在饭店颇具历史的旧馆里看着风景，被称为"印度之门"的玄武凯旋拱门，是1924年为了迎接乔治五世的到来而修建的，就在海港的旁边。下面是成群的游客和小贩。一个耍蛇人坐在草编篮子前，只要有外国游客走过，他就把盖子打开，一条晕乎乎的眼镜蛇探出头来。有人走来走去兜售小玻璃盒里的藏红花。游船向着南边的"印度之门"划去。我在屋内喝着伯爵红茶，细瓷茶杯，沉甸甸的银质滤网；轻松享用着小蛋糕、华夫饼、奶油泡芙，还有印度的甜奶球和玫瑰奶球，以及一两块不会让我陷入昏睡的饼干。我跟邻桌一对美国来的中年夫妇聊起了天，他们名叫尼拉吉和苏马蒂，是来孟买向大师学习、修行的。他们看起来不太像那些穿着橙色长袍的僧侣，而更像扶轮社成员或者网球运动员，但他们说每年都到这里住几个月，在美国挣够了钱然后来印度花。

据我在甘吉布勒姆认识的人说，商羯罗第二天就会到达孟买，因此第二天早上我拨了他们留给我的那个电话。没有人接。我坐上通勤列车，去了孟买北边城郊帕汤加的斯里商羯罗庙。列车从维多利亚车站出发，那也许是东方最美丽的火车站了，像天主教堂一样的石头建筑，有着高塔和拱廊。我所在的二等车厢里人很少，木头座椅，上方垂着很多把手，跟随列车的节奏甩来甩去，窗外是肮脏的城市风景。沿途经过了清真寺站、桑德赫斯特路、拜库拉和钦齐波克利——那儿外面贴着预防艾滋病的宣传——"一次生命，一位妻子"；"不要艾滋，别换床"。然后是克里路、帕勒尔、达达儿，以及帕汤加。

我出了车站，走到一条忙碌的大街上，人们给我指了一座黄色寺庙的方向。寺外有一座巨大的黑色珐琅象雕，但门关着。告示说"杰衍德拉·萨拉斯瓦提商羯罗和维杰衍德拉·萨拉斯瓦提商羯罗"会进行各种祷告，但显然我在的那天，这两位精神领袖都不在。我在四周转来转去，看到一位年老的妇人，问她商羯罗的事，她的回答是"尼赫鲁，尼赫鲁"。我不知道她是因为什么神秘的原因，想起了印度独立后的首任总理贾瓦哈拉尔·尼赫鲁，还是在告诉我可以找到商羯罗的一个地方。我回到火车站旁边的市场街，看到公用电话的标志。穿过几个花店，里面挂着巨大的玫瑰花和金银花花环，一个收银员盘腿坐在一个较高的小屋的地上，而其他人则弯着脖子正在把玫瑰和金银花用绳子穿起来，那情景有点儿像是中世纪的惩戒所。

我过街找到了公用电话，打给商羯罗，但还是没有人接。然后我回到寺庙，这次见到一个穿制服的门卫，他告诉我商羯罗明天才会回来。我已经订了第二天去奥兰加巴德的车票，我得按计划来，才能准时在新德里见到忠梅，而且见商羯罗对我此行也不是特别重要，我决定为这件事画上句号。

我坐车返回孟买，在利奥波德饭馆吃了顿烤鱼，然后到卡玛女士街18号，对我个人来说，那个地方非常重要。那里是基督教女青年会（YWCA）的旅舍，一栋灰色调壮观而又破败的建筑，门廊里有很多圆柱，石头门柱非常坚实。上一次到孟买的时候我在那里住了一个星期，那是在二十九年以前，那时的我急切地想找到一些新闻素材。

在我的感觉里，孟买是我生活中一个比较关键的转折点，当时我结束了短暂的巴黎时光，前往印度，迫切需要将旅游变成实际的冒险。巴黎只是一个过渡。我已经学了五年中文和中国历史，希望在亚洲找到方向，指引我当时还没有什么目标的生活。我不完全清楚那是什么方向，但模模糊糊地觉得自己应该横跨欧亚大陆从巴黎到印度，然后是东南亚，最后是香港和台湾，沿途一定会发生什么。我已经说过，我想要做一名新闻记者，因此在离开巴黎以前，我写信给美国的新闻编辑，告诉他们我的旅行并询问是否能把旅行见闻发给他们。只有波士顿的《基督教科学箴言报》回信了，说他们会看我寄过去的东西，于是我把自己看作是报社外派记者。那以前除了早年做过的一些尝试，我从来没写过自己的生活。但我还是跟朋友说，我迟早会找到一份真正的记者工作。我会一边旅行一边写作，然后把文章寄给《基督教科学箴言报》。我会积累不少发表的文章，然后在回到美国以后，凭着这些文章找到一份体面的全职工作。

"好吧，"我的朋友说，"我还要继续在学校演戏，变成加里·格兰特呢。"

"走着瞧，"我说得很有信心，但其实并不自信。我忧虑重重，根本不知道自己到底在做什么。当我从南欧到了中东，从意大利到希腊再到土耳其、伊朗、阿富汗、巴基斯坦，然后到印度，一篇文章都没有给报社寄去。并不是没有机会，在穿越土耳其从伊斯坦布尔到埃尔斯伦的火车上，我看到了头发花白、戴着小帽的土耳其人，在我们的二等车厢中跪在祷告毯上向着麦加的方向弯下腰去。我以为自己不需要伊朗签证，没想到在伊朗边境被拦下。土耳其人扣留了我和一个阿富汗商人——他从柏林过来，跟我情况类似——在边防站只留了两夜一天，睡在等候室的椅子上。第二天早晨，伊朗边境卫兵给我们俩批了五天的过境签证。在去德黑兰的路上车坏了，我们又待了一个晚上，躺在拼在一起的椅子上睡觉，这一次是在沙漠中的一家卖抓饭和茶的路边小馆，这是我们连续第三次一起过夜了。

我在德黑兰闲逛，跟集市上的商贩讨论国王统治下的生活，就此写了一篇文章。我跟阿富汗朋友坐车去了赫拉特，然后他去了喀布尔，我留在赫拉特，跟一些侨居国外的嬉皮厮混，抽大麻，还认识了一个叫梅丽莎的英国女孩，几个小时以后她就抛弃我跟了一个瑞典的金发小伙。我坐汽车去巴基斯坦的奎达，再坐火车去卡拉奇，然后坐飞机去孟买（到了那儿才知道巴基斯坦和印度边界就在拉合尔附近）。我把所有的经历都记在一个笔记本里，准备等有灵感的时候把它们变成八百字的文章。最后，当我走出卡玛女士街上的青年旅社，一个人过来问我要不要换钱、卖相机、买大麻什么的。

"不，"我说，"不过我想跟你谈谈。"

"你想跟我谈谈？"他看起来受宠若惊。

"你了解黑市，对吧？"

"对。"

"我想写篇关于孟买黑市的文章。"

"好。"

"我能不能问点儿问题，比方说你怎么换钱？你把钱兑换给谁？这个系统怎么运作的？"

"你是个作家，是吗？"

"对。"我的回答非常坚定。

"晚上你在这儿等我，"那个年轻人说，"我给你看点儿东西，一般游客可看不到。"

他带我上了一辆出租车，开到一个拥挤的地方，走进一栋大房子，穿过黑暗的走廊进屋，小屋里有另外三个年轻男人，好像在等我。有那么一刹那我觉得自己肯定会被打劫或谋杀。实际上，他们只是想卖给我大麻而已，我买了一些，感激他们饶了我的命。我在写这个故事的时候，给那个带路的人取名冈佳，来自吉卜林的《营房谣》，听起来也像印地语大麻的谐音。冈佳把我带到一条宽敞嘈杂的大街上，说在那儿可以看到"笼子"，就是有铁栅栏的窗户，里面会有妓女摆出诱惑的姿势。我们进了一家妓院，近距离观察妓女。我感觉即使拒绝服务也没有什么生命危险，于是委婉地拒绝了，虽然冈佳一直在劝我"找个乐子吧，伙计"。回到街上，我们喝了一杯用蜜瓜、糖、牛奶和碎冰混合的浓稠饮料，然后去了码头，冈佳指给我看那些从阿拉伯海走私货物到印度的船只。"税太高，"他解释说，"走私不用交税。"我们聊了几个小时以后，他带我回到 YWCA 国际旅舍，带着用玻璃纸包着的大麻。我坐下来开始写作，凌晨时分才写完，第二天就带稿子到邮局去寄给报社。那天上午，我发现背包里的旅行支票不见了，得去警察局报案，然后请美国运通银行给我寄新的来（他们几个星期以后才寄到）。我跟警察局的值班警察说明情况，在旁边一屋子被关起来的满脸怒容的印度人注视下。

几个月后，我到达香港，收到《基督教科学箴言报》寄来的两封邮件，里面夹着支票。一篇是后来写的文章，一篇就是冈佳的故

312

事——其中比较有趣的关于大麻和妓女的部分被删掉了。冈佳也许偷了我的旅行支票，但也给了我第一个得以发表的故事。

多年之后，再次站在 YWCA 的门口，我很想拦住路过的行人，告诉他们这是我写作生涯开始的地方，就在孟买卡玛女士街，后来我的计划多多少少实现了，虽说直到现在我感觉自己的人生理想也并没有完全实现，事实上，我还是想要逃离，逃离当年的孟买冒险带给我的舒适的牢笼，哪怕只是一段时间。我压抑住这种水手般的原始冲动，慢慢踱回旅馆，想要弄明白这次拜访的意义。

当然，我一直都知道这次旅行会到孟买，我将站在卡玛女士街的 YWCA 门外，回想起早年的生活。我想，我希望弥合时光的鸿沟，让生活显现出完整的样子。我并不想要重获青春，因为那不可能，但我至少想要重新体验年轻时的感觉，野心勃勃，随时准备去面对一切。但其实最终我并没有那么强烈的情绪，没有什么排山倒海的大波浪在心中涌动。站在那儿，我并不觉得年轻时横冲直撞的冲动已变为现在成熟、智慧的圆满。我能感觉到的，只是那个满怀热忱的后青春期男孩，渴望着写作，渴望为自己做点儿什么，从那时到现在，我的变化是如此之小。人届中年，我不再不顾一切，生活中的一些东西早已尘埃落定，但我仍然渴望完成我还没有完成的事情。我依然能感觉到身体中那种多年前促使我去冒险的特质，感觉到我的成功，世俗意义上的成功，还在远方的某个地方。徘徊不去的是我归属感的缺乏，就像小时候因篮球打不好而感到格格不入一样。就是因为内心缺乏归属感，使得我多年前想要去寻找某种家乡没有的东西，并把那些东西变成我的印记。当年是探寻孟买的黑市，现在则是沿着一位 7 世纪中国高僧的路线来一场精神探险。

"不一样，又一样。"乔伊斯《尤利西斯》里的斯蒂芬·迪达勒斯看着破裂的镜子，想起年轻的时候。住在 YWCA 的那个年轻的我已经不在了，但他大部分留在了这个站在卡玛女士街边的中年人身上，几乎三分之一个世纪之后，他来到这里寻找那个年轻人，也寻找自己。

也许是年轻时候冲动的记忆让我现在又变得冲动了，我再次拨通商羯罗的电话，这次有一个女人接了。

"我想跟甘吉布勒姆商羯罗的随从说话。"我说。

"好。"那边回答。

"这个号码对吗？"

"对。"

"请问拉姆邦主在吗？"

"他在做普阇。"普阇就是祷告。

"能不能请您告诉我怎么能找到他？"

"他在尼赫鲁。"我听到那位女士说。

看来尼赫鲁就是一个地方。那位女士给了我那边的电话，我打过去，是一个男人接的。

"请问是甘吉布勒姆商羯罗的随从吗？"

"是。"

"啊，太好了。我是纽约来的作家，我想，嗯，好吧，可能现在说有点儿晚，我想……"

"你想见商羯罗。"

"对。"

"你来吧。"

"嗯，问题是明天早上我就要离开孟买，所以不知道……"

"可以，你来吧。"那个男人说。

"现在？"

"对。"

"哦太好了，请问你们在哪儿？"

他说的好像又是"尼赫鲁"。

"请问您能拼一下吗？"

"N-E-R-U-L"

"啊，是尼鲁尔。"后来我才知道在孟买不知道尼鲁尔，就像在纽约不知道布朗克斯一样。当地人不会向你解释那是个地名。

"尼鲁尔在哪儿？"

"劳顿比尔伦，"我听见他说，"你到艾什赫雅艺斯管理学院来就行了。"

"劳顿比尔伦？"

那个男人听起来不耐烦了。

"我听不太懂美国口音。"他抱怨说。

"我听印度口音也有点儿困难。"我说。

"来艾什赫雅艺斯管理学院就行了，在尼鲁尔的劳顿比尔伦附近。"

我当时在海景饭店，请一个讲印度英语的工作人员又打了一次电话。这下我才知道劳顿比尔伦实际上是一家叫作伦敦皮尔森的啤酒厂，是尼鲁尔的地标，而艾什赫雅艺斯则是 S.I.E.S.（南印度教育协会的简称）管理学院。不知道为什么印度教的领袖会在一家商业管理学院。饭店为我找了一个认识路的司机。去尼鲁尔要穿过塔纳河到新孟买，司机说大概需要两个小时。

"我的天。"我说。

"那儿很远。"司机说，"现在还是高峰期。"

"我们走吧。"我说。车子穿过孟买街头难闻的尘土。这辆印度汽车公司生产的小车仪表盘上写着"上帝是爱"，车顶很低，我得难受地缩着身子。在孟买的城市边缘我看到了至今为止见过的最大的贫民区，就在桥梁的前面，是一大片建在沼泽地上的棚户区。桥梁在卡车的重压下嘶叫着，我的小车在车流中像象群中的老鼠。过了桥，小车噼噼啪啪响得厉害，我担心不能再开了。但大概在天黑后的九点钟，我们终于停在了一些巨大的现代建筑前，建筑装饰着彩旗，能听到《吠陀经》的吟唱。

"你找谁？"我下了车，一个年轻人礼貌地问。

"甘吉布勒姆商羯罗。"我说。

"他在这儿，跟我来。"

他带我走进 S.I.E.S. 管理学院，我在门口脱了鞋。念经的声音越来越大。我们走过一处开阔的地方，大概三百个僧人裹着白色缠腰布坐在地上，围着一张装饰着鲜花和小佛塔的方形桌子。他们的额头上画着三条灰白横线，那是湿婆的标志。他们盘腿坐着，手臂富有韵律地用茉莉花蘸取铜壶里的水挥洒着。我站了一会儿，看得入了迷。墙上是大大的黑白标志，表示我眼前的这些仪式是由某个企业赞助的。不知道商羯罗是否就在房间里，也许从扬声器里传出的声音就是他的，那个低沉的梵文念经声充满了整个房间。年轻人带我离开了祷告大厅，到了走廊里，那里有几个穿着白色半长裤的男人坐在椅子上。我向其中一个人做了自我介绍，他微笑着跟我握握手，说自己的名字是 V. 香卡。之前在电话里跟我说话的正是他。

"电话的事很抱歉，"我说，"线路也不是很好。"

很快我就受到了热情友好、极长见识的接待。那几个人好像很高兴我来，也很高兴我对商羯罗有兴趣。香卡解释说 S.I.E.S. 管理学院要为一尊 3 英尺高的猴神哈奴曼雕像奠基，所以商羯罗来到了这里。大厅里的僧侣从印度各地的圣河中带来了水，吟唱《吠陀经》，用花朵洒水会净化这个地方。几天以后，在正式的开光典礼上，也会在雕像上洒水，还要撒上一千零八枚金币，典礼结束后金币会被送给穷人。香卡介绍我认识学院的主任，他说 S.I.E.S. 管理学院跟伦敦政经学院有联系，但这里的学科加上了宗教的价值观，不只是印度教的，也包括别的宗教。然后香卡带我参观了学院另一处大祷告室。我们穿过宽宽的走廊，几十个人坐在地上等待。我们停在一扇玻璃门的外面，门上装饰着一束一束的黄色干花。香卡把我交给一个灰色胡子的男人，他虽然围着缠腰布，赤裸着上身，额头上画着灰线，但看起来还是像《玫瑰之名》里的肖恩·康纳利。这位就是罗摩衍那先生，他说自己的身份类似商羯罗的侍从武官。

"我一天二十四小时跟着他，"他说，"你会见到小商羯罗。"

几分钟后，所谓的小商羯罗出现了，他裹着一件简简单单的红褐色长袍，握着一根长竹竿。他的脸圆圆的，头发剃得很短，似乎好几天没刮脸，长出了非常黑的胡子。他个子并不高，但给人一种敦实的感觉，态度中有一种不自知的怡然，我想那一定跟他作为神的化身有关。他的眼睛水汪汪的，有点儿咳嗽，也许是因为空气污染。他对我友好地笑着，以印度的方式晃晃头，意思是"我对你感觉不错"。我喜欢他。

罗摩衍那向他介绍了我。年轻的商羯罗咳嗽了好一会儿，然后坐到一个矮凳上，竹竿一头搭在他的左肩，一头夹在脚趾间。罗摩衍那示意我坐在他对面的地上。

"别太近了。"他说。

我指了指地上的一个地方。

"那个距离合适吗？"

"行。"

我坐下来，盘起腿，拿出了笔记本。当地的男人、女人和孩子都在等着见商羯罗，不过现在都掺和到我的事情里来了，坐在旁边盯着看。

"什么都可以问，"罗摩衍那说，"你可以说英文，他会用印地语回答，我来翻译。"

我在出租车上考虑过要问的问题，想问点儿可以用格言警句来回答的，不需要那么冗长。我知道自己没有时间，而且如果要进行一场真正的印度教哲学讨论，我的知识储备也不够。我的真正目的并不是去学习，而是见一见湿婆的正式化身，一位智者宗师，一位人间的神。因此，我决定讲希勒尔拉比被询问是否能单脚站立传授犹太教的故事。我事先说明自己并不是要请商羯罗做平衡动作，而是那个问题需要的是简短的答案，一两个精粹的短句。

"印度教是一种生活方式。"商羯罗回答了我的问题。这个回答当然非常简短。但没有说出一个原则。

"生活方式最重要的原则是什么？"

"简单生活，深刻思想。"他说。

我向商羯罗询问印度的贫困情况，他说并不像外国和当地媒体报道的那样糟糕。您会给穷人带来什么安慰？我想知道。他的回答是有些无家可归的人可能在精神层面比富有的人拥有更多。我问他会给来访的记者什么建议，他回答："用写作为别人做好事。"对我来说，是个好建议。

我也考虑过其他问题：怎么看待恒河的污染？印度教和印度的贫困是否有联系？世界是真实的还是只是意识？但我受到了那么友好的接待，觉得问这样的问题不太合适。而且商羯罗很快就开始问我问题了——关于中国、美印关系、印中关系——他提问的时候，那些来看他的人开始往前凑，在我们说话的间歇插话进来。一个女人说丈夫病了，一个男人说自己开始了新工作，希望得到大师的祝福。年轻的商羯罗对每一个人友好地晃着头，低声念几个句子；手伸到身后捏起几粒粗糖，一个助手捧着那碗糖；然后把糖放到感激的信众手掌上。那个人会全身伏在地上，然后才起身离去。在我看来，商羯罗做这些事情的时候未免有点儿敷衍了事，但同时又有着某种温柔和亲密，完全不存在傲慢专横。在做手势、祷告或告慰的时候，他面露微笑，晃晃头，动动眼睛，那些前来寻求安慰的人都满意地离开了。

我离开的时候，维杰衍德拉·萨拉斯瓦提商羯罗从糖碗里抓起满满一把糖，放在一张报纸上，然后放到面前的地上。我拿起来，折好报纸，把糖包放进自己的口袋里。罗摩衍那送我出去，说年长的那位商羯罗可能正从会议室往卧室去，也许能给我几分钟。

于是，我去了一趟尼鲁尔，见到了两位商羯罗。年长的那位出现在走廊上，他比那位年轻的个子矮一些，但同样敦实。他也没有什么排场和大阵势，只是站在那儿，前一刻还在逗那些羞怯地站在一边的小学生。罗摩衍那向他介绍了我，然后我们三个一起向通往商羯罗卧室的楼梯走去。一边走，罗摩衍那一边问我是否是天主教徒或者基督教徒。

"我是犹太人。"我说。

我们进了一间基本上没什么家具的办公室，就一台电扇、一块地毯、一个帆布包，地上放着睡觉的垫子，还有一篮蔬菜水果。商羯罗坐在坐垫上，罗摩衍那和我坐在他面前的小毯子上。

"那么你是位作家。"杰衍德拉·萨拉斯瓦提商羯罗开始交谈。他的声音低沉沙哑，牙齿不太整齐。

我告诉他我从中国旅行到印度，也说了玄奘，我就是沿着他的路线到了甘吉布勒姆。商羯罗想知道中国的宗教情况，还有玄奘怎么写甘吉布勒姆。我尽量做了回答。

"您能在我单脚站立的过程中简短讲明所有印度教的思想吗？"我问。

商羯罗笑了。

"人的目标是了解真理。"他回答。

一针见血，我想。精彩的回答，和希勒尔的"己所不欲，勿施于人"有异曲同工之妙。在犹太教和基督教的传统中，人们践行的是忠诚的信条，对一位全能的无上之神的忠诚，即便没有证据可以证明他的存在。基督教徒或犹太教徒面临的问题是次一级的：那是真的吗？重要的是神要我做什么？但在印度教或佛教中，虽然存在一位至高无上的神，他还有着各种不同的表现形式，其中之一就是我面前的这位商羯罗，但是否相信神的存在没有了解事物的本质那么重要，那种本质存在于表象之下，如果了解，就能让信奉者摆脱对俗世的执迷，体验到更高层次的喜悦。

　　我问商羯罗一个人了解了自我的真相，那是一种幻相还是一种真实。

　　"'我'是一种幻相，"商羯罗说，"但人需要经历这种幻相，只有经历过才知道是幻相。关键是要完全信奉全能之神，那样你就会摆脱自身的偏狭。自我不会占上风。如果占了上风，那就是你不够虔诚。"

　　我们谈到了印度教寺庙，商羯罗说寺庙在印度教里相对年轻，只有大概三千年的历史。之前是没有寺庙和偶像的。

　　"身体就是寺庙，神住在里面，这是我们的理念。后来寺庙建起来了，神像被安放在那里。"

　　"那意味着神像就是神吗？"

　　"神无所不在，无所不能，无所不知，"商羯罗回答，"在寺庙里安放神像是一种象征。神无所不在，不只存在于某个特定的地方。但没有象征的话人们无法想象，因此象征性被放到了寺庙里。那并不是终点，只是起点。”

　　商羯罗愿意与我继续交谈，但我第二天还要坐早上六点的火车去奥兰加巴德，因此告诉他我应该离开了。他在面前放了一个石榴给我，我拿起来，放进包里，出去找我的出租车。

18 前往红其拉甫口岸
TO THE KUNJERAB PASS

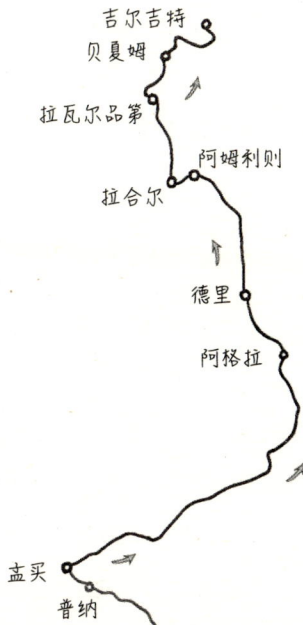

　　他们请求玄奘留下，不要回到家乡。当玄奘完成了印度巡游回到那烂陀的时候，伟大的哈夏国王说服他参与一场八十天的公开辩论，哈夏王是北印度的最后一位统治者。这件事发生于643年，在当时的王朝都城曲女城，现在那里只是恒河上一个默默无闻的城镇。根据慧立的记载，印度各城邦的十八位国王和几千名僧侣出席了辩论大会。非正统的小乘学说把现象看作真实，这个说法完全不能跟玄奘的逻辑抗衡，他在克什米尔和那烂陀经过了精心的准备，为大乘佛教理念做出了有力的辩护。这位中国的朝圣者由"象军二万乘，船三万艘"的庞大队伍护送至曲女城（慧立应该是根据法师本人的叙述而如此记载），同时一百只金鼓齐鸣。慧立还写道，反对瑜伽行派的人策划杀害来自中国的辩论者，但哈夏王听说了这个阴谋，警告说如果有人伤害玄奘，会砍掉他的手、截断他的舌头，这次震慑也许让玄奘终于决定参加神学辩论。他的声名达到了巅峰，玄奘决定完成他来印度要做的事情。

那烂陀的僧人说："支那国者蔑戾车地，轻人贱法，诸佛所以不生。"

玄奘答曰："彼国衣冠济济，法度可遵，君圣臣忠，父慈子孝，贵仁贵义，尚齿尚贤。"

玄奘在十五年前私自离开中国，当然会担心自己回到祖国会受到何种待遇。他的爱国言论，是在回国受到唐王礼遇后告诉慧立的，也许是特意为之。但不管怎样，当哈夏王请求他在印度多留一段时间的时候，玄奘说，经言：障人法者，当代代无眼。如果阻碍佛教的传播，下辈子可能会有天生眼盲的报应。玄奘回到了那烂陀，去收拾他的书籍和雕像。他得到了大象和随从，开始了漫长的回家之旅。

我坐了七个小时火车从孟买到达奥兰加巴德，匆匆游览了埃洛拉和阿旃陀的洞窟。这里位于一连串美妙的佛教洞窟寺庙的最西端（埃洛拉其实还有印度教和耆那教的石窟艺术），这一系列洞窟从中国甘肃的敦煌一路延续过来，大概覆盖了 6000 英里长的范围。玄奘的朝圣之旅来到了埃洛拉和阿旃陀，但他没有提到这些洞窟，所以他是否曾踏足这些地方我们并不清楚。1819 年英国人发现了阿旃陀，在此之前那里埋没在丛林之中达一千年之久。阿旃陀石窟是世界艺术的瑰宝，如果玄奘错过了这里，那真是可惜。

我雇了一辆白色的大使牌轿车，一早从奥兰加巴德出发，经过一片黄色的荒丘以及种着甘蔗和棉花的农田。我的司机是个上了年纪的穆斯林，白胡子，白帽子，穿着带棉质肩章的洁白无瑕的白衬衣。沿途有头上围着头巾的男人，双手背在身后走着。经过一个写着"开始爬坡"的路牌后，道路变成陡峭蜿蜒的坡道，沿着一片焦黄的山谷，有着零星几棵树木。几公里之后，又有一个"爬坡结束"的牌子。车子经过了一处干涸的河床，在一个挤满卖明信片和小饰品摊贩的停车场停了下来。

洞窟地带是一处巨大的马蹄形岩石构造，下方是草木丛生的山谷。可以想象那位名叫约翰·史密斯的英国猎人到达现在停车场的位置，从下面茂密的丛林中发现洞窟的情景。如果走进去，他会发现那些印度洞窟壁画散发着特殊光辉，那是祖母绿、铁锈色、乌木黑、蔚蓝和烫金色涂抹出来的烛光般的色彩。这些艺术尤其显示出一种优雅的肉欲，壁画和雕塑中的佛陀和菩萨呈现出印度诸神那种健壮的优美。小乘佛教认为大乘佛教将朴素的原始佛教变成某种混乱的多神教，阿旃陀就是一个明证。

跟新疆的克孜尔千佛洞一样，阿旃陀的壁画主题也是本生经故事，但这里的佛教艺术对于佛教的意义，类似后来的文艺复兴对天主教的意义，即通过塑造理想的人类形象来使宗教得到更多人的亲近。我想不会有别的女性佛教艺术形象像阿旃陀二号窟的摩耶夫人那么性感。她的肤色很深——从阿旃陀到敦煌，佛教艺术中皮肤的不同颜色是个很有意思的话题。她丰满的胸部非常诱人，身体靠在宫殿的一根柱子上，戴着脚链的那一条腿站立在地上，另一条腿弯曲着靠在身后的柱子上。头发上系着金链，手腕上戴着手镯，还有黄金宝石的项链，她温柔地微笑着，眼睛发亮，看着一个手拿念珠的男人，男人崇拜地望着她。在若隐若现的洞窟光线中欣赏这些多年以前的壁画和雕像让人激动不已，比在博物馆中更加打动人心。幸亏史密斯把这一发现报告给当地首领海德拉巴王公，而且没有贪婪的英国考古学家把它们转移到伦敦。

我从奥兰加巴德去了新德里，比忠梅早一点儿到达。我住在一家远离市中心的普通旅舍里，到身在纽约的一位印度朋友父母的豪宅吃了一顿晚饭。第二天晚上，我去机场接忠梅，站在到达大厅的门口，我一度感到十分紧张和茫然（警卫威胁我说如果越过界限，会用霰弹枪向我射击）。忠梅东张西望，我冲她用力挥着手，想引起她的注意。我以为她看到了我，但她很快又看向别的方向，好像在找其他人。后来她向我走来，但脸上还是有一种令人不安的茫然。然后她终于认出了我。

"我疯了一样挥手，想让你看到。"我说。

"我没把你认出来。"她说。

穿过吉尔吉斯斯坦边境以后，我就没刮过胡子，现在已经长得很长了。

"我看起来那么不一样吗？"我问。

"如果我都没认出你来，那说明你肯定变化很大啊，"忠梅说，"我看到你挥手了，以为那是个想招揽生意的出租车司机。"

在新德里炎热的夜晚，我们坐在大使牌轿车上，我拉着忠梅柔软凉爽的手，充满感激地又闻到了她头发的香味，开玩笑地告诉她我们得住在一个非常简陋的地方，有点儿破旧，而且热水也不可靠，但不管怎么说，我们佛教徒就喜欢过简朴的生活。"没问题，"她认真地说，"我不在乎。"然后我带她去了新装修的帝国饭店，宽敞明亮，铺着大理石，非常豪华——有空调，服务员穿着笔挺的制服，丝绸床单，二十四小时客房服务，还有茂密的热带花园和游泳池。我们点了茶，用沉重的银质茶壶盛装，配以滤网和精致的瓷杯。忠梅告诉我她在科罗拉多的演出一切顺利，而我则说起了瓦拉纳西王公、加尔各答的犹太教堂，还有甘吉布勒姆商羯罗。那天晚上我睡得又沉又香，只有当你清楚不管你有多焦虑，一切都将安然无恙的时候，你才会有那样的睡眠。

我们花了一天的时间在新德里观光。我们去了红堡，那是莫卧儿王朝统治整个印度时修建的，是一处大理石镶嵌的猩红色宫殿遗址；还有大清真寺，也是莫卧儿王朝时期的建筑，从红堡步行就可以到达；以及附近的购物街月光集市。黄昏的时候，我们看了一场印度舞演出，然后去朋友父母的家，吃加了很多香料的炖菜和新鲜的水果。第二天我们乘坐空调快车到了阿姆利则，几个星期前我乘坐过反方向的同一趟车。

我们住在班德利太太旅舍，一边吃早饭一边看八哥在草坪上啄虫子。巴基斯坦边境的情形跟我从反方向经过时一样。那让人产生一种联想：海关麻烦越多，国家就越贫穷。印度边境这边不仅彻底搜查了我们所有的行李，还要求我兑换剩下的一千印度卢比，大概值二十五美元，否则我就违反了外汇管理条例。巴基斯坦的政治经济情况更加糟糕，虽然通关简单一点儿，但更腐败。一个长得有点儿像奥马尔·谢里夫的高个子士兵检查了我们的护照，熟练地说了一句"欢迎来到巴基斯坦"。海关人员告诉我，如果需要换钱，他可以"帮助"我。就在几分钟之前，入境柜台处的人已经提过这个建议，我婉拒了——在印度那边已经换过了。但这位官员的说法让我迅速开始琢磨"帮助"的反面是什么，是否会是麻烦、阻挠、给我的电脑和相机加税？于是我决定换五十美元。那个入境柜台处的人很生气。"我是管入境的，"在我到外面打车时他追过来说，"我问你换不换钱，你说不，为什么在海关换？"

"我想避免麻烦。"我回答，但他听不进去。

"我是管入境的。"他又说了一遍，好像在说识时务的人都应该在入境处换他的钱，那才更高级。

我得告诉出租车司机某个拉合尔的地址，我们想在当地吃午饭，然后坐车去伊斯兰堡。我说了一个以前听过的名字——法莱蒂酒店。法莱蒂酒店比较古老，会让人想起英国统治印度时期的辉煌，就像新加坡的莱佛士酒店、槟城的东方快车酒店、加尔各答的欧贝罗伊酒店，还有孟买的泰姬陵酒店。不过实际上这个地方肮脏昏暗，曾经的辉煌已无处可寻。我向前台询问去伊斯兰堡的汽车，他们说第二天早上九点发车。我被带到四号办公室。

"你想什么时候去？"那儿的男人问我。

"现在，今天下午，午饭以后。"

"今天没车了，每天早上九点发车。"

"只有那一班？"我问。

"对。"

"只有一班去伊斯兰堡的车？"

把我领到这间办公室的服务员来解救我了。

"PTDC 的车是早上九点，TDCP 的车下午一点。"他说。

"TD 是……随便吧，那车在哪儿？"

"劳伦斯路。"他说。

那应该是 T. E. 劳伦斯路，这个名字来源于一位有"阿拉伯的劳伦斯"之称的名人。我看了看手表，时间已经中午了，我们只能在法莱蒂酒店简陋的餐厅吃顿饭，那儿不仅简陋还很慢。我不禁自问，难道你还不知道，在南亚什么事都急不得吗？我们坐了五十分钟，食物还没上来。我到前台去问是否还有晚一点儿的汽车，这时墙上的挂钟提醒了我，巴基斯坦比印度时间早半个小时。我感觉自己就像《八十天环游地球》里，被国际日界线拯救了的福克。我迫不及待地想开始喀喇昆仑公路之旅，一点儿都不想在拉合尔住上一天，尤其是住在法莱蒂酒店。我跑回餐厅，饭菜上来了，我们迅速吃完，叫了一辆出租车，赶在最后一分钟上了汽车。

汽车上了被称为"M2"的超级高速公路，这条路足以和德国高速公路相媲美。遮阳窗帘紧紧地拉着，看不到外面的风景。虽然有空调，但车里还是又热又闷，有股隔夜剩菜的味道。忠梅从纽约过来几乎就没休息过，她在旅途中一言不发，这让我很是不安。我想她也许后悔来了这里。途中，车上电视亮了起来，开始播放一部极其荒唐夸张的印度电影。

我慢慢开始了解印度电影，至少是比较了解那些在孟买大量制作的电影，这些影片总有着相似的元素。里面会有一个硬汉式的英俊男主角，一个凹凸有致的美丽女主角，风格也比较强硬。他们唱歌跳舞，舞蹈充满激情，有很多富有节奏感的甩胯动作，像是在用自己的骨骼钉钉子。合唱队伍中，穿着沙丽的中年妇女也在用力晃动胸部。男主角在碰到问题的时候会用武力解决，配有夸张的声音特效，之前的香港功夫片也是如此。

以上这些是标准配置，下面说说我在车上看的这一部的特别之处。从事娱乐行业的女主角不知为何对男主角大感失望，非常生气。两个相互竞争的商人，一个是锡克人，戴着紫色头巾，胡子编成辫子；一个是胖胖的印度教徒，也留着胡子，长得像帕瓦罗蒂，女主角叫他吉爸爸，是电影里的坏人。电影是印地语的，但讲乌尔都语的巴基斯坦人也看得懂，不过有的句子是用英语讲的，其中大概包括"闭嘴！""再来？""日安"，还有"宝贝，我会永远爱你"。影片中一对情侣载歌载舞，场景非常豪华——在飞过草坪的直升飞机上、双层大巴上、伦敦的公园里，背景还有大本钟，然后回到印度某个梦幻的饭店，有着旋转的灯光、喷泉和露台。最后，男主角从印度教胖子手里救出了姑娘。另一个独特之处是，男主角被某个外国婊子引诱离开了女主角，在意识到自己的错误以后又回到女主角身边。还有，一向反对男女主角在一起的家人让步了，同意他们结婚。但是这个女主角生病去世，当然去世之前两个人一定还会共度一段快乐的时光。他们热切地注视着对方，歌声震耳欲聋。他们不接吻，但会轻轻拥抱，用大大的黑眼睛看着对方。

这些电影里不会有裸露镜头，虽然所有作品都有一种软色情。女主角的胸部很大，短裙紧紧包着丰满的臀部，看起来有点儿像石雕的印度教女神——湿婆的妻子拉克希米或帕尔瓦蒂，性感、丰润。男主角看起来像毗湿奴的第十一个化身 [1]，不过长得太标准了，没什么意思。而且不管发生什么，都会突然爆发出刺耳的歌声和旋转的舞蹈。我在《今日印度》杂志上读到过一篇对印度电影的总结报道，说如果制作方要求每十五分钟就要来一场布斯比·伯克利 [2] 式的舞蹈场面，电影是不可能发展出什么戏剧冲突的。

我们在大约晚上六点到达伊斯兰堡，住进蒙法利德旅舍，这家旅舍我愿意推荐给任何去往巴基斯坦首都的人。忠梅爬上床，马上睡着了，我看着 CNN 的世界天气预报。全世界最热的二三十个城市中，伊斯兰堡是最热的一个，104 华氏度。怪不得大巴上的空调几乎不起作用。

那天晚上我们见到了司机和导游，第二天早上他们用一辆敞篷吉普接上了我们，那辆车车况可不太好（已经磨平的轮胎让我很担心，

---

[1] 印度教主神毗湿奴有十大化身。——编者注

[2] 布斯比·伯克利（Busby Berkeley），20 世纪 30 年代好莱坞歌舞片导演。——译者注

简直像用砂轮打磨过一样）。我们踏上返回中国的喀喇昆仑之路，七个小时以后到了贝夏姆。我们的导游叫费尔曼，是一个害羞的小个子，背包很小，胡子也是小小一撮。司机以前当过兵，叫阿里。我们沿着主干道到塔克西拉，一些考古学家认为，佛教就是在公元1世纪从那里开始传播到中国的，途经的路线我们也将走过。我们经过瓦赫到阿伯塔巴德，那里的山地崎岖而陡峭，梯田分布其间。午后的阳光倒映在蓄水的稻田里。我们沿着谷底溪流开了许久，最后那条溪流汇入了印度河，那是一条宽阔湍急的桃子色的大河。贝夏姆的那家旅舍就在河边，每一个房间都有一个小阳台。我问餐厅服务员有没有新鲜水果做甜点，他说没有，我说："为什么没有？市场上都是新鲜水果，你们这儿为什么没有？"

服务员走开了，忠梅说我变得粗鲁急躁。"你旅行的时间太长了。"她说。

"你什么意思？"我说，"他们应该有该死的水果，他们该用点儿心。"

她只是看着我。

"对不起，肯定是因为太热了。"我说。其实不只是因为太热，也不只是因为漫长旅途中持续的物质匮乏，没有你喜欢的早餐，除了咖喱什么都没有，凡事慢吞吞，也没有冷饮，以及这里的旅舍竟然没有新鲜水果，而此时新鲜水果是如此慰藉人心。我看到忠梅有点儿无精打采，以为如果来点儿水果，可以让她感觉舒服一点儿。最终我留了一大笔小费，重拾理智。

早上五点半，我们在印度河边清凉的空气中散步。河道在峡谷间变得陕窄，根据斯坦因的说法，那里就是法显在 403 年渡河的地方。我们在市场上买了个西瓜，然后开始了去往吉尔吉特漫长炎热的旅程。车上一片沉默，大家都陷在令人窒息的热浪之中。我们一路沿着印度河前行，河流穿过土石松散的山间，从桃子色变成了泥浆色。山上冰蓝色的溪流正汇入其中。我们在一条小溪边停下车，把双手浸在清澈冰凉的水中。几辆货车也停在这里，一个留着铁锈色胡子、身穿黑色帕坦人衣服的男人走过来跟我握手，友好地邀请我们跟他们一起午餐，我们礼貌地推辞了。然后我们在 25 551 英尺高的勒格博希峰前合了张影，路旁有一道溪流从山上奔流而下。那是我见过的最壮丽的景象之一。我们在另一处观景点吃了西瓜，从那儿能看到喜马拉雅、喀喇昆仑和兴都库什山脉的交汇处，远处有嶙峋的冰峰。我们去了路边的一处瞭望台，回来的时候发生了一次奇特的偶遇，就像英国巨蟒组的电影情节一般。

一辆从吉尔吉特方向来的红色车子在我们身边来了个紧急刹车，一个巴基斯坦女人跳了出来，直接向忠梅走去。

"你好，"她伸出手，"你是中国人，对吧？"

"是。"忠梅说。

"见到你太高兴了。"那个女人说。她苗条、白皙，黑色的眼睛在阳光下闪烁。她的口音说明那几句友好的问候是她会说的全部英语。

她紧紧拉着忠梅的手。走到路中间，让一个从车上下来的男人给她们拍照。

"很高兴见到你。"拍照的时候她又说了一次，然后回到车上，车子向南边开去，留下一团神秘的灰尘。我不知道是什么引起了这段小插曲。也许那个女人只是想确定巴基斯坦与它的巨人邻国之间的友好关系。

我们重新上路，天气太热了，我的鼻孔都快烤焦了，吉普车颠簸得厉害，我却完全找不到平衡点，车里到处都热得发烫。忠梅在草帽下奄奄一息。我对旅行之苦不抱任何幻想。这不好玩，这一点儿意思都没有，吉普车轰隆着前进，我们的头奋拉在座椅靠背上。我甚至对每一次惊险万状的错车都失去了兴趣。我也不担心我们这辆轮胎光滑的车就行驶在印度河上方的悬崖边上。我的想象力在热浪冲击下开始天马行空。如果吉普车掉进悬崖，我们存活下去的可能性有多大？如果掉到水里，我们还有一点儿机会，而且这是一辆敞篷车，即使被湍急的河流冲走，我们也可以从辗棍上爬出去。但我转念一想，河水太浅，吉普可能会撞到河床上，里面的人要么被摔死，要么会被拍在车体和河床之间。我在想，如果抓着上面的辗棍或者侧面的栏杆，是否能减轻一点儿冲击，让乘客留在吉普车内，而不是被甩到下面的河床上？即使存在那种可能性，吉普车也许还会先撞到岩石上，然后掉进河里，那样的话我们就会立刻死亡，然后我又想，如果有人用类似超人的力量来阻止这场跌落，生还的可能性还是有的。我想象我们滑过悬崖表面，我会不会像托马斯·曼笔下的人物那样，对自己说："哦，这就是从悬崖上掉下来的样子。就是这样吗？没有别的了吗？"

我曾经给《纽约时报》写过一篇关于一本美国布道的合集的书评，其中有一位来自19世纪堪萨斯州的黑人布道者，名叫布拉泽·卡珀，他对荒芜的描写，在我读过的文章中首屈一指。布拉泽·卡珀写道："一种持续不断的荒废感，一片因上天愤怒降咒而被研成粉末的大地所形成的海洋，巨大的岩石就像废弃的竖井和被遗忘的墓园里坍塌的墓碑，耸立在沙堆之上，寸草不生。"他所描述的也有可能是喀喇昆仑公路，英国殖民统治时期的探险家和学者沿着这条路到达帕米尔，乔治·海沃德 [1] 在这里悲惨地死在了米尔·瓦力的割喉刀下。

海沃德的故事以及道路的炎热和单调，让我开始想象自己的冒险生涯。我想象自己是一个打入敌占区的特派员，要在那里建立反抗组织。但我的身份暴露了，巴基斯坦游击队员赶在敌人之前发现了我。我当然受了伤，要在某个避难所停留一晚，接受治疗，之前在瞭望台见到的红车上的那个女人帮我敷着额头退烧。我睡得极不安稳，在一片死寂之中醒了过来，看到她的眼睛在黑夜中闪着光。就这样过了几天。对像我这样不顾一切地帮助这个饱受折磨的国家的男人，游击队员满怀感激，于是决定救我。吉普车沿着敌人不知道的一条山间窄路奔驰，太阳在身后闪耀。我们翻山越岭到了河谷，然后进入了一处绿荫覆盖的村庄，蜿蜒石墙边是果实累累的杏树，让我精神为之一振。我们经过石墙之间狭窄颠簸的小路，穿过一道刷着绿漆的铁艺大门，进入一间挂着壁毯的石屋，我会躺在一张吊床上，凝望着我的大眼睛护士。

然后麻烦来了，那位护士有一个情人，他说过要娶我的护士，但发现她痴情地迷恋着我，决定向敌人告密。我们不得不连夜逃离，车子在月圆之夜行驶在崎岖的路上。我们要去往卡里马巴德的村庄，

---

[1] 乔治·海沃德（George Hayward），19 世纪英国探险家。——译者注

一千四百年前，玄奘曾经在那里寻求庇护，而有人告诉我那里绝对不安全。那里有护士的家人，但巴基斯坦人的种族仇恨要求她把我杀掉。有人知道村子东边有一条陡峭的山林小路，通往某个表亲的农庄。吉普车难以置信地爬上一个又一个陡坡。道路如此狭窄，车子时不时把墙上的石块撞落下来。到了更高的地方，四周都是山涧激流的声音。车窗外，有个披着红色头巾的小女孩用明亮的眼睛惊讶地看着我。这里的房屋都是石头的，修建在土豆田的中间。不时有大胡子农夫蹲伏在灌溉水渠附近。他们知道我是谁，但不会出卖我，有人告诉我。

"现在你安全了。"费尔曼说，他也进入了我的幻想。费尔曼找到的司机很不错，跟以前那些不一样，他能让车在砂砾路面开上一个小时，离悬崖的距离永远不会超过一英寸。最后我们到了一片草地边上，罕萨河谷从我们下方延伸出去，像绿黄色相间的一条带子。河谷远方耸立着巨大的勒格博希峰，在渐渐暗淡的阳光下闪着幽灵般的光芒。我的伤一好，就要从这里出发到兴都库什山，然后从那里穿过边境去往阿富汗。当战争结束，我会回来感谢救过我的人，还有再看一看那双亮晶晶的黑眼睛……

幻想就到这里。

我们到了吉尔吉特，旅馆经理告诉我在英国人占领的那些年，北部人民都学会了如何接待那些来到此处的外国人。"不过我们本来就知道，"他很快加上一句，"欢迎远道而来的客人是应该的。"

旅馆对面的空地上孩子们在踢足球。突然阴云密布，狂风四起，旅馆停电了，我点燃蜡烛，这方面旅馆考虑得很周到，但还是没有提供手纸和热水。我意识到此时已经是星期五晚上，安息日。我坐在外面露台上的藤椅上，等待暴风雨的来临。下面操场上，沙尘像幕布一样盖在路上，不过我们旅馆花园这边的空气还算好，柳树枝条挡住了风沙。平房墙上挂着西方沙龙式的招牌，最后被风刮到了地上。黑暗中某处门窗被风吹得砰砰作响。我希望能下雨，但一点儿雨水的踪迹都没有。这就是从印度到中国炎热的高速公路上的一场沙尘暴。我们走进点着蜡烛的餐厅，吃了一顿干巴巴的鸡肉咖喱。突然我的心情转好了，因为这场突如其来的风暴、烛光、招牌、用长柄勺往身上浇水的声音，所有这些异域情调的东西。忠梅在洗了个热水澡以后看起来也精神多了。是的，这就是从巴基斯坦到中国的旅行，挺了不起的，对不对？

* * *

我们在喀喇昆仑公路上又颠簸了两天，先是沿着印度河行驶，然后是吉尔吉特河、罕哈萨河，到达苏斯特，在那儿要通过巴基斯坦边境。沿途的景象让人对沿着伟大事件之路旅行的人们的坚韧和耐力惊叹不已。经过齐拉斯几个小时以后就能看到各处高山，第一座是南伽峰（26 660英尺），接下来是拉卡波希峰，然后是迪斯特吉峰（25 869英尺）。多年以前，我的一个朋友乘坐早班飞机从加尔各答到新德里。从舷窗可以看到喜马拉雅山脉，绵延起伏，白雪皑皑，清晨的阳光下显现出暗粉色。"那非常重要。"她后来说，意思是目睹地球所承载的不可思议的伟大群峰是种神秘的体验。那就是弗洛伊德所说的"海洋感觉",不过这里是由巍然耸立的土地和岩石带来的,而不是庞大的水体。奇怪的是玄奘并没有提到途中所见山脉的壮美威严。对他来说那只是障碍,跟沙漠、丛林、黑暗、寒冷、强盗或其他阻挠行程的东西一样,没有什么特别的感觉。我在这个方面有所不同。当我们从拉卡波希峰下经过,需要爬升大约 6000 英尺的高度。我们行驶在桥上,桥下融化的雪水奔涌向前,而西边就耸立着 25 551 英尺高的山峰,那么宏大。目睹这样的奇观非常重要。

我们继续前行。

我喜欢吉尔吉特,那里地势起伏,狭窄的街巷和有趣的集市都带有异国情调。我们在市场上看羊毛披肩和毛帽子,但没有停留很长时间。我们还要赶往卡里马巴德,在那里一个叫作鹰巢的地方过夜,鹰巢修在俯瞰着吉尔吉特河谷的一处高山牧场上。汽车穿过路边的土豆田和白杨树,还有漂亮高大的石墙和石头农舍。砂石路又窄又陡,急转弯很多,第二天早上下山的时候,我发誓说再也不要坐吉普车了。

我们住的旅馆建在河谷上方的悬崖上。坐在房间前面的草坪上,我们喝着茶,看着喀喇昆仑山脉在眼前伸展开去,像一幅锦绣画毯。晚饭是在屋顶吃的,还是咬不动的鸡肉咖喱,但配了一杯甜甜的红葡萄酒——巴基斯坦的走私货。配酒的是远处的山峰,下方蜿蜒流过的罕萨河,树丛,石头村庄,清凉的空气,梯田,明亮的金星和火星就悬挂在地平线上方,随后天空越来越暗,密布着我所见过的最亮的星星。我们早上四点半起床看日出,爬上一处山丘,在那里拉卡波希和迪斯特吉两座山峰都能看到。我们前面有大概二十个中年日本游客，他们占据了最佳观赏点，皱着眉头看日出。他们从卡里马巴德坐吉普车来到这里，当第一缕阳光洒在群山之上时，他们大失所望，因为这里的日出有点儿虎头蛇尾，没有什么红色的朝霞照在黑色的山峦上，也没有大地猛地倒向虚空的感觉。只有天色变得越来越白。过了几分钟，日本游客喊着"我们走吧"，转身快步走下山去。

为了不坐吉普车，我和忠梅决定步行下山，一个半小时以后膝盖和小腿开始发软。旅行非常耗费体力，但并不等同于运动锻炼。我累得东倒西歪。一些男孩子在浅浅的泥塘里快乐地玩耍，我们拍了几张照片。忠梅每碰到一个带着方头巾的女孩，就摆出姿势跟她们合影。空气还算清凉，但在 9000 英尺的高度，阳光非常强烈。我们脚下是吉尔吉特山谷，铅灰色的河流，群山环绕。到了山脚，我们又渴又热。我们找到了基萨尔旅馆，费尔曼和阿里正坐在葡萄架下的桌子边等着我们。这家旅馆是被《孤独星球》称为低端游客的那些人喜欢的地方，的确如此，当我们在那儿吃点心的时候，三个满身是汗、强壮的北欧年轻人骑着自行车也来到这里。其中一个告诉我，他们一行共五人，头一天从吉尔吉特出发，最终目的地是喀什。另外两个还在路上。

另一张桌子上是一个讨人喜欢的年轻女人，来自新西兰，正在跟旅馆老板结账。她戴着女教师的那种圆眼镜，穿着长长的蓝裙子，说话非常温柔甜美。她交了钱，把沉重的大包背到背上，前面还挂了个小一点儿的包。她跟老板聊了几句，问哪儿能找到去吉尔吉特的汽车。老板看到她背着那么重的包，于是叫一个小伙子陪她去一英里外的车站，但她礼貌地拒绝了，小心地沿着满布尘土的道路，慢慢向着卡里马巴德中心的方向走去。

在梅尔维尔的《白鲸》中，有一个短章名为《给布金敦的六英寸的墓志铭》，故事的叙述者以实玛利看到一个布金敦人在新贝德福下了船，而在两天后他则看到那个人又上了"装阔德号"再度出海。这个人如此迅速地回到船上，让以实玛利十分感佩。布金敦，他在陆地上仅仅停留了两天，就又要开始一场超过两年的航行。"陆地灼伤了他的脚。"以实玛利说。家庭生活让他逃离，换句话说，他摆脱了舒适的幻相，迎接无垠的大海。

我在来自新西兰的这个姑娘身上看到同样的特质。她独自旅行，不需要我们的陪伴，也不需要那些在她离开之前到达的壮小伙儿。她独立、无所畏惧，想要离家乡越远越好。所有的旅行指南都警告说在巴基斯坦这个穆斯林国家，女性单独旅行会遭遇骚扰甚至更严重的问题。在她离开之后，我很后悔没能跟她交谈。我想知道她要去哪儿、去过哪儿，最初为什么决定旅行。我想知道她希望在喀喇昆仑公路上得到什么，离开温暖的家，进行漫长而孤独的旅行，对她有何意义。

她的情况在某些方面跟玄奘类似——不是在这个地方，而是别的某处，因为玄奘在这里有哈夏王赠予的随从、马匹和大象，当他背着沉重的木制经箧，独自穿过沙漠和高山的时候。我想现在我能想象他独自漫行的样子，一手挂着手杖，一手拿着扇子。我把他的形象浪漫化了，把他想象成中国山水画中的一个人物，在无边的大自然的衬托下显得渺小、哀伤，但同时又不屈不挠，英勇潇洒。这

340

个去找公共汽车的姑娘让我明白，去往西天的旅程更需要坚韧，是一个严酷的使命，是在荒芜单调的环境中奋力前行。让我以此作为献给她的礼赞，这个有着布金敦精神的年轻的无名女性。我希望她找到自己想要的东西，然后回家、结婚、生子，再也不用独自旅行。

*   *   *

我们下午四点半到了苏斯特，买了第二天去中国的车票。苏斯特什么都没有，好在还有 PTDC（"巴基斯坦旅游发展公司"的缩写）汽车旅馆，我在吉普车上度过了最后又脏又汗的三个小时，对那里充满期待。苏斯特严格地说只是一个边防站，只有一条柏油路，路边要么是低矮的房子，要么是数以百计的巴基斯坦卡车。寸草不生的棕色石头山上还残留着一些积雪。旅馆经理帮我们买了车票，我问现在到边境的游客多不多。

"非常少，"他说，"再过几天旅游季才开始，那个时候巴基斯坦人就放假了，很多人会去中国。"

"哦，巴基斯坦人去中国度假？"

"对，很多。"

我们走过一些小棚子，都是商店、旅馆和写着中文的货币兑换处。

"有很多中国人来吗？"我问。

"从那边过来的车很少。"他说。

我想起到达这里的玄奘，他是中国人中罕见的一类人，当然也有例外，比方说王勇和忠梅，中国人更喜欢待在家里，而不是去陌生的地方探险。喀喇昆仑公路不是为他们准备的。

我第二天一早就醒了，焦虑地考虑着最后怎么通过中国边境。头一天晚上，我做了最坏的打算，给电脑上所有文件都加了密，尽管中国海关不太可能检查我的硬盘，总之他们读不了电脑里的东西了。忠梅跟我讨论了这件事。

我告诉她我担心两件事情。一是我的香港签证可能会引起怀疑。外国人知道的事中国人当然也知道：如果到使馆或领事馆申请普通签证有问题，那就去找香港的旅行社。我的第二个担心是印度签证上的"J"。上一次通过中国海关的时候没有人注意，但这次不确定有没有人注意。我以前没有发现，现在知道有这样一个签证，情况就变得越来越糟，那个"J"简直在签证页上闪闪发光。

忠梅和我会如实说出我们的故事。我们所说的是真实的情况，我是《纽约时报》的书评人，我们一起在中国旅行。别的就不必多说了，肯定不会说我要写一本书，关于我重走玄奘路。

"还没有书呢，"忠梅的观察很敏锐，"因此没什么好说的。"随后我们去巴基斯坦边境办手续。

我们从苏斯特搭乘小巴车到了中国边境，车上有十一个活泼友好的巴基斯坦大学生，两个闷闷不乐的荷兰背包客。当汽车离开海关小屋的那一刻，我真想留在这里，尤其是巴基斯坦的山区，留在罕萨河谷，那里冰冷清澈的冰川融雪流过岩石，杏花正在开放，大杯子里盛着走私的葡萄酒。这种感情不仅来自对前途未卜的紧张，也来自当地人的热情。我们在这儿受到了友好的接待，而不是仅仅被看作生意对象。

汽车沿着罕萨河颠簸在喀喇昆仑公路上，河水是浅棕色的。我们在阿富汗奥克苏斯河谷南边大概 60 英里的地方，玄奘就是从那里回国的，我想那里应该有类似的风景。这里的地形高低不平，比我们前面经过的地方有过之而无不及，山丘更高，头上的悬崖更陡峭。上下都有冰川冰碛，宽阔的地面巨石遍布，像是被哪位神仙从高处抛到那里一般。汽车行驶到某处，我们被要求全体下车，这样汽车才能绕过几个雪堆——此前已经有两辆中国来的卡车撞上去了。这里的地貌非常宏大，但是是一种丑陋的宏大。我曾经期望的是白雪皑皑，是高山草甸绵延在绿色河谷之上，但这些地方海拔太高了，没有草，也没有树，四周到处都是岩石嶙峋的土堆。

我看到交通标志上写着到红其拉甫和边境的距离。到了那里，有两块牌子，一块写着"零点（Point Zero）"，另一块写着"再见"。没有检查护照，只有一根简简单单的铁栏杆拦着。我们已经在中国了。路面平坦，几公里后到了一处稍缓的斜坡，我们翻过了大概 14 000 英尺的高山。新德里在我们身后大约 1050 英里的地方。前面有一辆红色的丰田陆地巡洋舰越野车，在我们离开苏斯特海关时，它就在我们前面，现在停在了路边。几个穿着熟悉的中国人民解放军绿色制服的人把车上的行李拿了下来，放在一座小屋子前的空地上。屋子前面有两面中国国旗在风中飘扬。一个士兵走到忠梅那边的窗外，她正把相机拿出来。

"不能拍照。"士兵用普通话说。

"好。"忠梅说，把相机收了起来。

"你是中国人？"士兵问她。

"对。"她说。

"你拍照干吗？"

"我回国了，想拍国旗的照片啊。"她回答。

这句话说得真妙，但也是事实。士兵的表情变柔和了。

"你是导游吗？"他问，指着车上别的乘客。

"不是，我跟未婚夫一起旅行。"忠梅指了指坐在她身后的我。又上来几个士兵，简单地看了一下乘客的护照。然后要求我们拿上所有的手提行李。我意识到自己升级成了未婚夫。

"排队！"一个士兵用英文喊道，我们排成了一队——两个荷兰人在左边，然后是忠梅和我，右边是十一个快乐的巴基斯坦人，我们的行李放在前面。

那个士兵在我们面前走来走去，好像我们是接受训练的新兵，他是我们的教官。然后我们的包一个一个地打开了，书也要翻一翻，地址簿都要翻翻。不管多小的东西都要检查，那个士兵像个检查文物的古董商。检查到我们旁边的一个荷兰人的时候，包里翻出来一把小刀、一本旅行册、一架照相机，还有一盒上面印着金发裸体女郎的保险套。

"这是什么？"那个士兵怀疑地看着包装上的画。

"保险套。"荷兰人说。

士兵看着忠梅，忠梅做了翻译。

"哦。"他把保险套放回荷兰人的包里，脸上在笑。我感觉这次通过边境不会有什么问题，的确如此，这都得感谢忠梅和巴基斯坦学生。边防检查完了以后，我们把包放回车上，一个圆脸的中国边防士兵跟着我们，他带着枪，表情很严肃，就坐在我旁边的折叠椅上，这让我很紧张。忠梅坐在前面。

"为什么要这样？"她问那个士兵，问的是为什么检查那么仔细。

"毒品。"士兵简单地说。

"真的？"忠梅说，"有人走私毒品？"

"是啊。"那个士兵说。

另一边，那些巴基斯坦人十分高兴，他们到了中国简直兴奋过头。

"告诉他，"其中一个跟忠梅说，"他"指的是那个士兵，"这是我们第一次出国旅行，我们都想先到中国。"

忠梅翻译了。那个哨兵一动不动地坐着，看着前方。

巴基斯坦人没有留意，开始唱起歌来，然后要求忠梅也唱。

"我不会唱歌，但我会跳舞。"忠梅说。他们唱歌的时候，她做了几个印度舞动作，前后动着头，胳膊优雅地从一边到另一边。

巴基斯坦人爆发出一阵欢呼。

然后轮到我了。

"青春是什么？"我低声唱起来，

冲动的火焰。
少女是什么？
冰雪和欲望。
时间会流逝，
玫瑰会开放，

然后将凋谢，

青春也如此，

还有美少女。[1]

巴基斯坦人欢呼得更厉害了。

"请那个士兵也唱一个。"其中一个冲忠梅喊道。

她翻译了。

"不。"士兵回答说，保持着其作为军人保卫祖国的表情。

"他们来到中国太高兴了。"忠梅告诉他，"如果你不唱，他们会觉得你不喜欢他们。"

"真的？"士兵说。他看起来不到二十岁。

"真的，他们特别喜欢中国。"

士兵突然摘下帽子，往后一扬头，脸上涨红了，我觉得他心脏病都快犯了。但让我无比吃惊的是他唱起了军歌：

既然来当兵

就知责任大

你不扛枪我不扛枪

谁保卫咱妈妈谁来保卫她

---

[1] 出自《罗密欧与朱丽叶》。——译者注

巴基斯坦人的欢呼声简直震耳欲聋。

"那是郁钧剑的歌。"忠梅说。

"对。"士兵说,"你知道他？"

"他是我的朋友。"忠梅说。

后来忠梅告诉我,她跟郁钧剑一起去南美演出过。

"你认识他？"士兵简直难以置信,"我特别崇拜他。"

这时候巴基斯坦人又唱起来了,那个士兵笑得非常大声,我觉得他的红肩章都快崩掉了。他精神高涨,开始给我们做导游。他指着左边的一条小路,我很高兴地得知那里通往瓦罕走廊,而阿富汗边境就在 50 英里之外,那是玄奘走过的地方。过了一会儿,士兵让乘客留意远处山丘上的一处坟墓。"那是公主陵,"他告诉我们那里埋葬着为了换取外族的忠诚送给波斯首领的一个中国公主。这个故事玄奘也讲过,说明他在通过瓦罕关隘后经过了离这里非常近的地方。在那个中国公主到达波斯之前,战争爆发了,公主不得不留在大山之中,随从给她建造了一处宫殿。没想到战争结束以后,那个公主怀孕了——不知道是谁的。传说每天都有一个英俊的男孩从太阳上下来陪她,很明显孩子的父亲更有可能是保护她的随从之一。不管怎样,公主的随从还是没有保护她的贞洁,他们不敢把她送给波斯统治者,于是留在了帕米尔高原,她成为此处的女王,直到多年以后去世。

士兵讲的公主故事在巴基斯坦人中大受欢迎。"走这趟路,我今天第一次觉得开心,"士兵感激地对忠梅说,"一般来说这些人都很麻烦。我得坐着盯着前面,保证不会出什么事。我每天得来回五六趟,没别的事可做。生活不容易。"

19 到和田的噩梦之旅
THE NIGHTMARE BUS TO KHOTAN

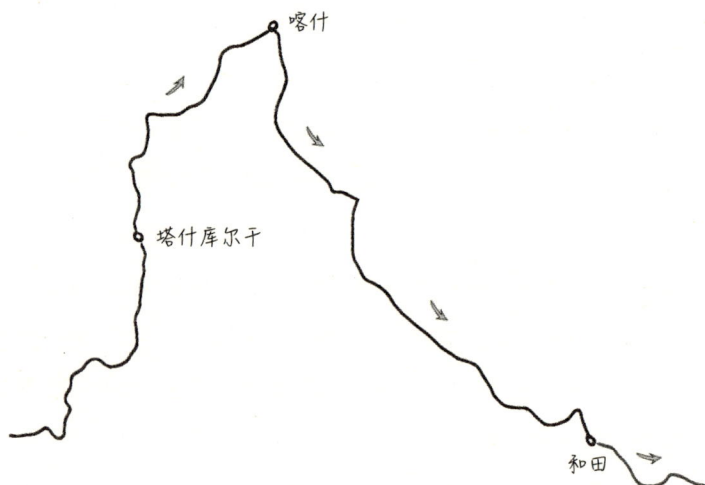

两个小时的持续下坡之后，我们到了塔什库尔干，那是塔吉克语中"石头城"的意思，从边境到这里一带是塔吉克人的家园，他们的语言是波斯语的一种方言。护照检查处在塔什库尔干，但其实我们早就通过海关了。忠梅在我前面，工作人员对她的美国护照很感兴趣。

"中国人的美国护照跟美国人的一样吗？"一个工作人员问。

忠梅告诉他们是一样的，结果整个办公室的人都来围观这本神奇的护照，护照在大家手里传来传去，还进了后面的一间屋子，然后又出来了。他们对我的护照没什么兴趣，很快就通过了，很高兴没人留意我的印度"J"签证，他们挥手让我离开。

在伊斯兰堡提前预约好的汽车和司机在外面等我们。车子开了几个小时，地势非常宽广，我们经过了卡拉库尔湖，就在24 000英尺高的慕士塔格峰的旁边，山顶盖着云彩。我们要住的营地是一个边防哨所和游客消费区的结合体。一栋又大又丑的方形建筑，有着一家又大又丑的方形饭馆，卖的是泡在红油里的羊肉和蔬菜。这栋丑陋的建筑旁边是四个排成一排的蒙古包，就在通往大路的砂石路边。

早上的时候，来了一大队骆驼和马，招揽生意的人戴着同样的毡帽，吉尔吉斯人戴的也是这种帽子。我骑了一匹一直在哼哼的骆驼，忠梅第一次骑了马，我们沿着湖边逛了一个小时。早饭是煮鸡蛋和泡菜，还有盛在搪瓷盆里的大米粥。饭后我们继续上路，在喀喇昆仑公路的中国路段，开了三个小时到喀什，周围的环境越发壮丽、开阔、宜人，比巴基斯坦那边能看到更多的绿色。

喀什看起来不错。阳光明媚，空气干燥，温度适宜。宽阔的道路代替了维吾尔族人的小巷，看起来更加城市化，也比较整齐。高高的白杨树非常漂亮。我们在装修过的色满宾馆二层要了一个房间，地毯是蓝灰色的，有风扇，还有热水。以前住在北京的时候，特别期待哈密瓜上市的季节来到，在那个物资短缺的年代，让我们享受到一点儿口腹之欲。喀什的哈密瓜熟了，路边摊上花十美分就可以买到一牙。晚饭我们去了夜市，空气中有浓浓的烤羊肉味道。我们吃了砂锅面，还吃了醪糟作为甜点，里面有芝麻花生馅儿的汤圆。

但是那天晚上我睡得并不好，为接下来的旅途忧心忡忡。玄奘到喀什后去了和田，要向东南前进 400 英里，穿过塔克拉玛干沙漠。在和田，玄奘滞留了七个月的时间，等候唐王准许他返回中国，一得到许可，就沿着沙漠南沿，从一个绿洲前进到另一个绿洲。沿途的维吾尔语或蒙古语地名充满异域色彩——叶尔羌、叶城、噶喇喀什、尼雅、且末、若羌，让人想到玉石手链、丝绸流苏、骆驼市场和大漠悍匪。这条路的南边是昆仑山脉，将现在的新疆和西藏隔离开来。

虽然在塔里木盆地南沿地带一度有过佛教的繁荣，但现在已经了无踪迹。从喀什到和田有长途汽车，那之后公共交通的状况就比较糟糕，也不太可靠。而且，我还有时间上的压力。《纽约时报》给我的假期快要用完。我得在十天之内回到西安，而西安还在差不多 2500 英里之外。

那天我们到中国国际旅行社咨询，之前帮我到达吐尔尕特山隘的鲁伊克就在那儿，我们问他如果租车到敦煌要多少钱。到了敦煌就有火车可以坐了。鲁伊克让我等一会儿。他去了很长时间，回来的时候摇着头。

"很贵？"我说。

"对。"

"那到底多贵？"

"两万五千块。"他说，那是三千多美金。

"从喀什到和田的车很不错，"鲁伊克说，"过了那儿我就不知道了。也许有当地的大巴到若羌，但没有从若羌开出的车。你得租车。"

"我们能在若羌租到车吗？"我问。

"我很怀疑。"

所以我彻夜难眠，前路存在的考验让我筋疲力尽。忠梅从来不抱怨，但她在之前的长途旅行中已经吃了不少苦，我自己也并不好受。如果我们到了若羌，却找不到继续前进的车，怎么办？那我们就得再坐十六个小时，回到民丰坐大巴，又是十四个小时，到塔克拉玛干北边的库尔勒，那样又累又耗时间，更糟糕的是，还会偏离玄奘的路线。在路上这么长的时间，此时我已经不再把旅行看成一场冒险，而只是觉得不堪其扰。我已经人届中年、脾气暴躁，不喜欢不舒适的环境。

"听着，"我告诉忠梅，"前面很艰苦，如果你想飞回北京，我就自己走，到北京跟你会合。"

她看着我，眼睛里充满委屈。

"我当然想让你跟我一起走，"我说，"只是说如果你不想走，就不用走。"

"别担心，"忠梅说，"几天而已，我们能行的。"

玄奘从瓦罕关隘以后行走的路线，跟我们离开红其拉甫口岸后走的差不多，南下到塔什库尔干，绕过慕士塔格，沿着克孜尔河到喀什。这段旅程非常艰苦，但到底把我们的僧人玄奘带回到沙漠的

351

西边，十五年已经过去了，一切都发生了变化。在他经过别迭里关口前往西突厥的大汗的国度时，中国的唐太宗发动了一场大战，这场战争是继汉朝的班超领军西行之后规模最大的一次。当玄奘在644年到达和田的时候，对西域的征服之战已经基本结束。那些突厥人和吐火罗人的王公贵族，曾经接待过玄奘，向他请教佛法，并为他提供全国财钱马匹、通关文牒，而现在这些人已经受到了唐朝的无情碾压。数百年间，在伟大事件之路上繁盛一时的印度－波斯文明从此消失无踪。

玄奘离开哈夏王的领土之后，到了白沙瓦，然后进入阿富汗。在慧立的记录中，他向慧立讲述过兴都库什山，高得连鸟儿也无法飞越："山高风急，鸟将度者皆不得飞。"他转向东方，翻过奥克苏斯河谷到巴达赫尚，这样形容过奥克苏斯河谷两边的嶙峋山峰——"春夏飞雪，昼夜飘风"，而且白天黑夜都狂风凛冽。他在西突厥的一个附属国盘桓了一个月，王子派了一名随从护送他经过帕米尔，从我们走的红其拉甫北边约100英里的地方经过。慧立形容那里"境域萧条，无复人迹"。帕米尔东边通往塔什库尔干的方向，玄奘拜访了突厥佛教徒的居住地，记录了那里的佛塔和寺庙数量，听取了当地的一两个传说故事，然后继续前行，不过他对当地人印象不佳。他说塔什库尔干的居民"俗无礼义，人寡学艺，性既犷暴，力亦骁勇。容貌丑弊，衣服毡褐"，但同时又称赞说"然知淳信，敬崇佛法"。

途中某处——大部分学者认为这个地方位于塔什库尔干和喀什之间——玄奘和同伴遭遇了一伙强盗，不幸的是，"象被逐，溺水而死"，慧立没有说从印度带来的珍贵佛经是否也被水流冲走。他写道，法师"贼过后，与商人渐进东下，冒寒履崄"。最后他们到了乌铩，当地传说中，国王曾经去拜见在山顶入灭尽定的阿罗汉。

那位阿罗汉身形伟大，毛发"垂覆肩面"。国王听说这个人多年前出家到此来入灭尽定，国王是个虔诚的教徒，询问怎么才能让他醒过来。僧人告诉他："断食之身，出定便坏，宜先以酥乳灌洒，使润沾腠理，然后击捷槌感而悟之，或可起也。"国王亲力亲为，阿罗汉醒过来了。他问："释迦文佛成无上等觉未？"这句话不仅显示了阿罗汉的虔诚，也说明了他入定的时间之长。听说释迦，也就是佛陀，几百年前已经圆寂，他垂下眼帘，用手举起头发飞升，身体中发出火焰，只留下遗骸坠地。国王在那个地方修建了一座佛塔来收藏阿罗汉的遗骨，玄奘参观了那个地方。

玄奘在喀什转向南边，到了叶尔羌，然后是他称为的瞿萨旦那国，现在为人所知的是它的维吾尔语名——和田。他发现那里"沙碛大半，宜谷丰乐"，而且以黑白两色玉石闻名，这到现在也是如此——香港的珠宝商频繁来到此地购买玉石。"气序和调，俗知礼义。"而且这里是伟大的佛教中心，有一百座寺庙，五千名僧侣，是沙漠中的一处重镇。

三年以后，一支唐朝军队将到达和田，强迫他们向唐朝臣服。实际上，当玄奘到达的时候，和田是为数不多还没有被太宗所建立的中华帝国征服的地方之一（另一个是龟兹）。比方说前面说过的高昌国，玄奘差一点儿被国王麴文泰滞留当地，而他得以离开继续西行的一个条件是：当他从印度回国，他必须到高昌讲学三年。然而在 640 年——玄奘到达和田的四年之前——麴文泰犯了一个致命的错误：他跟突厥结成联盟，以控制中国和印度之间的商旅之路。当时唐王朝正在崛起，这个决定显得非常奇怪。十年之前，中亚历史的开启了新的一轮，软弱了几个世纪的中国重新变得强大。唐朝打败了东突厥的游牧部落，把他们赶回了蒙古草原。太宗把自己的将军和军队派往整个辽阔的西部疆域，如果不能通过政治外交征服那里，那么就通过战争的方式。喀什在 632 年变成唐朝的附属国，叶尔羌则是在 635 年。

640 年，在麴文泰错误地与西突厥结盟之后，一队唐朝骑兵突如其来地出现在吐鲁番的城门之外。这支突然出现的军队让国王惊恐万状，惊厥而死。唐朝军队围困吐鲁番，麴文泰的继承者是个没有经验的年轻人，他去唐军的营帐询问停战条件，唐朝军队的一位谋士说："当先取城，小儿何与语！"高昌新王被俘至长安，献给太宗。太宗大悦，宴请群臣，史书称"赐酺三日"。太宗将从高昌所得的宝刀赐给了一个名叫阿史那社尔的突厥首领，而那个高昌的国王曾经对玄奘崇拜有加。现在玄奘不必遵守与麴文泰的三年之约了，他对这次历史事件没有留下只言片语。

数年之后，玄奘回到长安，尽职尽责地表示对皇帝的效忠，太宗已经扫荡了所有吐火罗的部落，在 620 年到 630 年间，那些人热情接待过非法出游的玄奘。647 年，作为雇佣军的突厥人阿史那社尔，率军跟突厥部落展开了一场战役，就在现在乌鲁木齐的附近。然后他进军龟兹，那是塔里木盆地最后一个反抗唐朝统治的地区。

勒内·格鲁塞写道："对克孜尔壁画上那些英俊的王公而言，那就像克雷西战役和阿金库尔战役的结合。"[1] 阿史那社尔砍掉了一万一千名龟兹军人的头，摧毁了绿洲上的五座城市，根据唐史记载，还杀害了上万名妇女儿童。那场战争是令人不寒而栗的终结战。数百年中，印欧文化曾经在塔里木盆地的中北部繁荣兴盛，克孜尔石窟壁画就是那种文明的见证，玄奘也曾经去过。在太宗的铁拳粉碎这些迷人的地区之前，玄奘是最后一个到访的中国人。格鲁塞满怀文物专家的悲伤写道："这是吐火罗世界的终结，一个精致迷人的世界走到了绝路，古老民族过时的残迹。灿烂的龟兹文化永远也不能在灰烬中重生。"

但在跟玄奘有关系的人群里面，龟兹人并不是最后一批在唐朝的崛起中倒下的。以前玄奘在碎叶城见到的西突厥人让他印象深刻，他们长发编成辫子，穿着刺绣长袍，士兵的队伍长得看不到尽头。641 年，玄奘还在印度，他们在如今乌鲁木齐附近被唐朝打败。之前强大的突厥部落一败涂地，巴尔库勒的维吾尔族人被迫跟唐朝结成同盟，关系一直持续到唐朝的灭亡。在乌鲁木齐一战之后几年，太宗消灭了龟兹，中华帝国的力量达到了顶峰。"即使是位于印度－波斯边境地区也开始臣服于上升中的伟大帝国，"格鲁塞写道，"巴哈拉、撒马尔罕和卡皮萨的突厥－伊朗王子纷纷将贡品送往长安。"正是那些接纳过玄奘、展示过自己的强大和独立的王国，在玄奘转头向东

---

[1] 格鲁塞（René Grousset），《循着佛陀的足迹》（ *In the Footsteps of the Buddha* ），第 236 – 237 页。——作者注

的时候，也在向东方的唐朝俯首称臣，唐朝在区区数年之间就成为最伟大的世界强国。

我们上了去和田的夜班车。

一个半小时以后，车停在了一个奇怪的地方，一大片柏油地面的空地，边上有十几个露天的小吃摊和饭馆。大部分乘客下了车只是蹲在汽车旁边，也有一些去找好吃的了。大喇叭里面放着当地流行音乐，饭馆老板争相招揽顾客，十几辆大巴车停在这里，空气中充斥着十几二十家饭馆里飘出来的一模一样的烤肉味儿。人们坐在木凳上或者露天摆放的床边，撕咬着烤串上的羊肉，喝着温热的新疆啤酒，嘴唇在灯泡下发着油光。

然后继续上路。早上八点我们到了和田，带着行李上了出租车。

"和田宾馆。"忠梅说。她说的是中文，那家旅馆是旅行手册上推荐的。

"欸——？"司机说。

她试着又说了一遍。

"你们要住旅馆？"警察走过来帮忙。

"对，和田有什么好旅馆？"她问。

"这儿附近就有，"他回答，"跟我来。"

车站旁边就有一家旅馆，不过在经历了一个不眠之夜后，那不是我们想住的地方。

"我们想去和田宾馆。"忠梅说。但出租车司机和警察还是觉得我们要去的是随便什么和田的旅馆，而不是和田宾馆。

我们上了车，司机带我们去了几个地方，都不是和田宾馆，我们也不想住。我们下车来问路，但好像没人明白"和田宾馆"和"和田的宾馆"有什么区别，司机又带我们去了几家廉价客栈。最后，在把别的地方都排除之后，我们终于到了和田宾馆，离马路有一段距离，意想不到的气派。这时候是早上十点。

我们早饭吃了稀饭、花生和泡菜，餐厅非常大，摆满了大圆餐桌。随后我们回到车站询问车票的事，但我们俩都不指望在南疆还能坐到大巴。售票处的女人说每天有一趟车去民丰，要向东开七个小时，从民丰到且末也有车。那个女人喝着茶，看着报纸。

"你知不知道那趟车多久一趟？"忠梅问。

"一周一两趟。"她说。

"你能帮我们查一下吗？"忠梅带着希望问。

"没办法。"那个女人回答。

"那且末到若羌呢？"忠梅问，女人耸耸肩，又喝了一口茶。

我们回到宾馆，问当地的旅行社在哪儿，然后在一英里外一栋没有标志的建筑物的三层找到了。

里面有四个友好的维吾尔族人，都会讲汉语，还有一个会讲维吾尔语的汉族人，大家好像在等着我们。

我们问从和田到敦煌的南线怎么走，南线比较接近玄奘的路线。

"没人这么走，"一个叫亚力买买提的男人说，他是新疆和田国际旅行社的总经理，"大家都从阿克苏飞到敦煌，然后就可以坐火车了。或者你也可以从这儿坐车到库尔勒，有很不错的双层卧铺车，大概三十个小时到库尔勒。然后从库尔勒坐火车到柳园，从柳园打车就能到敦煌了。"

"这儿有去民丰的大巴吗？"

"有。"

"从民丰到且末呢？"

"有，有大巴。"

"从且末到若羌呢？"

"有普通的车，小巴。一周两趟。"

"从且末到敦煌呢？"

"没有。"

"没有从且末到敦煌的车？"

"没有。"

"但是有公路啊，当地人怎么用那条路？"

"那条路路况太差，没人走。"这就是答案。后来我们知道亚力买买提说的都是真的，没有人走那条路，虽然我们走了。"大家都从若羌坐大巴到库尔勒，"他说，"然后从库尔勒坐火车到敦煌。或者坐火车到乌鲁木齐，从乌鲁木齐飞敦煌。"

"不行，我们不想坐飞机。我们想走丝绸之路南线到敦煌。"

"那太难了。"亚力买买提说。屋子里一阵沉默。"但是值得。"他说。

"坐大巴到若羌，然后在那儿租车，怎么样？"

"若羌找不到车的，那就是个小乡镇，没有出租车。还有，路也太烂了，你们需要吉普才行。"

我深深吸了一口气："我们能不能在这儿租车，然后一路到敦煌？"

"能。"

"多少钱？"

"按公里数算。"

他们用维吾尔语讨论了很长时间，在本子上写写画画，查地图，在一个新疆和田国际旅行社的信封背面计算。

"一万两千五百人民币。"

我除以八，差不多是一千五百美元。

四个友好的维吾尔族人同情地看着我。

让我迟疑的并不是这个价钱，而可能是在我的深层感觉中，公共交通更加实在，更加接近玄奘的旅行精神。事实上，这也不一定是确切的。从和田到西安（途经敦煌），玄奘有皇家随从陪伴，有马匹和武装士兵保护着来自印度的珍宝。玄奘的确走过了漫长、孤独、通常还比较艰苦的道路，但如果有机会，他也并不反对让旅程容易一点儿。

"你确定在若羌找不到车？不只是跟我说说而已吧？"

"好，你可以自己去看看，然后就知道了。"亚力买买提说。

"到敦煌要多少天？"

"如果一天开十二到十四个小时，三天就能到。不过这个价钱你可以玩六天，包括司机的食宿在内。"

我又深深吸了一口气，我知道，是的，我没有选择。

"OK，"我说，"一万两千五，我租你们的车。"

和田对我来说就是偏远的象征，在世界的边缘，那赋予它几个方面的意义。对那些难以忍受普通生活、渴望逃离的人，对那些想要摆脱身处的时代的人来说，和田就是精神上的远离。看看它在地图上的位置，一个小点，被无垠的沙漠包围其中，还有南边和西边难以穿越的起伏群山。在这里，你可以体会到摆脱束缚的生活带来的喜悦和错位。但对玄奘这样的佛教僧人来说，由于佛教遗迹带来的震撼和激动，和田是一处避风港。现在这里已经没什么佛教遗迹了，只有已经被发掘一空的寺庙残留，以及玄奘见过的佛塔。但和田是现代中国的疆域上第一个接触到佛法的地方，那是来自印度的佛法。因为这里是丝绸之路上第一个重镇。正是这个原因才特别让人感到惊讶——这个地方如此偏远，没有任何自身的因素可以使它成为如此巨大的商业和宗教的中心。它在 7 世纪的地位，相当于 21 世纪的太空站，这个地方生机勃勃、精彩纷呈，因为它连接起一些本来没有关系的事物，东方和西方，中国和罗马，天朝上国和印度。

现在和田给人的印象是一处刚刚从长眠中醒来的城镇，干旱后刚刚被浇灌过的花园。看起来很新，也很让人失望。古老的特质——古老的清真寺、古老的街区——不复存在，即使是充斥着汉族人的喀什也不是这样。这里的遗址，有的可以乘坐吉普车或骆驼前往，但一般来说费用都高得惊人。比方说，尼雅古城参观一次要三万块，差不多四千美金，所以只有少数由信奉佛教的大亨资助的日本考古专家才能去，而我就不能。和田有国营的玉石店，还有很多私人的小店，以及一个人潮拥挤的市场，卖各种中国生产的廉价东西。城市周围有需要大量浇灌的沙漠农田，把农产品卖到东边人口稠密的地区，给和田带来一种繁荣的感觉。但这里没有魅力，没有中亚城市的风味，只有宽阔笔直的大街，路两旁铺着瓷砖的建筑。每个人每只动物都动作缓慢，好像被冻结在夏天的热浪之中，即使是它的繁华看起来也了无生气。不过也许是长途旅行的劳累，让我看什么都像有慢速摄影机挡在眼前。

和田不仅是中国西部的第一处佛教胜地，也是斯坦因发掘的第一个地方，在斯坦因开始他的工作之前，他按照《大唐西域记》定位了玄奘提到的所有遗址。斯坦因来了和田两次，一次是 1900 年，一次 1906 年。他认为当时的村庄不是玄奘去过的地方，而是西边 7 英里处的约特干。他碰到一个叫作图尔基的当地寻宝人，他给斯坦因看了一些灰泥浅浮雕，上面有些佛教人物。那些东西是在一个叫作丹丹乌里克的地方发现的，十一天以后，斯坦因带着自己的考古队骑着骆驼和马到了那里。

那是十二月，非常寒冷，斯坦因说晚上睡觉的时候胡子都会冻上，还得用衣服包着脸睡，从袖筒里呼吸。他们经过了松软的沙地，点缀着红柳树丛形成的锥形小丘，小丘后面可以挖出苦咸水池。斯坦因在丹丹乌里克发现了一些普通建筑的遗迹，他花了三个星期的时间挖开沉积了一千年的沙子，发现了编条和灰泥结构的墙壁，上面是蛋彩画的佛陀和菩萨。

斯坦因说，最让他们感到兴奋的，是那些壁画"具有毋庸置疑的希腊佛教艺术风格"。这些画作跟遥远的白沙瓦和阿富汗发现的那些属于同一类，证明了犍陀罗工艺匠人翻越帕米尔高原到了别的地方。亚历山大大帝将希腊艺术带到印度，跟佛教主题相融合，然后跟随帕提亚人的纺织品到了后来属于中国的地方。斯坦因在丹丹乌里克还发现了 8 世纪的文字记录，用的不是中文，也不是印度语言。其中最有趣的是一张要求收回毛驴的申请，申请人将这头毛驴租给了两个失踪的人。他们使用的是一种波斯语言。

最壮观的佛像是一个"强大的统治者"，他有着"长而红润的脸，浓密的络腮胡，唇上长着厚而卷曲的小胡子，眉毛又浓又黑"。他的身体"腰肢狭窄，符合波斯对男性美的要求"。他穿着锦缎外衣和黑色高筒靴，带着短弯刀。他有四条手臂。他对面是一个深蓝皮肤的三头魔鬼，赤身裸体，腰间围着虎皮。

这些奇怪的画像让斯坦因迷惑不解，还有共同出现的蓝皮肤魔鬼，他以前从来没见过。在和田之行的十五年后，他在波斯工作，意识到丹丹乌里克有着王者风范的佛陀其实是另一个版本的鲁斯塔姆。鲁斯塔姆是波斯传说中的英雄，他战胜了魔鬼，并让他们对自己俯首称臣。在丹丹乌里克的洞窟壁画中，一个鲁斯塔姆式的人物旁边有一个被征服的魔鬼，是一种艺术上的借鉴。

其后，斯坦因在尼雅出土了佉卢文手稿，那是印度早期西北部旁遮普邦的一种文字。斯坦因知道，这样的手稿印度自己也没有保留。这些手稿记录着从传说中来的故事，玄奘也曾经讲过，在公元前 2 世纪，和田的创立者从塔克西拉来到这里。玄奘只讲了传说，没有提供什么考古证据，他提到瞿萨旦那国王的祖先即"无忧王太子"。由于未知的原因被逐出昆仑雪山之北，追逐水草到达此处，就在这里建起了城镇。

所有这些都指出和田与印度和波斯的渊源。公元 1 世纪这里被班超征服，中国一直在努力控制玉门关外的蛮荒之地，希望向西的商旅之路保持通畅。班超征服于阗（和田古名）是每个中国小学生都知道的故事。当时于阗王非常信任一位匈奴萨满，那是一个莫卧儿－突厥式的拉斯普京。国王和萨满要求中国大将军献出他的战马。班超同意了，条件是萨满亲自把马带走。萨满来取马的时候，班超砍下他的头，放在匣子里送给国王，国王大为恐慌，投降中国。

玄奘到达和田是他的旅途中一个特别的时刻。他决定要回到中国，就可能会面临太宗皇帝的震怒，因为他在十七年前明目张胆地违反了不得离开中国的禁令。在开始朝圣之旅的时候，玄奘已经有过不顺从的行为。他宣称在律法之上还有更高之法，那些更高之法可以为他的违法出走辩护。在高昌的时候，玄奘为了减少旅途中的麻烦，派一个停留在高昌的商人为他送了一封信。那个商人带着车队旅行，不清楚是他自己一路到了西安，还是待在高昌，就请别人把信件送到西安。玄奘在高昌等着回复。慧立记录了全部内容，那应该是玄奘告诉他的。文章一开始提到一些作为道德楷模的才能非凡的前辈圣贤，然后说：

是知儒林近术，古人独且远求，况诸佛利物之玄踪，三藏解缠之妙说，敢惮途遥而无寻慕者也。玄奘往以佛兴西域，遗教东传，然则胜典虽来，而圆宗尚阙。常思访学，无顾身命，遂以贞观三年四月，冒越宪章，私往天竺。践流沙之浩浩，陟雪岭之巍巍。铁门巉崄之涂，热海波涛之路。始自长安神邑，终于王舍新城，中间所经五万余里。虽风俗千别，艰危万重，而凭恃天威，所至无鲠，仍蒙厚礼，身不苦辛，心愿获从。遂得观耆阇崛山，礼菩提之树，见不见迹，闻未闻经。
穷宇宙之灵奇，尽阴阳之化育。宣皇风之德泽，发殊俗之钦思，
历览周游一十七载。今已从钵罗耶伽国，经迦毕试境，越葱
岭，渡波谜罗川归还，达于于阗。为所将大象溺死，经本众多，
未得鞍乘，以是少停，不获奔驰，早谒轩陛。无任延仰之至。
谨遣高昌俗人马玄智，随商侣奉表先闻。

七八个月之后，皇家信使带着太宗的回复来到这里：

闻师访道殊域，今得归还，欢喜无量。可即速来与朕相见。
其国僧解梵语及经义者。亦任将来，朕已敕于阗等道使诸国
送师。人力鞍乘应不少乏。令敦煌官司于流沙迎接。

于是，玄奘在 645 年或 646 年带着大量随从离开和田。我跟忠梅
也有人陪同，一大早我们跟新疆和田国际旅行社的人会合，坐上了
一辆体面的丰田。司机姓张，就是办公室那个会讲维吾尔语的汉族人，
穿着牛仔裤，胡子很有男人味儿。他太热情了，简直有点儿装腔作势。
他什么都知道，道路、车子、沿途景点，从和田到楼兰的塔里木考
古历史。我怀疑之后会跟他发生冲突。我们把车子停在城郊，吃了
羊肉抓饭和茶组合的早饭，然后走向太宗皇帝的流沙沙漠。

20 前往敦煌的南线绿洲
THE SOUTHERN OASES DUNHUANG

车子开出和田的现代化城区后，到了郊区农村，卡车、拖拉机和驴车都在抢路，农民在路边卖西瓜和哈密瓜。我们穿过白玉河，车子行驶在白杨林荫道上。路上拉着一幅条幅，写着："努力为国，热爱祖国，加强民族团结。"有半个小时的时间，路边都是稻田和桑树，桑叶用来喂蚕，然后是五个小时单调的戈壁滩旅程。我问司机能不能就停一下，去看看蚕。毕竟我们是在丝绸之路上。他急忙摇起手来，好像在轰野餐桌上的苍蝇。

"不不不，谁也不能进养蚕的地方。"

"为什么？还要保密吗？"

"病，"司机说，"他们怕给蚕染上病。"

我在途中看着南边，希望能哪怕瞥见一眼昆仑山脉，却没有办法看到，山脉就矗立在那儿，在一片雾霾的后面。路况不太好，但路标很漂亮——每公里都有一块砖石小碑，上面刻着距离青海省西宁市的公里数——从和田城郊开始，是 2410 公里。沿途每公里有二十根电线杆（我数的），光秃秃的杆子上拉着几条电线的情景让人感到荒凉，想起这条孤独的路上一无所有。

我们在风沙肆虐的玉田村停下来吃午饭，在一个阴湿的泥土地面的饭馆，吃了辣面条。电视上放着关于空中小姐的情景喜剧，说的是维吾尔语。吃过午饭，我和忠梅散步，找到一个哈密瓜摊子，我们买了几片。然后再次上路，大概下午三点的时候到了民丰（古代的尼雅）。这时候就停下来太早了，不过到下一站且末还需要八个小时，因此我们也没什么选择，只好在民丰住下。这里有几条平行的街道，非常安静，高高的杨树在热风中摇动。旅馆很脏，很便宜，两个女工作人员大部分时间都在办公室闲聊。我们碰到两个二十岁的汉族小伙子，他们在这个维吾尔族小镇看起来跟我一样与众不同。他们说要坐汽车旅行，但已经两天没等到往东的大巴了。我们应该搭他们一程吗？他们看起来是那种阳光开朗的类型。我看了一眼司机。

"是你的车，"他说话还是有种咄咄逼人的热情，"不是我的了。"

"好吧，我们带你们一段。"我说。

后来忠梅告诉我，王勇警告过我们，绝对不要让任何人搭车。绝对。她又说了一遍。我没听过这个警告，跟她说没有问题，但她还是很担心。我想他们能做什么呢，有司机，有我，还有忠梅，三比二，而且他们长得也不像坏人。

事实上，当汽车在沙石路上往且末驶去的时候，我们发现他们是非常可爱的同伴。我们谈起了考古学。其中一个小伙子看过中文版的《国家地理》，也知道玄奘，我们谈起他的行程，就在北边50公里处，跟我们的路线平行。在玄奘的年代，河流带着冰川雪水从昆仑山上流淌下来，进入沙漠里大约50公里的地方。几百年过去了，冰山融雪减少，塔里木盆地扩大，人类的居住地现在更加靠近山脉和水源。

在和田的时候，有一天旅行社邀请忠梅和我去沙漠中的热瓦克，那儿还遗留着一座唐代的佛塔。我们从文物局请了位导游，乘坐吉普车向北进入沙漠，那里像是一片建设中的灌溉渠的迷宫。到了车子不能再往前开的地方，我们徒步两英里才到佛塔所在的地方。它不太起眼——圆形土堆上的一个泥座砖塔，土堆上还可以看到以前出入口的凹痕。四周是矮墙围着的方形区域，外面全是被风吹得形状起伏的沙丘。塔是犍陀罗风格，类似巴基斯坦的塔夫提拜，证明了塞拉海教授的说法，他声称犍陀罗工匠一路将佛塔修到了中国。热瓦克是维吾尔语"亭子"的意思。这座佛塔所在之处，也许就是玄奘提到的一个传说中，阿罗汉劝说于阗王修建寺庙、颂扬佛陀教义的地方。

斯坦因在 1901 年发掘热瓦克，找到九十一座大型的佛陀和菩萨雕塑。我站在寺庙剩下的这处空荡荡的地方，想到斯坦因在冬天的沙漠中步行多日，然后看到这些被遗忘了千年的宝藏，会有多么激动。但很快激动变成了沮丧，他没有办法将雕塑打包带走，于是把它们埋到地下。一年之后，他回到热瓦克，听说寻宝人已经把雕塑挖了出来，砸开了每一尊，确保里面没有隐藏的珠宝黄金。这些雕塑的命运让人思考斯坦因作为一个外国人，可以随便挖掘并带走别的文化的珍贵遗产，他这样做，就像将埃尔金石雕从雅典的帕特农神殿带走一样，现在是一种让人无法接受的英帝国的自大傲慢，事实上，斯坦因比埃尔金更加糟糕，英国至少给当时统治希腊的土耳其人付了一点儿钱，而斯坦因却没有给中国政府任何东西，突厥斯坦的这个部分理应是中国的领土。但斯坦因带走文物也可以看作是英帝国对失落的文明的认同，对曾经辉煌而现已不再的文明的认同。有一个想法对佛像极其亵渎，那些被斯坦因和斯文·赫定、勒·科克男爵、法国人伯希和等人带走的雕塑和壁画，如果还在原地，有多少会幸存下来？

从塔顶可以看到一些凹陷处，以前那儿一定有过佛像，可以想象粟特商人和他的驼队来到此处，骆驼驮着货物站在红柳丛边，商人向着巨大的佛像顶礼膜拜。马可波罗经过南边的绿洲到达中国，也许也从附近走过。阿古柏包围过和田，使之成为自己的短命王朝的一部分。但这个地区的伟大事件，佛教到来以后的重要大事，只有玄奘在《大唐西域记》中做过记载。那些故事跟丝绸有关系，这种轻柔细密的织物从公元前 4 世纪起就被卖往希腊和罗马。被中国统治者严格保密的丝绸制造技术，是如何到达西方的，关于这件事有很多传说。将玄奘版本的故事跟当代历史学家的故事相对照，会非常有趣。

他写道："昔者此国未知桑蚕。"这里"此国"指的是和田。瞿萨旦那王跟罗马的统治者不一样，他知道一件事，那就是丝绸这种极为奢华的产品来自一种灰白色虫子的茧，他也知道"东国"，也就是中国，拥有蚕茧。他明白东国国君"严敕关防，无令桑蚕种出也"。书中继续写道，为了解决这个问题，瞿萨旦那王请求东国皇帝赐予他一名中国的新娘。

中国皇帝答应了，瞿萨旦那王派一名信使护送中国公主到和田。信使利用了公主的虚荣心，告诉她除非把桑树种子和蚕卵偷偷带到和田，要不然她就不会有自己已经穿惯了的丝绸。公主同意了。这是一种对自己祖国经济上的背叛，但人们总是把自己的利益放在国家的利益之上。现在贸易壁垒被打破了。公主将种子和蚕卵藏在帽子里，玉门关没有哪个边防士兵胆敢检查公主的头。玄奘说，公主到了和田，播种桑树，孵化蚕卵，用桑叶喂养。公主成了王后，在离古和田城约一英里的地方建了一座寺庙，名为"麻射僧伽蓝"，第一颗蚕卵就是在那里孵化的，玄奘写到"自时厥后，桑树连阴"。

我在和田的时候没看到什么老桑树，和田新疆国际旅行社的人也从来没听说过，也不知道"鹿射"[1]在哪儿。不过玄奘的故事跟西

---

[1] 季羡林等著《大唐西域记校注》中"麻射"有作"鹿射"的，但是藏文《于阗国史》和《新唐书》中均写作"麻射"，本书作者称此地为"Lu Shi"，是采"鹿射"之说。——编者注

方发现丝绸的故事非常一致。在公元 5 世纪，两个聂斯托利派教徒到了和田，打探到一个令人震惊的秘密，丝绸竟然来自某种吃树叶的虫子。聂斯托利派教徒将树种和蚕卵带回了拜占庭，国家设立的工坊纺出了那种奢华的织物，他们也想保护这个秘密，防止它进一步向西传播。但这个长时间秘而不宣的事实还是被他们泄露出去——丝绸来自某种虫子。

没想到且末多是那么现代、明亮，规范地贴着白瓷砖、装着遮光板的建筑，几条宽敞的大街，路沿上堆着风吹来的沙堆。这个城市是经过规划的新城，像沙漠一样干净、无趣。我们住的宾馆名叫木孜塔格，外面有个巨大的柏油空地，大堂很大，装了喷泉。我们住下以后，司机给当地考古部门打了个电话，安排了一名付费的导游，带我们去参观古代遗址。当地的考古工作者建立了一个小型博物馆，用的是从前镇上最有钱的维吾尔族人的第三个老婆的房子。那个维吾尔族人在 1936 年被大军阀盛世才抓到了乌鲁木齐，再也没有回来过。"没人知道他出了什么事。"导游告诉我们。那栋房子有很多间泥土地面的房间，高高的木头屋顶，齐膝的门槛。博物馆最有价值的藏品是一架木制竖琴，制作时间是公元前 770 年到公元前 476 年。文学作品中有很多关于此种竖琴的文字，但这是唯一被发现的实物。导游说："这是我们前年发现的。"导游很结实，脸宽宽的，剃着平头，"我们还没有告诉北京有这个，不想失去它。"他的意思是北京的权威人士会看出这件文物的价值，然后把它拿走，放到更规范的博物馆中。我问他之前有多少人来参观过，他说差不多十几个。

然后我们被带到城市边缘一片绝对平坦的沙地，周围什么都没有，只有一个低矮的水泥建筑，看起来就像来民丰的路上碰到的那些吃饭的地方。导游让我们进去，里面是挖开的墓地，摆放着十四具尸体，一半只剩骨架，一半是干尸，摆成直直的两排。这些面部狰狞、隐私被粗鲁地暴露在世人面前的死人，总是让我着迷。据说这是一个家族，一起埋葬的还有他们的生活工具，包括现在保存在博物馆里的那架珍贵的竖琴。一半的尸体变成骨架，一半处于木乃伊状态，这也许说明有两种埋葬方式。后来坟墓被打开，空气进来了，使得一些尸体开始腐烂。因此后来发现的尸体被重新埋下、覆盖，在考古学家能够处理之前会保持原样。

　　墓地附近有两个洞窟，里面有另外两具木乃伊，可能是一对夫妇。其中的男性非常高大，经过了两千六百年的干缩，还有6英尺高。沙子嵌入了皮肤，双手一半是皮肤，一半露着骨头，非常可怕，好像在解剖课上被部分解剖过。手上缠着一条短马鞭，安放在胸前，也许他生前是个牧人。他的肩上搭着羊皮，一块蓝红两色的布缠在胯上。他的牙齿全部都在，大部分都可以从他带着讥笑表情的嘴里看到。

　　他的女人身上还穿着烂掉的裙子——羊毛纺织，镶着两条蓝边，一条深蓝，一条浅蓝。她很年轻，也许只有十几岁，而那个男人估计有四十多岁了。当男人去世的时候，她是否被活埋陪葬？她身上没有暴力的痕迹，也许被活着放进丈夫的坟墓以后，由于缺氧而死。当然也有可能她生了病，跟丈夫同时去世;或者她在陪葬前先被毒死。不管怎样，考古学家能确定的是这两个人是同时放进坟墓中的，而考虑到两个人同时死亡的可能性较低，因此可以想见那个女人也许遭遇的不幸。

到若羌还要八个小时，经过满是砾石和矮树丛的棕色平原，旅程漫长而单调。整个行程中我们只碰到一辆车从相反的方向过来，那就是一周两次的长途大巴。我想，这也许是世界上最长而最少人走的耗石路了。我们停车吃午饭，饭馆在跟大路垂直的方向，那是一栋灰泥农舍，里面黑乎乎的，泥土地面，外面有一张孤零零的木头桌子。饭馆老板是个维吾尔族妇女，穿着红裙子，戴着蓝色方头巾。她告诉我们生意好的时候一天会有八到十辆车，但一般来说只有两三辆车。有的时候，她宰了羊，准备好西红柿、大葱，揉好面，但一辆车都没有出现。她丈夫在养路站工作，两口子住在离公路较远的沙漠里，那里有一个破旧石墙围着的大院。

我们等着上饭的时候，一辆从且末来的邮车停在了街对面，那儿有一家一模一样的饭馆，不过对面那家拉着一条条幅，上面写着白字"清真食堂"。饭馆在空旷的沙漠里有一种年久失修的艳丽，让"荒芜之地"这个词一直在我脑海里回荡。驾驶室门开了，下来四个成年男人，后门打开，又出来十个左右的男人，全部进了那家饭馆。邮车每两天一趟。奇怪的是，上面大大的"中国邮政"字样是英文的，而不是中文，蓝白色调的抽象设计，看起来像个航空公司的标志。我们的司机对英语入侵中亚地区的现象完全无所谓，但聊起了邮车司机通过载客来挣外快。"他们挣钱的办法可多了。"他一边说，一边悲伤地摇着头，也许是因为他只能挣开车送外国游客的钱。我意识到他想要点儿小费。他一定有所求，那种亲切友好太熟练和有意为之，一定有别的企图。我感觉我们迟早会撕破脸的。

午饭上来了，一碗上面浇着蔬菜和羊肉的面条。在沙漠腹地这个什么都不会发生的破败地方，能有这样的饭菜非常走运，但我没有什么胃口。疲惫感渗透到我的精神中，带来空虚无聊和肠胃不适。司机唏哩呼噜吃着他的拉条子，而我只能一根一根地咽。不知道在这片尘土飞扬的荒凉之地哪里有厕所，看了看远处的一两个小屋子，我决定再等等。忠梅安静地吃着。路对面过来两个男人，抬着一板条箱的食品杂货，戴蓝头巾的女人让他们到屋里去。我们坐着剔了会儿牙，然后回到路上，数着沿途的电线杆子，它们后面是无边无际的布满沙尘的天空。

* * *

若羌有几栋政府大楼和几家商场，那种老式的商场，柜台后面摆着一排一排的罐头、雪花牌皂粉、干面、玻璃杯、毛巾、白饭碗，你需要什么，一个穿着白上衣的女人就会拿工具帮你取。司机很想让我们去米兰石城遗址，那里没有什么特别的，因此我们拒绝了，这很明显让他失望了。他在旅馆前台打了一个电话，取消了一些之前的安排。我意识到我们剥夺了他赚外快的机会。外面热浪滚滚，城市的规模大得出奇，政府的水泥大楼彼此离得很远。有一些城市非常不适合步行，若羌就是这样一个地方。我所期待的是一个有意思的地方，有着砖砌宣礼塔的古老清真寺，狭窄弯曲的土耳其式小巷，白发苍苍的维吾尔族老人坐在茶馆木凳上下着棋，反刍的骆驼从高处睥睨着人类。但若羌只是一个漫天风沙吹拂中的行政前哨，由穿塑料拖鞋、骑着自行车的汉族官员掌控。我们在旅馆周围走了走，做了些笔记。太阳下去以后，气温降了一点儿，我们去了政府大楼外面马路旁边的夜市，吃了火锅，喝了凉啤酒，还有以前在沙漠中吃过的哈密瓜。司机非常友好，让我多吃点儿多喝点儿，空气中充满了虚假的欢乐气息。

第二天，我们四点半就出发前往阿克塞。路面崎岖不平，车子还要小心翼翼地开过已经被溪流侵蚀、布满石块的道路和干涸的河床，并且沿着一条很窄的之字形路翻过了阿尔金山，车轮有时候离悬崖不过一两英尺。我们能看到北边的塔里木盆地，苍茫一片，好像一切都是海市蜃楼。整个地貌一片混沌，看不到将地平线和天空、土地和空气分开的界限。能看到的东西既不是存在也不是不存在，在那儿也不在那儿，有形也无形，在太阳下闪着光，太阳的存在难以否认，即使说此处其他的一切都印证了瑜伽行派的谜题：如果除了思想什么都不存在，那么不存在又是什么？这里的环境就是大自然对那个谜题的隐喻，向我们指出，如此巨大而坚实、一直延伸到天边的事物，实际上只是光线的作用，沙漠的海市蜃楼，是变幻游移的光线的露天剧场。这个念头释放出一个咒语。我记得在鲁珀特·格辛的书中读到过，"达摩就像梦境、魔幻世界、回声、镜像、海市蜃楼、空虚"。理解了这个道理，就理解了"空"。那是般若智慧，无上的智慧。

我出了一会儿神，汽车进入一处高地，然后又下到另一处平坦的地方，我们在某个没有标志的地方进入青海省。开了几个小时以后，我们停下车吃了在若羌买的西瓜，把瓜籽吐在干燥的地上。又过了几个小时，开始有人居住的痕迹：一排新的电线杆，比之前看到的更粗，上面的电线更多，道路更宽，几个工人拿着铁锹在路基旁工作。周围的环境从贫瘠的荒凉变成了贫瘠的工业地区。砖房被烟熏黑，烟囱还在向空中喷着烟雾，黑暗阴郁的工厂旁是工人宿舍，走廊又长又黑，木门外有砖砌的炉灶，蒙着一层油污。在我们之前经过的路上，风景虽然无聊，但还算干净，除了道路和不离不弃的电线杆，没有什么刺眼的东西。现在我们到了工业文明的边缘，开始闻到刺鼻的臭气。车子驶过了几处看起来是煤矿的地方，然后是一些钻井塔，缓缓转动着它们的铁臂。从离开若羌到现在，跟我们同行的只有一辆吉普车。在阿尔金山上，我们从车上下来观察下方的塔里木盆地，看到另一辆车费劲地沿着之字形山路上行，沿着我们来的方向，但它一直没有跟上我们，我们也再没有见过它。现在道路变得拥挤，卡车，修路的设备，工人用铲子往三轮车里装砾石。

　　下午三点的时候，我们停在茫崖吃午饭，在大概 5 英里外就看到了那个地方。地平线上能看到一些仓库和砖房的剪影，室外放着台球桌。我们吃了砂锅面，讨论是住在茫崖还是继续向前到冷湖，那是地图上的下一个城镇，大概还有 200 英里的路。

　　"你们定。"司机说。

　　"你累吗？"我问。得天黑之后才能到冷湖，我可不想他在路上睡着了。我也不想留在茫崖过夜，那是一个工业化的炼狱，吃的不好，也没什么好看的。

"我没事，如果你想继续走，我们就走。"

"那我们就继续吧。"

地势变得高低起伏，从南边的雾霾中隐隐约约能看到昆仑山脉。我们经过了湿地和一个湖泊，一侧的山丘向着大山伸展开去。几个小时以后，汽车转向北方，地图上标出的野马南山出现在远方。那是古代中国和西边南边的野蛮王国的分界线。玉门关就在那边某处，是这些山脉和北边与其平行的山脉之间的一处平坦高地。那就是玄奘在十七年之后重新进入中央帝国的地方，我思考着他此时会作何感想。

他会跟我一样，在接近目的地的时候，既心向往之又疑虑重重吗？突然，我有一种轻微的不适感，一种熟悉的不适。将要到达一度看来遥不可及的地方，让人产生快乐的期待之情，但同时也有结局带来的空虚之感。在前面某处，脚下的道路会通过青海和甘肃的行政界线，甘肃不再是通往中亚的前线，而是中央帝国的一部分。我们睡一觉就可以抵达最后的目的地敦煌，那是丝绸之路南北两线交会的地方，也是阿旃陀以东最伟大的佛教洞窟。在我开始这一段旅行之前，敦煌那么遥远、那么陌生，如果我从东边到达敦煌，离开西安，经过河西走廊的小城镇一路到达那里，也会看到一样的敦煌。我一直梦想着到敦煌去。但从西边到达，经过像和田、且末、若羌这样的地方，我把敦煌看成一种对中国的抵达，这是西安和整个旅行结束之前的最后一个大站。在家和外部世界的边界上，这是家的一边，因此敦煌引起了我在想到家的时候总是会有的那种不适。

　　这能解释我生活中的很多问题，包括长期以来的心理矛盾，我的缺乏归属感。那可以解释为什么我做了多年的驻外记者，也可以解释为什么当我回到自己热爱的祖国，总会被一种伤感情绪折磨，尤其是在最初的时候。我记得1987年，当我完成《纽约时报》在巴黎的短期驻派任务回到纽约，去超市买第二天早上吃的东西，明亮的灯光照着艳俗、欢快的麦片包装，那景象让我情绪低落。麦片盒就是冒险的对立面。超市里有至少五十个牌子的饼干、塑料包装、低脂食物、空调的嗡嗡声、米尤扎克背景音乐[1]、橡胶轮子的小推车。我将这一切跟无聊的安全感联系在一起，我将这一切和暖气过热的公寓、电视节目、按部就班的工作、收到薪水、支付账单、为了得到认同和提拔与他人竞争（永远是比你更年轻的人）联系在一起。家是必要的。家是美好的。家是可怕的。我对家的恐惧解释了为什么我在年届五十的时候还没有结婚，也没有孩子，虽然《犹太法典》说一个没有结婚没有孩子的男人只能算半个男人让我感到很受伤害。

　　现在，行驶在甘肃的边界，我能看到象征意义上的此行终点，我理解自己的恐惧来自何方。家也许是一个城堡，但那是一个你会变老、腐朽、死亡的城堡。时间在家中流逝，随之而来的是腐朽堕落。当人在路途中，时间是静止的，至少看起来是静止的，因为你太过繁忙，没有精力去感受时间的流逝。佛陀明白这个道理，这就是他为

---

[1] 一种常在商场、饭店播放的背景轻音乐。——译者注

什么一旦了解了生命无可逃避之苦，就离开了家，抛妻弃子，选择漫游的生活，就像那些苦行僧，现在印度还存在的衣衫褴褛、稍显疯狂的印度教僧人。家是终极的爱欲，而要达到觉悟，就得摆脱爱欲。当佛陀圆寂，他的弟子第一次聚集在耆阇崛山，他们的领袖迦叶不允许佛陀的子侄辈，以及他最喜爱的学生阿难跟大家坐在一起。第二天早上，阿难又来了，说自己跟世界所有的联系都已不复存在，然后才被允许进入大门。家就是一个人原生的束缚。我进行这一次旅行，也许是最后一次旅行，因为我年纪太大，不能继续流浪，因为我想要经历最后一次的精彩冒险。我想要离开，去往我想象中最陌生、最遥远的地方。而现在，当我看着道路尽头雾蒙蒙的蓝色群山，山的那边就是古代中国，开始感到那种陌生和冒险已经被我甩在身后。我想要按时回到西安，回到《纽约时报》开始工作。同时我也有普鲁斯特回忆往昔的那种忧郁的感觉，就像嘴里有一种熟悉的味道，让我想要马上刷牙。

这条荒凉的路上一无所有，非常丑陋。但当吉普车在暮色中轰隆前进，我又感到一种庸常生活的温情，干巴巴的空虚，就是这样。

我记得多年前当我第一次旅行到亚洲，也许是坐火车，也许是乘飞机，那时我对到达终点的感觉完全是不耐烦的反面。希望火车单调的咔嗒咔嗒和飞机的轰隆轰隆都无限延长。旅行作为过渡时期有一种特别慰藉人心的力量，可以缓解焦虑。你在火车或飞机上衣食无忧，不用考虑存在的问题——找住的地方，洗内衣，买地图，跟出租车司机和街头小贩斗智斗勇，还有搞明白是否要付小费、该付多少小费。我已经受够了颠簸的道路，以及方向盘上方司机强势的小胡子。我想要见到母亲、姐姐一家，尤其是她的三个可爱的孩子，我只有那几个外甥。与此同时，当我看向挡风玻璃外面，前面的群山好像在不停后退，那也让我感到安慰。山的那一边是家，我想念的家，我不想回去的家。

21 最后的话
LAST WORDS

天开始黑的时候我们到了群山之间的一个豁口，天完全黑以后下到山那边又弯又窄的路上。大概九点钟的时候，到了一个我已经忘了名字的小镇。那个地方很新，有一片建在沙漠中的拉毛灰泥建筑，看起来是为了吸引更多的汉族人来此居住。野马山北边的地方正式名称是阿克塞哈萨克族自治县。我们一个哈萨克族人也没看见，不过他们一定在周围的山里放牧牛羊。东边是肃北蒙古族自治县。这片不毛之地跟现在的新疆一样，生活着各民族——有的在山区，有的在绿洲点缀的平原，几百年来都是如此。

小镇上有一家开着的饭馆，名字我忘了，我们吃了面条，还有温啤酒，服务员是害羞的汉族姑娘。我们住的旅馆是新开的，走廊一头有公共浴室和公共厕所，用搪瓷盆洗漱。第二天早上，我们一早起床去往阳关，另一处历史上中国和西部世界的关隘，也是玄奘在回程中经过的地方。司机之前说他去过那儿，也知道在哪儿，但他找不到路了。我们在南北方向的主路上来来回回好几次，最后误打误撞地在一个岔道上看到玉门关的标志。

"既然找不到阳关，那我们就去那儿吧。"我吼道。

"那儿没什么好看的。"司机说。

"没什么好看的，为什么有路标？"

"我们应该去阳关，"他坚持，"那儿在历史上很重要。"

"我想去阳关，不过既然都到这儿了，就去看看玉门关吧。"我说。

"玉门关离这儿 100 公里，来回就是 200 公里，你没付这 200 公里的钱。"

"我们付了和田到敦煌所有的钱，不管去哪儿，"忠梅说，有她参与讨论真好，我觉得有保护了。

司机明白地笑了笑，显得自己是个行家老手，尤其是跟我们这些外人比起来。他想让我们明白这一程不管多远，都要另外付钱。忠梅则说不是这么回事，如果争执不下，她就给新疆和田国际旅行社的老板打电话。

"算了，算了。"司机说，做出宽宏大量的样子。我们上了去玉门关的路。

最后我们玉门关和阳关都看了，司机一言不发开着车，带我们在沙漠里走了很远。我们见到的玉门关不是玄奘在去哈密途中绕过的那座。那座唐朝的玉门关在我们东边的安西。这一座从我们见到的标志往西北，在一个多小时后穿过沙漠的地方，沙漠中的吉普车就像帆船航行在起伏的海洋上，车子后面扬起滚滚的尘土。我又感到冒险精神在蠢蠢欲动，旅行还没有结束。

我们到了一个有很多葡萄架的小村，经过一条两岸翠竹林立的小溪，然后上到一处小土丘，那里还有汉朝玉门关的遗址，蒙古族妇女在出租马匹给游客。我租了一匹，骑到土丘顶上，从那儿可以看到一片无边无际的荒凉景象。远处的阿特金山闪着银光，从这儿到山之间则一无所有，像一大片熔化的闪闪发光的物质，如果有一个孤独的骑手慢慢向着中国前行，一定会被哨兵警惕的双眼发现。

20世纪初，斯坦因找到了一些竹简，发现了玉门关的位置，20世纪40年代再次得到中国考古学家的证实。伟大事件之路从这里开始，也可以说在这里结束。让中国人第一次知道西方灿烂文明的张骞，应该也走过这条路，西行和回程时都走过。为汉朝征服了蛮荒之地的班超，也骑马踏过这个30多英尺高的关口，带着数千人的军队走向远方。那些士兵看起来应该就像西安始皇帝的兵马俑，他们在鼓声中前行，很多人举着长矛、盾牌和刀剑，组成方阵，缓慢前进，沿途进行战争，那是中亚的传统。坐在矮小的蒙古马上，它正挣扎着要回到马厩，我向一路延伸到和田的西部大沙漠告别。我很怀疑自己还会不会再见到它。

然后我们前往阳关，司机从玉门关几个下棋的男人那里问到了路。玉门关还矗立在土丘之上，30英尺高的围墙上还有四个城门，而阳关则只剩下一堆瓦砾，一个松松的土堆，这就是两千年前的哨所。附近有年代不明的兵营，墙上有孔，可以看到外面的关口和沙漠。一辆小巴满载着汉族学生来到这里，他们聊着天，给彼此照着相，呼啸而过。我们到了一个小吃摊兼旅游品商店，坐在摇摇晃晃的桌子边，喝了盖碗里的绿茶。一个男人讲起阳关的历史，他有双下巴，戴塑料眼镜，白衬衣卷着袖子，还有标准的灰裤子，他对这里十分了解。

"他们体会不到那种悲伤，"他用头示意那些喧闹的学生，"这是个悲伤的地方。"

"跟我们讲讲。"忠梅说。

"诗歌里面的故事，"男人说，"唐诗。都是关于孤独和流放的，关于对家乡的思念。"

"能给我们念一首吗？"忠梅说。

那个男人忧伤地看着我们。我不知道他是谁，是否想要挣点儿钱。为什么有人想要在阳关的一个小商店里待着，周围都是玉雕、画着老虎的印刷品、熊猫瓷器这样的普通旅游纪念品，还跟无知的游客交谈？他是否就是一个流浪者，一个有资格谈论孤独和思乡的人？

"凉州词，"他就像一个准备朗诵的小学生，"王翰。"凉州是武威的古名，玄奘在西行的路上曾经被那儿的朝廷官员召见，然后才开始隐姓埋名。

葡萄美酒夜光杯，

欲饮琵琶马上催。

醉卧沙场君莫笑，

古来征战几人回？

"玉杯被叫作夜光杯，"那个男人说，"士兵们从玉门关出发，然后回到这儿，回到阳关，但没有多少人能够回来。他们的尸骨还在外面，没有坟墓，没有姓名，只有尸骨。中国有全世界最血腥的历史。"

他陷入沉默。

"你是老师吗？"忠梅问。

他没有回答这个问题。

"春风不度玉门关。"他又念了另外一句诗，喝了一口淡淡的绿茶。

我总是把敦煌想象成一个风沙吹拂下的中亚绿洲，一个尘土飞扬的小镇，周围是一圈土墙，骆驼在那里歇息。这也许是斯坦因在1907 年到达时的样子。从那以后，这里就变成了一个旅游胜地，人们来此欣赏著名的莫高窟，中国保存最好的佛教洞窟，阿旃陀以东最好的石窟。我们从南边进入敦煌，开上了城市主路，经过无数玻璃幕墙的宾馆、饭馆和路边摊。巨大的海报和节日气氛的横幅上画着飞天。在城市最大的交通路口有一个大型的菩萨雕像，弹奏着一种类似曼陀铃的四弦乐器，叫作琵琶，根据阳关的那个男人所念的诗的说法，那是用来催促士兵投入战斗用的。也许这里曾经有过毛主席雕像，比起来这个弹琵琶的更好。

"你不是来敦煌的第一个外国人。"忠梅笑着说。

"到了这儿，让我觉得真的结束了，"我说的是旅行，"一直都很……荒凉，而现在我们回到正常生活中了。"

"我知道你的意思，不过等看到洞窟再说。真的了不起。"

我们在酒店办了入住，这是自离开新德里豪华的皇家酒店之后，第一家多多少少符合国际标准的酒店。我们去夜市吃晚饭，离别的愁绪涌上心头，我觉得这是最后一次逛中国西北的夜市了。那个地方不太好，是主路旁边的一个大广场，挤满了小店，支着蓝色半透明的顶棚，里面比较阴凉。气味中混合着冲过水的水泥路面、血豆腐和炸过的大蒜味儿。我们吃了一碗味道寡淡的面条，又去另一个摊上吃了红豆汤。走回旅馆的路上，忠梅想买个西瓜。想到西瓜皮放在宾馆房间里的样子，我不愿意。忠梅奇怪地看着我，好像不认识我了。旅行到了这里，这个两头都不搭的中间点，没有什么能引起我的兴趣。

"对不起。"我说。

"甜吗？"忠梅问卖西瓜的。

"甜。"他说。

他从西瓜上切下一小块。

"现在我们不得不买了。"我嘟囔。

"不用，"忠梅说，"他可以把那块皮放回去，然后卖给别人。他们就是这么做的。"

西瓜不太甜。

"我们买吧。"我说，然后我们带着西瓜，走过敦煌热烘烘的街道，回到宾馆。

六天前我们开始租车的时候，忠梅坚持留下几千块钱，等司机送我们到敦煌以后再付。我们给他的房间打了电话，让他过来拿钱。等他下来的时候，我数了一遍钱，对越来越少的百元大钞不无忧虑，它们曾经把我的腰包塞得鼓鼓囊囊。

"应该给他小费吗？"我问。

"不要超过一百块。"

司机敲了门，假惺惺地笑着进来了。忠梅把百元大钞给他，当他走到门口要离开的时候，我拿出那点儿小费，大概够他在回去的路上吃十顿饭的。

"这给你，"我说，"非常感谢。"

"哦，不不不不不！"他叫起来，"留着留着，下回喝茶的时候用。"然后他出去了，留下我觉得被打败了、被超越了、被羞辱了，也被解脱了，就像有人慢慢关掉了一台吵闹的收音机。

第二天我们花了一天时间在莫高窟参观。我整天都在跟低落的情绪较劲，背也很疼。忠梅以前来过敦煌，非常开心。她眼神炽热地看着壁画，我也承认那很好看，色彩精美，线条别致，但不能激起我适当的敬畏之情。即使在暗淡的手电筒光线之下，那些壁画其实也相当惊心动魄。洞窟有三层，开凿在一片垂直而巨大的砂岩悬崖之上，悬崖旁边有一条小溪和一排杨树。根据旅行手册的介绍，敦煌莫高窟拥有世界上最重要最丰富的佛教艺术。我希望被感动，能产生共鸣。阿旃陀让我感动，那些古老的画面好像有后面的灯光染上光晕，它们的美丽和古老、那些无名人士终其一生所创造的精致让我心生敬畏。但在敦煌，我在感情和审美上都感觉平平，这里炎热的空气让人昏昏欲睡。我只在后来的回忆中被敦煌打动，很遗憾自己当时没有能够享受敦煌。

敦煌大概总共有五百洞窟，里面满是壁画和雕像，使得敦煌比起差不多同时期的阿旃陀来，不仅质量更好，而且规模更大。敦煌有世界第五大佛像，一尊石质的弥勒佛，是由女皇武则天于 8 世纪修建的。那里还有整墙的小佛像，穿着白色、绿色或黑色长袍。很多壁画有着现代的、几乎是抽象的样式，就像马蒂斯创作的那些舞蹈人物，比方说第 249 窟的一对飞天。其中一个长袖飘舞，身姿曼妙，应该是个女性；另一个在下方，更加敦实，穿着黑衣，是恶魔般的男性形象，面朝前方，手臂和头部都很大，遮住后面的身体部分。色彩非常迷人，而且保存得令人赞叹，松石色、翠绿色、薰衣草的紫色、华丽的红色。敦煌当然也有本生经故事，很多画面都表现了日常和宫廷生活。第 420 窟描绘的是一个来自西藏的商人，看起来就像纽约现代艺术博物馆的某件藏品，一幅大大的抽象画作，有着灰色、蓝色和黑色的阴影部分。很多场面描绘的是被乐师包围的舞女，忠梅在纽约表演的时候也有类似的画面。也许最突出的效果来自作品中完全无视自然的空间关系。墙壁上各式各样人物的分布既有纵向也有横向，动作和色彩给人一种奇妙而变幻不定的感觉。

从标签上的时间来看，最早的壁画是 4 世纪，因此在玄奘到达此处的时候，那已经很古老了。我猜测玄奘一定到过敦煌，因为这里是必经之路，也是他想要来的地方，但他对此没有什么记载，也许因为敦煌在玉门关之内，并不属于皇帝感兴趣的西域诸国。最晚的画作创作于 11 世纪穆斯林占领突厥斯坦的时候，从那时起，这些洞窟和其中的珍宝被封锁起来，当地的佛教徒严守秘密，因此敦煌得以逃过毁掉吐鲁番和库车壁画的那场劫难。

这些珍宝埋藏了数百年，直到 1900 年某个对文物有研究的王道士发现了现在第 17 窟的文献和壁画。王道士之后是永不倦怠的斯坦因，他向道士购买了文献、雕像和画作，包括一卷制作于公元 868 年的《金刚经》（现在收藏于大英博物馆），这是世界上最古老的印刷书籍。这些文献是用中文、维吾尔语、藏文和粟特语写的。其后法国人伯希和也来了，道士又卖给他一些文物，现在保存在巴黎的东方博物馆中。1923 年，哈佛大学福格艺术博物馆的兰登·华尔纳出现了，声称要保护壁画不被游客盗走，他切下的一些湿壁画现在保存在福格博物馆。但是，现场留下的作品还是让人惊叹。

第二天早上我们打了辆车，两个小时以后到了柳园——但那里没有柳树，我们见到的柳树在遥远的西边——之前在那里坐夜车到西安。我们找到一个仓库一样的餐厅吃早饭，有芝麻饼、凉了的煎鸡蛋和八宝粥（大米、绿豆、红豆、小米和其他东西跟水一起煮的）。离我们出发的地方，还有一天半的行程，录像开始倒带，时间开始回转，我们被无情地抛回庸常的生活。餐车上，服务员认出了我们，数月之前我们坐过西行的同一辆车。很快我就得回去上班了，于是开始阅读要为《纽约时报》写书评的一本书，关于极端利己的网络巨人之间的残酷竞争，其中最引人注目的是微软的比尔·盖茨。车窗外闪过河西走廊、泥泞的渭河和精心耕作的梯田，让书中的内容显得无比遥远。火车穿过污黑的隧道，有脏衣服的味道，车轮和铁轨的摩擦声格外响亮。我用手提电脑写了一篇一般的赞美文章，觉得自己恐怕是唯一一个在乌鲁木齐到西安的列车上为美国报纸写书评的人。如果你希望生活包含一些格格不入的部分，这就是你最终会做的事情。我会在西安的宾馆里用电子邮件发出这篇书评。

第二天下午我们到了西安远郊的地方，我看着窗外，古代的农田变成工业厂房和货车停车场。我看到一个孤独的骑车人，在一条笔直的林荫道上，慢慢进入朦胧的暮色之中。车厢里，一个漂亮的小女孩站在我们的门口，盯着我们看。我冲她笑笑，她过来坐在我的旁边，看电脑上出现一个一个奇怪的英文字母。穿着蓝衬衣的乘务员开始用短笤帚打扫，把我们在旅途中用来泡茶的红色暖水瓶收起来。

不知道这会不会是我的最后一次中国长途旅行。想起几个月以前坐在西行的列车上，我是多么兴奋，同时又担心会被抓到、驱逐出境，我重走玄奘之路的梦想会戛然而止。我不知道中国警方是没有留意到我的旅行，还是说他们知道了，但是决定不管。也许我永远都不会知道，但是现在我发现自己无所谓了。我会不会被发现已经没有关系。同时，我又有一种一个循环周期快要结束的感觉。

大概三十年前的 1972 年，我第一次到了中国。当时我是一名研究生，颇不自在地受到左派主义的诱惑，或者更确切地说，是颇不自在地与那些年流行的左派观点保持一致。我走过罗湖口岸的栈桥，从香港到了深圳，在一两天之内就变成一个反对任何乌托邦的激进分子。我旅行了五个星期，同伴是十四名反对越南战争的积极分子，其中一两个跟我一样瞬间就体验了幻想的破灭，那是从一个无聊的政委到另一个政委的旅行。那时中国就像一个巨大的训练营，只有单一的蓝色制服，以及单一的世俗宗教：对毛主席的崇拜。

有一次火车旅行尤其让我印象深刻，由中国旅行社指派的导游陪同，我从华北地区的河南郑州到东北的沈阳，也就是以前的奉天。列车经过了早春的田野，湿润的休眠田地以及低矮的泥房。之前我们在郑州参观了人民公社，一个表情油滑的官员说的一些话让我非常反感。我们中的一个要搜集有关中国社会主义运行方式的信息，他问一个头发花白的老农，提高农作物产量最重要的一个因素是什么。那个老人穿着劣质黑外衣，头上系着毛巾，一边挠着胡子，一边想着答案。但他还没说话，那个由司机开车送来的年轻官员就做手势制止了他。他虔诚地说，要增加农业产量，最重要的因素是学习毛泽东思想。

令人震惊的是我的同伴中，除了一两个革命幻想破灭的同志，其他人都没有觉得恶心。好吧，那个时候我们都年轻而愚蠢，也许同时还有点儿小聪明。而我在第一次来中国旅行的时候，满怀愤怒的热情。我觉得我进了一个傻子代表团，就是列宁说的那种可以利用的蠢人，当我针对那个油滑的官员，也针对我们的反应，还有针对当时中国，它的贫穷、死板、夸夸其谈和无聊透顶，说出了自己的反感，同伴中的一个热情激昂的女人给我贴上了一种以前没有使用过的意识形态的标签。她说，我有一种精神上的正午的黑暗，意思是我过分受到阿瑟·库斯勒那本书 [1] 的影响。我没有那种智慧去承认指控的真实性,并敦促我们所有人都认识到"文革"的中国就是正午的黑暗,当时我还没有想到可以那样说。我不以为然地坐着,期待这次愚蠢的朝圣结束。

从那时到现在,火车的物质条件并没有改变多少。还是同样的军绿色,餐车很简陋,厕所很脏,还有同样的三等车厢制度,软卧、硬卧和硬座,同样是朴素粗陋的风格。当年到了早上六点整,广播会开始播放政治风格的音乐。长期饱受摧残的人们让自己变得麻木,以适应这些声音的洪流,动员着他们去往农村、工厂和校园,去往令人作呕的厕所,去往中国北方平原颠簸的列车上的硬卧车厢,没有官员的条子你还不能上车。那趟郑州到沈阳的长途旅行中,几个男人跟我们的导游谈起了爱情和婚姻。我们花了几个小时让他明白,女性的外貌、女性的美,至少应该是吸引他的因素之一,但导游被我们的询问弄得满头大汗,始终否认自己会留意一个女性是否美丽。他坚持说爱情之中唯一的因素就是她对马列主义毛泽东思想的投入。他说着,脸上一本正经,没有表情。我相信他相信那个说法。

现在,车上广播放着甜腻的音乐,穿插着简短的个人卫生宣传教育。坐在旁边看我打字的小女孩的妈妈站在我们隔间的门口。她穿着紧身裤,趿拉着塑料凉鞋,头发烫得乱蓬蓬的。外面,下午的天空是灰色的,低低地压在一片杂乱的城乡结合地带上方。火车停

---

[1] 指阿瑟·库斯勒 1940 年在巴黎出版的小说《中午的黑暗》。——译者注

在了金星[1]，就在西安的西边，然后继续轰隆向前。我思考着这次即将结束的旅行。我想我做到了，时间刚刚够，世界上还有一些地方跟家不一样。我想起在吐尔尕特山隘碰到的那个弗罗里达退休旅行团，他们要去住蒙古包，我理解世界已经被过度发现，差异正在消失。我很高兴自己完成了这次旅程，但坐在火车上，我觉得自己以后不会再进行这样的旅行了。我要回家跟忠梅结婚，然后开始家庭生活，时间恰到好处。到了五十五岁的时候，我冥顽不化的青春延长期终于走到了尾声。

在玄奘从亚穆纳前往塔内萨尔的途中，在摩诃婆罗多故事发生的炎热之地，他思考起故事重要的一段，奎师那力劝阿诸那开战。玄奘将这个故事变成信仰佛教的宣言。"夫生死无崖，流转无极，含灵沦溺，莫由自济。"在这趟列车上，我觉得自己理解了他的意思。重走玄奘路，我明白自己无法摆脱置身其中的漩涡。我的感觉对玄奘来说是不经之谈，那就是在这个星球上我只会存在一次，对无可言状的个体来说，生死不能在无限的改变中流转。我也相信（接近玄奘的想法，但仍然有所不同）你对生活的塑造是有限的，无法逃离，制作夏克尔家具不能让你逃离，旅行在外也不能。真理、觉悟，这些玄奘用十七年的旅行去追求的东西都是哲学意义上的。我也进行了思考，我几个月的旅行所得到的真理，比起他的只能说是平凡实际，但对我来说仍有价值。那就是你得回到家中，从任何意义上

---

[1] 原文为 "Jinxing"，此处为音译。——译者注

来看，家这个词都意味着工作、按部就班、耗费时间的责任和义务、精神和身体的伤痛、他人有时会给你带来的地狱般感受。事实上这个存在的家，面对着终有一死的现实，正是意义和智慧所在。我要回去为一份伟大的美国报纸写书评，那份工作说不上高贵，至少也是诚实和有趣的。因此，是的，我们希望找到事物来充实我们的心灵，并为我们带来永恒的快乐。我们中很多人都不一定会得到。但没有关系，我们对必然之事无能为力，但可以花一点儿时间来思考，确保生命不会毫无意义、未经反省地匆匆流逝。这就是我这几个月旅行的价值。有一段时间离开生活的惯常轨迹，战胜人到中年的踟蹰犹豫，像我年轻冲动之时那样勇敢上路，这让我感觉良好。也许这不是什么了不起的胜利，但我的确在伟大事件之路上，看到过空气在无垠的高山戈壁之上闪烁，而在另一种情境下，我也许只能在星巴克喝一杯卡布奇诺。当我回到家中，也更加坚定自己可以选择与一个女人相爱，担负起所有的责任，而不是像之前那样无拘无束地孤独一生。

突然，路边的农田开始有住房出现，涂抹在一堵长长的围墙上的宣传标语已经褪色，泥地上是布满灰尘的自由市场，工厂有着破烂的窗户和临时搭建的篮球场，还有黄色的塔吊。火车过了桥，进入一片房屋低矮的小区，屋顶上瓦片压着砖块。年轻的男人光着上身，穿着皱皱巴巴的灰裤子，在狭窄的铁道边闲荡聊天。随后突然出现西安的明城墙和北门，我们到了，旅行结束了。

还有最后一件事要做。第二天早上，忠梅和我打了一辆出租车，到西安西南边的郊区去参观兴教寺，这座寺庙建于 669 年，是玄奘去世五年之后为他修建的。几个月以前那个所谓的兰州博物馆馆长，用一张破信纸给我们写了一首诗的那位，就是他给我们推荐了这座寺庙。出租车冲上西安的高速公路，经过高架桥、工厂，然后是一片小麦和大豆地。司机拐错了弯，愤怒地咒骂着路标不明。最后他终于把我们送到了，在绿色山丘上的一条乡村窄路上，两尊石狮标志出大门的位置，猩红的墙上写着黄色的汉字，阿弥陀佛。大门里面有一辆闪着光的黑色奔驰，也许属于某个新近暴富的中国商人，一个萌芽期的资本家，显然也是一个现代的佛教资助人，是丝绸之路上出钱修建了克孜尔窟和敦煌莫高窟的古代商人的继承者。我们在庙里的小店买了香，走过一间里面放着铜质大佛像的主殿，然后走向旁边一处安静的花园里的五层佛塔。

　　在生命的最后几年，玄奘拥有皇帝的庇护，主管着从印度带回的经书的翻译工作。他跟太宗关系很近，太宗此时变成了一个狂热的佛教徒，常常召唤高僧前往。649 年，皇帝在玄奘的身边去世。652 年，新皇拨给玄奘一笔资金，让他修建大雁塔以保存自己的收藏。这笔资金来自所谓的亡人，阿瑟·韦利认为那可能是指太宗之死所带来的不可避免的权力之争中，那些被流放或被杀死的皇室成员。玄奘继续工作了十二年，住在现在好像已经不复存在的西明寺。在 664 年的一个晚上，那一年距玄奘完成十七年的印度之旅又过去了十七年，他摔倒了，弄伤了腿。四天之后，他感觉不适，被迫躺下休息。他告诉侍者自己梦见巨人身着锦衣，带着鲜花、珠宝、锦缎来装饰寺庙。他说："玄奘一生已来所修福慧，准斯相貌，欲似功不唐捐，信如佛教因果并不虚也。"最后，他召集弟子前来，告诉他们自己的事业已经完成，不需要再在人世多做停留。他有一句遗言是："不可得亦不可得。"他圆寂时六十一岁。

　　我和忠梅站在塔前。在这处绿树环绕、鲜花盛开的花园里，这座黄砖塔形式优雅。玄奘就葬于其中。在塔身第一层的拱门上，写着四个汉字：唐三藏塔。我们把香插进香炉点燃。我站了一会儿，听着清风在头顶树叶中轻声呼唤着玄奘的名字。我偷偷看了一眼身边的忠梅，觉得她周身散发出特别的光辉。这个花园非常宁静，我不想离开。我迷恋着伟大事件之路上最后一点儿平静的痕迹。但是我们已经订了那天下午去北京的机票。最后，我转过了身。三天之后，我已在纽约，家中。

ULTIMATE JOURNEY by Richard Bernstein
Copyright © 2001 by Richard Bernstein
This translation published by arrangement with Alfred A. Knopf,
an imprint of The Knopf Doubleday Group, a division of Penguin Random House, LLC.
Through Bardon-Chinese Media Agency.
All rights reserved.

著作权合同登记图字：01-2017-7565

图书在版编目(CIP)数据

究竟之旅／(美)理查德·伯恩斯坦著；李耘译
. -- 北京：新星出版社，2019.1
ISBN 978-7-5133-2919-4

Ⅰ.①究… Ⅱ.①理… ②李… Ⅲ.①游记-作品集
-美国-现代 Ⅳ.①I712.65

中国版本图书馆CIP数据核字(2018)第080985号

究竟之旅
[美]理查德·伯恩斯坦 著
李耘 译

策划统筹　林妮娜
责任编辑　汪　欣
特邀编辑　王　琨　罗雪激
装帖设计　王　斑
内文制作　王春雪
责任印制　史广宜

出　　版　新星出版社 www.newstarpress.com
出 版 人　马汝军
社　　址　北京市西城区车公庄大街丙3号楼　邮编 100044
　　　　　电话 (010)88310888　传真 (010)65270449
发　　行　新经典发行有限公司
　　　　　电话 (010)68423599　邮箱 editor@readinglife.com
印　　刷　河北鹏润印刷有限公司
开　　本　850毫米×1168毫米　1/32
印　　张　12.75
字　　数　260千字
版　　次　2019年1月第1版
印　　次　2019年1月第1次印刷
书　　号　ISBN 978-7-5133-2919-4
定　　价　49.00元